글누림세계명작선

톰 소여의 모험

마크 트웨인

국문학 교수들이 추천한
글누림세계명작선

소년기의 꿈과 로망

톰 소여의 모험

마크 트웨인 Mark Twain
조성윤 옮김 · 김외곤 해설

The Adventures of
Tom Sawyer

글누림

차 례

톰 소여의 모험

장난꾸러기 톰, 폴리 이모를 애먹이다

"톰!"

대답이 없다.

"톰!"

여전히 응답이 없다.

"어떻게 된 거야, 애? 톰!"

그래도 여전히 대답이 없다.

폴리 이모는 안경을 아래로 내리고는 안경 너머로 방안을 둘러보았다. 그런 다음 이번에는 안경을 위로 밀어 올린 채 아래쪽을 살펴보았다. 이 부인이 어린애와 같은 보잘것없는 존재를 보는데 안경을 통해서 보는 일은 절대로 없다. 그녀에게 있어서 안경은 위엄을 갖추기 위한 도구이다. 안경은 스스로 자랑거리로 여기는 대상이며, '모양'을 갖추기 위한 것이었지, 실용품은 아니었다. 그녀에게 단지 무엇을 보기 위해서라면 안경이 아니라 난로 뚜껑을 써도 상관없을 터였다. 그녀는 잠시 난처한 표정을 지었다. 곧, 아주 크지는 않으나 방안의 가구가 마구 흔들릴 정도의 크기로 외쳤다.

"붙잡히기만 해봐라, 단단히 혼을 내줄 테니……."

막상 뒷말은 얼른 나오지 않았다. 허리를 구부리고 침대 아래로 빗자루를 쿡쿡 쑤셔보다가 문득 숨이 딱 막히고 말았다. 빗자루로 훑고 나니 고양이가 한 마리가 튀어나왔다.

"이런 놈의 자식이 또 어디 있을까!"

그녀는 열린 문으로 다가가 밖을 내다보았다. 밖에는 토마토와 재래종 나팔꽃 덩굴이 우거져 있었지만 거기에도 톰은 보이지 않았다. 이번에는 먼 곳을 향해서 소리를 질렀다.

"얘-, 톰!"

그 순간 뒤에서 무엇인가 바스락거리는 소리가 들렸다. 그녀는 부리나케 뒤를 돌아보고는 도망치려는 소년의 어깻죽지를 낚아챘다.

"그래! 내가 왜 이 다락 속을 생각하지 못했지? 거기서 뭘 하고 있었어?"

“아무것도 안 했어요.”

“아무것도 안 했다고? 그 손과 입을 좀 봐. 그게 무슨 자국이야?”

“몰라요.”

“흥, 누가 모를 줄 알고. 다 안다. 잼이지. 그 잼에 손을 대면 가만 안 두겠다고 몇 번이나 말했어? 마흔 번은 더 했겠다. 자, 회초리 맛 좀 봐라.”

회초리가 공중에서 휙- 하는 소리를 냈다. - 위기일발의 순간이다.

“으악, 이모, 뒤를 좀!”

폴리 이모가 놀라서 뒤를 돌아보며 얼떨결에 치맛자락을 쳐들었다. 그 틈에 소년은 구렁이가 담을 타고 넘듯이 거침없이 높은 판자 울타리를 뛰어 넘어 순식간에 사라졌다. 폴리 이모는 한동안 어안이 벙벙했으나 잠시 뒤에는 웃음을 터뜨리지 않을 수 없었다.

“내 참, 어쩔 수 없는 애라니까. 도대체 지금까지 몇 번이나 속았는지 모르겠어. 이번에는 좀 정신을 차리고 살필 걸 그랬지. 저런! 바보 중에서도 늙은이 바보가 제일 못난 바보야. 늙은 개는 새로운 재주를 배우려고 하지 않는다더니 그 말이 맞아. 그런데 저 애는 똑같은 장난을 두 번을 되풀이하지 않으니 아무리 정신을 차리고 있어도 알아낼 재간이 있어야지, 글쎄. 더구나 저 애는 자기가 어느 정도 나를 못살게 굴어야 내가 진짜 화를 내는지 알고 있단 말이야. 하지만 그대로 방치하면 내 체면도 안 서고, 하나님 섭리에도 어긋난다구. 회초리를 아끼면 어린이를 망친다고 성경에도 나와 있잖아. 그건 나를 위해서도 죄를 짓는 거야. 골치 아픈 애지만 그대로 내버려 둘 수는 없어. 죽은 동생의 아들이라 가엾어서 야단치는 게 조금 괴롭지만 그래도 그냥 내버려 둬서는 안 되겠어. 성경에도 남의 집 아이의 수명은 짧고 고생으로 가득 차 있다고 하는데, 정말 그 말이 맞아. 오늘도 애는 낮부터 학교를 빼먹은 거 같은데. 그러기만 했다면 내일은 단단히 혼을 내줘야겠어. 다른 애들이 모두 노는 토요일에 일을 시킨다는 것은 그리 쉬운 일이 아니지만, 이 아이는 무엇보다도 일하는 것을 싫어하니까 참 좋은 벌이 될 거야. 난 이 애를 위한 책임을 다해야만 해. 그렇지 않으면 내가 이 애를 못 쓰게 만들 수도 있으니까."

톰은 역시 이모가 예상했던 것처럼 학교를 빼먹고는 실컷 놀러 다녔다. 그리고 집에 돌아와서는, 흑인 소년 짐이 저녁 식사 전의 일과로 내일 땔 분량의 장작을 패고 있었는데, 벌써 4분의 3은 끝나 있었으므로 그다지 도움이 되지는 않았다. 그래도 적어도 오늘 하루의 모험담을 털어놓기에는 알맞은 대상이었다. 톰의 이복동생인 시드는 장난을 치거나 귀찮게 굴거나 하는 일이 없는 순한 아이로, 오래 전에 이미 자기가 맡은 나무 부스러기 줍는 일을 끝마치고 있었다. 저녁 식사 때에 톰이 기회를 노려 설탕을 슬쩍 훔치는 동안 폴리 이모는 여러 가지 의미 있는 질문을 던졌다. 마음이 단순한 사람에게 늘 흔히 있는 일이어서, 그녀는 자기가 암묵의 외교술에 뛰어나다고 생각하고, 그것을 은근히 자랑거리로 여기고는 가장 뻔한 수를 자못 교묘하고 신기한 일로 여기며, 혼자 우쭐대는 것이었다.

"톰, 오늘 학교에서 무척 더웠지?"

"예."

"견디기 힘들 정도였지?"

"예."

"그래서 헤엄치러 가고 싶었겠구나?"

이 말에 톰은 가슴이 움찔했다.

'조심하지 않으면 안 되겠다.'

그는 이모의 표정을 살폈으나 아무것도 발견할 수 없었다. 그래서 그는 대답했다.

"아뇨, 그렇지 않았어요."

이모는 갑자기 손을 뻗어 톰의 옷을 만져 보았다.

"지금은 그리 더워 보이지 않는구나."

그러나 실은 셔츠가 젖어 있는지의 여부를 살펴 본 것이었다. 아무도 눈치 채지 않게 감쪽같이 그 목적을 달성했으므로 이모는 내심 기분이 좋았다. 한편 톰은 톰대로 낌새를 간파하고 있었다. 그래서 앞질러 선수를 쳤다.

"모두들 펌프 물을 뒤집어썼어요. 그래서 이렇게 아직 머리가 젖어 있어요. 이것 좀 보세요, 자."

폴리 이모는 톰을 야단칠 수 있는 결정적 단서를 놓치고 마는 것 같아 분한 마음이 들려던 순간 얼핏 다른 생각이 떠올랐다.

"톰, 물을 뒤집어썼다고 해서 내가 꿰맨 셔츠 깃이 뜯어질 리는 없잖니. 어디 웃옷을 벗어 봐라!"

톰의 얼굴에서 불만의 빛이 사라졌다. 그는 저고리 깃을 열어 보았다. 셔츠의 깃은 꿰맨 그대로 있었다.

"좋아. 내가 져 주지. 틀림없이 학교를 빼먹고 헤엄치러 간 줄 알지만 이번만은 용서하겠다. 사람은 겉과 속이 다르다고 하지만 너도 때론 기특한 데가 있구나."

이모는 톰을 호되게 야단치지 못한 것이 좀 섭섭한 모양이었다. 그런데 그때 시드가 끼어들었다.

“그런데 엄마는 흰 실로 꿰맸잖아요? 저건 검은색 실인데
요.”

“맞아, 그랬지. 흰 실로 꿰맸지. 톰!”

톰은 그 다음 말이 나오기도 전에 재빨리 문 쪽으로 도망
쳐 나갔다.

“시드, 너 두고 보자!”

라는 말을 남기고.

안전한 장소에서 톰은 저고리의 접은 옷깃에 꽂아 둔 두
개의 바늘을 조사해 보았다. 하나는 흰 실, 또 하나는 검은
실이 감겨 있었다.

“시드가 쓸데없는 소리를 안했다면 알 수가 없었을 텐데,
젠장! 이모는 어떤 때는 흰 실을 쓰고 또 어떤 때는 검은 실
을 쓴단 말이야. 어느 하나만을 사용한다면 참 좋을 텐데.
이래서야 어디 견딜 수가 있나. 어쨌든 시드란 놈 그냥 안
둘 거야, 혼을 내줄 테니 두고 봐!”

시드와 달리 톰은 마을의 모범 소년은 아니다. 그 모범 소
년이라는 것의 정체를 그는 잘 알고 있었다. ─ 톰은 그들을
미워했다.

그러나 2분도 채 지나지 않아 톰은 이미 모든 것을 까맣
게 잊어 버렸다. 어른들의 경우처럼 원한이 그다지 심각하지

않았기 때문은 아니다. 어른을 두고 말하자면, 새로운 일에 몰두하기 시작하면 어제까지의 불행을 까마득히 잊어버리고 마는 것처럼 톰 또한 새롭고도 강력한 흥밋거리가 원한의 감정을 순식간에 쫓아버렸기 때문이었다. 새로운 흥밋거리란 최근 어느 흑인에게서 배운 좀 특별하게 휘파람을 부는 방법이었다. 그는 이제 누구의 책망도 들을 필요가 없는 안도의 숨을 내쉬며 그것을 마음껏 연습해 보리라 결심한 것이다.

이것은 휘파람을 불 때 입천장에다 혀끝을 짧게 살짝살짝 갖다 대는 방법으로, 이렇게 하면 음이 떨려서 마치 새가 지저귀듯이 아름다운 휘파람 소리를 낼 수 있다. 열심히 연습한 결과 톰은 오래지 않아 그 요술을 익힐 수 있었다. 그는 큰 소리로 마음껏 휘파람을 불면서 의기양양하게 마을 쪽으로 걸어 내려갔다. 그는 지금 마치 새 혹성을 발견한 천문학자와 같은 기분이 들었다. 그러나 그 즐거움은 강하고 깊고 순수하다는 점에서 천문학자보다는 몇 배나 위인 것이다.

여름 저녁은 몹시 길어서, 마냥 시간이 흘러도 어두워지지 않았다. 순간 톰은 휘파람을 멈추었다. 낯선 사람이 - 톰보다 그림자가 좀 더 큰 소년이 나타난 것이다.

낯선 사람이 나타났다고 하는 것은 나이가 어떻든 간에,

남자이든 여자이든, 이 벽촌인 세인트 피츠버그 같은 작은 마을에서는 꽤 신경을 거슬리게 하는 법이다. 더구나 이 소년은 놀랍게도 아주 멋진 옷차림을 하고 있었다. 멋있는 모자를 쓰고, 완전히 새롭고 말쑥한 푸른 저고리의 단추를 단정히 채우고 있었고, 칼처럼 줄이 선 바지를 입고 있었다. 게다가 아무 특별할 것 없는 금요일임에도 불구하고 구두까지 신고, 화려한 리본의 넥타이까지 매고 있다.

톰은 이 세련되고 자못 도시인다운 차림새가 마음에 들지 않았다. 바라보면 바라볼수록 그 복장에 심사가 뒤틀렸고, 반면에 자신의 복장은 점점 초라하게 느껴졌다. 두 사람은 모두 말이 없었다. 한쪽이 움직이면 한쪽도 움직였다. 그러나 게처럼 원을 그리면서 움직여서, 결국 똑같은 장소를 빙빙 돌고 있을 뿐이었다. 서로 얼굴과 얼굴을, 눈과 눈을 떼지 않았다. 이윽고 톰이 입을 열어 말했다.

"너, 때린다!"

"그래, 때려 봐."

"내가 못 때릴 줄 알아?"

"그럼, 때려 보라니까."

"때린다."

"못해."

“한다.”

“못해.”

“한다면 해.”

“못한다면 못해.”

불안하고 무거운 침묵이 얼마 동안 계속되었다. 톰이 다시 입을 열었다.

“너 이름이 뭐냐?”

“네가 알아서 뭐하게.”

“흥, 알아서 뭐하냐고? 정말 맞고 싶은가 보지.”

“그래, 어서 때려 봐.”

“자꾸 떠들면 정말 때린다.”

“자꾸, 자꾸 할 테야! 자 덤벼!”

“흥, 그게 신통한 대답이라고 생각하는 모양이군, 그렇지? 때릴 생각만 있다면 너는 한 팔로도 충분해.”

“어서 때려 봐라, 입만 되바라져서.”

“자꾸 까불면 정말 때린다.”

“흥, 너처럼 손발을 내뻗지 못하고 망설이는 녀석을 내가 너 하나만 본 줄 아냐?”

“뭐? 이 자식 잘난 척 하기는. 그 모자는 뭐야!”

“맘에 들지 않으면 짓밟아 보지. 제발 좀 어서 쳐서 떨어뜨려 봐. 그 대신 나중에 너 부처님에게 설법하는 격이 된다."

"거짓말 마!"

"이게, 큰소리만 쳐놓고, 정말 쌈이라면 꼼짝도 못하는 주제에."

"어서 못 가, 자식아!"

"다시 또 그런 건방진 소리를 해봐라. 머리를 부셔 놓을 테니."

"어디 좀 부셔 봐, 제발."

"못할 줄 알구!"

"그럼 왜 못하는 거야! 두려운 모양이지?"

"뭐가 두려워?"

"두렵겠지."

"두렵지 않아."

"두려워."

또 말문이 막혀 눈싸움과 빙빙 도는 일이 계속되었다. 얼마 후 두 소년의 어깨와 어깨가 부딪쳤다.

"비켜!"

"너야말로 비켜!"

"싫어."

"나도 싫다. 어쩔래?"

둘은 각기 발을 기둥처럼 내딛고는 힘껏 엎치락뒤치락 야단을 하며 서로 잡아먹을 듯이 증오의 시선을 교환했다. 하지만 어느 쪽도 상대방을 압도하기에는 역부족이었다. 이와 같이 서로 얼굴색이 닭 벼슬처럼 새빨개질 때까지 노려본 뒤 두 소년은 계속해서 방어 자세를 취했고, 그러다가 모두 조금씩 힘이 빠졌다. 톰이 먼저 입을 열었다.

"이 겁쟁이 강아지야! 우리 큰형한테 일러 줄 테니 그리 알아. 우리 큰형 같으면 네까짓 놈은 손톱으로 퉁~ 튕기고 말거다. 형한테 말해서 그렇게 하라고 할 테니 두고 봐."

"흥, 형, 그게 다 뭐 말라비틀어진 소리. 우리 형은 더 커, 뭘 알아. 너의 형 같은 건 저 울타리 밖으로 휙~ 던져버릴 거야." (둘 다 그런 형은 없었다.)

"거짓말!"

"너도 거짓말!"

톰은 엄지발가락으로 땅 위에다 선을 그었다.

"이 선을 넘으면 일어서지도 못하게 때려줄 거야. 그리 알아. 자신이 있으면 넘어 봐."

소년은 말이 끝나기가 무섭게 그 선을 넘었다.

"자, 약속을 했으니 어디 얻어맞아 보자."

"서두르지 마. 기다리고 있는 중이니까."

"때린다고 했으니 어서 때리란 말이야, 왜 못 때려?"

"네까짓 놈 때려 봤자 동전 두 닢도 안 나와."

"돈이 필요한 모양이구나?"

소년은 주머니에서 동전 두 닢을 꺼내서 비웃으며 내밀었다. 톰은 그것을 힘껏 내리쳤다. 순간적으로 두 소년은 서로 맞붙어 땅 위를 고양이처럼 뒹굴었다. 거의 일분 동안이나, 둘은 머리를 쥐어뜯고 코를 후려치는 등 큰 싸움을 벌여 마침내 먼지와 피투성이가 되고 말았다. 얼마 후에 대세가 결정된 듯 흙먼지가 가라앉은 후 드러난 광경은, 톰이 상대방을 말 타듯이 올라타고 앉아서 마구 때리고 있는 중이었다.

"어서, 항복하라니까!"

톰은 기세가 대단했다. 상대는 어떻게든 벗어나려고 발버둥을 쳤으나 지르는 것은 기껏 욕지거리에 지나지 않았다.

"항복해!"

주먹질은 계속되었다. 이윽고 상대방은 괴로운 듯 '항복' 하고 외쳤다. 톰은 상대방을 일으켜 세우며 말했다.

"이제 알겠지? 야, 인마. 다음에는 정신 똑바로 차리고 덤벼."

소년은 옷의 먼지를 털고 코를 훌쩍거리면서 또 가끔 힐끔힐끔 뒤돌아보며,

"다음에 만나면 그냥 둘 줄 알아, 이 자식아."

하고 턱으로 삿대질을 하면서 그곳을 떠났다.

톰은 조소로 답하고 의기양양하게 집으로 돌아오는 중이었는데, 그것을 본 소년은 갑자기 돌을 집어서 톰을 향해 내던졌다. 돌이 횡- 날아와서 톰의 어깨와 어깨 사이를 맞혔다.

그리고는 영양(羚羊) 모양으로 홱 몸을 돌리고는 뛰어 달아났다. 톰은 그 뒤를 추격하여 결국 상대 소년의 집을 알아내고야 말았다. 그리고 문 앞에서 소년이 나오기만을 기다렸지만, 소년은 작은 창에서 이를 드러내고 히죽거리고 놀리기만 할 뿐 영 나오려 하지 않았다.

그러는 사이에 소년의 어머니가 나타나자, 톰을 야비하고 저질의 불량소년이라고 욕을 퍼붓고 어서 빨리 가 버리라고 고래고래 소리를 질렀다. 어쩔 수 없이 톰은 잠시 '미루기'로 하고는 그곳을 떠났다. 톰이 집에 돌아왔을 때는 꽤 늦은 시간이었다.

창문을 열고 살짝 안으로 들어갔다. 자기 딴에는 아주 쉽게 창문을 통해서 소리 없이 들어왔다고 생각했는데, 막상 들어와 보니 거기에는 이모가 숨어서 기다리고 있었다. 폴리 이모는 더러워진 톰의 옷 모양새를 보고는 무슨 일이 있어도 이번 토요일에는 심한 일을 시키겠노라고 단단히 마음을 먹었다.

영광의 페인트칠

토요일 아침이 밝아 왔다. 여름의 세계는 구석구석이 하나같이 명랑하고 신선하며 넘칠 듯한 생기로 가득 차 있었다. 모든 사람의 가슴마다 노래가 찰랑거리고, 특히 그것은 젊은 사람들에게 노래가 되어 입 밖으로 튀어 나왔다. 사람들의 얼굴에는 광채가 번득였고, 발걸음에는 탄력이 넘쳐흘렀다. 아카시 꽃이 만발하여 향기가 그 일대를 가득 덮었다. 마을 저쪽에 솟아 있는 카디프의 언덕에는 풀과 나무가 푸릇푸릇 솟아 있었고, 그 저쪽에는 자욱한 아지랑이가 마치 꿈나라인 듯 보는 사람의 마음을 노곤하게 만들었다.

톰이 페인트가 들어 있는 양동이와 긴 자루가 달린 솔을 가지고 길거리에 나타났다. 톰은 울타리를 한 번 휙 둘러보고는, 허탕이 되어 버린 오늘의 즐거움을 생각하고 이루 헤아릴 수 없는 우울한 기분에 빠져 한숨을 푹 쉬었다. 폭이 넓은 판자로 된 높이가 9피트, 전체 길이가 30야드나 되는 울타리! 인생이란 이렇게도 공허한 것일까. 살아간다는 것이 무거운 짐만 같았다. 톰은 한숨을 푹 내쉬면서 솔을 양동이에다 적셔서 먼저 울타리 맨 꼭대기 판자부터 천천히 칠을 하기 시작했다. 톰은 그것을 반복했고, 또 똑같은 행동을 되풀이 하였다. 그러나 겨우 바른 부분은, 아직도 남아 있는 대륙과도 같은 광대한 면적에 비하자면 한 줄기의 선에 지나지 않았고, 문제도 되지 않는 것이었다.

톰은 무거운 마음을 가누지 못하고 나무 그루터기에 털썩 주저앉았다. 이때 이 집의 하인인 흑인 짐이 양동이를 들고 '버팔로 처녀'를 부르면서 뛰는 듯한 가벼운 걸음으로 문에서 나왔다. 톰은 여태까지 공동 우물에서 물을 긷는 것은 더할 나위 없이 싫은 일이라고 생각했지만 오늘에 한해서는 그렇게 생각하지 않기로 했다. 그는 우물 주위에 늘 아는 사람들이 모여 있는 것을 생각해 냈다. 백인과 흑인, 혼혈아, 여러 사내애와 계집애들이 자기 차례를 기다리고 줄을 서서 장난감을 서로 바꾸기도 하고 말다툼을 하기도 하고, 또 싸움도 하면서 종달새 모양으로 지껄이고 있었다. 우물까지는 겨우 1백 50야드밖에 되지 않는 거리였지만, 짐은 물 한 양동이를 길어 오는데 한 시간이 걸렸고, 그래서 누군가 칠하는 곳을 지키지 않으면 안 된다는 것을 생각해 냈다. 톰은 짐에게 넌지시 말하였다.

"짐, 내가 물을 길어 올 테니까 페인트칠을 좀 해 주지 않을래?"

그러나 짐은 고개를 흔들었다.

"도련님, 그건 안 돼요. 마님께서 울타리를 칠해 달라는 부탁을 받아도 절대로 해 주지 말고 빨리 물을 떠 오라고 하셨어요. 이제 마님이 손수 칠을 하는 걸 보시러 올 테니, 두고 보세요."

"이모님이 하는 소리는 신경 쓸 필요가 없어. 잠깐이면 다녀올 텐데, 뭐. 이모님이 그것을 알 리가 있겠어?"

"안 되겠어요, 톰. 마님이 알게 되면 타르를 머리 위에서부터 씌워버릴 거예요. 마님이 그런 행동을 못할 줄 아세요."

"거짓말 마, 바보야. 이모가 그렇게 포악한 짓을 할 줄 알아. 한다는 게 고작 골무로 머리를 한 대 딱 때리는 것뿐이야. 그게 뭐가 아파. 바가질 긁긴 하지만 그까짓 거 암만 긁으라지, 아프기를 한가 가렵기를 한가, 울면 좀 곤란하지만. 이봐 짐, 내가 흰 구슬을 줄 테니, 그렇게 하지?”

짐의 마음이 조금씩 흔들리기 시작했다.

“흰 구슬이야, 자, 짐! 멋있지.”

“그래! 정말 멋있어! 하지만 톰, 마님에게 들키면······.”

“그리고 또 내 말을 잘 들으면, 내 발의 상처도 보여 줄게.”

짐도 평범한 인간에 지나지 않았다. 그는 이러한 유혹을 견디어 낼 재주가 없었다. 그만 양동이를 내려놓고 구슬을 받았고, 허리를 구부리고는 톰이 발가락의 붕대를 푸는 것을 한눈도 팔지 않고 열심히 들여다보았다.

그러나 다음 순간, 짐은 양동이를 들고 등의 통증을 참으면서 허둥지둥 달려 나갔고, 톰은 또 톰대로 페인트칠을 하는 데 여념이 없었다. 그들의 등 뒤로 어느 사이엔가 다가와 있던, 한 손에 슬리퍼를 든 폴리 이모의 모습이 보였다. 그녀는 만족스러운 눈빛을 하더니, 유유히 사라져 버렸다.

그렇지만 톰의 끈기는 결코 오래 지속되지 않았다. 오늘 하려고 마음먹었던 즐거운 놀이에 대해 생각하니 어쩐지 슬퍼졌다. 그리고 곧 다른 아이들이 멋진 계획을 가지고 놀러 와서 내키지 않는 일을 하고 있는 자기를 보고는 놀려댈 것을 생각하니 더욱 몸도 마음도 타는 것만 같았다. 톰은 지금 자신이 갖고 있는 소중한 물건들을 전부 꺼내 보았다. 자질구레한 장난감, 구슬, 잡동사니 등이 그의 전 재산이었다. 이것을 가지고는 누구와 일을 교환하는 것은 가능할지는 모르지만, 완전한 자유를 사는 것은 이것의 갑절이 있을지언정 고작 30분도 어림없을 것이었다. 톰은 이 잡동사니들을 도로 주머니 속에다 집어넣고는 누구를 매수하겠다는 생각을 단념하고 말았다. 그 암울한 순간에 문득 멋진 생각 하나가 머리를 스쳐 지나갔다. 그건 정말 신비로운 천상의 구원과도 같은 것이었다.

그는 다시 그의 솔을 집어 들고 침착하게 페인트칠을 해 나갔다. 얼마 후에 벤 로저스가 기선 놀이를 하면서 다가왔다. 평상시 독설로 유명한 톰도 가장 다루기 힘든 녀석이다. 그런데 이제 보니 벤의 발걸음은 삼단 도약대를 뛰는 녀석처럼 경쾌하고 가벼웠다. 이것은 원기왕성하게 뭔가 큰 기대를 가슴속에 품고 있다는 증거이다. 녀석은 사과를 우걱우걱 씹어 먹으면서 간간이 와- 와- 하고 긴 곡조의 소리를 지르기도 하고, 또 그 뒤에 덜컹 덜컹 하는 반주를 양념 식으로 붙이기도 했다. - 기선의 흉내를 내고 있는 것이 틀림없다.

톰이 있는 곳까지 가까이 오자 그는 속도를 떨어뜨리고는 길 한복판에서 크게 우현(右舷)으로 기울었다. 그는 그 자신을 흘수(선체가 물에 잠기는 깊이나 정도) 9피트의 '대 미주리호'로 생각하고 이제 그 흐름에 역행해서 엄숙하게 항로를 바꾸려고 하는 참인데, 기선이자 동시에 선장이기도 하고, 기관실의 벨이기도 하기 때문에 갑판 위에 서 있는 격인 그는 명령을 내리는 동시에 손수 그 명령에 복종하지 않으면 안 되는 처지였다.

"정지! 부웅, 붕붕."

배의 진행은 거의 정지 상태에 있었고 천천히 길가로 다가왔다.

"후퇴! 뗑, 뗑, 뗑!"

그는 두 손을 아래로 뻗쳐서 착 허리에다 붙였다.

"우현 전진! 뗑, 뗑, 뗑! 부우! 붕-! 붕-!"

그러면서 오른손으로는 크게 둘레를 그렸다. 이것은 측륜의 흉내를 낸 셈이다. (당시의 기선은 스크류가 없이 기선 양측에 수차와 같은 차륜이 있어 이것으로 물을 긁으면서 전진했다.)

"좌현 후퇴! 뗑, 땡, 뗑! 부우! 부우! 붕-!"

이번에는 좌현이 돌기 시작했다.

"우현 스톱! 뗑, 뗑, 뗑! 좌현 스톱! 우현 전진! 그만! 천천히 밖으로 돌려라! 뗑, 뗑! 붕~! 닻줄을 풀어라! 어서, 뭘 하고 있어! 이 말뚝에다 밧줄을 걸어! 옳지, 됐다. 배를 내, 이젠! 엔진을 꺼라! 뗑, 뗑, 뗑! (함수기를 시험해 보며) 쉿! 쉿! 쉿!"

톰은 기선에는 아랑곳도 하지 않은 채 담장에 페인트칠을 하는 데만 몰두하고 있었다. 벤은 잠시 그 모습을 지켜보다가 이렇게 말했다.

"야, 너 꼼짝없이 붙잡혔구나."

대답이 없다. 톰은 이제 조금 전에 칠을 마친 곳을 화가와 같은 눈초리로 찬찬히 바라보았다. 그리고는 다시 한 번 정성을 들여 칠하고는 그 결과를 응시하였다. 벤은 그 옆으로 바싹 다가와서 붙어 섰다. 톰은 사과를 한 입 베어 먹고 싶은 생각이 간절해서 군침이 입 안으로 잔뜩 괴었지만, 꾹 참고는 일만 계속할 뿐이었다.

"무슨 일이야, 톰. 일을 하는 구나, 응?"

그때서야 톰은 비로소 뒤를 돌아보았다.

"어, 벤이니? 난 네가 온 줄도 몰랐어."

"수영하러 가는 길이야. 너도 가고 싶지 않니? 하지만 일이 있어서 안 되겠구나. 응, 그렇지? 할 일이 있으니 말이야."

톰은 다시 부지런히 페인트칠을 하면서 말했다.

"일이라고? 글쎄, 그건 잘 모르겠지만 아무튼 난 너무 재미있어서 다른 건 관심 없어."

"뭐라고? 설마 좋아서 하는 일은 아니겠지?"

"왜, 좋아서 하면 안 된다는 거니? 우리 같은 어린이가 울타리에 페인트를 칠할 기회가 어디 그리 흔한 줄 아니?"

이 말이 새로운 국면을 열고 말았다. 벤은 사과를 먹던 입을 딱 멈추었다. 톰은 잔뜩 거만을 떨면서 한 붓 쓱 바르고는 한걸음 뒤로 물러서서 그 결과를 지켜보고는 여기저기다 조금씩 솔을 갖다 대고 수정을 가했다. 그리고 또다시 뒤로 물러서서 그 결과를 음미했다. 그 동안 벤은 한눈을 팔지 않고 뚫어져라 지켜보았는데, 점차 흥미를 느끼고는 마음을 빼앗겨 가는 듯했다. 이윽고 더 이상 견디지 못하고 급기야 소리를 지르고 말았다.

"톰, 나도 조금만 해 보자."

톰은 당장이라도 일을 맡기고 싶었지만 꾹 참았다.

"안 돼, 벤. 이건 쉬운 일이 아니야. 폴리 이모가 굉장히 신경을 쓰시거든. 바깥쪽 담이니까. 만일 이것이 뒤쪽이라면 어떻게 하더라도 상관없어서 이모도 그리 까다롭게 굴지는 않을 거야. 어쨌든 이모에게는 매우 중요한 담이니까. 그래서 하는 말인데, 최대한 정성을 들여 근사하게 하지 않으면 안 되는 거야. 이걸 솜씨 좋게 칠할 수 있는 애들은 1천 명이나 2천 명 중에서 아마 한 사람밖에는 없을 걸."

"정말? 제발 부탁이니 나도 좀 하게 해주라. 나 같으면 산뜻하게 할 텐데 그러는구나, 응? 톰."

"물론 나도 한번 해보게 하고 싶어. 그런데 폴리 이모가 ─이봐, 짐도 하고 싶어 했지만 이모가 허락하지 않았고, 시드도 하고 싶어 했지만 허락하지 않았어, 알겠어. 그래서 나 혼자서 이렇게 하고 있는 거야. 너에게 시켰다가 만약……."

"응 문제없어. 최대한 정성을 다해서 해볼 테니, 한번만 시켜 주라, 응. 이 사과의 반을 줄 테니까."

"글쎄, 그렇다면…… 아냐, 벤. 역시 안 되겠어."

"그럼 통째로 다 줄게."

톰은 민첩하게, 그러나 얼굴만은 마지못해 못 이기는 척하는 표정으로 솔을 건네주었다.

조금 전까지의 기선 '대 미주리호'가 이와 같이 쨍쨍 내려쬐는 뙤약볕 아래서 구슬 같은 땀방울을 뻘뻘 흘리면서 온통 땀으로 멱을 감으며 일을 하고 있는 동안, 은퇴한 화가는 바로 근처의 서늘한 나무 그늘 아래 있는 빈 통에 걸터앉아서 다리를 건들건들하고 사과를 먹으면서 다음에 올 희생자를 기다리고 있는 것이었다. 희생자의 수는 부족함이 없었다. 아이들이 줄줄이 다가왔다. 다들 처음에는 톰을 비웃고 놀렸으나 결국 페인트를 칠하기 시작했다. 벤은 얼마 후에 그만 손을 들고 담에서 물러섰으나, 빌리 피셔가 벤을 대신해서 그 뒤를 이었다. 이것은 큰 수확이었다. 그 다음에는 자니 밀러가 와서 죽은 쥐와 그것을 매다는 끈을 제공했다. 이와 같이 해서 차례차례로 사람이 바뀌어 가며 시간이 흘러갔다. 그리고 오전 중의 초라하고 꾀죄죄한 소년의 모습은 찾을 길이 없이 오후 서너 시경에 톰은 두둑한 재산가가 되어 있었고, 글자 그대로 주머니마다 배가 불룩하니 꽉 차 있었다.

그 물품을 여기다 나열해 보면, 아까 이야기한 것 외에 튀김돌 12개, 구금(口琴)의 일부, 망원경 대용의 푸른 유리병의 파편, 대포형의 실감개, 어느 자물쇠에도 맞지 않는 열쇠 한 개, 분필 부스러기, 유리병의 병마개, 함석으로 만든 군인 인형, 올챙이 두 마리, 폭죽 여섯 개, 애꾸눈 새끼 고양이, 놋쇠, 개 목걸이 ― 그러나 개는 없음 ― 칼자루, 오렌지 껍질 네 개, 더 이상 사용할 수 없는 헌 창틀 등이었다. 게다가 편히 쉬고 있을 수가 있었고 ― 심심하다는 생각을 할 겨를도 없이 ― 그 사이에 담은 세 겹이나 두툼히 새 옷을 입었다. 이걸로 흰 페인트가 아직도 떨어지지만 않았다면 톰은 동네

안의 모든 소년들을 파산시키고 말았을지도 모른다.

톰은 이 세상이 그리 살기 따분한 것만도 아니라는 생각이 들었다. 이 일로 인해 톰은 자기로서는 미처 깨닫지 못하고 있었던 마음의 움직임에 관한 어떤 큰 법칙을 발견하게 되었다. 그것은 어른이나 어린이나 다 같이 상대방의 욕망을 불러일으키게 하려면 그 일을 하는 것이 대단하다고 생각하게 만들면 된다는 것이다. 만일 톰이 이 책의 저자처럼 현명하고 위대한 철학자였다면, 일이라고 하는 것은 사람이 하지 않으면 안 되는 것이고, 오락이라는 것은 사람이 하지 않으면 안 되는 것은 아니라고 하는 것을 깨달았으리라고 생각한다.

그리고 이것으로써 인조화를 만들거나, 디디는 수레를 디디거나 하는 것은 일이며, 한편 볼링을 치는 것이나 몽블랑 산에 오르는 것은 오락에 지나지 않는다는 것을 깨달았으리라. 영국에서는 여름 내내 매일같이 20마일, 또는 30마일이나 되는 길을 사두마차를 타고 다니는 부호 신사들이 있다. 그러나 그것은 굉장한 비용이 들기 때문에 특권으로서 즐길 수가 있는 것이고, 그 반대로 만일 그 신사들이 그 때문에 보수를 받는다면 그것은 오락이 아니라 하나의 일이 된다. 따라서 그들은 이내 그 짓을 집어치워 버리리라고 생각한다.

톰은 자기 신변에 일어난 변화에 약간 머리를 쓰고 나서
페인트칠을 끝마쳤다는 것을 말하기 위해 집으로 들어갔다.

톰은 개선장군과 같이

톰은 폴리 이모에게로 다가갔다. 이모는 침실과 거실과 식당 겸 서재이기도 한 뒤꼍의 서늘한 방의 바람이 잘 통하는 창가에 앉아서, 향기로운 여름 공기와 평온한 정적과 꽃 향기와 나른한 꿀벌이 웅웅거리는 소리 등에 영향을 받은 듯이, 뜨개질감을 손에 든 채 기분 좋게 꾸벅꾸벅 졸고 있었다. 고양이 외에는 상대할 만한 것이라고는 없었고, 그 고양이마저 무릎 위에서 잠들어 있었다. 예의 그 안경은 떨어지지 않게 희끗희끗한 머리 위에 얹혀 있었다. 이모는 톰이 벌써 오래 전에 일을 내팽개치고 도망갔을 것이라고 생각하고 있었으므로 톰이 나타나자 깜짝 놀랐다. 톰은 말했다.

“이모, 이제 놀러 나가도 되겠죠?”

“뭐, 벌써? 칠을 얼마나 했다고?”

“다 끝냈어요. 이모.”

“거짓말…… 설마 그럴 리가.”

“정말이에요. 진짜로 다 끝냈다니까요.”

폴리 이모는 이런 말을 그다지 신뢰할 수가 없었다. 그래서 손수 자기 눈으로 그것을 확인하러 나갔다. 만일 톰의 말이 20퍼센트만이라도 진실이었다면 그녀는 그걸로 만족하고 그만두고 나가서 놀라고 말할 작정이었는데, 아니, 와 보니 담의 전부가 흰색으로 칠해져 있는 게 아닌가! 그것도 한번이 아니라 2중 3중으로 정성껏 칠해져 있는 게 아닌가! 게다가 땅바닥에까지 흰 줄이 쳐져 있었다. 이모는 깜짝 놀라지 않을 수 없었다.

“야, 놀라운 걸! 정말이구나. 너도 마음만 먹으면 이렇게 잘 해낼 수 있구나, 응? 톰.”

그런 다음 폴리 이모는 이런 말을 덧붙여서 칭찬의 정도를 흐려놓고 말았다.

“하지만 좀처럼 그렇게 하고 싶은 마음이 들지 않아서 탈이지. 이런 말을 하고 싶지는 않다만 그렇게 안 할 수가 없으니 말이지. 그래 좋아, 이제 나가 놀아라. 그렇지만 집에 돌아오는 것을 잊지 말아라. 또 회초리가 날아갈 테니.”

어쨌든 일을 완성했다는 공적이 있으므로 이모는 톰을 부엌으로 데리고 가서 맛있어 보이는 사과를 하나 골라 주며, ‘훔친 것이 아니라 이마에 땀을 흘리고서 손안에 넣은 것에는 각별한 풍미가 있느니라’ 하는 말을 들려주었다. 그리고 성경에 있는 말을 인용하여 이 훈화를 끝마치는 동안에 톰은 재빠르게 도넛 하나를 몰래 주머니 속에다 집어넣었다.

신이 난 톰이 밖으로 뛰어나가는데 때마침 시드가 2층 다락방으로 통하는 바깥 층계를 올라가는 것이 보였다. 바로 근처에는 흙덩이가 많이 쌓여 있었다. 삽시간에 이 흙덩어리가 공중을 날아 우박처럼 시드의 머리 위로 떨어졌다. 폴리이모가 시드를 구하기 위해 부리나케 달려왔을 때에는 벌써 여섯인가 일곱 개의 탄알이 시드에게 명중된 뒤였고, 톰은 담을 뛰어넘어 순간적으로 자취를 감추었다. 물론 문은 있었지만 톰은 여느 때와 마찬가지로 거기까지 빙 돌아갈 여유가 없었던 것이다. 검정 실 사건으로 자기를 난처하게 했던 시드에 대한 복수를 할 수 있어서 톰은 마침내 가슴 속이 후련해졌다.

톰은 모퉁이를 돌아 외양간 뒤로 연결된 진흙탕의 골목길로 도망쳐 나왔다. 여기라면 붙잡힐 염려나 벌을 받을 염려가 전혀 없었다.

  마을 광장까지 와서 보니 이미 약속한 대로 두 무리의 아이들이 전쟁놀이를 하기 위해서 모여 있었다. 톰이 한쪽의 대장이고, 톰의 친구 조 하퍼가 다른 한쪽의 대장이었다. 이 두 사람은 직접 싸우지는 않고 – 그런 것은 부하들이 하는 일이니까 – 함께 작은 언덕에 진을 치고는 부관을 통해서 명령을 내릴 뿐이었다. 격렬한 전투가 치러진 뒤 마침내 톰의 부대가 승리를 거두었다. 그 뒤, 전사자의 수를 세고, 포로를 교환하고, 다음 번 싸움의 일정을 정한 뒤, 군대는 철수를 했다. 그리고 톰은 혼자서 집 쪽으로 발길을 돌렸다.

  제프 대처의 집 앞에 이르렀을 때, 톰은 귀엽게 생긴 낯선 소녀 하나가 마당에 나와 있는 것을 발견했다. 파란 눈에 금발을 두 갈래로 땋아 늘어뜨리고 있었고, 흰 여름용 프록(여아용 드레스)에다 수를 놓은 짧은 치마를 입고 있었다. 지금 막 승리를 거둔 영웅은 단 한 발의 총도 쏘지 못한 채 그녀에게 항복하고 말았다. 지금까지 마음속에 그리는 대상이었던 에이미 로렌스라고 하는 소녀 따위는 눈 깜짝할 사이에 톰의 머릿속에서 지워져버렸다. 톰은 이제껏 자신이 정말로 에이미를 좋아한다고 생각하고 있었지만, 지금 보니 그것은 일시적 감정에 불과했다는 것을 알게 되었다. 사실 그녀의 호의를 획득하기에는 몇 달이 걸렸고, 그녀에게 그것을 고백한 것은 아직 채 일주일도 되지 않았다. 불과 7일 전까지만 해도 톰은 이 세상에서 어느 누구보다도 행복하고 자랑스러운 소년이었는데, 일순간에 에이미는 무슨 용무를 끝마치고 가버린 낯선 손님처럼 그의 마음에서 깨끗이 사라져버린 것이다.

톰은 살살 숨어서 새로 나타난 천사를 몰래 경배하고 있었는데, 얼마 지나지 않아 들키고 말았다. 그는 그녀가 거기에 있었다는 사실을 전혀 몰랐다는 것처럼 꾸며서, 환심을 사기 위해 재주넘기를 하면서 여러 가지 수작을 부리려 했다. 톰이 곡예 비슷한 아주 위태롭고 뛰어난 재주를 부리고 있는 도중에 슬쩍 곁눈질을 하며 소녀 쪽을 보니 그녀가 이제 집 안으로 막 들어가려는 참이 아닌가. 톰은 이거 야단났다고 생각하여 부리나케 울타리가 있는 쪽으로 뛰어가 거기 매달려 좀 더 거기 있어 주지 못하겠느냐고 마음속으로 호소하기도 하고 또 원망도 했다. 소녀는 계단 위에서 잠시 걸음을 멈추는 듯하더니 그대로 문 안으로 모습을 감추고 말았다. 그녀의 발이 문지방을 디뎠을 때 톰은 절로 심한 한숨이 땅이 꺼져라 새어나왔다. 그러나 그의 얼굴은 금세 명랑하게 반짝였다. 모습을 감추기 직전에 소녀는 울타리 너머로 오랑캐꽃 한 송이를 던져 주었기 때문이다.

톰은 그 꽃송이 주위를 껑충껑충 뛰어 돌아다니며, 꽃에서 한두 피트 이내의 지점에서 걸음을 멈추었다. 그리고는 손을 이마에 얹고 무슨 이상한 것이라도 있는 듯이 길을 내려다보기 시작했다. 얼마 후 지푸라기 하나를 집어 들고 머리를 뒤로 잔뜩 젖히고는 코 위에다 그 지푸라기를 떨어지지 않게 올려놓으려 애를 쓰기 시작했고, 그리고 좌우로 몸을 흔들면서 애를 쓰며 그 꽃송이 앞으로 다가갔다. 이윽고 그의 맨발이 꽃송이에 닿았고, 발가락으로 살며시 그것을 집어 올렸다. 그 보물을 손으로 받자 그는 곧장 내달려 길모퉁이로 모습을 감추었다. 그러나 그것은 거의 일순간의 일로 톰은 그 꽃송이를 윗저고리 안쪽 단추 구멍에다 꽂은 것이다. 무엇보다 저고리 안쪽을 택한 것은 심장에 가까우리라는 의미에서였다.

톰은 또다시 울타리 앞까지 돌아와 어두워질 때까지 '시위운동'을 계속했다. 그녀는 다시는 모습을 나타내지 않았지만 그래도 어느 창 근처에 있어 자기가 이렇게까지 마음을 쓰고 있는 것을 알아줄지도 모르겠다고 생각하니 얼마간 마음에 위안이 되는 것 같기도 했다. 드디어 넘칠 듯한 환상을 조그마한 머릿속에 가득 담고서 그는 내키지 않는 걸음을

집 쪽으로 떼어 놓았다. 톰은 저녁 식사를 하는 동안 내내,

　"이 아이가 어떻게 된 게 아닐까?"

하고 폴리 이모가 의심할 정도로 기분이 상기되어 있었다. 시드에게 흙덩이를 던졌다고 몹시 혼이 났지만, 그런 일에는 전혀 신경도 쓰지 않았다. 톰은 몹시 마음이 들떠서 이모가 보는 앞에서 설탕을 훔치려다가 그만 손등을 세게 얻어맞기 도 했다.

　"참 이모도, 시드가 그랬다면 아무 말도 안 하셨을 거면 서."

　"물론이지, 시드는 너처럼 사람을 못살게 굴지는 않아. 너 는 눈만 감으면 코를 떼어갈 놈이야. 잠시도 눈을 뗄 수가 없으니."

　잠시 뒤에 폴리 이모는 부엌으로 들어갔다. 그러자 그 틈 을 타서 시드가 설탕 그릇을 만지다가 그만 단지를 떨어뜨 려 깨뜨리고 말았다. 톰은 순간 너무나 기뻐서 견딜 수가 없 었다. 저도 모르게 환성이 새어나올 지경이었으나 너무도 기 쁘면 그것마저 나오지 않는 법이다. 이번 경우가 바로 그것 이었다. 이모가 돌아와도 한마디도 하지 않고 누가 이런 짓 을 했느냐고 물을 때까지 입을 꼭 다물고 있으리라고 톰은 마음속으로 혼자 중얼거렸다. 물으면 모든 것을 털어놓으리

라. 귀염둥이 모범 소년이 경을 치고 있는 광경처럼 통쾌한 구경거리는 세상에 다시없으리라는 것을 생각하는 찰나 이게 어떻게 된 일인가? 이모의 손이 갑자기 톰에게 날아와서 톰을 냅다 후려치는 것이 아닌가? 굳센 손이 또다시 내리치려고 할 때 톰은 소리쳤다.

"왜 나를 때려요? 그릇을 깬 건 시드란 말이에요."

폴리 이모는 순간 당황한 듯이 때리려던 손을 멈추었다. 톰은 위로의 말을 구하며 이모를 올려다보았다. 그러나 마음을 가다듬은 이모는 이렇게 말했을 뿐이었다.

"그래? 뭐, 하지만 생판 이유 없이 맞는 건 아니야. 맞을 만해. 내가 없는 동안 너도 틀림없이 나쁜 짓을 했을 게 분명하니까."

이모는 이렇게 모진 말을 하기는 했으나 양심의 가책을 받아 뭐라고 상냥한 말을 한마디 해주고 싶어 견딜 수가 없었다. 그러나 섣불리 그런 말을 꺼내는 날에는 오히려 자기 과실을 스스로 인정하는 결과가 되고, 그렇게 되면 교육상 좋지 않을 것이라고 판단했기에 입을 꾹 다물고는 아무 말도 하지 말자고 결심했다. 마음에 걸렸지만 이 사건은 이것으로 마무리를 짓기로 했다. 톰은 가련하게 한구석에 쭈그리고 앉은 채 이 재난을 짐짓 즐기고 있었다. 그는 이모가 마음속으로 자기 앞에 무릎을 꿇었다는 것을 간파했다. 그것을 생각하니 심술이 나면서도 한편으론 몸이 떨릴 정도로 기쁘기도 했다. 그는 그것을 내색하지 않으리라 결심했다. 그리고 이모의 어떠한 내색도 받아들이지 않으리라고 다짐했다. 그래서 이모가 가끔 눈물을 담은 눈을 이쪽으로 돌리고 애원하듯이 자기 얼굴을 들여다보는 것을 뻔히 알면서도 톰은 태연히 그것을 외면한 채 모르는 척했다.

톰은 지금 자기가 중병이 들어서 거의 죽게 된 상태에 놓여 있다고 상상해 본다. 그 베개 맡에 이모가 허리를 구부리고, 한마디라도 좋으니 용서해 준다는 말을 제발 해 달라고 조른다. 하지만 자기는 벽을 향해 누운 채 입도 벙긋하지 않고 죽어 버리는 것이다. 아아, 그러면 이모의 가슴 속은 어떠할까? 또 시체가 되어 강으로 인양되면서 머리칼이 머리에 착 달라붙은 채, 그러나 그 대신 가슴속의 괴로운 마음은 깨끗이 사라진 채 집으로 운반되어 가는 현장을 상상해 본다. 그러면 이모가 자기 시체에 매달려서 그 얼마나 빗발 같은 눈물을 쏟으며, 다시 한 번 이 아이를 소생시켜 주시옵소서, 다시는 절대로 못살게 굴지 않을 테니까요, 절대로 절대로 못살게 굴지 않을 테니까요, 라고 신에게 애원하면서 하소연 할 것인가! 하지만 자기 시체는 얼음장처럼 식을 대로 식어 꼼짝도 하지 않는다. 이 조그많고 불쌍한 영혼의 그 고뇌도 탄식도 모두 끝난 것이다.

이러한 상상을 혼자 머릿속으로 하고 있노라니까 톰은 견딜 수 없이 슬퍼지고 자꾸만 애꿎은 침을 삼키지 않으면 안 되어 목구멍이 막히고 눈시울이 뜨거워지면서 아무것도 보이지 않게 되었다. 그 순간 눈을 깜빡거리자 그만 눈물이 눈에서 넘쳐서 코를 타고 뚝뚝 떨어졌다. 그리고 이와 같이 비탄에 젖어 있다는 것은 이제 그에게 있어서는 그야말로 천국 그대로여서, 들뜬 생각과 소란한 이 지상의 장난으로부터 방해를 받고 싶지 않았다. 그러한 것들을 받아들이기에는 자신의 감정이 너무나도 신성한 것이었다. 따라서 일주일 동안이나 시골에 가 있던 사촌 누나인 메리가 오래간만에 집에 돌아온 기쁨에서 가벼운 걸음걸이로 춤을 추며 들어왔을 때, 그는 그녀가 노래와 광명을 가져다 준 문과는 전혀 다른 문을 열고서 구름과 암흑 속으로 얼른 나가 버린 것이었다.

톰은 늘 놀던 놀이터에서 떨어져 훨씬 멀리까지, 어디라도 정처 없이 쏘다니며 지금의 기분에 알맞은 쓸쓸한 장소를 찾았다. 강에 둥실 떠 있는 긴 뗏목이 자기를 부르고 있는 듯이 보였으므로 그 한쪽 끝에 뛰어 올라앉아, 조그마한 배 한 척 보이지 않는 광막한 강변을 바라보면서 그대로 물에 빠져 죽으면 — 이것에 죽음의 고통이 따르는 것은 자연의 이치이지만 그것을 알지 못하고 죽을 수만 있다면 얼마나 좋을까 하고 생각했다.

그 순간 얼핏 톰의 머릿속에 오랑캐꽃 생각이 떠올랐다. 가슴에서 꽃을 꺼내 보니 시든 채 뒤죽박죽이 되어 있어, 그의 슬픈 행복감을 한층 더 심각하게 만들었다. 현재의 심경을 그녀가 안다면 그녀는 자기를 측은히 여겨줄 것인가, 울어 줄 것인가, 아니면 어깨에다 한 손을 얹고서 냉혹하게 외면을 하고 말 것인가? 이렇게 생각하니 가슴이 억눌리는 듯이 슬프기도 하고 동시에 즐겁기도 하여, 톰은 머릿속에서 이러한 생각들을 이리저리 뒤섞기도 하고 이리저리 바꿔 보기도 하면서 싫증이 날 때까지 즐겼다. 이윽고 그는 한숨을 내쉬고는 일어서서 어둠속으로 사라져버렸다.

아홉 시인가 열 시 반경에 톰은 인적이 거의 없는 길을 따라 아직 이름도 모르는 그리운 소녀의 집 앞에 이르렀다. 거기서 걸음을 멈추고는 귀를 기울였지만 아무 소리도 들리지 않았고, 다만 2층 창 커튼에 촛불이 어슴푸레하게 비치고 있었다. 신성한 존재는 거기에 있는 것일까? 톰은 울타리를 타고 넘어가 살금살금 발소리를 죽이고 나무들 사이를 빠져 그 창 아래에 섰다. 그리고 오랫동안 가슴을 졸이면서 창을 처다보고 있었지만 얼마 후에는 거기 걸터앉아 예의 그 시든 꽃을 두 손으로 껴안으면서 길게 넘어졌다.

그리고 이와 같이 자기는 죽어간다. 냉혹한 세계에서 내몰리고, 지붕도 없는 곳에서 자기 이마에 새겨진 죽음의 주름살을 제거해줄 친구 하나 없이, 단말마의 고통을 애처롭게 지켜줄 그리운 사람의 얼굴도 없이……. 그리고 내일 아침 그녀는 무심코 창문을 열고 자기를 발견한다. 어머나 – 하고 그녀는 깜짝 놀란다. 이 불쌍한, 목숨이 끊어진 몸 위에다 얼마간의 눈물을 흘려 줄 것인가? 어린 생명이 이렇게 때를 만나지 못하고 애처롭게 꺼져버린 것을 알고 조그마한 한숨 한 번이라도 지어줄 것인가?

자기가 쓰러져 있는 것을 보고 소녀가 어떻게 생각할까 따위를 상상하고 있을 때 갑자기 창문이 열렸다. 다음 순간, 하녀의 목소리가 들리는가 싶더니 톰은 이미 흠뻑 물에 젖어 있었다. 톰은 놀라서 벌떡 일어났다. 무엇인가가 공중을 날았고, 뒤를 이어서 유리창 깨지는 소리가 들렸으며, 조그마한 사람의 그림자 하나가 울타리를 뛰어넘어 어둠 속으로 순식간에 사라졌다.

그리고 나서 얼마 후, 톰이 잠잘 준비를 하느라고 촛불 아래서 흠뻑 젖은 옷을 만지작거리고 있을 때, 시드는 눈을 떴다. 시드는 불현듯 무슨 말을 할까 하는 생각이 들었을지 모르지만 아무 말도 하지 않았다. 톰의 안색이 심상치 않았기 때문이다.

톰은 기도하는 것을 생략하고는 그대로 잠자리 속으로 들어갔다. 시드는 불안한 마음으로 그 모습을 지켜보았다.

주일 학교

태양이 고요한 대지 위로 떠올라 이 평화로운 마을을 축복하는 듯이 비추었다. 아침 식사를 마친 뒤 폴리 이모는 언제나 하는 것처럼 기도를 올리기 시작했다. 우선 성경에 있는 문구를 뼈대로 해서 추가로 다소의 살을 붙여 기도를 올린 뒤, 모세 계율의 어마어마한 일장을 시나이 산에서 전달하듯이 엄숙하게 읽어 나갔다.

이것이 끝나자 톰은 이를테면 마음의 허리띠를 단단히 죄고는 성경에 있는 글귀를 암기하기 시작했다. 시드는 어제 이미 그것을 다 외워 놓았다. 톰은 다섯 절을 암기하는데 온 힘을 기울였다. 선택한 것은 산상(山上) 수훈의 일절로, 이것보다 짧은 것이라고는 어디에서도 찾을 수 없었기 때문이다. 30분 정도가 지난 후에는 어렴풋이나마 이러저러한 대체의 요령은 파악할 수 있었지만, 그의 머리는 인간 세계를 종횡으로 넘나들고 있었고, 손은 또 손대로 분주히 재미난 오락거리를 찾느라고 바빴으므로, 그 이상은 도저히 진행되지 않았다. 메리가 톰의 책을 빼앗아서 어디 한번 외워보라고 말했다.

"마음이 가난한…… 아……."

"가난한 자는……."

"좋아, 그래, 가난한 자는…… 아…… 아……."

"복이 있나니."

"복이 있나니, 마음이 가난한 자는 복이 있나니, 천국은…… 천국은……."

"그들의 것……."

"그들의 것이기 때문이니라. 마음이 가난한 자는 복이 있나니 천국은 그들의 것이기 때문이니라. 슬픈 자는 복이 있나니, 그들은……."

"위로……."

"그들은 위로…… 아……."

"위로해!"

"아, 그런가. 위로해! 그들은 위로해…… 아아, 또…… 가만 있자…… 그들은…… 슬픈 자는…… 그 다음이 뭐랬지? 메리, 왜 가르쳐 주지 않는 거야? 왜 그리 비겁한 짓을 하고 있는 거냐고?"

"아냐, 톰, 바보 같으니. 난 비겁한 게 아냐. 비겁한 짓이라곤 난 조금도 하지 않았어. 좀 더 공부를 해. 실망하지 말고. 용기를 내…… 잘하면 좋은 상품을 줄게. 그러니 어서 공부해."

"좋아! 상품이 뭐야? 메리, 뭔지 말해 봐."

"아무려면 어때, 좋은 거라고 했으니 근사한 걸 거야, 틀림없이."

"정말이지, 너 메리? 옳지, 그럼 다시 한 번 노력해 볼게."

이렇게 해서 톰은 다시 한 번 애를 써 보았다. 그리고 호기심과 기대라는 이중의 압력 밑에서 적지 않게 힘을 들여서 다시 시도한 끝에 마침내 훌륭한 성적을 거둘 수 있었다. 메리는 12센트 반이나 하는 번쩍번쩍 빛나는 나이프를 톰에게 주었다. 톰이 기뻐서 날뛰는 모습이 마치 그의 몸을 지탱하는 뼈대까지 흔들거릴 정도였다. 사실 이 칼로 무엇을 자를 수 없다는 것은 분명하지만 '진짜 나이프'라는 보증이 붙어 있는 이상 그러한 것은 아무래도 상관이 없었다. 서부 소년들이 무엇을 근거로 해서 이런 종류의 무기에 위조품이 있다고 판단하는 지는 커다란 수수께끼이다. 혹은 그것은 앞으로도 영원한 수수께끼로 남아 있을지 모른다. 톰은 이 나이프로 찬장부터 긁혀주려고 생각하고는 우선 서랍부터 착수한 것인데, 이때 주일학교에 갈 테니 어서 준비를 하라는 재촉의 말이 떨어졌다.

메리가 세숫대야와 비누를 가지고 들어왔다. 톰은 그것들을 받아서 집밖으로 나가 의자 위에다 세숫대야를 놓은 다음, 비누를 물에 적셔서 그 옆에다 놓고, 소매를 걷어 올리고 세숫대야의 물을 가만히 땅 위에다 따라 버린 다음 부엌으로 들어가 문 뒤에 숨어서 수건으로 얼굴을 문지르기 시작했다. 하지만 메리가 그 수건을 잡아채서 가져가버렸다.

"비겁해, 톰, 왜 그리 의뭉스러운 행동을 하는 거야? 물로 깨끗하게 씻지 못하고."

톰은 이 말을 듣고 다소 어리둥절해 했다. 새로 세숫대야에 물이 채워졌고, 톰은 잠시 그 앞에 돌부처처럼 우뚝 서 있었던 것이나 얼마 후에 결심을 굳게 하여 심호흡을 하고는 그 속에다 두 손을 담갔다. 두 눈을 꼭 감고 수건을 더듬으면서 부엌으로 들어왔을 때에는 확실한 증거가 되는 비누

거품과 물이 얼굴에서 뚝뚝 떨어지고 있었다. 그러나 수건을 뗀 얼굴을 보니 아직도 충분하지 않아서 깨끗해진 부분은 겨우 턱까지였으며, 그 꼴은 마치 탈바가지를 쓴 모습이었고, 그 선을 넘으면 머리 뒤쪽으로 시커먼 미개간지가 광활하게 뻗어 있었다. 메리는 톰을 붙잡아 놓고는 손수 자기 손으로 씻겨 주었다. 그런 다음에야 그는 겨우 어디를 데리고 가도 남부끄럽지 않을 소년이 되었고, 머리칼은 깨끗하게 누웠으며, 양쪽 귀 위의 짧은 고수머리도 맵시 있게 정돈이 되었다. (그는 몰래 고심하여 고수머리를 머리에 착 달라붙게 했고, 머리칼에 기름을 발라 부풀어 오르지 않고 단정하게 했다. 왜냐하면, 고수머리는 여성처럼 보인다는 것이 그의 생각이었기 때문이고, 고수머리를 길러 둬야 한다는 것은 그에게는 늘 두통거리였다.)

그 다음에 메리는 2년 이래 공휴일 외에는 사용해 본 적이 없는 톰의 나들이옷을 꺼내가지고 와서 — 이것은 그저 '다른 옷'이라는 이름으로 불리고 있었다. 이것으로 그의 옷 가지 숫자도 대강 짐작이 된다 — 우선 대강 한번 입힌 후에 다시 고쳐서 '제 격식대로' 입혔다. 그리고 그 말쑥하게 다린 저고리에 턱 아래까지 단추를 끼우고 폭이 넓은 셔츠 깃을 어깨에서 바로잡아 준 다음 전체적으로 솔질을 해주었고,

얼룩점이 박힌 밀짚모자를 씌워 주었다.

이렇게 단장해 놓고 보니 톰은 완전히 다른 사람이 되었고 그래서 오히려 불안해 보일 정도였다. 사실 본인도 남이 생각한 것처럼 불안해했다. 이런 옷을 입고 점잖을 빼고 있을 것을 생각하니 정말 거북하기 짝이 없었다. 메리가 구두를 신겨 주는 것 하나만이라도 잊어버렸으면 하고 바랐지만 그것도 역시 헛것이 되고 말았다. 메리는 언제나처럼 정성껏 소기름을 발라 가지고 온 것이었다. 톰은 이 이상 참을 수가 없어서 밤낮 하기 싫은 일만 시킨다고 비명을 질렀지만 메리는 이렇게 타일렀다.

"글쎄 시키는 대로 해, 응, 톰. 착한 아이니까."

톰은 할 수 없이 오만상을 찌푸리고는 구두를 신었다. 얼마 후 메리도 준비를 끝마쳤고, 세 명의 소년소녀는 어깨를 나란히 하고 교회를 향했다. 시드는 교회를 좋아했지만 톰은 그곳이 참을 수 없이 지겨웠다.

주일학교는 아홉 시부터 열 시 반까지 있었고, 그 후에 일반인의 예배가 있었다. 셋 중 둘은 자발적으로 남아서 이 일반인의 예배에도 참가하는 것이 예삿일이었다. 나머지 한 명도 늘 남기는 했지만 그것은 좀 더 강한 다른 의욕 때문이었다. 이 교회에는 등이 높은 쿠션이 없는 판자만으로 된 신자용 의자가 대략 삼백 인 정도가 있었고, 건물 구조 또한 첨탑 대신에 지붕 위에 일종의 소나무 궤짝 같은 것을 올려놓았을 뿐 매우 초라하였다. 톰은 문간에서 뒤로 슬쩍 한걸음 물러서면서 역시 일요 예배용 정복을 입은 친구 한 명에게 소리를 질렀다.

"야, 빌리. 너 노란 카드 가지고 있니?"

"그래."

"내가 뭘 갖고 있는데, 그거랑 바꾸지 않을래?"

"글쎄, 그게 뭔데?"

"감초와 낚싯바늘."

"어디 봐."

톰이 그것을 보여 주자 두 사람의 재산이 교환되었다. 그리고 나서 톰은 흰 튀김돌을 두 개 더 주고는 빨간 카드 석 장을 얻었다. 또 다른 자질구레한 물건으로는 푸른 카드 두 장을 바꿨다. 톰은 나중에 오는 소년들과도 계속 그렇게 해서 여러 가지 빛깔의 카드를 10분에서 15분 정도 걸려 손에 넣었다.

옷만은 잘 차려 입고 있었지만, 톰은 떠들어 대는 소년소녀 틈에 끼어 예배실로 들어간 뒤 자리에 앉자마자 바로 옆자리의 소년과 싸움을 시작했다. 나이가 지극한 선생 하나가 엄숙한 표정을 지으며 싸움을 말렸다. 그러나 그 선생이 잠시 뒤돌아본 틈에 톰은 앞줄에 앉아 있는 아이의 머리칼을 잡아당기고는 그 소년이 뒤돌아보았을 때는 뚝 시치미를 떼고 책을 열심히 읽는 시늉을 하였다. 다음에는 또 다른 소년을 바늘로 찔러 그 아이로 하여금 '아야!' 하는 소리를 지르게 했고, 그 때문에 선생님으로부터 책망을 들었다. 전체적으로 톰의 반은 침착성이 없고, 시끄럽고, 손댈 길이 없었다.

암송을 하는 데 있어서도 만족스럽게 술술 외는 친구는 하나도 없었고, 뒤에서 밀어 주지 않고서는 처음부터 끝까지 이어 내려가지를 못했다. 그러나 그럭저럭 어떻게 해서 외울 수가 있었고, 각자 성경의 문구가 인쇄된 작고 파란 카드를 하나씩 상으로 받을 수 있었다. 이 파란 카드는 성경 구절을 암기하면 상으로 받을 수 있는 것이었는데, 성경 구절을 두 개 외우면 파란 카드를 받을 수 있었다. 파란 카드를 10장 모으면 빨간 카드, 빨간 카드를 10장 모으면 노란 카드로 바꾸어 준다. 그리고 노란 카드를 10장 모으면 주일 학교 선생님이 성경(물가가 싼 시대이긴 했지만 값이 불과 40센트짜리)을 한 권 준다. 비록 도레 판 성경을 상으로 탄다 하더라도 독자 중에서 2천이 다 되는 성경 구절을 외려는 성실한 사람이 몇 명이나 있을 것인가? 그러나 메리는 이것을 두 권이나 탄 것이다. 그것은 2년이나 걸린 노력의 결실이었다. 독일인을 양친으로 둔 어떤 소년은 네 권인가 다섯 권인가를 탔다. 한때 이 소년은 단숨에 3천 구절을 암송해 낸 적이 있었다. 그러나 그 부담이 지나쳤던 모양으로, 소년은 그 날 이후로는 거의 백치나 다름없는 존재가 되고 말았다. 이것은 학교의 입장에서도 큰 손실이어서 그때까지 무슨 대회가 있을 때마다 교장 선생님은 늘 이 소년을 불러내서(톰의 말을 빌자면) '광고'를 시켰던 것이다. 사실 진심으로 괴로운 노력을 계속하면서까지 이러한 카드를 모아서, 성경을 타려고 결심하는 것은 비교적 큰 아이들에게 국한된 일이기 때문에 이러한 상을 탄다고 하는 것은 극히 드문 특기할 만한 사건이었다. 수상자의 자랑스럽고도 화려한 모습을 보면 전 학생의 가슴은 새로운 야심으로 두근거렸다. 그러나 이러한 상태는 고작해야 겨우 2주일 동안만 지속될 뿐이다. 톰의 마음의 위(胃)가 이러한 상품에 굶주려 있었다고는 거의 생각할 수조차 없다. 톰은 상품보다는 다만 상을 받는 '멋진 모습'을 동경하고 있었던 것이다.

교장 선생님은 찬송가를 들고, 거기다가 둘째손가락을 꽂은 채 교단에 서서 학생들의 주의를 환기시켰다. 주일학교의 교장 선생님이 의례적인 짧은 설교를 할 때, 찬송가는 절대

없어서는 안 될 필수품이다. 그것은 음악회의 무대에 서서 독창을 하는 가수가 한사코 악보를 들고 나서는 것과 마찬가지지만 그 이유는 분명하지 않다. 그는 찬송가도 악보도 그것을 들고 있는 염소수염에다 모래 빛깔의 짤막한 머리칼을 기르고 있는 34~35세 정도의 홀쭉한 사람으로 거의 귀에 닿을 정도의 빳빳하고 높은 칼라를 하고 있었고, 그 뾰족한 끝이 입 양쪽에 닿을 정도로 위로 뻗쳐 있었다. — 따라서 이것이 울타리처럼 되어 싫어도 할 수 없이 정면을 곧장 쳐다봐야만 했고, 옆을 보려면 몸 전체를 돌리지 않으면 안 되었다. 그리고 턱 밑에는 지폐와 같은 폭이 넓은, 양 끝에 기다란 술이 달린 커다란 넥타이가 달려 있었다. 그리고 구두 끝이 썰매처럼 뾰족한 것이 위로 굽어 있었다. — 이것이 당시에 유행했던 것으로, 그 당대 젊은이들은 이 구두에 발을 맞추기 위해서 담에다 발가락을 갖다 눌러댄 채 몇 시간씩이나 끙끙대며 앉아 있지 않으면 안 되었다. 윌터스 선생(이것이 교장 선생의 이름이다)은 복장에 많은 신경을 쓰는 사람으로, 매우 근면하고 정직한 마음의 소유자였다. 그리고 신에 속해 있는 물건과 장소를 공경하여, 그것을 세속적인 것과 분명하게 구별하고 있었다. 그렇기 때문에 본인으로서는 깨닫고 있지 못하지만 주일학교에서 이야기를 하는 목소

리에는 평상시의 목소리와는 아주 다른 억양이 깃들어 있었
다. 그는 이런 식으로 이야기를 꺼내곤 했다.

"자, 어린이 여러분, 될 수 있는 한 얌전하게 한 1, 2분 동
안 긴장해서 내 이야기를 들어요. 옳지 됐어. 착한 어린이들
은 모두가 그렇게 하는 거예요. 아니, 저런, 어떤 소녀 하나
가 창밖을 내다보네. 내가 바깥에 있는 걸로 생각하고 있는
모양이군. 나무 위에 올라가서 새와 얘기라도 하고 있는 걸
로 생각하나 봐. (여기저기서 킬킬거리는 소리가 들렸다) 명
랑하고도 깨끗한 얼굴을 한 여러분들이 이러한 훌륭한 장소
에 모여 훌륭한 행동을 하고, 훌륭한 사람이 되려고 여러 가
지 것을 배우려고 하고 있어요. 나는 그것을 보고 얼마나 마
음이 기쁜지를 여러분에게 얘기하려고 해요."

이야기는 이러한 식으로 진전되었다. 그 다음 얘기는 여
기서 새삼스럽게 말할 필요도 없을 것이다. 우리가 다 아는
틀에 박힌 뻔한 이야기가 되풀이될 뿐이다.

이 연설의 이후 3분의 1이 지난 다음에는 또다시 싸움이
일어났고, 악동들은 갑갑증을 참지 못해 다시 장난을 시작해
서 분위기가 엉망진창이 되고 말았다. 또다시 소곤거리는 이
야기와 들뜬 기분이 파도처럼 퍼져서, 시드나 메리처럼 고립
된 반석과 같은 큰 바위의 발밑에까지도 스며들기 시작했다.

그러나 월터스 선생의 목소리가 가라앉기 시작하는 것과 동시에 이러한 잡음도 일시에 중지되었고, 말 없는 감사 속에서 연설이 끝났다.

쑥덕거리는 이야기의 대부분은 매우 보기 드문 사건, 즉 참관인의 출현으로 인해 야기된 것이었다. 참관인이라는 것은, 변호사 대처 씨와 아주 허약해 보이는 노인과 아주 살이 찌고 백발이 성성한 중년의 훌륭한 신사와 그의 아내인 듯한 기품이 넘치는 부인으로, 이 부인은 소녀 하나를 동반하고 있었던 것이다. 톰은 애당초부터 마음이 침착하지 못하고, 초조와 후회의 감정으로 가득 채워져서 견디기가 힘들었다. 에이미 로런스의 얼굴을 곧추 쳐다보기도 마음이 불안하고 애정 어린 그녀의 시선에 응답하지도 못한 채 사뭇 머뭇거리고만 있던 참인데, 어디서 한 번 본 듯한 신입생을 발견하고는 일순간에 그의 영혼은 행복감으로 활활 타오르기 시작했다. 톰은 전력을 다하여 '시위운동'을 시작했다. 친구들을 때리고 머리칼을 잡아채기도 하고, 얼굴을 찡그리기도 하고, 즉 소녀의 주의를 끌어 칭찬을 받을 수 있으리라고 생각되는 모든 행동을 다한 것이다. 처음에 그의 즐거움에는 한 가지의 어두운 부분이 있었다. 그것은 어젯밤, 이 천사네 집 마당에서 맛본 쓰디쓴 모욕의 기억이었다. 그러나 이것은 모래 위에 쓴 글씨처럼 이제 새로운 행복의 파도에 씻겨 어느새 흔적도 없이 사라지고 없었다.

참관인의 일행은 명예로운 귀빈석으로 안내되었고, 월터즈 선생님은 연설이 끝난 후 학생들에게 이 참관인 일행을 소개하였다. 중년신사는 뜻밖에도 큰 인물이었다. 즉, 지방판사 – 이런 인물은 그때까지의 아이들에게는 아직껏 우러러 본 적도 없었던 위대한 인물에 속했다. 아이들로서는 이 사람의 몸은 과연 무엇으로 만들어진 것일까 의아하게 생각되었고, 어쩐지 사자처럼 울부짖으리라고 생각하니 그것이 듣고 싶기도 하고 한편으로는 무섭기도 했다. 그들은 12마일이나 떨어진 콘스탄티노플에서 왔다고 했다. 온 세계를 여행했을 것 같고 가보지 못한 곳이 없을 것 같이 생각되었다. 그런 눈으로 그는 지붕이 양철로 되어 있는 지방 재판소의 건물을 보고 있는 것이다. 이런 식으로 철없는 상상을 제멋대로 하고 있자니, 어린이들의 마음에는 두려운 마음이 솟구쳐 올라, 여느 때 같지 않게 쥐 죽은 듯이 고요해서 눈을 깜빡이지도 않고 바라보고 있는 것이었다.

이 위인은 마을의 대처 변호사의 형이었다. 제프 대처는 즉시 앞으로 나가 이 위인과 인사를 나누었고, 학생 전부의 선망의 대상이 되었다. 제프의 귀에는 학생들의 소곤거리는 소리가 마치 음악소리처럼 들렸을 것임에 틀림없다.

"저것 봐, 짐! 제프가 앞으로 나가. 보라니까! 저 사람과 악수를 하려고 하고 있어. 그 사람이 제프의 손을 잡았다구. 아아, 근사해! 너 제프가 되고 싶지 않니?"

월터즈 선생은 학교 일로 모든 능력을 발휘하여 '좋은 점'을 자랑하였고, 한 일을 하나하나 나열하고, 의견을 말하고, 눈에 거슬리는 무언가가 보이는 즉시로, 여기저기로 분주히 달려가서는 지시를 내렸다. 도서 계원 역시 '좋은 점'을 털어놓고는 책을 한아름 안고 이리저리 뛰어 돌아다니며 사소한 일에까지 일일이 침을 튀기면서 열을 올렸고, 젊은 여선생들도 '좋은 점'을 털어 놓고는 이제 조금 전에 때린 어린이를 껴안듯이 귀엽게 어루만져 주었다. 악동들에게는 날씬한 손가락을 쳐들어 건성으로 때리는 시늉을 하여 보였으며, 착한 아이들은 그 머리를 가볍게 쓰다듬어 주었다. 젊은 남자 선생들은 다소 책망을 섞기도 하며 위엄이 있다는 것을 과시해서, 어린이들의 훈육에 이렇듯 열심이라는 사실을 보여주었다. 그리고 남녀를 가릴 것 없이 대부분의 선생들이 교단 옆에 있는 도서실로 분주히 발을 떼어 놓았다. 이 짓을 두 번, 세 번씩 되풀이한 것을 보니 꽤 중대한 무슨 일이 생긴 것이 분명하다(모두가 긴장된 얼굴을 하고 있었다). 여자

아이들도 제각기 ‘좋은 점’을 털어놓고 있었다. 사내아이들은 종이를 똘똘 말아 서로 던지거나, 조그마한 난투극을 엎치락뒤치락 연출하면서 ‘좋은 점’을 털어놓았다. 그러는 동안 문제의 큰 위인은 유유히 걸터앉아 재판관답게 엄숙한 미소를 띠고는 태양처럼 구석구석까지 그 위엄의 빛을 던지며 자기도 그 광선의 혜택을 입고 있었다. 말하자면 그도 또한 ‘좋은 점’을 털어놓고 있는 중이었다.

그런데 월터스 선생의, 하늘에라도 날아 올라갈 듯한 황홀감을 완전한 것으로 하는 데는 뭔가 부족한 점이 하나 있었다. 월터즈 선생은 판사 앞에서 무엇인가 자랑을 하고 싶었는데, 그러기 위해서는 성경을 상으로 주는 천재 학생이 있다는 사실을 보이는 것이 제일이었다. 그러나, 상을 탈 만한 아이들에게 물어 보았지만 노란 카드를 가지고 있는 아이는 있어도 10장 모두 가지고 있는 아이는 없었다. 예의 독일 소년의 지능을 부활시킬 수만 있다면 온 세상을 희생시켜도 좋겠다고 선생은 몇 번씩 속으로 아쉬워했다.

그런데 희망이 사라져버린 바로 그 순간에 톰이 성큼성큼 앞으로 걸어 나왔다. 노란 카드 9장과 빨간 카드 9장, 파란 카드 10장을 내밀면서 성경을 달라고 요구했다. 어떻게 이런 일이 일어날 수 있을까? 월터즈 선생은 앞으로 10년 동안은 톰 소여가 이러한 자격을 얻으리라고는 꿈에도 생각하지 못했다. 그러나 눈앞에 펼쳐진 현실을 인정하지 않을 수 없었다. 톰이 가지고 있는 카드는 전부 틀림없이 진짜인 까닭이다. 그래서 톰은 판사 일행이 서 있는 단으로 올라가 서게 되었고, 본부로부터 중대 뉴스가 발표되었다. 학생들에게도 이것은 근년 들어 보기 힘든 숨 막히는 듯한 놀라운 사건이었다. 학생들 전체의 시선이 이번에는 두 인물에게로 반반씩 쏠리게 되었다. 학생들은 톰이 부러워 견딜 수가 없었는데, 그 중에서도 가장 분한 생각을 한 아이들은 페인트칠을 하는 대신 톰에게 보물을 넘겨주고 그리고 그 보물과 카드를 교환해서 톰에게 이익을 안겨 준 소년들이었다. 그러나 이제 새삼스럽게 그것을 깨달았다 하더라도 닭 쫓는 여우 격으로 아무 소용이 없었고, 톰은 의기양양한 표정으로 시치미를 떼고 있었다. 사기에 걸렸거나 덤불 속 뱀의 속임수에 빠지기라도 한 것처럼 그들은 자기들이 한 바보짓을 후회할 뿐이었다. 월터즈 선생님은 이 순간에 자못 어울리도록 거만한 자세를 취하면서 엄숙한 표정으로 상품인 성경을 톰에게 주었다. 그렇지만 어딘가 좀 기운이 빠져 있는 듯이 보였다. 아무래도 이상하다는 의혹을 본능적으로 직감하고 있었기 때문이다. 그렇게 많은 아이들 중에서 하필 이 아이가 2천이나 되는 성경 구절을 암기했으리라고는 도저히 믿을 수가 없었다. 어쩌면 한 다스(12구절)도 자신이 없을 지도 모른다. 에이미 로런스는 자기 일처럼 기뻐 날뛰며, 톰으로 하여금 자기 쪽을 보게 하여 자기가 기뻐하는 것을 알려 주려고 그야말로 열심이었다. 그러나 톰은 전혀 모르겠다는 쓸쓸한 표정을 지었고, 에이미는 그것이 이상하기만 했다. 그리고 그녀의 마음은 약간 괴로웠다. 까닭 모를 의혹이 그녀의 마음의 거울에 비쳤는가 하면 이내 사라졌고 – 또 비쳤다. 안 보는 척하면서도 마음속으로는 뚫어져라 지켜보는 그녀의 눈동자에는 천 가지 만 가지의 생각이 감돌고 있었다. 그리고 그 다음 그녀는 가슴이 찢어질 듯이 슬퍼졌고, 원망스러웠고, 부아가 나며 눈엔 눈물이 흥건히 솟아올랐다. 에이미는 세상의 모든 것들이 밉게만 보였다. 그 중에서도 톰이 가장 밉다고 생각하였다.

톰은 판사에게 소개되었다. 그러나 톰은 숨이 막히고 심장이 마구 뛰고 있었다. 그것은 판사가 훌륭한 사람이기 때문이 아니라 바로 그 소녀의 아버지이기 때문이었다. 보는 사람만 없었다면 톰은 그 앞에 엎드려 우러러 보고만 싶었다. 판사는 톰의 머리를 쓰다듬으면서 이름이 무엇이냐고 물었다. 톰은 간신히 대답했다.

“톰.”

“아니, 그런 이름 말고.”

“토마스입니다.”

“그래, 정식 이름이 있을 거라고 생각했어. 톰만으론 좀 짧은 것 같더라. 하지만 그 외에 또 있을 게 아니니? 그걸 얘기해 봐, 뭐지?”

“성을 대 보란 말이다, 토마스.”

월터스 선생이 곁에서 일러 주었다.

“그리고 나서 ‘아무개 입니다’라고 그러는 거야. 예의를 잊어서는 안 되지.”

“토마스 소여- 입니다.”

“음, 그래그래, 잘했어. 착한 아이로구나. 아무튼 기운이 있어 좋아. 성경의 2천 구절이나 암기했다는 것은 정말 엄청난 일이지. 하지만 애쓴 만큼의 보람은 확실히 있어, 있구 말구. 지식이라는 건 이 세상에서 무엇보다도 귀중한 거니까. 너는 이제 커서 훌륭하고 유명한 사람이 될 거다, 토마스야. 넌 그때 가서 이게 모두 어렸을 때 주일학교에서 공부한 덕택이라고 틀림없이 생각할 거야. 여러 가지 것을 가르쳐 주신 선생님 때문이라구. 이렇게 깨끗한 성경을 주셔서 일평생 자기 곁을 떠나지 않고 가르쳐 주신 친절한 교장 선생님의 덕택이라고 너는 틀림없이 생각할 거다. 진실로 이건 모두 다 올바른 교육을 받은 때문이지! 이 2천이나 되는 성구의 가치라는 걸 돈으로 바꿀 수는 없지. 절대로. 자, 그런데 나와 이 부인 앞에서 네가 배운 걸 좀 복습해 볼까. 물론, 사양할 필요는 없어. 난 이런 영리한 아이의 이야기를 듣는 게 무엇보다 즐거워. 물론 넌 예수님의 열두 제자의 이름을 알고 있을 테지. 그 중 제일 먼저 제자가 된 사람은 누구와 누구였지?"

얼굴이 시뻘겋게 변한 톰은 눈을 감았다. 기운이 쭉 빠진 것은 톰 하나만이 아니었고, 월터스 선생도 마찬가지였다. 아무리 간단한 질문일망정 이 아이가 도대체 무슨 수로 대답을 할 수 있을 것인가, 판사님도 무정한 짓을 한다고 선생은 혼자 생각했다. 그렇다고 해서 가만히 있을 수도 없는 처지였다.

"토마스, 대답해 봐, 아무것도 두려워할 게 없다."
톰은 아직도 안절부절 어쩔 줄을 몰랐다.
"나한텐 얘기할 수 있지."
부인이 끼어들었다.
"맨 처음 두 분의 제자 이름은……."
"다윗과 골리앗!"

(다윗은 예수 그리스도가 태어나기 1,000년도 더 전에 살
았던 이스라엘의 왕이고 골리앗은 그 다윗이 죽인 거인의
이름이다.)

여기서 우리는 이 장면의 막을 내려버리는 게 좋을 것이
다. 그게 바로 자비라는 것이다.

'집게벌레'와 그 희생자

10시 30분경이 되자 이 작은 교회의 금이 간 종이 울리기 시작했다. 이윽고 마을 사람들이 아침 예배를 위해 하나 둘 모여들었다. 주일학교 학생들은 뿔뿔이 흩어져 각자 부모들 틈에 끼어 신자석에 자리를 잡았다. 폴리 이모도 와서 앉았다. 톰, 시드, 메리 이렇게 셋은 이모와 나란히 앉았다. 톰은 창밖의 여름 풍경에 시선을 빼앗기지 않도록 가급적 창에서 멀리 떨어진 연단 바로 옆자리에 앉혀졌다. 교회는 만원이어서 통로에까지 사람들로 가득 찼다. 이제는 가난해져서 옛날의 화려했던 때의 모습은 찾을 수 없는 마을의 늙은 우체국장, 촌장 부부 - 이 마을에도 여러 가지 쓸데없는 물건들이 많지만, 그 중에서도 촌장이라고 하는 존재가 있기는 하다.
공안위원, 그리고 더글라스 과부댁 – 부인은 올해 마흔 살
로 품위가 있고, 상냥하고, 아름답고, 돈이 많은 부인으로 언
덕 위에 있는 그녀의 저택은 마을에 있는 유일한 궁전이었
다. 그녀는 무슨 행사가 있을 때마다 늘 많은 액수의 돈을
아낌없이 기부하였다. 그녀의 기부 덕택으로 센트 피츠버그
는 다른 마을에 비해 조금도 손색이 없는 풍성한 잔치를 치
를 수 있었다.

그 외에도 허리가 구부러진 점잖은 노인 와드 소령 부처,
멀리서 온 신진 명사인 리버슨 변호사, 그 다음으로 마을에
서 제일가는 미녀들이 엷은 옷에다 리본으로 몸치장을 하고
걸어 들어 왔다. 그리고 나서 마을의 젊은 사무원들이 한 패
가 되어 안으로 들어왔다. 그들은 싱글벙글 거만한 미소를
지으며 머리에 기름을 발라 착 붙인 채 찬미자의 담이 되어
처녀들을 둘러싸고, 그 마지막 하나가 통과할 때까지 입구에
서 있었다. 맨 마지막으로 모범 소년인 윌리머 퍼슨이 자기
어머니를 마치 유리 세공을 다루듯이 어루만지면서 들어왔
다. 이 아이는 언제나 어머니의 손을 붙잡고 교회로 왔고,
그래서 다른 어머니들로부터 늘 칭찬을 들었다. 그렇지만 그
것이 다른 소년들에게는 못마땅해서, 다른 아이들은 모두 그

를 미워하였다. 그만큼 그는 착한 아이였지만, 한편으로는 여러 가지 점에서 '눈에 거슬리는' 존재였다. 주일날에는 으레 가슴에 달린 주머니 밖으로 흰 손수건을 절반쯤은 내놓고 있었다. 톰은 손수건이 없었고, 그래서 이런 건방진 물건을 가지고 있는 친구가 또 어디에 있느냐는 듯이 주변의 동료들을 둘러보았다.

많은 사람들이 이제 교회 안으로 빽빽이 모여들었고, 종이 다시 한 번 울려 게으름뱅이와 낙오자 무리들의 등을 밀어 대었고, 그 다음 엄숙한 고요가 교회당 안을 삼켜버렸다. 그것을 깨뜨리는 소리라고는 교당 한 구석에 자리 잡고 있는 합창대의 킬킬대는 웃음소리와 소곤대는 잡담소리뿐이었다. 어느 교회에서도 으레 그렇듯이, 합창대라고 하는 것은 늘 행사 중간에도 킬킬대고 소곤소곤 뭐라고 중얼거리기 일쑤이다.

목사는 찬송가를 중지시킨 뒤 당시 이 지방에서 유행하던 독특한 말투와 음성으로 가사를 읽어 나갔다. 우선 중성에서부터 시작하여 어느 부분까지 점점 음계를 높이다가 그만 절정에 오르면 특히 그 말에다 악센트를 주어, 도약대에서 물속으로 뛰어들듯이 갑자기 목소리를 떨어뜨렸다. 이를테면,

'친구들은 상을 타기 위해서 피바다로 항로를 더듬어 가
는데, 어찌 나 혼자 꽃밭에서 달콤한 꿈을 맛보겠는가?'

이 목사는 낭독을 잘하기로 소문이 자자했고, 교회와 관
계되는 모임에 언제나 초대되어 시를 낭독하는 것이 정례화
되어 있었다. 그리고 이것이 끝나면 자리에 앉아 있던 부인
들은 정신없이 공중으로 휘젓던 손을 무릎 위에다 뚝 떨어
뜨리고는 눈을 적시며, '말로는 그걸 표현할 수가 없어. 아
름다워서, 너무도 아름다워서 이 세상의 존재 같지가 않아'
라고 말하려는 듯이 고개를 절레절레 흔들었다.

찬송가가 끝난 다음에는 스프레이그 존사(尊師)가 게시판
과도 같이 회합이니 보고니 그 밖의 여러 가지 일에 관한 주
의 사항을, 이 세상이 끝날 때까지 계속되는 것이 아닐까 하
고 착각이 들 정도로 길게 늘어놓았다. 이것은 신문이라는
편리한 물건이 얼마든지 있는 오늘날, 도시 지역에서도 여전
히 성행하는 미국의 이상한 습관이다. 오랜 습관이라고 하는
것은, 그것이 무의미하다는 것을 알고 있으면서도 쉽게 고칠
수 없다는 것을 의미한다.

드디어 이번에는 목사의 기도가 시작되었다. 참으로 선량
하고도 너그러운 기도로, 세세한 데까지 두루 살피는 용의주

도하고 면밀한 기도였다. 우선 교회의 번영을 위한다는 말에서부터 시작해서 교회에 온 아이들을 위해, 이 마을의 다른 교회를 위해, 이 마을을 위해, 이 지방을 위해, 이 주(州)를 위해, 주의 관리들을 위해, 합중국을 위해, 합중국의 모든 교회를 위해, 국회를 위해, 대통령을 위해, 정부의 관리들을 위해, 파도치는 바다에 시달리는 불쌍한 선원들을 위해, 유럽의 왕권과 동양의 전제주의에 짓밟혀서 신음하는 몇 백만의 억눌린 민중들을 위해, 광명과 복음을 알고 있으면서도 아직 이것을 볼 눈과 들을 귀를 갖고 있지 않은 사람들을 위해, 먼 바다의 외로운 섬에 살고 있는 이교도를 위해서까지 뻗치고, 맨 마지막에는 이상 말한 모든 말이 하나님의 보호하는 바가 되어, 옥토에 뿌려진 종자로서 머지않아 풍성한 열매를 맺어 줄 것을 간절히 바란다며 '아멘'이라는 말로 겨우 마무리되었다.

옷깃이 스치는 소리를 삭삭- 내며 서 있던 신도들은 다시 자리에 앉았다.

이 이야기의 주인공인 톰 소년에게는 기도가 조금도 고맙지 않았다. 거추장스러웠을 뿐이므로 ― 하기야 그것을 참고 있었던 것이 아니라 처음부터 끝까지 안절부절 못하고 있었다. 그는 목사의 기도를 한마디 한마디 빼놓지 않고 낱낱이 외우고 있었다. 물론 정신을 차리고 들은 적은 한 번도 없었으므로 외우고자 해서 외운 것이 아니라 자기도 모르는 사이에 귓속으로 들어와 저절로 외게 된 것이었다. 그래서 만일 이제까지의 기도에 새로운 말이 부가되면 그게 아무리 적은 말일망정 귀에 거슬리게 되어 자신도 모르게 화가 났다. 고정되어 있는 줄로만 알고 있던 일정한 문구에 쓸데없는 말이 덧붙여진다는 것은 비겁하고도 추잡스러운 것으로만 생각되었던 것이다.

그런데 한참 기도를 올리고 있는 중에 파리 한 마리가 날아와서 바로 눈앞의 의자에 앉았다. 그리고는 유유히 두 손을 부비는 통에 톰은 그만 부아가 머리끝까지 치밀어 올랐다. 두 개의 앞다리로 머리를 껴안듯이 하여 마구 사납게 부비는 꼴은, 아니 저 파리가 목을 잘라버리려고 저러는 건가 싶을 정도였는데, 그것은 동체에 달라붙은 목이 마치 실처럼 가늘었기 때문이다. 그것이 끝나자 이번에는 뒷다리로 깃을 자꾸만 쓸어 마치 외투 자락처럼 착 동체에 갖다 붙이려는 듯이 사뭇 애를 썼다. 그리고는 자신이 앉아 있는 곳이 절대 안전한 곳이라 판단했는지, 이러한 몸치장을 매우 침착한 솜씨로 계속하였다. 확실히 안전하다는 데에는 이의가 없다. 이제 톰의 손은 그놈을 붙잡고 싶은 생각에서 통증을 느낄 정도로 고통스러웠지만 꾹 참고 있지 않으면 안 되었다. 기도 중에 그런 짓을 하면 그 즉시로 영혼이 파멸되고 만다는 이야기를 수천 번 들었기 때문이다. 그래서 기도의 마지막 말과 동시에 톰의 손이 서서히 앞으로 뻗치기 시작해서, '아멘' 소리가 나는 것과 동시에 재빠르게 파리는 포로가 되고 말았다. 그러나 이모의 눈길이 거기에 이르러 석방하라는 명령이 내렸다.

목사는 기도를 끝마치고 난 뒤 억양이 없는 단조로운 목소리로 긴 설교를 시작했다. 언제나 다름없는 평범한 기도여서, 적지 않은 사람들이 꾸벅꾸벅 졸기 시작했다. 설교는 무한지옥의 고통에 관한 내용이었지만, 귀를 기울이고 애써 이 고통에서 구원을 받고자 하는 신도들은 그리 많아 보이지 않았다. 톰은 페이지 수를 세면서 설교의 길이를 계산하고 있었다. 교회가 끝나고 나올 때에는 그날 한 설교의 길이가 몇 페이지나 되는지 정확히 알고 있었지만, 내용에 관해서는 아무것도 기억나는 게 없었다. 그러나 오늘만큼은 잠시 귀를 기울일 만한 재미난 대목이 있었다. 목사는 전 세계의 군대가 한 곳에 모이고, 그때 사자와 양 새끼가 같은 대열에 나란히 서고, 그것을 어린이가 끌고 간다는 밀레니엄(예수가 세계를 통치하는 1천년의 기간)의 광경을 눈앞에 보이듯이 설명했다. 그러나 이 장엄한 장면에 내포되어 있는 애수와 의의와 교훈에 관해서는 톰으로서는 아무것도 알 수가 없었다. 그의 마음이 끌린 것은 그 장면에서 주인공 역할을 하는 어린 아이의 이채로운 모습이었다. 톰은 그것을 머릿속에 그리고는 얼굴 가득 광채를 띠었다. 그리고 자기도 그 아이가 되었으면 하고 생각했다. 물론 길든 사자의 경우처럼.

설교가 또다시 재미없게 되자 톰은 다시 지루함을 견딜 수 없게 되었다. 그때 언뜻 자기가 무슨 보물을 가지고 있다는 생각이 머리에 떠올라 주머니에서 그것을 꺼냈다. 그것은 큰 턱을 가진 한 마리의 딱정벌레로 톰은 이것을 '집게벌레'라고 불렀다. 그것을 톰은 뇌관 속에다 가둬두고 있었다.

그런데 이 딱정벌레가 최초에 한 짓은 톰의 손가락을 깨문 것이었다. 톰은 그 순간 으레 누구나 다 그렇듯이 무심코 딱정벌레를 내동댕이쳤다. 딱정벌레는 나자빠진 채 통로에 떨어졌고, 톰은 깨물린 손가락을 무의식중에 입 속에 틀어넣었다. 딱정벌레는 누운 채 일어나지 못하고 연방 다리만 버둥거리고 있었다. 톰은 그 꼴을 보고는 집어 들고 싶었지만 거기까지는 손이 도저히 미칠 것 같지가 않았다. 설교에 권태를 느끼고 있던 다른 사람들도 재미있다는 듯이 딱정벌레를 내려다보고 있었다.

바로 그때 강아지 한 마리가 평온한 여름의 무료함을 견디지 못하고 뭐 특별한 일이 없을까 하는 눈초리로 교회 안으로 들어섰다. 순간 그의 시야에 딱정벌레의 모습이 들어왔고, 축 늘어져 있던 꼬리가 위로 반듯하게 서면서 흔들거렸다. 강아지는 딱정벌레에게서 눈을 떼지 않았고, 그 주의를 한 바퀴 빙 돌았다. 안전한 데서부터 킁킁 하고 냄새를 맡아보고, 다시 한 번 그 주위를 빙글 돌아본다. 이번에는 좀 더 대담해져서 바싹 다가가 냄새를 맡는다. 그리고 나서는 잔뜩 겁먹은 눈초리로 앞다리를 뻗어 끌어당기려고 하였다. 그러나 아직도 거리가 멀었고, 그래서 다시 한 번 시도해 보았다. 또다시 한 번, 이 장난이 점점 재미있었다. 그래서 털썩 마루에 주저앉아 앞발로 딱정벌레를 집어 들고는 실험을 계속해 보았다. 그러나 이내 싫증이 나기 시작했다. 그래서 무관심하게 되었고, 머릿속에서 거의 사라져가고 있었다. 자연스럽게 목이 수그러졌고 턱이 조금씩 적에게로 접근해갔다. 그 순간 적이 날쌔게 콱- 하고 콧등을 깨물었다. 강아지는 요란한 비명을 올리며 머리를 흔드는 바람에 딱정벌레는 저만큼 튕겨나가 또다시 나자빠진 채로 뒹굴었다. 보고 있던 사람들은 몸을 흔들면서 웃음을 참고, 어떤 사람들은 부채로, 또 어떤 사람들은 손수건으로 얼굴을 가렸다. 이렇게 되자 톰은 제 세상을 만났다. 강아지는 멋쩍은 눈치였다. 사실 멋쩍었을지도 모른다.

그러나 가슴속으로는 분노와 복수심에 불타고 있었다. 그래서 강아지는 딱정벌레가 있는 데로 다가가서 다시 한 번 신중하게 공격을 시작했다. 딱정벌레 주위의 여러 방향으로부터 뛰어들기도 하고, 1인치 정도 떨어진 거리에서 앞발을 내밀기도 하고, 좀 더 바싹 접근해서 이빨로 깨무는 시늉을 하기도 하고, 귀를 너풀너풀 펄럭거리며 목을 흔들어 보이기도 했다. 그러나 얼마 지나지 않아 이것도 싫증이 났다. 그래서 이번에는 파리를 쫓아서 재미를 보려고 했지만 이것도 역시 싱거웠다. 그 다음은 개미 한 마리가 눈에 띄게 되어 코를 마루에 닿을 정도로 숙여서 그 뒤를 쫓아서 따라갔지만 이것도 곧 싫증이 나고 말았다. 그래서 하품을 하고, 한숨을 쉬고, 딱정벌레 같은 것은 까맣게 잊어버리고는 그만 털썩 주저앉고 말았다. 그런데 공교롭게도 강아지가 앉은 곳이 바로 그 딱정벌레의 위였다! 갑자기 날카로운 비명이 일어나며 강아지는 통로를 냅다 내달렸다. 비명이 계속되고 강아지는 그대로 자꾸만 내달렸다. 성단 앞을 가로질렀다. 비명이 계속되며 개는 여전히 날뛰었다. 성단 앞을 가로질러 다른 통로를 뛰어서 되돌아왔고, 또 입구 쪽을 가로질러 뛰었다. 속력에 따라 그의 고통은 점점 더해만 갔다. 드디어 이제는 광선의 속력으로 궤도를 달리는 털북숭이 혜성과도 같았다. 마지막으로 이 반쯤 미친 수난자는 코스에서 이탈해서 주인 무릎으로 뛰어올랐다. 주인은 강아지를 창밖으로 내던졌다. 그리고 얼마 후에는 비명이 멀어지고, 완전히 고막에서 사라졌다.

지금까지 교당의 모든 사람들은 웃음소리를 내지 않으려고 숨을 죽이고 있었으나 얼굴은 시뻘겋게 상기되었고, 설교는 일시 중단 상태에 빠졌다.

얼마 후에 다시 설교가 시작되었지만 어수선한 분위기로 인해 도무지 열이 오르지 않았고, 신자들에게 감명을 줄 가능성은 거의 사라졌다. 모처럼 엄숙한 기분이 오르기 시작하다가도, 어느 구석자리에서 전례에 없게 목사가 우스운 소리라도 한마디 한 것처럼 웃음을 억누르지 못하고 그만 웃음보를 터뜨리는 소리가 끊일 사이가 없었기 때문이다. 이 시련이 끝나고 최후의 기도를 올리는 시간이 되자 신도들은 이제는 살았다는 듯이 안도의 한숨을 돌렸다.

톰 소여는 아주 상쾌한 기분이 되어, 어떤 작은 변화만 있으면 교회에서도 재미난 일이 일어날 수 있다고 생각하며 집으로 돌아왔다. 그렇지만 '집게벌레'를 잃어버렸다는 것이 몹시 섭섭했다. 친하게 가지고 놀기만 하면 얼마든지 놀 수 있는 것을 강아지가 가지고 가다니 참 괘씸한 녀석이다.

톰과 베키

　월요일 아침이 되자 톰은 조금 우울했다. 월요일 아침이면 늘 우울해진다. 그것은 또다시 긴 일주일간의 수업이라는 고통이 시작되기 때문이다. 이날을 맞이할 때마다 톰은 차라리 주가 바뀔 때마다 휴일이 없는 것이 얼마나 좋을지 모르겠다고 생각했다. 이러한 것이 있는 까닭으로 다시 새삼스럽게 구속되는 것만 같아서 늘 마음이 괴롭게만 느껴지는 것이다.

　톰은 이불 속에서 여러 가지 궁리를 해 보았다. 이런 상황에서 몸이 아프면 좋지 않을까 하는 생각이 머리를 스쳐갔다. 몸이 아프면 학교에 가지 않아도 된다는 데, 하나의 희망이 있었다. 그는 자신의 몸 상태를 살펴보았다. 이상한 데라고는 하나도 없었다. 그러나 곰곰이 다시 한 번 조사해 보니, 이번에는 신경통의 징후가 있는 듯했다. 그래서 큰 희망을 걸고서 이것을 격려하기로 결정했다. 그러나 이 징후는 이내 희박해져 얼마 안 가서 완전히 사라지고 말았다. 톰은 더 생각을 가다듬었다. 언뜻 무엇 하나를 발견해 냈다. 위 앞니 하나가 건들거리고 있다. 이거야말로 하늘이 주신 기회였다. 그래서 우선 그 '시초'로서 끙끙 앓는 소리를 내 볼까 한 것인데, 그때 만일 이가 아프다고 하면 아주머니가 빼 버리자고 할지도 모른다는 생각이 얼핏 머리를 스쳐갔다. 물론 아플 것이다. 그래서 이의 경우는 당분간 예비로 갖고 있고 다른 것을 찾아보기로 했다. 얼마 동안 신통한 생각이 머리에 떠오르지 않은 채로 시간을 허비했는데, 언젠가 그 무슨 병에 걸리면 2주일이나 3주일 동안을 꼬박 자리에 누워 있지 않으면 안 되고, 최악의 경우에는 발가락을 잃게 될 수도 있다고 하는 말을 의사가 했던 것을 기억해 냈다. 그래서 당장에 이불 밑에서 발을 끌어내어 엄지발가락의 상처를 살펴보았다. 그 병이 되려면 어떠한 징후가 필요한가 하는 것에 관해서는 통 아무것도 몰랐지만, 어쨌든 한 번 해볼 만한 가치는 있을 듯했다. 그래서 그는 용기를 내어 끙끙 앓는 소리를 내기 시작했다.

톰은 더욱더 높게 끙끙 앓는 소리를 내 보았다. 그랬더니 얼마간 발가락이 아파지기 시작한 것만 같았다.

시드로부터는 아직 아무 반응이 없다. 너무도 서두른 나머지 그만 톰은 숨이 가빠졌다. 그래서 얼마간 쉬고, 기운을 회복하고 난 뒤 다시 한 번 근사하게 끙끙 앓는 소리를 내기 시작하였다. 시드는 여전히 드르렁드르렁 코를 골며 자고 있었다.

톰은 그만 화가 나기 시작했다. 그래서

"시드 시드!"

하고 소리를 지르면서 몸을 흔들어 보았다. 이번에는 효과가 나타난 듯했으므로 톰은 얼른 또다시 끙끙 앓는 소리를 지르기 시작했다. 시드는 하품을 하고, 기지개를 켜고, 팔꿈치를 짚고 코를 킁킁하면서 상반신을 일으켜 세우고는 톰의 얼굴을 쳐다보았다. 톰은 여전히 죽는 소리를 냈다.

"톰! 이봐, 톰!"

대답이 없다.

"이봐, 톰! 톰! 무슨 일이야, 톰!"

그리고 시드는 톰의 몸을 흔들며 걱정스러운 얼굴로 톰의 얼굴을 들여다보았다. 톰은 괴로운 듯이 신음소리를 계속 냈다.

"그냥 놔 둬, 시드. 흔들지 마."

"아니, 많이 아픈 거 아냐, 톰? 이모님을 불러와야겠어."

"아냐, 이제 낫겠지. 불러오지 마."

"불러오지 말라니. 그렇게 끙끙 앓는 소리 하지 마, 톰. 기분 나빠. 언제부터 그렇게 아팠어?"

"한참 됐어. 아아! 흔들지 마, 시드. 죽일 셈이냐?"

"톰, 왜 날 일찍 깨우지 않았어? 아아, 톰 제발 그만둬, 앓는 소린! 그 소리를 들으면 소름이 끼쳐. 대체 어떻게 됐다는 거냐?"

"모든 걸 용서해 줄게, 시드. 내게 한 짓을 모두 용서해 주마. 내가 죽으면……."

"아니 톰, 죽기는 왜 죽어. 죽지 마, 톰, 죽으면 안 돼. 어쩌면……."

"다 용서해 주마, 시드. 아 – 아파, 모든 사람들에게 그렇게 전해 줘, 시드. 그리고 말이다, 시드 내 창틀과 애꾸눈이 고양이를 이번에 새로 온 계집아이에게 전해 줘…… 그리고 그 아이에게……."

그러나 시드는 옷을 걸치기가 무섭게 내달렸다. 톰은 이제는 정말로 병이 난 것만 같고, 꾸며 댄 연극도 근사하게 들어맞아 신음소리도 점점 정말인 것처럼 변해갔다.

시드는 아래층으로 급히 내려가 허겁지겁,

"폴리 이모, 어서 와요! 톰이 죽어가요!"

하며 서둘러댔다.

"죽어가?"

"예, 어서 빨리 올라가 봐요!"

"거짓말이야, 거짓말!"

말은 이렇게 했으나 이모는 급히 서둘러 계단을 뛰어 올라갔고, 그 뒤를 시드와 메리가 따랐다. 이모의 얼굴색은 창백해졌고 입술은 작은 경련을 일으키고 있었다. 침대 앞에 우뚝 걸음을 멈춘 이모는 숨을 헐떡거리며,

"애, 톰! 어디 아프니?"

하고 물었다.

"이모, 저는 이제……."

"어떻게 된 거냐, 도대체 어떻게 된 거야?"

"이모, 다친 발가락이 그만 썩어서 떨어져요, 막!"

이모는 의자에 걸터앉아 웃는 듯하더니 다음 순간에는 울음을 터뜨렸다. 그 다음에는 한꺼번에 웃음을 터뜨렸다. 이모는 이것으로 마음을 가라앉히고 톰에게,

"톰, 왜 사람을 놀라게 하는 거야? 멍청이 같은 짓 그만하

고 어서 일어나지 못해?"

하고 나무라듯 톡 쏘아붙였다.

신음소리가 뚝 그치고, 발가락 아픈 것이 씻은 듯이 싹 가라앉았다. 톰은 다소 멋쩍었다.

"그런데 이모님, 정말 아파서 썩어 떨어질 것만 같았어요. 그래서 이 아픈 건 아주 잊고 말았어요."

"이? 이가 어떻게 됐다고?"

"이가 하나 흔들거려서 아파 죽겠어요."

"그래. 그렇다면 이제 끙끙 앓을 거 없어. 어디 입을 아 해봐. 옳지 네 말대로 건들건들하는구나. 하지만 그것 때문에 죽지는 않을 거야. 메리야, 가서 명주실과 부엌에서 불한 덩어리만 가지고 와라."

"아, 이모, 빼지 마세요. 이젠 아프지 않아요. 아파도 문제없어요. 제발 빼지 마세요, 이모님. 학교를 빼먹고 집에서 쉬겠다는 그런 생각을 절대로 안 할 테니까요, 이젠."

"아니, 그랬었구나. 학교를 빼먹고 낚시질이니 무슨 장난을 치고 싶어서 이런 연극을 꾸민 것이로구나? 톰, 넌 정말 구제 불능이다. 내가 널 얼마나 귀여워하고 있는데 어째서 너는 나쁜 짓만 골라서 나를 괴롭히려고 하는 거니?"

이 말이 끝났을 무렵에는 치과 수술을 할 준비가 다 되어

있었다. 아주머니는 명주실 끝에다 동그라미를 만들어 톰의
이에다 걸고, 다른 한 끝은 침대 기둥에 대롱대롱 매달았다.
　그러나 모든 고난에는 반드시 보상이 따르기 마련이다.
아침밥을 먹고 학교에 갔을 때 톰은 만나는 아이들 모두로
부터 선망의 대상이 되었다. 왜냐하면 위 잇줄에 뻥하니 구
멍이 생겼으므로 멋지고 새로운 방법으로 침을 뱉을 수 있
었기 때문이다. 톰의 주위에는 이 모습에 흥미를 느끼고 많
은 아이들이 모여들었다. 이제까지 손가락을 다쳐서 그 때문
에 인기를 독차지 했던, 일종의 영웅처럼 군림하던 어떤 아
이는 당장에 인기를 잃고, 영광의 내리막길을 달리는 격이
되었다. 이 아이의 마음은 무거웠다. 그래서 그런 침 뱉는
방법이 무엇이 그리 재미있냐고 마음에도 없는 말을 하여
경멸하려고 했지만 다른 아이들은
　"헤이, 신 포도!"
하고 상대하려고 들지 않았다. (이솝 우화에 어느 여우가 손
이 미치지 못하는 포도를 가리켜 "저건 신 포도"라고 했다
는 이야기가 있다.) 소년은 패배의 영웅처럼 힘없이 그곳을
떠나갔다.
　잠시 후에 톰은 주정뱅이의 아들로 마을의 부랑아인 허클
베리 핀과 우연히 만나게 되었다. 이 아이는 동네 안의 모든

어머니들로부터 송충이와 같은 취급을 받을 뿐만 아니라 공포의 대상이었다. 허클은 게으름뱅이며, 악동에다 천하고 부랑아였을 뿐만 아니라 아이들 사이에서 인기가 대단해서, 아이들은 그의 환경을 동경해서 그와 같은 아이가 되었으면 하고 바라기도 했다. 톰도 점잖은 집 아이들과는 달리 속박이 없는 허클의 신분을 무척 부러워했지만, 한편으로는 이 아이와 함께 놀면 안 된다는 엄중한 금지 명령을 받고 있었다. 그렇지만 톰은 기회가 주어질 때마다 허클과 함께 놀곤 하였다.

허클은 언제나 어른의 헌옷을 입었는데, 거기에는 넝마조각이 활짝 핀 꽃처럼 대롱대롱 매달려 있었다. 모자는 테두리가 다 찢어져 커다랗게 초승달 모양으로 입을 벌리고 있었고, 외투는 혹 입고 있는 경우가 있다면 거의 발뒤꿈치까지 내려와 질질 끌릴 정도였고, 뒤에 달린 단추는 꽁무니 훨씬 아래에서 춤을 추고 있었다. 멜빵은 양쪽 모두 온전하게 그대로 있는 경우가 없고, 언제나 한쪽뿐이었다. 바지 엉덩이는 언제나 남아서 마치 무슨 부대를 엉덩이에다 매단 것만 같았다. 걷어 올리고 있지 않을 때에는 처진 바짓가랑이가 언제나 진창 속을 질질 끌고 있었다.

허클베리의 행동은 자유롭고 또 구속이 없었다. 날씨가

좋으면 문턱 계단 위와 같은 아무 곳에서나 잠을 잤고, 비가 오면 커다란 통 속에서 잠을 잤다. 학교나 교회에도 갈 필요가 없고, 누구의 명령에 복종할 필요도 없었다. 낚시질이건 헤엄치는 일이건 마음이 움직이는 대로 하면 그만이고, 싫증이 나면 그만 두고 다른 일을 하면 되었다. 주변에 싸움을 못하게 하는 사람은 아무도 없었다. 어디서든 밤늦게까지 앉아 있을 수 있었다. 봄이 되면 누구보다도 먼저 맨발로 걸을 수 있었고, 가을이 되면 누구보다도 늦게까지 신을 신지 않아도 좋았다. 아직껏 세수를 해야 할 필요가 없었고, 나들이 옷을 입어 본 적도 없었다. 무슨 욕이든지 마음대로 할 수 있었다. 말하자면 인생을 귀중한 것으로 만드는 모든 행위를 이 소년은 무엇이든지 마음껏 할 수 있었다.

센트 피츠버그의 억압에 시달리고 있는 좋은 집안의 소년들은 허클을 이렇게 생각하고 있었다.

이 낭만적인 부랑자에게 톰은 소리를 질렀다.

"야, 허클베리!"

"야, 톰!"

"너 갖고 있는 게 뭐니?"

"죽은 고양이."

"어디 봐, 허클! 어, 딱딱하구나 어디서 얻었지?"

“어떤 애한테서 샀어.”

“뭘 주고?”

“푸른 카드와 도살장에서 주운 소 오줌통 하고.”

“카드는 어디서 났어?”

“두 주일 전에 벤 로저스한테서 굴렁쇠 막대랑 바꿨어.”

“그런데, 죽은 고양이는 뭐 하려고?”

“뭐 하냐고? 사마귀를 떼는 거야.”

“뭐? 사마귀를 뗀다고? 사마귀 하면 그보다 더 좋은 게 있어.”

“뭐야, 그게?”

“썩은 나무에 괸 물이야.”

“그거! 그런 건 안 돼. 고인 물이 무슨 약이 된다는 거야?”

“왜 안 돼? 해본 적 있어?”

“난 해본 적은 없지만 보브 테너가 해봤어.”

“누가 그런 소릴 했어?”

“보브가 제프 대처에게 했어, 누구겠어. 그 다음 제프가 자니 베이커에게 얘기하고, 그 얘긴 또 자니가 짐 호리스에게 말하고, 짐이 어떤 흑인 아이에게 말하는 걸 그 흑인이 나에게 전한 거야. 그러니까 틀림없어.”

“글쎄, 그런 걸 어떻게 믿어, 모두가 거짓말쟁이뿐인데.

적어도 내가 모르는 그 흑인 외엔, 그렇지만 거짓말을 하지 않는 흑인은 나는 한 번도 본 적이 없어. 그런데 보브 테너가 그것을 어떻게 했다는 거야?"

"썩은 나무 그루터기에 고인 빗물에다가 손을 담갔어."

"대낮에?"

"그럼."

"그 그루터기에다 얼굴을 갖다 대고?"

"응, 그랬지, 아마도."

"그래서 무슨 말을 했어, 그 애가?"

"안했다고 생각하지만 모르겠어."

"야아! 괸 물에다 사마귀를 떼려면 그런 식으로는 안 돼. 듣지 않을 게 뻔해. 사실은 이렇게 하는 거야. 혼자서 숲 속의 그루터기에 물이 괸 곳으로 가서, 밤 12시에 이렇게 말하면서 그 물 속에다 손을 담그는 거야, 즉 — '보리알, 보리알, 옥수수가루 겨, 괸 물, 이 사마귀를 떼어라.' 그리고 나서 눈을 꼭 감은 채 얼른 뒤로 물러서는 거야. 그 다음에 세 번을 뻥 돌고서 집으로 돌아오는 거야. 그런데 집으로 오는 도중에서 누구를 만나도 절대로 입을 열어서는 안 돼. 입을 열면 주문의 효력이 사라지니까."

"흥, 그게 정말인지도 모르겠군. 하지만 보브 테너는 그렇겐 하지 않았다던데……."

"그럼, 물론 그럴 거야. 그 애는 이 마을에서도 사마귀가 많기로 제일 유명하잖아. 고인 물을 쓰는 방법을 정말 알고 있다면 사마귀가 그대로 남아 있을 리 없잖아. 난 그렇게 해서 손에 붙은 사마귀 몇 천 개를 떼었다구. 허클. 난 개구리를 가지고 노니까 늘 사마귀가 생기거든. 때로는 콩으로 떼는 수도 있지만."

"그래, 콩으로도 돼. 나도 해본 적이 있어."

"너도 해봤단 말이야? 어떻게?"

"콩알을 둘로 쪼개고, 사마귀에서 피가 조금 날 때까지 살짝 잘라. 그리고 그 피를 콩알 한쪽에 칠해서 달이 없는 깜깜한 밤 12시쯤 돼서 길이 네 갈래로 되어 있는 곳에다 구멍을 파고는 그놈을 묻어. 그리고 남은 한쪽 콩알을 태워 버려. 그렇게 하면 피가 붙은 콩이 다른 쪽 콩을 꼬이려고 하지만 타 버리고 말았으니까 그 대신 사마귀 피를 빨아들이는 거라고. 그래서 깨끗이 떨어지는 거야."

"그래 맞았어, 허클. 꼭 그래. 하지만 정말은 묻을 때 '가라앉아라, 콩아, 떨어져라 사마귀야, 다시는 묻어서 날 괴롭히지 마라!'라고 하면 효과가 더 크지. 조 하퍼는 그렇게 해서 사마귀를 떼었어. 쿤빌에서도 그렇고 다른 곳에서도 그렇게 한다고 그 애가 그러더라. 그건 그렇고, 죽은 고양이는 어떻게 하는 거지?”

“어떤 나쁜 사람이 죽었을 때 고양이를 가지고 밤 12시쯤에 그 사람 무덤으로 가는 거야. 바로 12시가 되면 악마가 와서 — 몇 마리가 올지 그건 모르지만 눈에는 보이지 않아. 바람소리 같은 윙 하는 소리든가, 마치 악마의 이야기 소리처럼 들릴 뿐이야. 그리고 악마들이 그 시체를 가져가려고 할 때 고양이를 휙- 던지면서 이렇게 말하는 거야. ‘악마는 시체를 따라가라, 고양이는 악마를 따라가라, 사마귀는 고양이를 따라가라, 이걸로 너와는 끊어졌다!, 그리면 안 떨어지는 사마귀가 없대.”

“그럴 듯한데. 너 해본 적 있어, 허클?”

“내 손으로 해본 것은 아니지만, 홉킨스 할머니가 그렇게 말했어.”

“응, 그래, 그럴 줄 알았다. 그 할머니는 사람들을 모두 무당이라고 하잖아.”

“네 말이 맞아, 톰. 그 할머니는 정말 무당이다. 그 할머니는 우리 아빠에게 마법을 쓴 적이 있어, 정말이야. 아빠가 자기 입으로 그랬다고 그러던데. 어떤 날 아빠가 어디를 가고 있자니까 그 할머니가 아빠에게 마법을 쓰고 있더라는 거야, 아빠가 그걸 보고는 큰 돌을 집어 던졌대. 몸을 홱 돌려 비켰기 때문에 맞지는 않았다더라. 그날 밤, 아빠가 술에 취해 쓰러져 자다가 방에서 굴러 떨어져 그만 팔이 부러지고 만 거야."

"아, 지독하다. 한데 그 할머니가 어떻게 해서 마법을 썼다는 걸 알지?"

"뭘, 그까짓 건 아무것도 아냐. 놈들이 뚫어져라 쏘아보고 있을 때 그때가 바로 놈들이 우리들에게 마법을 쓰고 있을 때라고 아빠가 그러시더라. 특히 뭐라고 중얼거리고 있을 때는 더욱 그렇다는 거야. 중얼거리는 것은 주기도문을 거꾸로 외고 있는 거니까."

"허클, 그 고양이를 언제 사용할 작정이야?"

"오늘밤, 오늘밤 악마가 호스 윌리엄즈의 시체를 파러 올 것 같아서."

"호스를 묻은 건 토요일이잖아. 파러 온다면 토요일 밤에 오지 않겠어?"

"바보! 열두 시 전에는 악마의 주문이 효력이 없다구. 더군다나 그때는 벌써 주일이야. 주일에 도깨비가 흙일을 하는 줄 알아?"

"맞아 그렇지, 그걸 생각하지 못했네. 나도 따라가도 돼?"

“그럼 되지, 무섭지만 않다면.”

“무섭냐구? 뭐가 무서워. 날 불러 줄래?”

“그래, 고양이 우는 소리를 낼 테니까 그럼 너도 고양이 우는 소리로 대답해. 지난번에는 네가 대답을 하지 않아서 그냥 언제까지나 울고 있었더니, 헤이즈 영감이 글쎄 ‘아니, 이놈의 고양이가!’ 하며 돌을 냅다 던지더라구, 그래서 내가 벽돌로 유리창을 깨버렸지만 ― 하지만 너 이 이야기를 해서는 안 돼.”

“걱정 마. 그날 밤은 이모가 어찌나 감시를 심하게 하는지. 글쎄 대답할 틈이 있어야지. 오늘밤에는 틀림없이 대답할 거니까 걱정하지 마, 그건 뭐냐?”

“아무것도 아냐, 진드기.”

“어디서 잡았어?”

“숲 속에서.”

“뭐하고 바꿀래?”

“글쎄, 바꾸기 싫은데.”

“그럼 좋아. 그까짓 깨알만한 진드기.”

“흥, 남의 건 모두 트집을 잡는 군. 나는 이게 좋아. 나에게는 둘도 없는 진드기야.”

“흥, 진드기가 그거 하나뿐인가. 잡을 생각만 하면 천 마리도 잡을 수 있어. 그까짓 거.”

“그럼, 왜 안 잡는 거야? 잡을 수 없으니까 못 잡는 거 아니야? 이 진드기는 말이야, 올해 들어 처음 보는 놈이야. 알겠니?”

“자, 그럼, 허클, 내 이하고 바꿔 주겠지?”

“어디 보여 줘.”

톰은 조그만 종이 봉지를 꺼내서 조심조심 폈다. 허클베리는 부러운 눈초리로 들여다보았다. 이 유혹을 이겨 낼 재주가 있을 성싶지는 않다. 마침내 그는,

“진짜일 테지?”

하고 물었다.

톰은 윗입술을 쳐들고 이빨 틈을 드러내 보였다.

“좋아, 그럼 됐어.”

허클베리는 신이 났다.

“그래 바꾸자!”

톰은 지금까지 ‘집게벌레’의 감방이었던 뇌관에다가 진드기를 집어넣었다. 이렇듯 두 소년은 각기 재산이 늘었다는 흐뭇한 기분으로 헤어졌다.

마을 어귀에 외롭게 서 있는 조그마한 학교의 목조 건물 앞에 이르렀을 때, 톰은 지금까지 열심히 뛰어온 것처럼 활

기 있게 학교 안으로 뛰어 들어갔다. 그는 모자를 못에다 걸고는 아무렇지도 않다는 듯이 시치미를 뚝 떼고 자기 자리에 가서 앉았다. 선생님은 커다란 안락의자에 깊숙이 앉아 애들이 자습하면서 내는 벌떼 같은 웅웅 하는 소리에 이끌려 잠이 들기 직전이었는데, 톰이 들어오는 소리에 그만 잠이 깨어 제정신으로 돌아오고 말았다.

"토마스 소여!"

톰은 자기의 이름이 이렇게 전부 불리어질 때에는 좋지 않다는 것을 알고 있었다.

"예!"

"이리 와. 너는 왜 항상 늦냐?"

톰은 미리 그 어떤 피난처를 준비하고 있었던 것인데, 이때 그 어디서 본 듯한 낯익은, 둘로 가른 긴 금발이 늘어진 여학생이 눈에 들어왔고, 동시에 바로 그 옆자리가 비어 있어, 그것이 바로 여학생석 중에서 유일하게 빈자리라는 것을 단번에 알 수 있었다. 그는 서슴지 않고 대답했다.

"허클베리 핀 하고 이야기를 했어요!"

선생은 심장이 딱 멈추어, 어이없다는 듯 멍한 눈초리로 톰의 얼굴을 쏘아보았다. 아이들이 자습을 하면서 내는 웅웅 하는 소리가 일시에 뚝 그치고, 아이들은 이런 대담한 대답을 하다니 아니 저 애가 제정신인가 싶어서 조그마한 눈들을 크게 떴다. 선생은 말을 계속했다.

"뭐…… 뭘 했다고?"

"학교에 오는 도중에 허클베리 핀과 잠깐 얘기를 했어요."

잘못 들은 것은 아니었다.

"토마스 소여, 이런 놀라울 만한 변명을 나는 난생 처음 듣는다. 손바닥을 때릴 정도로는 이 죄는 가시지 않아. 윗옷을 벗어!"

선생님은 팔에 통증이 올 때까지 마구 회초리를 휘둘렀고, 회초리는 도중에 몇 개가 부러졌다. 마침내 회초리 수가 눈에 띌 정도로 줄었고, 선생님은 엄한 명령을 내렸다.

"자, 여학생 자리에 가서 앉아. 부끄럽다면 이걸로 거울을 삼으란 말이다."

톰이 얼굴을 붉힌 것은 교실에서 잔물결처럼 일어나는 아이들의 킬킬대는 웃음소리 때문인 듯했지만, 사실은 아직 잘 알 수 없는 우상에게 보내는 정열과 굉장한 행운이 얻어 걸린 감격 때문이었다. 그는 나무 의자 한쪽 끝에 걸터앉았고, 그로 인해 소녀는 얼굴을 살짝 붉힌 채 시선을 외면해 버렸다. 교실 안의 모든 아이들이 옆에 앉은 친구의 팔꿈치를 서로 쿡 찌르기도 하고, 윙크를 나누기도 하고, 뭐라고 귓속말을 하기도 하며 야단이었지만, 톰은 그런 것에는 아랑곳 하지 않고 나지막하고 긴 책상에 두 손을 올려놓은 채 꼼짝도 하지 않고 열심히 공부에만 온 정신을 다 바친 듯이 보였다.

얼마 후 톰은 모든 아이들의 관심에서 멀어졌고, 또다시 교실 안의 따분한 공기에 자습 소리의 떠들썩하는 소리가 가득차기 시작하였다. 얼마 후에 소녀가 다시 제자리로 돌아 앉아서 보니 복숭아 하나가 놓여 있다. 소녀는 그것을 밀어 버렸다. 톰은 가만히 제자리로 도로 밀어 놓았다. 소녀는 또 다시 밀어버렸지만, 아까보다는 얼마간의 감정이 풀린 모습 이었다. 톰도 여전히 지지 않았다. 이번에는 소녀가 지고 말 았다. 그대로 있다. 톰은 자기 석판 위에다 이렇게 썼다. '제 발 받아줘. 또 있어.' 소녀는 얼핏 그 글자를 보았지만, 내색 은 하지 않았다. 톰은 왼손으로 감추면서 석판 위에다 무엇 인가를 열심히 쓰기 시작했다. 잠시 소녀는 일부러 보지 않 는 척했지만 약간의 호기심이 희미하게 얼굴에 나타나기 시 작했다. 톰은 아랑곳도 하지 않고 계속 글씨만 쓴다. 소녀는 넌지시 들여다보며 일종의 정찰을 시도하는 듯했지만, 소년 은 내색도 하지 않았다. 마침내 소녀는 굴복해서 기어 들어 가는 목소리로 쭈뼛쭈뼛 속삭였다.

"좀 보여 줘."

톰은 손을 조금 비키며 그리던 만화를 보여 주었다. 파풍이 두 개 붙어 있고, 연통에서는 코르크 마개 뽑기 같은 연기가 나오고 있다. 소녀는 이 그림에 그만 정신을 빼앗겨 모든 것을 다 잊어버리고 있었다. 그림이 다 끝났을 때 소녀는 잠시 바라보고 나서 낮은 목소리로 말했다.

"근사하다, 사람 그림을 그려 봐."

소년 화가는 집 앞에다 얼핏 기중기와 같은 사람을 하나 세웠다. 능히 집을 뛰어넘을 만한 거인이었지만 소녀는 관대한 선생님처럼 이 괴물에게 만족감을 보이면서 톰의 귀에다 대고 속삭였다.

"참 잘 그렸다. 이번에는 내가 그 앞에 있는 걸 그려봐."

톰은 모래시계의 유리병과 같은 가운데가 잘록하게 들어간 형체를 그리고는 거기다 보름달과 같은 얼굴과 지푸라기 같은 가는 팔과 다리를 붙였고, 펼친 손가락에는 터무니없이 큰 부채를 쥐어 놓았다. 소녀는 이 그림에도 감탄했다.

"야, 매우 근사하다! 나도 그림을 잘 그린다면 얼마나 좋을까."

"어렵지 않아."

톰이 속삭였다.

"내가 가르쳐 줄게."

“야, 정말? 언제?”

“점심 때, 너 점심 먹으러 집에 가니?”

“가르쳐 준다면 안 가도 돼.”

“그래, 그러면 좋아. 너, 이름은 뭐야?”

“베키 대처. 너 이름은? 아아, 알아, 토마스 소여지.”

“그것은 혼날 때 부르는 이름이야. 보통 때는 톰이라고 해. 그러니까 톰이라고 불러 줘.”

“그래.”

그리고 톰은 소녀에게 보이지 않게 가린 다음 석판에다가 무언가를 열심히 그리기 시작했다. 하지만 아까와는 달리 소녀는 사양치 않고 보여 달라고 졸랐다. 톰은 시원한 대답을 하지 않았다.

“아무것도 아냐.”

“괜찮아, 보여 줘.”

“아무것도 아니라니까. 보고 싶을 만한 것이 아니야.”

“보여 줘, 응. 정말 부탁이야.”

“누구에게 말하려고.”

“아니, 정말. 정말, 안 해.”

“정말 아무에게도 안 할래? 죽을 때까지?”

“안 할 테야, 아무에게도 정말 안 할 테야. 그러니까 어서 보여 줘."

"아니, 보고 싶어 할 만한 것이 못 된다고 해도."

"괜찮아. 안보여주면 억지로라도 볼 거야."

소녀는 조그만 손을 톰의 손 위에다 올려놓았다. 작은 실랑이가 벌어졌다. 톰은 완강하게 안 보이려는 듯 했지만 조금씩 손을 비키며 글씨를 보여 주었다.

'나는 너를 사랑해.'

"아니, 이 애가. 나쁜 자식!"

소녀는 찰싹- 하고 톰의 손등을 때렸다. 얼굴은 붉혔지만 기분은 좋은 모양이었다.

이때, 톰은 자신의 귀가 무엇엔가 잡혀 갑자기 위로 끌려 올라가는 것을 느꼈다. 그는 이 집게에 잡힌 채 온 학생의 웃음소리를 한 몸에 받으며 교실 한가운데로 끌려나왔고, 다시 제자리로 돌아왔다. 선생님은 잠시 그의 옆에 그대로 서 있다가 무시무시한 몇 분이 지난 뒤에야 말없이 교단으로 돌아갔다.

톰은 귀가 얼얼하고 아팠지만 마음만은 한결 가벼웠다.

이 사건이 끝난 뒤 톰은 열심히 수업에 임하려고 결심을 했지만 마음속의 혼란은 쉽사리 가라앉지 않았다. 독서 시간에 자기 차례가 왔을 때 톰은 큰 실수를 저지르고 말았다.

그리고 지리 시간에는 호수를 산으로, 산을 강으로, 강을 대륙으로 바꿔 놓고 결국 지구를 태고의 혼돈상태로 되돌려 놓고 말았다. 게다가 철자법 시간에도 마찬가지로 실수를 되풀이해서 젖먹이도 알 만한 쉬운 단어의 철자가 생각나지 않아서 결국 반에서 맨 꼴찌로 성적이 떨어지게 되었다. 지난 몇 달 동안의 자랑거리였던 주석 메달을 도로 빼앗기는 결과를 낳고 말았던 것이다.

진드기 경기

공부에 정성을 들이려고 애를 쓰면 쓸수록 마음은 딴 데로 도망간다. 한숨과 하품이 더불어 나왔고, 드디어 톰은 단념해 버렸다. 점심 휴식 시간은 영원히 올 것 같지도 않았다. 공기가 죽은 듯이 움직이지 않고, 바람은 한 점도 없었다. 졸린 계절 중에서도 가장 졸린 날이다. 25명의 학생들의 입에서 새어나오는 꿀벌들의 웅웅거리는 소리를 닮은 속삭임은 마치 무슨 주문처럼 영혼을 졸음 속으로 인도하고 말았다. 타는 듯이 내리쬐는 햇볕 속에서 카디프 언덕의 부드러운 푸른 산비탈이 눈부시게 이글이글 끓는 베일 저쪽의 희미한 자색 속에 잠겨 있었다. 몇 마리의 새가 하늘 높이 깃을 넓게 펴고는 날고 있었다. 그 밖에 보이는 동물이라고는 몇 마리의 소밖에는 없었지만 그 소도 역시 잠을 자고 있었다.

톰은 자유의 몸이 되고 싶었다. 혹은 무슨 재미난 일이라도 생겨서 이 따분한 시간을 몰아내고 싶어 가슴이 저렸다. 그 순간 무심코 한쪽 손이 주머니 속으로 미끄러져 들어갔다. 마침내 그의 얼굴은 기도를 올리고 있을 때와 마찬가지로 감격에 넘쳐 활활 타올랐다.

잠시 후 뇌관이 살며시 나타났다. 톰은 길고 평탄한 책상 위에다 진드기를 꺼내 놓았다. 이때 모르긴 몰라도, 이 진드기도 기도자와 마찬가지로 감격해서 얼굴에 환한 등을 켰을 것이지만 그것은 시기상조였다. 아이구, 살았구나 하고 대번에 제 집을 찾아가려고 하자 톰이 대뜸 바늘 끝으로 그 길을 가로막고 다른 쪽으로 방향을 바꿔 놓았기 때문이다.

마침 톰의 옆에는 둘도 없는 친구가 있어, 이 아이도 잔뜩 따분해 하고 있었는데, 이거 잘 됐다고 생각하며 이 광경을 하늘이 준 선물인 것처럼 반겼다. 이 둘도 없는 친구는 바로 조 하퍼다. 이 둘은 토요일에는 서로 적이 되어 쌍방으로 나뉘어 싸우지만 평상시에는 둘도 없이 친한 사이로 지낸다. 조는 자기 저고리 깃 뒤에서 바늘 하나를 뽑더니 이 포로훈련에 가세하기 시작했다. 이 유희는 그 재미의 정도가 시시각각으로 달라졌다. 얼마 후 톰은 이렇게 서로 서두르다가는 도리어 방해만 될 뿐 이 진드기를 완전히 놀릴 수 없다고 항의했다. 그리고는 조의 석판을 책상 위에 놓고 그 한복판에다 위에서부터 아래로 쭉 선을 그었다.

"이 선의 그쪽에 있을 때는 너에게 맡기고 난 간섭하지 않겠어. 그 대신 선 이쪽으로 넘어오면 너도 간섭을 해서는 안 돼. 선을 넘어서 건너가지 않는 한 내 거라고."

"좋아. 그렇게 하지. 자, 시작."

진드기는 톰의 손을 피해 이내 경계선을 넘었다.

그리고는 잠시 동안 조의 바늘 끝에서 한참 고생을 하고 있었는데 곧 또 경계선을 넘어 톰 쪽으로 다가왔다. 이와 같이 해서 몇 번씩 무대가 바뀌었다. 한쪽이 열심히 진드기를 못살게 굴고 있는 동안 한쪽은 이에 못지않게 애꿎은 군침만 삼키며 지켜보았다. 두 개의 머리가 석판 위를 메웠고, 이 두 소년의 영혼은 이 일 외의 다른 것에는 전혀 관심이 없었다. 맨 나중의 행동은 조에게로 돌아와, 그에게서 언제까지나 떨어지지 않을 것처럼 진드기는 이리 저리 빙빙 돌아다니며 두 소년 못지않게 흥분과 조바심을 치는 듯하더니 겨우 선까지 오기는 왔다. 그래서 이번에는 어디 하고 톰이 손을 내밀려고 하자 조는 놓칠세라 바늘 끝으로 도로 끌어당기고는 아무리 해도 넘겨주지 않을 기세였다. 톰은 더 이상 참을 수가 없었다. 아무리 해도 이 유혹에는 이길 성 싶지도 않았다. 그래서 그는 진드기에게 구원의 손길을 뻗쳐 바늘 끝으로 도와주었다. 조의 얼굴에는 삽시에 노기가 떠올랐다. 그는 내뱉었다.

"톰, 손 치워."

"도와주려고 했는데 뭘 그래, 조."

"안 돼, 비겁해. 치우라면 치워."

"뭘, 좀 도와 줄 뿐인데."

"손을 치우라니까. 내 말 안 들려?"

"그래, 안 들려!"

"그럼 알게 해주지. 선 이쪽이란 말이야."

"그럼 묻겠는데, 조 하퍼, 이 진드기는 누구 거지?"

"누구 거든 무슨 상관이야. 선 이쪽에 있으니까 너는 손을 댈 수 없는 거지."

"흥, 왜 못 해. 내 진드기를 내 맘대로 할 수 없다는 거야? 그것도 못하면 차라리 죽는 게 낫겠다."

요란한 일격이 톰의 어깨에 떨어졌고, 계속해서 똑같은 것이 조의 어깨에도 떨어졌다. 약 2분 동안 두 소년의 윗도리에서는 먼지가 자욱이 피어올랐고, 학생들은 그것을 재미

있다는 듯이 지켜보았다. 그야말로, 두 소년은 열심이었으므로 교실 안이 갑자기 죽은 듯이 고요해진 것도, 얼마 후에 선생님이 살금살금 발소리를 죽여 가며 교실 안으로 들어와서 그들 앞에 서 있는 것도 알아채지 못했다. 그래서 선생님은 그들의 경기를 대강 구경하고 나서 두 소년의 경기에 다소 변화를 제공해준 셈이다.

점심 휴식 시간이 되었을 때 톰은 베키 대처에게로 달려가서 그 귀에다 속삭였다.

"모자를 쓰고 집에 가는 척해. 그리고 모퉁이 있는 데로 다시 돌아와. 나는 다른 길로 갔다가 도중에 돌아올 거니까."

그래서 하나는 몇 명의 동무들과, 다른 하나는 다른 몇 명과 함께 교문을 나섰고, 얼마 후 두 사람은 길모퉁이에서 서로 만나 함께 아무도 없는 학교 건물로 다시 돌아왔다. 둘은 나란히 걸터앉아 석판을 앞에다 놓고, 톰은 베키에게 석필을 들게 하고, 자기 손으로 겹쳐 쥐고서 또 하나의 해괴망측한 집 한 채를 창조해 냈다. 그림에 대한 흥미가 식기 시작했을 때 둘은 이야기를 시작했다. 톰은 행복에 도취되어 있었다. 그는 입을 열었다.

"너 쥐 좋아 하니?"

"어머! 정말이지 싫어!"

“나도, 산 놈은 싫어. 내 말은 죽은 놈 말이야. 실로 묶어서 머리 위로 빙빙 돌리는 거 말이야.”

“쥐라면 모두 싫어. 내가 좋아하는 건 껌이야.”

“그래. 좀 갖고 있다면 좋았을 걸 그랬군!”

“먹고 싶어? 내가 갖고 있어. 좀 빌려 줘도 괜찮지만 좀 씹고 나면 곧 돌려 줘.”

둘은 의견이 하나로 모아졌고, 나란히 벤치에 앉아서 다리를 대롱대롱 흔들면서 즐겁게 교대로 껌을 씹었다.

“서커스 본 적이 있니?”

톰이 묻는 소리였다.

“그래, 얌전하게 지내면 아빠가 상으로 데려다 준다고 했어.”

“난 세 번인가 네 번인가…… 좀 더 많이 가 봤어. 서커스를 보는 것이 교회에 나가는 것보다 얼마나 재미있는지 몰라. 서커스라면 하나도 지루하지 않아. 나는 크면 서커스 광대가 될 거야.”

“어마나, 네가? 근사하다, 알록달록한 옷을 입고. 예쁘겠다.”

“응, 그럼. 그리고 돈은 얼마나 많이 버는 줄 알아? 하루에 1달러씩이나 받는다고 벤 로저스가 그러더라, 이봐 베키,

너 약혼한 적 있니?"

"약혼이 뭐야?"

"그것도 몰라, 결혼하겠다고 약속하는 거야."

"하고 싶은 생각은 있지만 모르겠어. 어떤 것인데?"

"어떤 거냐구? 글쎄 그건 어떤 거냐고 하는 그런 게 아냐. 말하자면 어떤 남자에게 평생 동안 그 사람하고만 친하게 지내겠다는 것을, 평생 동안 변하지 않겠다는 것을 맹세하기만 하면 그걸로 끝나는 거야. 그리고 그 다음에 키스를 하는 거야. 그것뿐이야. 그래서 누구나 할 수 있어."

"키스? 뭣 때문에 키스를 해?"

"무엇 때문이냐구, 그건…… 모두가 그렇게 하니까."

"모두?"

"그래, 양쪽에서 서로 좋아하면 모두 그렇게들 해. 아까 내가 석판에다 쓴 글씨 너 기억하고 있지?"

"그…… 그래."

"뭐라고 쓰여 있었지?"

"몰라!"

"그럼, 나랑 해볼까?"

"그래, 하지만 다음에 해."

"아냐, 지금이 좋아."

"싫어, 지금은 싫어. ……내일."

"아냐, 지금 해, 응. 베키. 가만히 얘기할 게. 아무것도 아닌 것처럼 가만히 속삭여 줄게."

베키는 사뭇 쭈뼛거리고만 있었는데, 톰은 이것을 알았다는 표시로 판단하였다. 그리고 팔을 소녀의 허리에다 감고서 귓가에다 입을 갖다 대고는 살며시 사랑의 말을 속삭였다. 그리고 나서,

"이젠 네 차례야. 나랑 똑같이 하는 거야."
라고 말했다.

베키는 잠시 망설이다가 한참만에야 입을 열었다.

"그럼, 얼굴을 저쪽으로 돌리고 보지 말아 줘. 그러면 말할게. 그렇지만 누구한테도 말하면 싫어, 알았지? 정말 말하면 안 돼, 응?"

"그래, 절대로 안 할게. 자 어서, 베키-."

그리고 톰은 얼굴을 저쪽으로 돌렸다.

베키는 몹시 부끄러워하면서 허리를 굽히고는 숨결이 톰의 고수머리를 건드릴 만큼 바싹 갖다 대고는 속삭였다.

"사- 랑- 해!"

이 한마디를 끝마치자 소녀는 얼른 일어서서 톰으로부터 도망쳐 달아났다. 그녀는 책상과 걸상 사이를 이리저리 달아

나다가 맨 나중에는 구석으로 몰리고 몰린 끝에 조그마한 앞치마로 그만 얼굴을 폭 가리고 말았다. 톰은 그녀의 목둘레를 껴안고는 탄원했다.

"다 끝났어, 이제 남은 건 키스뿐이야. 조금도 무서워할 거 없어. 아무것도 아냐, 자. 어서. 베키-."

그리고는 소녀의 에이프런을 젖히고는 그 두 손을 잡았다.

얼마 후에 소녀는 저항을 포기하고는 두 손을 떨어뜨렸다. 실랑이로 상기된 얼굴이 가까이 다가와 순순히 복종했다. 톰은 그 새빨간 입술에다 입을 맞췄다.

"이것으로 모든 절차가 끝났어, 베키. 앞으로 다른 남자를 좋아해서는 안 되는 거야. 그리고 나 이외의 남자와 절대로 결혼해서는 안 되는 거야."

"좋아, 너 외에는 누구도 절대로 사랑하지 않을 게. 그리고 너 외에는 누구하고도 절대로 결혼하지 않겠어. 그 대신 너도 나 말고는 누구 하고도 결혼해서는 안 되는 거야."

"알았어, 물론이지. 그게 중요한 거야. 지금부터는 학교에 올 때도 집에 갈 때도 반드시 나 하고 같이 가는 거야, 사람이 보고 있지 않으면 말이야. 그리고 무슨 파티에 나갈 때도 둘이서 짝이 되는 거야. 약혼한 사람은 모두들 그렇게 하는 거니까."

"정말 근사해. 아, 그런 걸 난 조금도 몰랐어, 지금껏."

"그래, 얼마나 재미있다구! 이제까지 난 에이미 로런스와
……."

베키가 눈을 크게 치떴으므로 톰은 자기의 실언을 깨달았
다. 그는 어찌해야 좋을지를 모른 채 말끝은 흐렸다.

"아니, 톰! 네가 약혼한 건 내가 처음이 아니었구나?"

소녀는 울기 시작했다. 톰은 당황해서 허겁지겁 말했다.

"울지 마. 베키. 이젠 아무렇지도 않아."

"뭐가 아무렇지도 않아. 지금도 생각하고 있는 거야."

톰은 그녀의 어깨에다 손을 놓으려고 했지만, 소녀는 그
것을 뿌리치고 얼굴을 벽 쪽으로 돌린 채 그냥 울기만 했다.
톰은 다시 한 번 다정하게 말을 붙여 보려고 했지만 이것도
또한 거절을 당하고 말았다. 여기서 자존심이 머리를 쳐들고
일어나 톰은 그대로 성큼성큼 밖으로 걸어 나갔다.

그리고 거기 서서 베키가 후회를 하고 뒤쫓아 나오지나
않을까 하고 문 쪽으로 눈길을 주면서 서 있었지만, 그녀는
영 나오지를 않았다. 톰은 마음이 허전하고 불안해지며, 자
기가 실수를 했다는 생각이 덜컥 들었다. 이제 새삼스럽게
다시 들어간다는 것도 쑥스러운 일이었지만, 톰은 용기를 내
어 다시 안으로 들어갔다. 소녀는 아직도 한 구석에 선 채

벽 쪽을 향해 서서 훌쩍훌쩍 울고 있었다. 톰은 가슴이 메이는 듯했다. 그는 그녀에게로 바싹 다가가서 머뭇머뭇 어떻게 해야 좋을지를 몰라 잠시 서 있었다. 얼마 있다가 말을 더듬으면서 입을 열었다.

"베키, 난 너 외엔 아무도 생각하고 있지 않아."

대답이 없었다 – 그저 흐느껴 울 뿐.

"베키, (애원조로) 베키, 뭐라고 말해줘."

그녀는 좀 더 흐느껴 울 뿐이었다.

톰은 자기가 가지고 있는 보물, 즉 난로 꼭대기 서랍에서 빼낸 놋쇠 손잡이를 꺼내서 그녀가 보라는 듯이 코앞에 흔들었다.

"베키, 이거 갖지 않을래?"

그러나 그녀는 그것을 탁 쳐서 마루에 떨어뜨렸다.

톰은 교실에서 나와, 오늘은 더 이상 학교로 돌아오지 않겠다는 각오로 언덕을 넘어갔다. 그러자 이제는 베키 쪽이 불안해져서, 문 쪽으로 내달았다. 그러나 거기서 톰의 모습은 보이지 않았다. 다음 운동장으로 가 보았으나, 거기에도 톰은 없었다. 그녀는 소리를 질렀다.

"톰! 돌아와, 톰!"

베키는 열심히 귀를 기울였다. 하지만 대답은 들리지 않았다. 고요함과 고독 외에는 아무것도 없었다. 그녀는 바닥에 풀썩 주저앉아 자기를 나무라면서 소리 내어 울었다. 그러는 사이에 아이들이 하나 둘 다가왔다. 그녀는 슬픔을 감추고, 부서진 마음을 바로잡고, 슬픔을 함께 나눌 수 있는 친구가 하나도 없는, 별로 친하지도 않은 동급생들 사이에 끼어서 길고 우울하고 마음 아픈 오후를 보내지 않으면 안 되었다.

학교를 빼먹고

톰은 이리저리 뒷골목으로 몸을 피하면서 학교로 돌아오는 학생들과 서로 마주칠 걱정이 없는 장소로 온 다음에야 비로소 속도를 늦추었다. 두 번인가 세 번, 일부러 조그마한 개울을 건너기도 하였다. 그렇게 하면 뒤따라오는 사람을 혼란에 빠뜨릴 수 있다는 옛말이 떠올랐기 때문이다. 톰은 30분이 지난 후에 가디프 언덕의 꼭대기에 있는 더글라스 저택의 뒤뜰에 도착했다. 이제 학교 건물은 분간이 가지 않을 정도로 먼 거리에 있었다. 그는 숲 속 깊숙이 길도 없는 덤불숲을 헤치고 들어가서, 커다란 가지를 벌리고 있는 떡갈나무 고목 아래 덤불에 풀썩 주저앉았다. 산들바람이 한 점도 없고 내리쬐는 한낮의 무더위 때문에 새 우는 소리 하나 들려오지 않았다. 대자연은 고요히 잠들어 있고, 이 한적을 깨뜨리는 것이라고는 어디선가 딱따구리가 딱딱- 하고 나무를 쪼는 소리뿐이었다. 그런데 이 소리는 한층 더 고요함과 평화로움을 북돋우고 있는 듯이 보였다.

톰의 마음은 차분하게 가라앉아 있었다. 지금과 같은 기분 상태에서는 이런 환경이 가장 어울렸다. 무릎 위에다 팔꿈치를 괴고, 두 손으로 턱을 받치고는 그는 오랫동안 생각에 빠져 있었다. 인생은 고뇌에 가득 차 있고, 그래서 차라리 조금 전에 이 세상을 떠난 지미 하지즈가 부럽게 생각되었다. 묘지의 풀과 꽃을 친구삼아, 나뭇가지 사이를 스쳐오는 바람의 속삭임 소리에 귀를 기울이면서 드러누워 잠을 자고 있는 것은 그 얼마나 안온하고 평화로운 것일까 하고 톰은 생각했다. 그러면 무엇 하나 근심 걱정도 없고, 슬퍼할 일도 없을 것이다. 주일학교의 출석률이 깨끗하기만 하다면 이제라도 당장 지미의 뒤를 쫓아가고만 싶었다. 그런데 문제는 그 여자 아이다. 대관절 내가 무엇을 했다는 거야? 아무 것도 한 일이 없다. 할 수 있는 대로 호의를 베푼 것인데 망나니와 같은 대우를 받다니 - 정말 망나니와 같은 대우였다. 언젠가는 후회할 거야. 하지만 죽은 뒤라면 아무 소용도 없어 때는 너무 늦다. 아아, 잠시 동안만 죽어 봤으면!

그러나 소년의 활기 있는 기질은 언제까지나 일정한 틀에 갇혀 고정된 형체를 유지할 수는 없는 법, 얼마 후 톰은 자기도 모르는 사이에 어느새 지금의 일로 돌아와 있었다. 만일 자기가 이 세상을 등지고 홀연히 모습을 감춰 버린다면 어떻게 되겠는가? 만일 여기를 떠나서 ― 바다를 건너 머나먼 낯선 나라로 ― 그리고 영원히 돌아오지 않는다면? 그 애는 어떻게 생각할 것인가? 얼핏 광대 생각이 머리를 스쳤지만 이제는 그런 것이 되고 싶지는 않았다. 경솔한 언동, 익살, 점 박힌 의상…… 이러한 것들은 이제 거룩한 몽상의 세계를 헤매고 있는 이 순간에 뚫고 들어올 것이 아니다. 그렇지, 군인이 되어 보자. 그리고 몇 년 후에는 무공에 빛나는 개선장군이 되어 귀환하는 것이다. 아니, 그것보다도 인디언의 무리에 끼어 수우 사냥을 하고, 적을 추격해서 많은 산을 넘고, 서부의 끝없는 대평원에까지 말을 달린다. 그 후 대두목이 되어 화려하게 깃으로 장식을 하고, 얼굴에다가는 무시무시하게 색칠을 하고는 집으로 돌아온다. 그리고는 언젠가 나른한 여름날 아침, 몸서리가 쳐지는 함성을 지르면서 말을 주일학교로 몰아 학생들의 간담을 서늘하게 하고, 부러워서 견디지 못하도록 만든다.

아니, 그것보다도 더욱 멋진 것이 있다. 해적이 되는 것이다! 그것밖에는 없다! 이제 톰의 장래에는 길이 열리고, 그 것이 눈부실 정도로 휘황찬란하게 빛났다. 자기 이름이 세계에 널리 알려지고, 사람들이 그 소문을 듣고 부들부들 떤다! 길고도 야트막한 새까맣게 칠한 쾌속선 '질풍호'를 타고서 파도가 들끓는 바다를 돌아다닌다! 그리고 그 이름이 전 세계에 진동할 무렵, 해양에서 탄 검붉은 얼굴, 벨벳의 속조끼와 반바지, 무릎까지 올라오는 큰 장화, 새빨간 장식띠, 거기다가 번쩍거리는 짧은 총을 차고, 핏대가 묻은 단검을 허리에 차고, 한쪽 차양이 축 늘어진 모자에다 깃을 날리고, 검은 바탕에 두개골 아래 교차된 넓적다리뼈(해적을 상징함)의 그림을 그린 깃발을 펄럭이면서 난데없이 이 마을에 나타나 교회로 내달린다. 그리고는 넘칠 듯한 황홀감을 가슴에 안고 사람들이 속삭이는 소리를 듣는다.

'저것이 해적 톰이야! 저것이 카리브 해의 공포의 복수자야!'

그래, 좋다. 이것으로 그의 일생은 결정되었다. 톰은 곧바로 집에서 나와 이 일을 착수하고 싶었다. 당장 내일 아침에라도 일을 시작하자. 그렇다면 지금부터라도 준비를 하지 않으면 안 될 것이다. 우선 도구부터 챙겨야 한다. 그는 근처에 쓰러져 있는 썩은 나무 옆으로 가서 그 한쪽 밑바닥 땅을 외날의 큰 나이프로 파기 시작했다. 얼마 후에 칼끝이 나무에 맞고 텅 빈 소리를 냈다. 그는 거기다 손을 넣고 엄숙하게 주문을 외기 시작하였다.

"여기 오지 않은 자, 여기 오라! 여기 있는 자, 여기 서라!"

톰은 흙을 파헤쳤고, 또다시 그 속에서 한 장의 얇은 소나무 지붕 판자를 파헤쳤다. 그 아래에서 밑바닥도 둘레도 지붕 판자로 된 보기 좋은 조그마한 보물 상자 하나가 나타났다. 그리고 그 안에 튀김돌이 하나 들어 있었다. 톰이 깜짝 놀란 것은 그 직후이다. 그는 어안이 벙벙한 낯으로 머리를 벅벅 긁으며 혼자 중얼거렸던 것이다.

"아니, 이런 일이 세상에 또 어디 있담!"

그런 다음 퉁명스런 낯으로 튀김돌을 내던지고는 장승처럼 서서 생각에 빠져 들었다. 왜냐하면 톰을 위시한 톰의 동료 전부가 확실하다고 철석같이 믿었던 주문이 그 효험을 발휘하지 못한 것을 확인했기 때문이다. 어떤 주문을 왼 다음 튀김돌을 묻고, 2주일이 지난 후에 이제 방금 톰이 왼 주문을 외고 파헤치면 이제까지 잃은 튀김돌이 전부 고스란히, 비록 어디에 흩어져 있었다 하더라도 반드시 거기 다시 되돌아와 있지 않으면 안 된다. 그런데 웬일인지 그 주문의 효험이 없었다. 톰의 신념은 바닥부터 흔들렸다. 지금까지 성공했다는 예는 얼마든지 있지만 실패했다는 이야기는 한 번도 들은 적이 없었다. 그 자신이 아직까지 성공한 사실은 없었는데, 그것은 묻은 장소를 깜빡 잊어버려서 그 결과를 확인할 수 없었기 때문이다. 잠시 어리둥절한 끝에 마침내 그는 어느 마녀가 방해를 하여 주문의 힘을 약화시켰으리라는 결론에 도달했다. 그는 이점을 확인해야겠다고 생각하고는 부근에 있는 조그마한 모래땅을 찾아내 그 속에서 조그마한 깔때기 모양의 구멍 하나를 발견하고, 배를 깔고 엎드려 그 구멍에다가 입을 갖다 대고는 큰 소리로 이렇게 외쳤다.

개미귀신 유충아, 개미귀신 유충아,
내 알고 싶은 말을 나에게 해 다오!
개미귀신 유충아, 내 알고 싶은 말을 해 다오!

모래가 살금살금 흔들거리며 작고 까만 벌레 한 마리가 잠시 나타났다가 곧 또다시 모래 속으로 날름 기어들어가 버렸다.

"아무 말도 안 하는군. 역시 마녀의 조화야, 이젠 알았어."

마녀와 싸워서 승산이 없을 것은 너무나 명백한 노릇이다.

그래서 톰은 단념했다. 그러나 너무 멀어서 그랬는지 가까워서 그랬는지 눈에 띄지 않았다. 그래서 다시 한 번 시도해보았다. 이번에는 성공해서 두 개의 돌이 한 걸음 이내의 지점에 떨어져 있는 것이 발견되었다. 바로 이때, 희미하게 숲의 푸른 오솔길로 이쪽을 향해 다가오는 장난감 함석 나팔소리가 들렸다. 톰은 얼른 저고리와 바지를 벗어 버리고, 멜빵을 허리띠 대용으로 하고는 썩은 나무 뒤쪽에 있는 조그마한 덤불을 헤치며, 손수 만든 활과 화살과 나무칼과 함석 나팔을 꺼내 그것들을 손에 움켜쥔 채 맨발로 셔츠를 펄럭거리면서 뛰어나왔다. 이내 커다란 느릅나무 아래에서 걸음을 멈추고 응수의 나팔을 불고는, 그 다음 발소리를 죽여 가며 세심히 주의를 하며, 그 근처를 서성거리기 시작했다. 그는 조심성 있게 나직이 부르짖었다 ― 이 허구의 부하들에게.

"서라, 부하들! 내가 나팔을 불 때까지 숨어 있어라."

거기 톰과 마찬가지로 서늘한 옷차림으로 삼엄하게 무장을 한 조 하퍼가 쑥 나타났다. 질세라 톰이 먼저 소리를 질렀다.

"서! 내 허가도 없이 이 숲 속으로 들어온 자가 누구냐?"

"가이 오프 기스본에게 그 무슨 허가가 필요하단 말인가! 그대야말로 누구기에 이렇게…… 이렇게…… 큰소리를 치는

가.”

하고 톰은 대사를 일러주었다. 두 소년은 책에서 외운 문구를 그대로 지껄이고 있는 것이다.

“너는 누구기에 이렇게 큰소리를 치는가?”

“나다, 이 나라의 양반 나으리다! 나야말로 로빈 훗, 이제 비겁한 그대의 잔해가 곧 알게 될 것이다.”

“그럼, 그대는 참으로 세상에 그 이름난 무법자던가? 이 즐거운 숲의 지배권을 그대와 기꺼이 겨루리라. 자, 덤벼라!”

두 용사는 손에 든 다른 물건을 모두 땅에다 내던지고는 나무칼을 손에 들고, 검술의 자세로 발을 내딛고는 위 아래로 오르내리면서 신중하게 마주선다.

얼마 후에 톰이 말을 이었다.

“자, 그대에게 특별한 재주가 있거든 그것을 보이라!”

여기서 두 용사는 숨을 헐떡이고 땀을 흘리면서 ‘별다른 재주를 보이느라’고 야단이었다. 톰이 부르짖었다.

“쓰러져! 쓰러지라고! 왜 안 쓰러지는 거야?”

“싫어! 왜 네가 쓰러지지 않는 거야? 내가 지고 있잖아.”

“뭐야, 그런 거 아무러면 어때. 내가 쓰러져서는 안 되는 거야. 책에 그런 말은 씌어 있지 않아. 책에는 ‘그 다음 받아치는 일격으로, 가련하구나 가이 호프 기스본은 피에 젖어 쓰러졌나니'라고 씌어 있어. 그러니까 당연히 너는 저쪽으로 돌아서 나에게 잔등을 얻어맞아야 하는 거야.”

대본에 그렇게 되어 있는 이상 다른 방법은 없다. 조는 등을 돌려 일격을 받고는 쓰러졌다.

“자—”

하며 조는 꿈틀꿈틀 일어섰다.

“이번에는 내가 죽일 차례다. 그렇지 않으면 공평하지 않거든.”

“바보. 그런 법이 어딨어. 책에 없다니까.”

“뭐야, 그렇다면 비겁해.”

“그럼, 이렇게 하자, 조. 넌 터크나 방앗간집 아들 머치가 되어서 곤봉으로 날 때리면 돼. 그렇지 않으면 잠시 내가 노팅검의 지방장관이 되고, 네가 로빈 훗이 되어 날 죽여도 좋아.”

그렇다면 동의할 수 있었다. 그래서 다시 활극이 되풀이되었다. 다음 또다시 톰이 로빈 훗이 되고, 뱃속이 엉큼한 여승에게 속임을 받고, 내버려 둔 상처에서 피가 흐르고, 그것과 동시에 기진맥진하여 쓰러지는 역을 했다. 맨 마지막으로 조가 비탄에 젖은 산적을 대표하여 힘없이 톰의 베갯맡으로 걸어가 톰의 연약한 손에 활을 들려주었다. 톰은,

"이 화살이 떨어지는 곳, 푸른 나무 그늘에다 이 가련한 로빈 훗의 시체를 묻어 다오."
라고 말하고는 활을 쏘고는 그대로 쓰러져 죽어버려야 하는데, 쓰러진 곳이 마침 쐐기풀 위였으므로 시체치고는 너무나도 가볍게 뛰어 일어났다.

소년 둘은 복장을 갖추고 무기를 감춘 뒤, 이제 세상에는 산적이라는 존재가 사라졌다는 것을 한탄하고, 그 대가로 현대문명은 도대체 무엇을 했다고 할 수 있을까 하고 의구심을 던지면서 귀갓길에 올랐다. 한 평생을 합중국의 대통령으로 사는 것보다는 차라리 1년이라도 좋으니 셔웃 숲의 산적으로 사는 게 낫다고 생각하며 두 소년은 자못 의기 있게 걸음을 옮겼다.

묘지의 참극

그날 밤, 톰과 시드는 평상시처럼 9시 30분에 함께 침실로 들어갔다. 기도를 올린 다음 시드는 곧바로 잠이 들었지만, 톰은 눈을 멀뚱멀뚱 뜨고 불안하게 조바심을 치며 기다리고 있었다. 이제는 먼동이 틀 무렵이 되었다고 생각했을 때, 시계 치는 소리를 들어보니 아직도 열 시가 아닌가! 톰은 실망을 느꼈다. 손발을 움직이기도 하고 이리저리 잠자리를 바꿔 보기라도 했다면 예민해진 신경을 조금 진정시킬 수 있었겠지만, 시드가 눈을 뜰까봐 두려워 그것도 감히 할 수 없었다. 가만히 누운 채 컴컴한 어둠 속을 응시하고 있을 수밖에 다른 방법이 없었다.

사방은 기분 나쁠 정도로 조용했다. 얼마 후 그 한적한 가운데서 여느 때라면 거의 깨닫지 못했을 여러 가지 잡음이 점점 분명하게 들려왔다. 똑딱똑딱- 하고 시계가 시각을 알리는 소리가 고막에 울려오기 시작했다. 오래된 들보들이 이유도 없이 끽- 하는 소리를 냈다. 계단이 희미하게 이를 갈았다. 유령들이 활약하기 시작한 것이다. 일정한 사이를 두고 희미하게 코고는 소리가 폴리 이모의 침실로부터 들려왔다. 이번에는 제아무리 섬세한 사람이라도 그 거처를 알아내기가 불가능한 귀뚜라미가 나른한 목소리로 울기 시작했다. 다음은 머리 바로 옆에 있는 담장에서 차 벌레가 따각따각 – 하고 무시무시한 소리를 내고 울어서 톰의 간담을 서늘하게 했다 – 이것은 누군가의 수명이 얼마 남지 않았다는 사실을 알리는 것이다. 그리고 멀리서 짖는 개소리가 밤공기를 가르며 들려왔고, 이에 응하여 좀 더 먼 데서 다른 개가 짖어댔다.

톰은 괴로웠다. 시간이라는 것이 정지되고 유구하고 또 무한한 세계가 시작되었다고 믿었다. 톰은 자기도 모르는 사이에 가물가물 잠이 오기 시작했다. 시계가 12시를 쳤지만 톰의 귀에는 그 소리마저도 들리지 않았다. 얼마 후 톰은 꿈결에 자못 애조를 띤 구슬픈 고양이의 서로 아옹거리는 소리를 들었다. 이웃집에서 창문을 여는 소리에 톰의 꿈은 깨

어졌고,

"쉿! 시끄러워!"

하는 소리와 장작 창고 뒤꼍 어디선가 빈 병 깨지는 소리에
의해 완전히 잠을 깨고 말았다. 잠에서 깬 지 채 1분도 되지
않아 옷을 모두 입은 톰은 창문을 통해 지붕으로 나와 지붕
위를 네 발로 엉금엉금 기었다. 그 사이에 두세 번 조심스럽
게 야옹- 하고 울음소리를 내었다. 그리고 장작 창고 지붕으
로 뛰어내렸고, 거기서 또 땅 위로 뛰어 내렸다. 거기에 허
클베리 핀이 고양이 시체를 들고 서 있었다. 두 소년은 어둠
속으로 사라져 버렸다. 30분 후 톰과 허클베리는 풀이 무성
하게 우거진 묘지에 와 있었다.

이 묘지는 고풍스러운 서부식 묘지로 언덕 위에 있었고,
마을로부터 1마일 반쯤 떨어져 있었다. 낡은 판자로 된 울타
리가 그 주위를 둘러싸고 있지만 군데군데 쓰러져 안쪽으로
기울어져 있거나, 그렇지 않으며 바깥쪽으로 쓰러져 있고,
제대로 서 있는 것이라고는 한 군데도 없었다. 묘지 전면에
는 잡풀이 무성하게 우거져 있었다. 묘석은 모두가 오래된
것으로 땅 속으로 움푹 꺼져 있었고, 제 장소에 그대로 있는
것이라고는 하나도 없었다. 끝이 둥근 벌레가 파먹은 비석이
외로이 서 있는 것이 이제라도 당장 묘지 위로 쓰러질 것만

같았다. 한때는 아무개의 묘라고 씌어져 있던 것이 이제는 등불로 비춘다 하더라도 그 비문을 읽어 내기가 힘들 정도였다.

부드러운 산들바람이 나무와 나무 사이를 스쳐 지나면서 가볍게 속삭였다. 톰은 숙면을 방해받은 죽은 사람의 영혼이 노한 것만 같았다. 몸서리가 쳐지는 고요함에 주눅 든 두 소년은 거의 입을 열지 않았고, 이야기를 할 때에도 되도록이면 목소리를 낮추어 작게 속삭였다. 얼마 후에 그들이 찾고 있는 아직 형체가 무너지지 않은 높다란 묘지가 눈에 띄었다. 거기서부터 몇 피트 떨어진 곳에서 이 묘를 지키는 듯이 둘러싸고 있는 세 그루의 커다란 느릅나무 뒤로 몸을 감췄다.

둘은 오랫동안 – 그렇게 그들에게는 생각되었다 – 말없이 기다리고 있었다. 사방은 죽은 듯이 고요하고, 어디서 올빼미가 우는 소리 외에는 아무 소리도 들리지 않았다.

톰은 숨이 가빠져 무슨 말을 하지 않고서는 견딜 수가 없었다. 그래서 목소리를 죽여 가며 속삭였다.

"애, 헉, 죽은 사람들이 우리가 온 것에 화내고 있는 것은 아닐까?"

허클도 속삭이는 소리로 대답했다.

"설마 그럴 리가 있을라구. 하지만 이건 정말 굉장히 스산

한데?”

“그래, 정말 굉장히 스산해.”

두 소년이 각자 마음속에서 이 사실을 궁리하고 있는 동안 침묵은 여전히 계속되었다. 얼마 후 톰이 또 속삭였다.

“이봐, 허클. 호스 윌리엄즈가 우리들의 얘길 듣고 있을까, 네 생각은 어때?”

“그야 물론이지, 적어도 그의 혼만은 듣고 있을 걸.”

톰은 잠시 사이를 두었다가 다시,

“윌리엄즈 나으리라고 말할 걸 그랬나봐. 하지만 악의로 그런 건 아냐. 모두들 사람들이 호스, 호스 하길래 나도 그만.”

이라고 말했다.

“죽은 사람 이야기를 할 때는 여간 조심을 하지 않으면 안 돼, 톰.”

이 말에 톰은 이만저만 실망을 느끼지 않았다. 이야기는 또다시 중단되었다. 이때 갑자기 톰은 허클의 팔을 꼭 붙잡으며 나직이 부르짖었다.

“쉿–!”

“뭐야, 톰?”

두 소년은 두근거리는 가슴으로 서로 바싹 달라붙었다.

“쉿! 또 왔다! 너 안 들렸어?”

“난⋯⋯.”

“저것 봐! 이번엔 들렸겠지.”

“아이구, 톰, 왔구나! 정말, 왔구나. 어떡하면 좋을까?”

“나도 몰라. 우리를 봤을까?”

“응, 저놈들은 고양이처럼 컴컴해도 눈이 밝아. 아이구, 괜히 왔어.”

“무서워하지 마, 허클. 우릴 어떡하진 않을 거야. 우리들이 무슨 해를 끼치나. 가만히 있으면 우릴 알아보지 못할지도 몰라.”

“그렇게 하자, 톰. 그렇지만 안 되겠어, 몸이 부들부들 떨려서.”

“가만히 있어!”

두 소년은 거의 숨을 죽이고는 머리를 한 곳에 갖다 붙였다. 묘지 저쪽 끝에서 뭐라고 수군거리는 분명치 않은 이야기 소리가 들려왔다.

“봐, 저것 봐!”

톰이 또 속삭였다.

“아니, 저게 뭘까?”

“도깨비불이지. 아아, 톰, 무서워.”

희미한 몇 개의 사람 같은 것이 나타났고, 손에 든 구식 함석으로 만든 초롱을 흔들면서 땅 위를 비추었다. 허클베리는 소스라치며 속삭였다.

"악마야, 분명해. 셋이구나! 톰, 이젠 다 틀렸다! 너, 기도할 수 있어?"

"응, 해 볼게. 하지만 무서워할 건 없잖아. 놈들이 뭘 우릴 해친다고 그래. 이 몸 이제 잠자리에 누워 꿈나라로 가려니, 이 몸……."

"쉿!"

"뭐야, 허클?"

"저건 사람이야! 적어도 그 중 하나는 분명해, 머프 포터 할아버지의 목소리가 들려."

"바보 같은 소리! 설마 그럴 리가……."

"정말이야. 확실해. 이젠 떨지 않아도 좋아. 그 영감이라면 우릴 알아볼 리가 만무해. 늘 언제나 술주정뱅이니까. 깜짝 놀랐네. 망할 놈의 영감 같으니라구!"

"옳지, 그럼 됐어. 가만히 있어. 옳지, 섰구나. 길을 찾는가 보네. 또 움직인다. 뭐라고 지껄이고 있구나. 뚝 그쳤다. 또 지껄인다. 모두들 지껄인다. 이리로 오는구나. 아아, 허클, 저 소리도 난 알아. 저건 인디언 조의 목소리야."

“그래, 사람 백정의 혼혈아 말이지? 저놈보다는 악마가 차라리 나아. 뭣 하러 왔을까?”

두 소년은 그 이상 아무 말도 하지 않았다. 세 그림자는 점점 무덤 쪽으로 가까이 와서, 마침내 두 소년으로부터 불과 몇 피트의 지점에 이르렀다.

“이거야.”

제3의 목소리가 속삭였다. 그 목소리의 주인공이 내민 초롱불 빛에 환히 드러난 것은 젊은 의사 로빈슨의 얼굴이었다.

포터와 인디언 조는 둘이서 손수레를 밀고 있는데, 그 수레 위에는 밧줄 하나와 삽 두 자루가 놓여 있었다. 두 사람은 그것을 내려놓고는 무덤을 파헤치기 시작했다. 의사는 초롱을 무덤 위에다 놓고, 느릅나무 있는 쪽으로 가서 나무줄기에 등을 기대고 앉았다. 두 소년으로부터 손을 뻗치면 닿을 정도로 가까운 거리였다.

“어서 빨리해.”

의사가 낮은 음성으로 재촉했다.

“달이 뜰지도 모르니까.”

두 사람은 퉁명스러운 목소리로 대답을 하고는 계속 무덤을 파헤쳐 나갔다. 얼마 동안은 삽에 수북이 담은 흙과 잔돌을 파서 던지는 소리 외에는 아무 것도 들리지 않았다. 지루할 정도로 단조로운 작업이 계속되었다. 맨 나중에 어느 삽인지 그 끝이 관에 부딪치고 퍽- 하는 둔한 나무 소리가 들렸다. 잠시 후 두 사내는 관을 땅 위로 끌어올렸다. 그들은 삽으로 관 뚜껑을 비틀어 열고는 안에서 시체를 끌어내서 땅바닥에다 던졌다. 달이 구름 사이로 나타나 창백한 시체의 얼굴을 비췄다. 준비를 갖춘 손수레 위에 시체가 올려졌고, 담요가 덮였고, 밧줄로 꽁꽁 묶였다. 포터는 커다란 잭나이프를 주머니에서 꺼내어 남은 밧줄을 잘라버렸다.

"자, 이제 준비는 끝났어요, 의사님. 그런데 5달러만 더 선심을 써야 할 걸요. 그렇지 않고는 이 돌부처가 꿈적도 안 할 겁니다."

"그렇구말구."

인디언 조가 맞장구를 쳤다.

"뭐라구? 무슨 말이야, 그게?"

의사도 지지를 않았다.

"선불을 달라고 해서 선불까지 해주었는데."

"그래, 당신은 돈을 치르는 것 외에 또 한 가지 나에게 할 게 있어."

이렇게 말하며 인디언 조는 의사에게로 바싹 다가갔다.

그때 의사는 나무 앞에 서 있었다.

"5년 전 어느 밤에 생긴 일이야. 당신네 집 부엌으로 뭘 좀 얻어먹으러 갔더니, 당신은 나를 쫓아내며 두 번 다시 오기만 해 봐라 하고 호령을 내렸지. 그래서 난 백 년이 지나도 이 원한은 풀리지 않을 것이라고 악담을 했는데, 그걸 좋은 기회로 삼아 당신 아버지는 나를 부랑자 취급을 해서 감옥에다 집어넣었단 말이야. 그걸 내가 잊어버릴 줄 알아? 인디언의 피가 헛되이 이 몸에 흐르고 있는 것은 아냐. 그래 여기서 네놈을 붙잡아 놓고 결판을 내야겠단 말이다. 알았나!"

이러면서 조는 의사의 얼굴에다 바싹 주먹을 갖다 대고 뒤흔들며 위협했다. 의사는 갑자기 주먹을 쳐들어 이 무뢰한을 땅 위에다 때려눕혔다. 포터는 쥐고 있던 칼을 떨어뜨리며 버럭 소리를 질렀다.

"이놈, 너 잘 쳤구나, 내 짝을!"

다음 순간 포터는 의사에게로 달려들었고, 두 사람은 뒤꿈치로 땅을 찢고 풀을 짓밟으면서 죽을힘을 다해 싸우고 있었다. 그 사이에 조는 벌떡 일어나 포터가 떨어뜨린 나이프를 집어 들고 번쩍번쩍 눈에 광채를 내며 고양이처럼 살금살금 기어 두 사람의 주위를 돌면서 기회를 노리고 있었다. 얼마 후에 의사는 포터를 뿌리치고는 윌리엄즈의 무덤의 무거운 표지 목(木)을 쑥 뽑아들고는 포터를 때려눕혔다. 이와 동시에 인디언은 의사의 가슴팍을 향하여 자루까지 박히라고 힘껏 나이프를 들이박았다. 의사는 비틀비틀 포터의 위에 겹쳐 쓰러지면서 내뿜는 핏발로 포터의 몸을 물들였다. 이때 구름이 스치면서 이 처참한 장면을 감추어 주었고, 이 기회를 놓칠세라 겁에 질린 두 소년은 뒤도 돌아보지 않고 도망쳐 내려왔다. 또다시 달이 나타났을 때, 인디언 조는 겹쳐 쓰러진 두 사람의 몸을 앞에다 두고 서서 짐짓 내려다보고 있었다. 의사는 뭐라고 분명치 않은 말을 중얼거리고는 한두 번 길게 헐떡거리더니 그만 숨을 거뒀는지 꼼짝도 하지 않았다.

인디언은 중얼거렸다.

"이걸로 판가름이 났군. 맛이 어때!"

그는 의사의 몸을 뒤져서 값나가는 물건을 챙기고, 그 다음 만행에 사용된 나이프를 포터의 오른손에다 쥐여 주고는 빈 관 위에 걸터앉았다. 3분, 4분, 5분 − 이렇게 시간을 흘러갔고, 그 다음 포터가 꿈틀하고 몸을 움직이며 길게 끙 하고 신음소리를 질렀다. 그는 자기 손에 무엇이 쥐여 있는 것을 깨닫고, 무심코 손을 쳐들어 그리로 눈길을 주다가 그것이 칼인 것을 알자, 몸서리를 치며 그것을 떨어뜨렸다. 그는 일어나 시체를 옆으로 비켜 놓고 그것을 응시하더니, 다음에는 어찌할 바를 모르는 눈초리로 주위를 살펴보았다. 얼핏 조와 시선이 마주쳤다.

"도대체 이게 어떻게 된 일이야?"

포터가 묻는 말이었다.

"이거 큰일 났어."

조는 조금도 동요하지 않고 침착한 목소리로 말했다.

"아니 어떡하다 이런 짓을 했지?"

"내가? 난 아무 짓도 안했어!"

"정신 차려! 지금 와서 새삼스럽게 그런 소릴 해도 소용 없어."

포터는 이 말에 얼굴색이 새파래지며 부들부들 몸을 떨기 시작했다.

"난 제정신으로 있는 줄만 알았어. 오늘밤은 술을 마시는 게 아니었어. 큰 실수를 했군, 아까까지는 괜찮았는데, 나중에 술이 좀 더 오른 모양이군. 머리가 띵해서 아무것도 생각나지 않아. 조금도 생각이 안 난다구. 말해 봐, 조. 제발 소원이니, 정말 내가 한 거야, 조? 난 결코 그럴 작정은 아니었어. 어쨌는지 사실을 얘기해 봐. 아아, 이거 큰일이군. 아직

젊고 앞길이 창창한 젊은이인데."

"결국, 자네가 이 사람과 다투다가 이 사람으로부터 묘지 말뚝으로 얻어맞아 벌렁 나자빠지더군. 그 다음에 자네는 비틀비틀 일어서서 칼을 움켜쥐고서는……. 마침 이 사람이 다시 한 번 힘껏 내리치는 순간에 자네가 칼을……. 그리고는 한꺼번에 둘이 다 쓰러진 채 지금까지 실신하고 있었던 거야."

"그래, 내가 그랬어? 전혀 몰랐군. 내가 그랬다면 차라리 당장 죽는 게 좋겠어. 이게 모두 그 위스키 탓이라구. 아직까지 난 무기 같은 걸 써본 적이 없는 놈이야, 조. 싸움은 많이 했지만 칼을 들어 본 적은 결코 없었단 말이야. 그것을 모르는 사람이 없어. 조, 잠자코 있어 줘! 제발 부탁이니 잠자코 있어 줘, 조. 너는 좋은 사람이잖아. 난 너를 언제나 좋아 했어. 그리고 늘 네 편이라구. 그렇지? 잠자코 있어 줄 텐가, 조, 응?"

이 불쌍한 사나이는 태연자약한 살인범 앞에 무릎을 꿇고 합장을 하고는 이렇게 애원했다.

"걱정하지 마. 너는 늘 내편이 되어 날 두둔해 주었어. 그러니까 내가 너를 배반하지 않을 거야, 그렇게 알고 걱정하지 말라구."

"좋아, 조, 너는 정말 천사야. 이 은혜는 평생 두고 잊지 않을 거야."

그리고 나서 포터는 눈물을 흘렸다.

"그래, 이젠 그만 해. 훌쩍훌쩍 울고 있을 때가 아냐. 난 이 길을 갈 거니까 너는 저 길로 가라구. 자, 어서. 증거가 될 만할 물건을 떨어뜨려선 절대 안 돼."

포터는 힘없이 걷기 시작했지만, 잠시 후에는 걸음아 날 살려라 하고 달리기 시작했다. 인디언은 그 모습을 서서 지켜보며 중얼거렸다.

"겉으로 표가 날 정도로 마시고 취해 있었으니까 당분간은 칼을 놓고 간 사실을 모를 거야. 알았다고 하더라도 가지러 올 용기가 없을 거야. 에이, 멍청이!"

2, 3분 뒤에는 의사의 시체와 담요에 덮인 시체, 뚜껑이 없는 관과 파헤쳐진 무덤을 바라보고 있는 것은 달 외에는 아무것도 없었다. 사방은 또다시 고요한 정적으로 되돌아갔다.

묘지의 참극 뒤에 온 것

　두 소년은 너무나 두려워서 말도 못하고 마을 쪽으로 날아가듯이 내달렸다. 뒤에서 무엇인가 쫓아오는 것만 같아서 두 소년은 흘끔흘끔 뒤를 돌아다보았다. 달려가는 길목에 서 있는 나무 그루터기 하나하나가 마치 사람과도 같아서, 아니 적병인 것만 같아서 마주칠 때마다 그만 숨이 탁 막히는 듯했다. 동구 밖에 외따로 서 있는 집 앞에까지 와서 잠에서 깬 개가 짖어대는 소리를 들었을 때 그들의 발에는 마치 날개가 달린 듯했다.

　"모피 공장 있는 데까지만 도망갈 수 있다면 좋겠는데, 나는 이제 더 이상은 달릴 힘이 없어."

톰이 거칠게 숨을 내쉬면서 작은 소리로 말했다.

허클베리도 그저 헐떡거리기만 할 뿐 말을 잇지 못했다. 두 소년은 그들이 목표로 삼은 집에 눈길을 두고는 정신없이 달리기만 했다. 그들은 점점 목표에 접근했고 이윽고 어깨를 나란히 해서 열린 문 안으로 뛰어들어, 후우— 하고 안도의 한숨을 내쉬고는 솜처럼 몸이 녹초가 되어 집안 구석 한쪽에 그만 쓰러지고 말았다.

잠시 후 겨우 두근거리는 가슴을 가라앉히고 톰이 입을 열었다.

"허클베리, 이게 도대체 어떻게 된 거야, 어떻게 생각해?"

"로빈슨이 죽었다면 놈은 틀림없이 교수형이지."

"그럴까?"

"그럼, 당연히 그래야지, 톰."

톰은 잠시 생각한 후에 다시 입을 열었다.

"누가 고소를 할까? 우리들이 해야 하나?"

"무슨 소리를 하는 거야, 넌? 무슨 일이 일어나서 인디언 조가 붙잡히지 않았다고 생각해 보란 말이다. 우리들이 죽을 거야. 지금 우리들이 이러고 있는 것보다도 너무나 명백한 일이 아니겠어, 그때는……."

"내 생각도 역시 그래, 허클."

“누가 고소를 해야만 한다면 머프 포터가 하면 되잖아. 그런 어리석은 짓을 할지 안 할지는 모르지만, 그 사람은 늘 취해 있으니까.”

톰은 그 말에는 대답도 하지 않고 짐짓 혼자서 무엇을 생각하고 있었다. 얼마 후 그가 말했다.

“허클, 머프 포터는 아무것도 몰라. 모르면서 고소를 할 수는 없잖아.”

“모른다고? 왜?”

“얻어맞아서 기절하고 있을 때 인디언 조가 죽였으니까 그렇지. 그래도 머프가 보고 있었다고 생각하니? 그가 알고 있다고 생각하는 거야?”

“그래. 아, 정말 그렇구나, 톰!”

“게다가 어쩌면 그는 얻어맞았을 때 벌써 죽었는지도 몰라.”

“그건 안 그래. 그럴 까닭이 없어, 톰. 그는 술이 취해 있었어. 확실히 그래. 그는 늘 그런데 뭐. 우리 아빠도 그렇지만 술이 취해 있을 때는 아무리 심하게 맞아도 아무렇지 않대. 조금도 감각이 없대. 우리 아빠가 그러더라. 그러니까 머프 포터도 그랬을 거야. 제정신이라면 그렇게 심하게 얻어맞고서 죽지 않을 놈이 어디 있어. 꼭 죽고 말았겠지.”

톰은 또 잠시 생각하고 있더니 다시 말을 이었다.

"허클, 너 비밀을 지킬 수 있겠어?"

"톰, 가만히 있지 않으면 안 돼. 알지? 우리들이 지껄이면 인디언 녀석 말이야, 그 녀석 교수형을 당하면 좋지만, 만일 그렇게 안 되는 날에는 고양이 두 마리 죽이는 것보다도 간단하게 우리를 죽이고 말 거야. 그러니까 우리 둘이서 맹세를 하기로 하자고. 그것 말고는 더 좋은 방법이 없어, 절대로 발설하지 않는다고."

"그래. 그게 제일 좋겠어. 자, 손을 번쩍 쳐들고 맹세하기로 해, 우리들은……."

"아냐, 안 돼, 이번 경우는 그렇게 해서는 안 돼. 조그마한, 아무래도 좋은 일이라면…… 특히 상대방이 여자 아이일 때는 그래도 좋지만. 여자애들은 조금만 협박을 해도 바로 발설을 해 버리니까. 하지만 이번과 같은 큰 사건에는 버젓한 증서를 쓰지 않으면 안 되는 거야. 그리고 피로 서명하지 않고서는."

톰은 이 의견에 전적으로 찬성했다. 그쪽이 심각하기도 하고, 무겁기도 하고, 장엄하기도 했다. 시간상으로도 그렇고, 장소로도 그렇고, 사건으로도 그렇고 확실히 그랬다. 그래서 톰은 땅 위에 떨어져 달빛을 받고 있는 새 지붕 판자를 하나 주워 가지고 와서 주머니에서 조그맣고 새빨간 곱돌 조각 하나를 꺼내더니 달빛을 의지해서 한 자 한 자, 아래로 선을 그을 때에는 혀를 깨물어 힘을 주고, 위로 뻗을 때에는 힘을 빼서, 한참을 고심하고 애쓴 끝에 다음과 같은 문장을 겨우 만들었다.

  허클베리 핀과 톰 소여는 이번 일에 관하여 침묵을 지키기로 맹세한다. 만일 이것을 깨뜨리는 경우 그 자리에서 맞아죽어도 상관없다.

허클베리는 톰의 훌륭한 필적과 숭고한 문구에 그만 감탄했다. 그는 즉시 접은 옷깃에서 핀을 뽑아서 자기 손가락을 찌르려고 했지만 톰은 급히 그것을 말렸다.

"잠깐! 그건 그만 둬, 그 핀은 놋쇠가 아냐? 녹청(綠靑)이 묻어 있을지도 몰라."

"녹청이 뭐야?"

"독이지 뭐야. 그러니까 안 돼. 거짓말 같으면 조금 삼켜 봐, 곧 알 거니까."

그래서 톰이 바늘 한 개에서 실을 빼고는 두 소년은 각자 엄지손가락 밑 둥근 데를 찔러서 한 방울씩 피를 짜냈다. 몇 번인가 피를 짜 내서 적당한 양이 되자 톰은 새끼손가락을 펜처럼 놀려서 이럭저럭 자기 이름자의 첫 글자를 쓸 수 있었다. 그리고 나서 허클베리에게 H자와 F자를 쓰는 방법을 가르쳐 주었고, 이것으로 서약서가 완성되었다. 두 소년은 일정한 의식에 따라 무서운 주문을 외면서 담벼락 근처에다 그 판자를 파묻었고, 이것으로 각자 혀에다 자물쇠를 채우고, 그 열쇠는 내 버린 것으로 했다.

이때 텅 빈 이 건물의 다른 쪽 뚫어진 곳으로부터 몰래 그림자 하나가 안으로 기어 들어왔다. 그러나 두 소년은 그것을 알아보지 못했다.

"톰"

하고 허클베리가 말하였다.

"이것으로 우리가 발설하지 않고 견딜 수 있을까? 끝까지 말이야."

"물론. 무슨 일이 있어도 발설해서는 안 돼. 그렇지 않으면 그 자리에서 당장 죽을 지도 몰라. 그렇지?"

"그래, 그렇구 말구."

잠시 그들은 귓속말로 뭔가를 소곤소곤 중얼거리고 있었는데, 그때 갑자기 건물 밖에서 — 두 사람이 있는 곳으로부터 채 20피트도 떨어지지 않은 지점에서 — 개가 무서운 소

리로 짖기 시작했다. 그들은 소스라치게 놀라며 서로 바싹
달라붙었다.

"우리 두 사람 중에서 누굴 보고 저렇게 짖는 거지?"

허클베리가 떨리는 목소리로 물었다.

"글쎄, 그 틈으로 좀 내다봐, 어서!"

"무서워, 네가 해봐, 톰!"

"안 돼. 난 할 수 없어, 허클!"

"제발, 톰. 이크, 또 짖는다."

"옳지, 됐어!"

톰은 조금 마음이 놓이는 모양이었다.

"저 소리라면 알 것 같아. 저건 불 하비슨이야, 확실해."

"그래, 그럼 마음이 놓이는군. 정말 무서워서 죽는 줄 알
았어. 똥갠 줄만 알았으니까 그렇잖아."

개는 또다시 짖기 시작했다. 그들은 또다시 가슴이 섬뜩
했다.

"가만, 저건 불 하비슨이 아냐!"

허클베리가 속삭였다.

"좀 내다 봐, 톰!"

톰은 무서운 생각에 부들부들 떨면서도 할 수 없이 틈에
다 눈을 갖다 대었다. 그리고는 거의 모기만한 목소리로 속

삭였다.

"허클, 똥개야."

"톰, 어서! 누굴 보고 짖는 거야?"

"우리 둘이지, 누군 누구야, 허클 — 둘이 함께 있잖아, 이렇게."

"아아, 톰, 이젠 다 틀렸다. 내가 갈 곳은 보지 않아도 뻔해. 밤낮 나쁜 짓만 했으니까."

"죄가 덮쳤구나! 학교를 빼먹고, 해서는 안 된다고 하는 짓만 따라다니며 했으니 이런 꼴이 되고 말았지. 맘만 먹으면 시드처럼 착한 아이가 될 수도 있었는데, 그래도 소용없어. 이번만 용서해 준다면 주일학교도 꼭꼭 가겠지만."

톰의 끝말은 다소 울음 섞인 말이 되고 말았다.

"네가 나쁘다고!"

허클베리도 코맹맹이 소리를 했다.

"너 정도는 나한테 비하면 아무것도 아냐. 아아, 내가 톰의 절반만이라도 착한 아이였더라면."

톰이 그 말을 가로막았다.

"허클, 저걸 좀 봐. 개가 저쪽을 보고 있잖아!"

이 말에 허클은 기운을 얻어 구멍으로 밖을 내다보았다.

"맞아! 아까부터 그랬어?"

"그래. 깜빡 그걸 모르고 있었어. 아아 잘 됐다. 우리들이 아니면 대체 누굴까?"

짓는 소리가 그쳤다. 톰은 귀를 기울였다.

"쉿! 저건 뭐야?"

"돼지가 울고 있는 거 같았는데 그렇지 않군. 누가 코고는 소리 같아, 톰."

"그래, 그런 거 같아. 어딜까?"

"저쪽 끝이야, 분명. 그런 것처럼 들려. 우리 아빠도 간혹 저기서 잠을 자지만 저처럼 얌전하게 코를 골지는 않거든. 더군다나 우리 아빤 더 이상 이 마을로 돌아오진 않을 테니까."

모험심이 또다시 두 소년의 가슴속으로 뭉게뭉게 솟아올랐다.

"허클, 내 뒤를 따라올 수 있겠니, 너?"

"그다지 마음이 내키지는 않는데, 톰. 인디언 조라면 어떡하지?"

톰도 망설여졌다. 그러나 유혹을 억누를 수가 없어서, 결국 코고는 소리가 중단되면 바로 도망쳐 되돌아온다는 조건으로 가보자는 데 의견이 모아졌다. 그래서 그들은 하나가 앞서고 다른 하나가 그 뒤를 따라 발소리를 죽이고 살금살금 접근해 갔다. 그런데 앞으로 다섯 걸음만 가면 코고는 장본인이 누구라는 것을 알 수 있다고 하는 데까지 왔을 때, 톰의 한쪽 발이 그만 나뭇가지 하나를 잘못 밟아 부러뜨리고 날카로운 소리를 냈다. 사나이는 끙 하며 몸을 한쪽으로 비틀었고, 그 얼굴에 달빛이 비쳤다. 얼핏 보니 그것은 머프 포터였다. 사나이가 꿈틀했을 때 두 소년의 심장은 그만 멈추고 말아 모든 게 끝장이라고까지 체념했지만, 정체가 드러나자 순식간에 공포심이 사라져 버렸다. 그들은 담장의 뚫린 구멍을 통해서 조심조심 밖으로 나와, 조금 걷다가 작별 인사를 나누려고 걸음을 멈추었다. 이때 또다시 밤공기를 진동하며 가슴을 소스라치게 하는 개 짖는 소리가 들려왔다. 뒤돌아보니 개는 포터가 누워 있는 곳으로부터 몇 피트의 지점에서 포터 쪽을 향해 하늘을 우러러보며 짖고 있는 것이었다.

“아, 큰일이군. 포터를 보고 짖고 있었군!”

이 말이 동시에 두 소년의 입에서 새어나왔다.

“이봐 톰, 약 두 주일 전에 밤 열두 시쯤 해서 똥개가 자니 밀러의 집 주변에서 짖었고, 또 같은 날 밤에 쏙독새가 날아와서 난간에 앉아 울었다는데, 그 집에서는 아직 아무도 죽지 않았어.”

"그래, 그건 나도 알아. 하지만 아무 일도 없었던 건 아냐. 바로 그 다음날인 토요일에 그레이시 밀러가 부엌 난로 속에 떨어져 큰 화상을 입지 않았어?"

"맞아, 하지만 죽지는 않았어. 게다가 이젠 다 나았다고."

"글쎄, 두고 봐. 알게 될 테니. 머프 포터도 그렇지만, 그 여자애는 전혀 가망이 없어. 검둥이가 그렇게 말했으니까 틀림없어. 그런 일에 있어선 검둥인 모르는 일이 없으니까 말이야, 허클."

잠시 후 그들은 무엇인가를 생각하면서 헤어졌다. 톰이 창문을 통해서 침실로 기어 들어갔을 때 날은 거의 밝아 있었다. 그는 되도록 조용히 옷을 벗고, 아무에게도 들키지 않았다는 기쁨을 간직한 채 잠을 청했다. 그렇지만 가볍게 코를 골고 있는 시드가 실은 한 시간 전부터 잠에서 깨어 있었다는 것을 무슨 수로 알 수 있었으랴.

톰이 잠에서 깬 것은 시드가 한참 전에 이미 옷을 갈아입고 침실을 나간 뒤였다. 사방이 훤해진 것도 그렇고, 어찌 그 모양이 조금 달라 보이는 것으로도 날이 훤히 밝았다는 것을 알 수 있었다.

톰은 가슴이 덜컹 내려앉았다. 왜 깨워 주지 않았지? 평소처럼 끈질기게 불러서 깨워 주지 않았을까? 이렇게 생각하자 어떤 불길한 예감이 가슴에 콱 차올랐다. 5분도 못 되는 사이에 그는 옷을 갈아입고 아직 잠에서 덜 깬 눈을 비비면서 아래층으로 내려갔다.

집안 식구들은 식탁을 둘러싸고 앉아 있었지만 식사는 일찌감치 마친 뒤였다. 자기를 책망하는 말은 안했지만 모두들 자기를 피하는 눈치였다. 침묵과 범인의 마음을 소스라치게 하는 엄숙한 공기만이 식당을 감돌고 있었다. 톰은 자리에 앉아서 애써 쾌활한 낯을 지어 보이려고 했지만 그것은 등산을 하는 것만큼이나 힘이 들었다. 아무도 웃어 보이지도 않고, 대답도 해주지 않아서 톰은 입을 봉하고 있을 수밖에 다른 도리가 없었고, 한편으로는 자꾸만 마음이 내려앉는 것을 피할 길이 없었다.

아침 식사가 끝난 후 톰은 이모의 호출을 받았다. 야단을 칠거라고 생각하고 도리어 마음이 후련해졌던 것이지만 그런 기대는 빗나가고 말았다. 이모는 눈에 눈물을 그렁거리면서 톰의 소행을 탓하고, 왜 늙은 이모의 마음을 이렇게까지 아프게 하느냐고 도리어 순순히 타이르는 것이 아닌가. 그리고 맨 나중에는,

"너 좋을 대로 해라, 자기 신세를 망치고, 슬픔에 잠겨서 내 이 흰 머리를 무덤 속까지 가지고 들어가게 하는 게 좋

아, 더 이상 무슨 소리를 해도 소용이 없으니.”

라고 말을 하며 한숨을 푹 쉬었다. 이것은 천 개의 회초리보다도 효과가 있었고, 얻어맞았을 때보다도 몇 배나 가슴속이 아팠다. 톰은 울면서 용서를 구했고, 앞으로는 절대로 나쁜 짓을 하지 않겠다고 맹세했다. 그래서 겨우 빠져 나오기는 했지만 아직 완전히 용서를 받은 것 같지는 않았다. 기껏 약간의 신용을 받고 있다는 것을 느꼈을 뿐이다.

힘없이 그곳을 떠난 톰은 시드에게 복수를 할 기력조차도 없었다. 따라서 시드가 붙잡힐세라 뒷문으로 해서 빠져나간 것은 필요 없는 짓을 한 셈이었다. 톰은 무거운 발걸음으로 학교에 가서 조 하퍼와 함께 어제 학교를 빼먹었다는 이유로 벌을 받았다. 그러나 그것보다는 더 큰 걱정거리가 가슴속에 가득 차 있었기 때문에 벌이 그렇게 고통스럽게 느껴지지는 않았다.

톰은 자기 자리로 돌아와서 책상 위에 일으켜 세운 팔에다 턱을 괴고는, 이제는 막다른 골목에 이르렀구나, 어떻게 할 도리가 없구나 하는 고통스러운 눈초리로 물끄러미 벽을 바라보고 있었다.

아까부터 팔꿈치에 딱딱한 것이 닿았다. 한참 뒤에야 톰은 천천히 슬픈 표정을 지으며 자세를 바꾸고, 깊은 숨을 내쉬면서 무심코 그것을 잡아 보았다. 딱딱한 그것은 종이로 싸여 있었다. 톰은 그것을 펴 보았다. 길고 끝없는 한숨이 새어나왔고 그의 가슴은 터질 듯했다. 그것은 그의 놋쇠 손잡이였다. 이 마지막 깃털이 마침내 무거운 짐으로 인해 쩔쩔매는 낙타의 등을 완전히 부러뜨려 놓고 만 것이었다.

톰의 양심

정오가 가까워서야 마을 사람들은 불길한 사건을 알고 소스라치게 놀랐다. 당시에는 전보 같은 것은 상상도 못할 때였지만, 그럴 필요도 없이 이 소문은 삽시간에 사람에서 사람으로, 모임에서 모임으로, 집에서 집으로 전보 이상의 속도를 갖고 퍼졌다. 물론 교장 선생님은 오후의 수업을 모두 중단하고 말았다. 만일 그렇게 하지 않았더라면 마을 사람들로부터 이상한 눈초리를 받았을 것이다. 시체 옆에서 피로 물든 칼이 발견되고, 증인에 의하여 그것이 머프 포터의 칼이라는 것이 확인되었다 – 라는 소문이 퍼졌다. 또 무슨 일로 늦게 집에 돌아오게 된 마을 사람 하나가 밤 1시인가 2

시경에 포터가 개울에서 몸을 씻고 있는 것을 보았는데, 자기를 보더니 포터가 곧 어물어물 도망쳐 버리더라는 것이었다. 몸을 씻는다고 하는 습관이 포터에게는 일찍이 없는 일이었으므로, 이것은 포터에게 혐의를 걸기에 유력한 자료가 되었다. 그래서 마을 구석구석까지 이 '범인'(대중이라는 것은 증거를 가려서 단정을 내리는 데 주저하지 않는다)의 행방을 찾았지만 끝내 발견되지 않았다는 것이었다. 모든 방향의 모든 도로 위로 기마순경이 말을 몰았고, 경찰서장은 오늘 중으로 범인을 찾아내어 보이겠다고 장담을 하였다.

마을 전체가 묘지로 이동했다. 톰은 기운을 회복해서 그 행렬에 가담했다. 여기 말고도 천 배나 가고 싶다고 생각한 곳이 없는 것은 아니었지만 그 어떤 이상한, 설명할 수 없는 충동이 그를 이곳으로 유인한 것이었다. 잔혹한 범행 현장에 도착했을 때 그는 조그마한 몸으로 군중들 사이를 헤치고 나가 그 처참한 광경을 목격했다. 톰은 어젯밤 자기가 여기 있었던 것이 먼 옛날의 일만 같았다. 누가 그의 팔을 꼬집는 사람이 있었다. 뒤돌아보니 거기에는 허클베리가 있었다.

다음 순간 그들은 동시에 시선을 딴 데로 돌리고는, 눈길이 서로 부딪친 것을 누구에게 들키지나 않았을까 하고 걱정했다. 그러나 사람들은 모두 눈앞의 처참한 광경에 정신을 빼앗겨 열심히 그 얘기를 하느라 여념이 없었다.

"아이고, 불쌍해라!"

"어린 사람이 불쌍도 하지!"

"무덤 도굴범에게는 좋은 교훈이야!"

"머프 포터란 놈 붙잡히기만 하면 교수형이다!"

이러한 말들이 전체 여론으로 술렁거렸다. 목사는

"이것은 하나님의 심판이야. 하나님의 손길이 여기까지 이른 거야."

라고 말했다.

톰은 머리끝에서부터 발꿈치까지 온몸이 부들부들 떨렸다. 얼핏 시치미를 딱 떼고 있는 인디언 조의 얼굴이 눈에 비쳤기 때문이다. 이때 군중이 동요를 일으키며 그 사이에서 환호 소리가 일어났다.

"왔네! 왔어! 자기 발로 왔군!"

"누구? 누구 말이야?"

20명쯤 되는 목소리가 이렇게 반문했다.

"머프 포터 말이야!"

"야, 섰다! 저것 봐, 돌아가려고 해! 도망 못 가게 해!"

톰의 머리 위 나뭇가지에 올라가 있던 사람들이,

"도망치려는 게 아니야, 결심이 서지 않아 주저하고 있는 거야."

하고 대답했다.

"저런 뻔뻔스러운 놈 같으니!"

구경꾼 중 하나가 소리를 질렀다.

"사람을 죽이고서 멀쩡한 얼굴로 현장을 둘러보러 오다니 ― 아무도 없는 줄로 알고."

군중이 좌우로 갈라지고, 그 사이를 경찰서장이 포터의 팔을 붙잡고는 우쭐대면서 걸어왔다. 포터의 얼굴은 새파랗게 질리고, 눈은 공포에 떨고 있었다. 시체 앞에 끌려나왔을 때 그는 멈칫 몸을 떨며, 두 손으로 얼굴을 가리고는 울기 시작했다.

"난 아니에요."

흐느껴 우는 소리였다.

"여러분, 맹세코 제가 한 게 아니에요."

"누가 너라고 그러더냐?"

어떤 사람 하나가 호통을 쳤다.

이 소리에 제정신으로 돌아온 듯 포터는 얼굴을 쳐들고 힘없는 눈으로 주위를 둘러보았다.

"인디언 조, 네놈이 약속했잖아, 절대로……."

"이건 네 칼이지?"

하면서 경찰서장이 칼을 포터 앞으로 내밀었다.

사람들의 부축을 받고 있지 않았다면 포터는 그만 그 자리에 쓰러졌을지도 모른다.

"역시 오지 않을 걸 괜히 왔군. 설마 하고 왔더니……."

이러면서 포터는 다시 한 번 부들부들 몸을 떨었다. 그리고는 체념한 듯이 힘없이 손을 저으며 입을 열었다.

"말해 봐, 모든 걸 말해 봐…… 이렇게 된 이상 할 수 없어."

허클베리와 톰은 인디언 조의 얼굴에다 시선을 박고는 이 바위와 같은 냉혈한의 뻔뻔스러운 진술을 들으면서, 이제 곧 쾌청하고 맑은 하늘에서 그의 머리에 번갯불이 떨어지기를 이제나 저제나 기다리며, '아니 하나님은 언제까지 꾸물거리고 계시는 걸까.' 하고 이상하게 생각하고 있었다. 그리고 그가 진술을 끝마치고도 여전히 산 채로 태연하게 서 있는 것을 보고는 맹세를 깨뜨리고서라도 이 불쌍하고 배반을 당한 죄수를 구출해 내리라고 마음먹기도 했었다. 그 까닭은 이 악당은 분명히 악마에게 자기 혼을 팔아 버렸고, 이러한 놈은 장차 치명적인 화근이 될지도 모르기 때문이다.

"왜 도망치지 않았지? 뭣 때문에 이리 다시 왔느냐고?"

그 중의 한 사람이 물었다.

“어떻게 할 수가 없었어…… 어찌 할 수 없었어.”

포터는 신음하듯이 말했다.

“도망치고 싶었지만 이리 오지 않고서는 배길 수가 없었어.”

그리고는 그는 훌쩍훌쩍 울기 시작했다.

그 후 인디언 조는 신문에 답하여 여전히 태연한 말투로 맹세까지 하고 자기의 진술을 되풀이 했다. 두 소년은 아직도 번갯불이 떨어지지 않는 것을 보고는, 인디언 조가 악마에게 혼을 팔아 버렸구나 하는 신념이 한층 더 굳어졌다. 조의 얼굴은 이제 이 두 소년에게는 아직 그들이 본 일이 없는 진드기처럼 미운 대상물이었으며, 결코 외면할 수 없는 존재가 되었다. 될 수만 있다면 밤마다 그를 감시하여, 한번만이라도 좋으니 그의 무시무시한 주인인 악마의 얼굴을 보리라고 두 소년은 마음속으로 몰래 결심했다.

인디언 조는 시체를 짐마차에다 싣고서 운반하는 일까지도 도왔다. 그때 군중 사이에서 시체에서 피가 흘렀다고 수군거리는 소리가 났다. 두 소년은 그것이 훌륭한 증거가 되어서 혐의가 올바른 방향으로 흘러가려나 보다고 생각했지만 곧 실망했다. 그것은 다음과 같은 주석을 붙이는 사람의 수가 하나가 아니었기 때문이었다.

"머프 포터가 채 3피트도 못 되는 지점에 있었으니까."

이 일이 있은 후 일주일 동안이나 톰은 무서운 비밀과 양심의 가책에 못 이겨 밤에도 만족스럽게 잠을 이룰 수가 없었다. 어느 날 아침, 식사 때에 시드가 이런 말을 했다.

"톰, 너 말이야, 밤마다 부스럭대고 뒤쳐 눕기도 하고, 뭐라고 잠꼬대를 하는지, 난 통 그 바람에 잠을 잘 수 없으니 웬일이냐?"

이 말에 톰은 그만 얼굴색이 새파래지며 눈을 내리깔고 말았다.

"그건 좋지 못한 징조다."

이모의 엄숙한 목소리였다.

"톰, 너 무슨 걱정이라도 있니?"

"아무것도 없어요, 아무것도 아니에요."

그러나 손이 떨렸고, 그 바람에 커피를 쏟고 말았다.

"이런 잠꼬대를 한단 말이야."

시드는 말을 이었다.

"어젯밤에는 '피야, 피. 정말 그래-'라고 이걸 몇 번이나 되풀이 했는지 몰라. 그리고 나서 '날 그렇게 괴롭히지 말아 줘요, 말할게요!'라고도 하더라. 그게 무슨 말이야? 뭘 말한다는 거야?"

톰은 눈앞의 모든 것이 살랑살랑 흔들리기 시작하는 것만
같았다. 이러한 형세가 그냥 그대로 계속되었다면 무슨 일이
벌어졌을지 모를 일이었지만, 다행히도 이모는 언뜻 관심을
딴 데로 돌린 듯한 얼굴을 해 보이며 자기도 모르게 톰의 난
처한 입장을 구해 주었다. 아주머니는 입을 열었다.

"정말 그래! 그 무시무시한 살인사건 말이지. 나도 밤마다
꿈에 보인다구, 글쎄. 자기가 범인이 된 꿈까지 꾼대두."

메리도 정말 무서워서 견디기 힘들다고 맞장구를 쳤다.
시드는 이것으로 겨우 납득이 가는 모양이었다. 톰은 어물어
물 얼버무리고는 그곳을 빠져나온 것이지만, 그 후 일주일
동안은 이가 아프다는 핑계를 대고는 밤마다 턱을 붕대로
감고서 잠을 잤다. 그러나 톰은, 밤마다 시드가 감시를 하며
가끔 톰이 자고 있을 동안에 턱에 감은 붕대를 풀어 놓고,
오랫동안 턱을 괸 채 귀를 기울이고 있다가 얼마 후에 다시
처음처럼 몰래 턱에다 붕대를 감아 놓는다는 사실을 알지
못했다. 그런데 톰의 괴로운 마음은 점점 옅어져 갔고, 치통
도 그에 따라 점점 성가신 일이 되어 그만 중지하고 말았다.
시드는 톰의 앞뒤가 맞지 않는 잠꼬대에서 무엇을 탐지했을
지도 모르지만 아무 말도 하지 않았다.

톰은 친구들이 고양이의 시체 따위를 앞에다 놓고서 심문

하는 흉내를 내며 노는 것이 마음에 걸려 견딜 수가 없었다. 그것을 볼 때마다 불안한 마음이 되살아나는 것이었다. 지금까지 새로운 장난이 나올 때마다 반드시 톰이 선두에 서서 주도권을 쥐곤 했었는데, 이러한 심문에 있어서는 톰이 검시관으로 자처하지 않는다는 새로운 사실을 시드는 발견했다. 또 톰은 절대로 증인이 되지도 않았다 ― 정말 이상한 노릇이었다. 더욱이 시드는 톰이 노골적으로 이러한 장난을 피해서 되도록이면 그것에 가담하지 않으려고 노력한다는 사실도 놓치지 않았다. 시드는 참 이상한 일이라고 의심을 했지만, 입을 꾹 다물고 있었다. 머지않아 이 심문 장난도 시들해져 갔고, 그에 따라 톰의 양심 또한 더 이상 괴롭지는 않게 되었다.

이 슬픈 기간 동안, 톰은 하루 걸러서 혹은 연일 기회가 되는 대로 조그마한 격자창이 달린 감옥을 방문해서 그 창으로 '살인범'에게 구할 수 있는 물건 중에서 대단치 않은 위문품들을 몰래 넣어주었다. 감옥은 동구 밖 늪지에 있는 동굴과 같은 조그마한 벽돌 건물로, 간수도 없었고 그때까지 거의 사용한 적이 없었다. 이러한 차입물은 톰의 양심을 위로해 주는 데 적지 않게 도움이 되었다.

마을 사람들은 인디언 조가 무덤을 파헤친 것이 매우 못

마땅하고 화가 나서 타르와 깃털을 몸에 바르고 횡목에 태워 주리를 틀었으면 좋겠다고 생각하기도 했지만, 놈의 성품이 극악무도한 까닭에 자진해서 그 말을 꺼내는 사람은 하나도 없었다. 조 자신도 그것을 알고 있어서 심문을 되도록 싸움에 관한 것으로 유도하려고 의도적으로 노력을 했고, 그 전에도 무덤을 파헤쳤다고 하는 말은 한마디도 하지 않았다. 그래서 지금 당장 소송거리로 삼는 것은 지혜로운 방법이 아니라고 하는 게 일반적인 여론이었다.

살통제의 교훈

지금 톰의 마음이 평상시와는 달리 그 비밀의 괴로움에서
벗어날 수 있었던 중요한 이유는 그 이상으로 강력하게 그
의 마음을 사로잡은 사건이 생겼기 때문이다. 그것은 베키
대처가 학교에 나오지 않게 된 사건이었다. 잠시 동안은 그
래도 톰은 자존심과 싸우며 될 대로 되라고 애를 썼지만 소
용없는 일이었다. 자신도 모르게 밤마다 발길이 저절로 그녀
의 집 방향을 향했으며, 언뜻 정신이 들어 보면 애절한 생각
을 가슴에 품은 채 그녀의 집 주위를 방황하고 있는 것이었
다. 그녀는 몸이 건강하지 못했던 것이다. 만일 죽기라도 한
다면 어떻게 하지? ― 이런 생각이 들자 톰은 어쩔 줄을 몰

랐다. 톰은 이제 전쟁놀이나 해적놀이에는 아무런 관심이나 흥미를 느끼지 못했다. 인생의 즐거움이 없고, 쓸쓸한 생각 외에는 아무것도 없었다. 굴렁쇠 굴리기도 공놀이도 더 이상 관심을 끌지 못했고, 이제 그러한 것에는 조금도 흥미를 느끼지 못했다.

폴리 이모는 걱정을 해서, 방법을 가리지 않고 톰의 기운을 북돋아 주려고 노력했다. 세상에는 흔히 건강 증진이니 원기 회복이니 하는 새로운 방법과 약이 등장하면 단번에 그것에 정신을 빼앗기고는 그것에 열중하는 무리들이 있는 법인데, 이모도 그러한 사람 중의 하나로, 그 방면에서는 누구에게도 지지 않는 열성을 갖고 있었다. 그 어떤 새로운 것이 나타나면 이모는 반색을 하고 달려들었다. 하기야 이모 자신은 매우 건강한 편이어서 자기 몸을 위해서 실험해 보는 예는 별로 없었지만, 자기 앞에 있는 다른 누구에게는 기꺼이 그런 실험을 해보는 것이었다. 또 이모는 여러 종류의 보건 잡지 애독자로, 믿어지지 않는 골상학에도 돈을 마구 쓰는 사람이었다. 이러한 잡지 등에 실려 있는 터무니없는 주의, 자는 방법, 먹는 방법, 마시는 방법, 운동 방법, 어떠한 마음씨로 있지 않으면 안 된다느니, 어떠한 것을 입고 있지 않으면 안 된다느니 하는 것이 이모에게는 하늘에서 내린

복음과도 같았다. 이번 달 잡지에서 권고하는 항목이 같은 잡지의 전달 호에 게재되었던 것과 아주 정반대의 것이었다는 사실을 깨닫지 못했다. 언제나 단순하고도 정직했으므로 그들에게는 조금도 힘이 안 드는 희생자였다. 이와 같이 이모는 늘 수중에 엉터리 잡지와 엉터리 약을 갖추고 있었으며, 비유를 들자면, 사신(死神)의 무장을 하고는 푸른 말을 타고, '뒤에다 지옥을 거느리고'는 사방으로 걸어 다니고 있는 식이었다. 그녀 자신은 자기는 병을 고치는 천사이며, 병으로 고생을 하는 이웃들에게는 영약 길레아드의 화신이라는 것을 의심하지 않았다.

최근 들어 이모는 광천(鑛泉)에서 솟는 물을 마시거나 그 물에 목욕을 해서 병을 고치는 방법에 마음을 빼앗기고 있었는데, 마침 톰이 요새 힘을 못 쓰고 있는 것이 이 실험에는 안성맞춤이었다. 이모는 아침마다 톰을 나무광 속에 끌어다 넣고는 머리끝에서부터 냉수를 퍼부었다. 그리고는 줄칼과 같은 수건으로 북북 문질러 정신을 들게 하고는 젖은 시트로 몸을 싼 다음에 몇 장씩이나 담요를 덮어, 톰의 말로 하자면 '혼이라는 때가 누런 땀이 되어 털구멍으로 해서 새어나올' 때까지 땀을 내게 했다.

그런데 이렇게까지 노력을 했음에도 불구하고 톰의 안색

은 점점 나빠져만 갔고, 얼굴은 자꾸만 수척해 들어갔다. 이모는 이에 온욕과 좌욕, 샤워 요법과 함께 전신욕 요법까지 추가했다. 그러나 톰은 여전히 영구차처럼 우울하기만 했다. 이번에 이모는 목욕법에 오트밀의 식사요법과 기포가 발생하는 반창고를 함께 사용하기도 했다. 이모는 톰의 체력이 용적이 작은 것으로 간주하고는 매일같이 엉터리 만능약을 쏟아 부은 것이다.

이 무렵이 되자 톰은 완전히 무감각 상태에 빠지고 말았다. 이러한 상태는 이모를 몹시 당황케 했다. 어떤 수를 써서라도 이 무감각 상태에서 벗어나게 해야 했다. 마침 이때 이모는 비로소 해결책이 살통제라는 것을 알았다. 그래서 즉시 그것을 주문했다. 이모는 그것을 핥아 보고는, '이것이라면.' 하고 그것을 마음에 들어 했다. 형체는 액체였지만 맛만큼은 불과 같았다. 그녀는 목욕 요법 등을 중지하고는 오직 이 '살통제'에 모든 신뢰를 집중시켰다. 그녀는 우선 톰에게 이 약을 한 숟갈 먹이고는 효과가 어떠한지 군침을 삼키면서 지켜보았다. 그녀의 불안은 단번에 해소되었고, 안도의 한숨을 내쉬었다. '무감각'이 대번에 해소되고 말았기 때문이다. 발밑에서 불이 타올랐다 하더라도 톰이 이 이상 몹시 튀어 오르리라고는 생각되지 않았기 때문이다.

톰은 이제 정신을 차릴 시기가 되었다고 생각했다. 이러한 생활방식은 능히 낭만적인 면이 있을지는 모르지만 너무나도 흥취가 없고, 게다가 마음을 산란하게 하는 변화가 너무도 많았다. 그래서 이제부터 이것을 면할 수 있는 수단을 여러 가지로 궁리했고, 마침내 '살통제'에 미친 것으로 해버리리라 결심을 굳혔다. 그래서 귀찮을 정도로 그것을 달라고 조른 끝에 귀찮아진 이모는 드디어 일일이 수고를 끼칠 것 없이 네 손으로 마음대로 먹으라고 병째 주고 말았다. 그러나 상대가 시드라면 내버려 둔 채 아무 불안도 못 느꼈을 것이지만, 병을 맡긴 장본인이 톰이고 보니 가끔 몰래 병의 상태를 조사해 보곤 했다. 병 안에 든 약은 확실히 줄어드는 것만 같았다. 그러나 톰이 그것으로 자기 방 마루의 틈바구니를 치료하고 있다는 사실만은 이모는 전혀 깨닫지 못했다.

어느 날, 언제나처럼 마루 틈에다 약을 먹이고 있는 상황인데, 그 현장으로 이모가 기르는 누런 고양이가 와서 골골 목소리를 내면서 자못 부러운 눈초리로 그 숟갈을 쳐다보고 한입 핥게 해주었으면 하는 눈초리를 보였다. 그래서 톰은,

"정말 먹고 싶지 않다면 조르지 마, 피터ㅡ"

했지만 그래도 피터는 역시 먹고 싶은 눈치였다.

"정말 먹고 싶은 모양이지?"

피터는 확실히 그런 모양이었다.

"좋아 주지. 하지만 네가 먹고 싶어 해서 주는 거야. 억지로 먹게 하는 게 아니니까 나를 탓하지는 마. 원망하려면 네 자신을 원망해."

피터는 동의하는 듯했다. 그래서 톰은 입을 벌리고는 '살통제'를 입으로 흘려 넣었다. 피터는 두 야드쯤 공중으로 펄쩍- 뛰어올라 인디언과 같은 함성소리를 지르며 방안을 빙빙 뛰어 돌아다니면서 이곳저곳의 가구에 몸을 부딪치고, 꽃병을 넘어뜨리는 등 기물을 깨뜨렸다. 그리고는 뒷다리로 일어서서 아장아장 걸으며, 즐거워서 죽겠다는 듯이 목을 움츠리더니, 이 감격을 누를 길이 없다는 듯한 소리를 질렀다. 그리고 나서 다시 한 번 사방으로 혼란과 파괴를 뿌리면서 방안을 미친 듯이 뛰어 돌아다녔다. 그리고는 이모가 방안으로 들어왔을 때 두서너 번 공중에서 곤두박질치며 재주를 넘더니 맨 나중에는 굉장한 소리를 지르며 꽃병의 파편과 함께 창밖으로 뛰어나가 버렸다. 이모는 안경 너머로 이 꼴을 쳐다보면서 잠시 넋을 잃고 있었다. 톰은 주저앉아 자지러지게 깔깔대고 웃었다.

"톰, 고양이가 어떻게 된 거야?"

"몰라요."

톰은 이 한마디를 겨우 말했다.

"저런 모습은 처음 보는구나. 왜 저리 난리를 부리지?"

"저는 아무것도 몰라요, 이모. 고양이는 기쁜 일이 있으면 늘 저러나 봐요."

"응, 그래."

목소리의 어조에는 어딘지 톰을 경계하는 무엇이 숨어 있었다.

"그렇다고 믿는데요, 저는."

"정말 그럴까?"

"예."

톰은 이모가 허리를 구부리는 것을 군침을 삼기며 지켜보고 있었다. 이모가 무엇을 발견했는지를 직감할 수 있었지만 때는 이미 늦었다. 침대보 아래에서 증거물인 숟가락 자루가 삐죽이 보이는 게 아닌가! 이모는 그것을 손으로 집어 들었다. 톰은 움츠러들어 눈을 내리깔았다. 폴리 이모는 늘 하는 버릇대로 — 귀를 붙잡아 — 톰을 당겨서 일으켜 세우고는 톰의 머리를 골무로 힘껏 내리쳤다.

"말도 못하는 불쌍한 짐승을 무슨 죄가 있다고 이렇게 못살게 굴지?"

"불쌍해서 그랬어요. 피터에겐 이모가 없잖아요."

“이모가 없다니? 무슨 소리냐? 그래서 어떻다는 거야?”

“이모가 있다면 그 이모에게 뜸질을 당할 게 아니에요! 사람과 마찬가지로 뱃속이 뜨끈하게 타는 것 같은 느낌을 가질 게 아니냔 말이에요!”

이 말에 폴리 이모는 언뜻 자책의 고통을 느꼈다. 이것이 사태를 새롭게 전화시켰다. 고양이에게 참혹할 정도의 일이라면 어쩌면 어린것에게도 참혹한 일이 될지도 모른다. 이모는 갑자기 기세가 수그러들기 시작했다. 후회의 마음이 앞을 가렸다. 그녀는 눈에 눈물을 글썽거리고는 톰의 머리에 한 손을 얹고서 부드러운 소리로 말했다.

“다 너를 생각해서 한 행동이다. 약이 확실하게 들었잖아, 톰.”

톰은 그녀의 얼굴을 쳐다보며 점잖은 얼굴에다가 약간 짓궂어 보이는 광채를 띄웠다.

“그러셨겠죠. 나도 피터를 위해서 먹인 거예요. 피터에게도 물어봤어요. 저렇게 원기 있게 발광을 할 수 있는 것은…… 저.”

“톰, 또 나를 화나게 하지 말고 어서 빨리 아무 데라도 가 버려라. 착한 애가 되는 거다. 이젠 약은 안 먹어도 좋으니까.”

톰은 수업 시간이 시작되기 전에 학교에 도착했다. 그 후 이와 같이 희한한 일이 매일 매일 계속되었다. 그리고는 친구들과 노는 것을 피해서 교문 근처를 서성거리고 있었다. 자기 말로는 몸이 조금 아프다고 했고, 사실 또 그런 것처럼 보이기도 했다. 톰은 이 교문 근처에서 별로 어디라고도 할 것도 없이 여기저기를 바라다보는 시늉을 해 보였다. 그러나 실은 한길 저 아래쪽을 내다보고 있었다. 제프 대처의 모습이 나타나자 톰은 얼굴에 광채를 띄었다. 그러나 잠시 그쪽으로 눈길을 주었다가 톰은 슬픈 듯이 그 시선을 돌렸다. 제프 대처가 왔을 때 톰은 아는 체를 해서 넌지시 베키의 상태를 물어보려고 했던 것이다. 그러나 이 까불기 좋아하는 소년은 낚시에 걸려들지 않았다. 저고리를 경쾌하게 흔드는 모습이 눈에 띌 때마다 톰은 가슴을 두근거리면서 그가 접근해 오는 것을 눈여겨보았으나, 기대와는 전혀 딴판으로 다른 애가 나타났고, 그때마다 톰은 그 저고리의 주인공을 저주하고는 했다. 마침내 아무 저고리도 나타나지 않게 되었다.

톰은 실망의 깊은 늪에 빠졌다. 그는 교실로 들어가 자기 자리에 힘없이 털썩 주저앉았다. 그런데 이때 또 하나의 저고리가 교문을 지나는 것이 보였다. 톰은 가슴이 덜컹- 하고 크게 뛰었다. 순간 벌떡 일어난 그는 인디언처럼 교실을 뛰어나갔다. 함성을 울리며, 웃고, 다른 애들을 밀치며, 손발이 부러지는 것도 두려워하지 않고, 마치 목숨을 내건 듯이 울타리를 뛰어넘어 손을 땅에다 대고 재주를 넘거나 거꾸로 서는 등 – 생각나는 대로 별별 재주를 다 부렸고, 그러는 동안에도 베키 대처가 자기 쪽을 보지는 않을까 하고 몰래 그녀의 눈치를 살피는 것을 잊지 않았다. 그러나 베키는 이쪽에 관심을 보이기는커녕 눈 하나도 거들떠보지 않았다. 자기가 여기 있는 것을 모르는 것일까? 그런 일이 있어도 괜찮을까? 톰은 그 바로 앞에까지 바싹 접근해서 힘든 연기를 계속했다. 소리를 꽥 지르며 어떤 아이의 모자를 잡아채서 교실 지붕 위로 휙 내던지기도 하고, 남자 아이들이 모여 있는 한가운데로 뛰어들어 그 아이들을 이리저리 마구 떠밀기도 하며, 베키의 바로 근처에서 내동댕이를 쳐 보이기도 하였다. 그 바람에 베키까지 하마터면 쓰러질 뻔했지만, 그녀는 뾰로통한 코를 하늘 쪽으로 쳐들고는 이런 말을 하는 것이 아닌가.

"흥, 어떤 사람들은 자기가 아주 똑똑하다고 생각하는 모양이야. 밤낮 혼자만 잘난 척 해 보이니!"

이 말을 듣는 순간 톰의 뺨은 그만 활활 달아올랐다.

톰은 조용히 일어나 그곳을 힘없이 떠나 버렸다.

소년 해적단―톰, 조, 허클

지금이야말로 톰의 결심은 굳어졌다. 그는 침울해지면서 자포자기의 상태에 빠졌다. 자기는 내버려진 고독한 소년이다. 그렇게 자기 스스로를 단정한 것이다. 아무도 자기를 상대해 주지 않는다. 자기들이 이렇게 만들었다는 것을 깨달으면 그들은 후회하지 않고는 못 배길 것이다. 자기로서는 어디까지나 정도를 걸어보려고 한 것이지만, 그들이 그것을 못하게 방해한 것이다. 무슨 일이 있어도 내쫓아 버려야만 한다면, 좋아 내쫓아 버리라지. 어쨌든 욕을 할 것이 뻔하지만 제 마음대로 욕을 하라지. 뭐니 뭐니 해도 이쪽은 나 하나뿐이 아닌가. 불평을 할 자격이 없다. 그렇구 말구. 그들이 결국 나를 그렇게 만든 것이다. 그들이 내 등을 밀어낸 것이다. 나로서는 이 이외에 딴 방법은 없다.

이때 톰은 벌써 들판을 멀리 지나고 있었고, '수업' 시간을 알리는 종소리가 저 멀리서 희미하게 들려왔다. 귀에 익은 저 소리를 앞으로는 영영 들을 수 없을 것이라고 생각하니 가슴이 미어지는 것만 같았다. ― 비할 데 없이 슬펐다. 그러나 자기가 하고 싶어서 하는 것이 아니다. 차디찬 세상 속으로 내침을 당하고 말았으니, 그 파도에 떠내려갈 뿐이다 ― 하지만 그들을 원망해서는 안 된다. 톰은 몹시 슬프게 흐느꼈다.

그 순간 우연히 절친한 친구인 조 하퍼를 만났다. 그 역시 눈을 내리깔고는 무슨 비장한 결심을 굳게 하고 있는 듯이 보였다. 여기 '같은 생각을 가진 두 개의 영혼'이 모인 셈이었다. 톰은 눈물을 소매 끝으로 닦으면서 자기의 결심을 말하며, 가정에서 당하는 학대와 멸시에서 벗어나 넓은 세상으로 나가 다시는 돌아오지 않을 작정이라고 심정을 고백했다. 그리고는 맨 나중에 '나를 잊지 말아 줘' 하고 말끝을 맺었다.

그런데 이것은 조가 말하려던 것으로, 그는 이 말을 하기 위해서 톰을 찾고 있었던 것이다. 조는 우유를 마셨다는 이유로 어머니에게서 몹시 심하게 매를 맞았다. 그러나 이것은 터무니없는 일로, 그는 그런 일이 없었고 알지도 못했다고 한다. 결국 이것은 어머니가 지친 나머지, 자기를 내쫓고 싶어서 한 연극일 것이라고 조는 생각했다. 어머니가 그런 생각을 갖고 있다면 자기로서는 그것을 따를 수밖에 다른 방도가 없었다. 그는 어머니가 행복스럽게 살면서, 자기의 불쌍한 아들을 냉혹하고 무정한 세파 속으로 몰아내서 고생을 시켜 죽게 한 것을 후회하는 일이 없었으면 하고 희망했다.

힘없는 발길을 터덜터덜 옮기면서 두 소년은 새삼스럽게 다시 한 번 앞으로 형제가 되어 서로 도우면서, 둘의 고난이 끝나고 죽는 날까지 절대로 떨어지지 않을 것을 굳게 맹세하였다. 그리고는 앞으로 살아갈 방법에 대해 검토하기 시작했다. 조는 어딘가 산 속의 동굴 속에 처박혀 빵 껍질로 연명을 하고, 그대로 추위와 기아와 슬픔 속에서 죽고 말 결심이었지만, 톰의 계획을 듣고는 죄 많은 생활에 여러 가지 뛰어난 장점이 있는 것을 시인하고는 결국 해적이 되자는 데 동의했다.

센트 피츠버그로부터 한 3마일쯤 떨어진 하류에, 이곳은 미시시피 강의 폭이 1마일 이상이나 되는 곳으로 숲이 우거진 긴 섬이 있고, 그 섬 머리에 얕은 모래톱이 있고 해서 근거지 치고는 둘도 없이 적당한 곳이었다. 이 섬은 완전한 무인도로, 이 섬과 나란히 놓인 강변 또한 거의 사람의 발걸음이 없는 숲으로 푹 덮여 있었다. 그래서 이 작은 섬을 택하기로 한 것이었다. 해적이 되어 무엇을 습격한다는 것은 두 소년에게는 별 문제가 되지 않았다.

그 다음 두 소년은 허클베리를 찾았다. 허클은 쾌히 일행에 가담했다. 어떠한 사업이든 그는 별로 신경을 쓰지 않았다. 그래서 세 소년은 적당한 시각, 즉 밤 12시에 마을에서 2마일 떨어진 상류의 외진 강둑에서 다시 만날 것을 약속하고는 헤어졌다. 그들은 거기 매여 있는 작은 뗏목을 이용할 계획이었다. 그리고 또 각자 실과 낚싯바늘을 준비하고 되도록 세상을 버리는 자들에게 알맞은 비밀 수단으로 먹을 것을 손에 넣어 갖고 오기로 약속했다. 날이 어두워질 때까지 세 소년은 각기 마음이 우쭐해져서 머지않아 마을 사람들이 깜짝 놀랄 만한 대사건이 일어 날 것이니 두고 보라고 큰소리를 치면서 돌아다녔다. 그리고 이 밑도 끝도 없는 정체불명의 허풍을 터뜨린 후에 그들은 '잠자코 있으라'고 경고를 한 것이었다.

그 약속한 12시경에 톰은 보일드 햄과 그밖에 자질구레한 것을 가지고 나타나서 집합 장소를 굽어보는 조그마한 절벽의 풀이 우거진 곳에서 걸음을 멈추었다. 별이 반짝이는 고요한 밤이었고, 앞에는 미시시피 강이 큰 바다 모양으로 굽이쳐 흐르고 있었다. 톰은 잠시 귀를 기울였지만 정적을 깨뜨리는 소리라고는 아무것도 없었다. 그는 나직이, 그러나 똑똑하게 휘파람을 불었다. 절벽 아래에서 대답이 들려왔다. 톰은 계속 두 번 휘파람을 불었다. 아래에서도 똑같은 신호가 올라왔는데, 마치 누가 들을까봐 경계하는 소리였다.

"거기 있는 게 누구지?"

"남미 북해안의 복수자, 톰 소여다. 그대의 이름은 무엇인가."

"사람 백정 허클 핀과 바다의 공포 조 하퍼다."

이러한 암호는 톰이 즐겨 읽는 책에서 뽑아 그들에게 미리 제공한 것이었다.

"그럼 됐다. 그렇다면 암호는?"

두 개의 낮고 쉰 목소리가 이구동성으로 속삭이는 무서운 말이, 죽은 듯이 잠자는 밤하늘을 통해서 전달되어 왔다.

"피!"

톰은 먼저 햄을 던져 보내고, 다음에 그 뒤를 따라 자기도 옷과 피부를 긁히면서 절벽을 굴러 내려왔다. 절벽을 내려가는 길로는 강둑을 따라 가는 좋은 길도 있었지만, 그곳에는 해적이 걸어야 할 적당한 배경 – 고난과 위험이 없었던 것이다.

'바다의 공포'는 커다란 베이컨 한 덩어리 전부를 가지고 와 있었는데, 그것을 여기까지 가지고 오느라고 몹시 힘이 빠져 있었다. '사람 백정'인 허클은 조그마한 냄비와 부득부득한 엽초와 파이프를 만들기 위한 옥수숫대를 가지고 와 있었다. 그러나 이 세 명의 해적 중에서 담배를 피우거나 '씹는' 것은 허클 하나뿐이었다. '남미 북해안의 복수자'는 불이 없으면 아무 것도 할 수 없다고 불 걱정을 했다. 이것은 참 현명한 생각이었다. 당시는 아직 성냥이 없던 때였다. 그들은 백 야드쯤 떨어진 상류에 있는 큰 뗏목에서 연기를 내고 있는 모닥불을 발견하고는 몰래 가서 나뭇조각에다 불을 옮겼다. 그리고 되도록 요란스럽게 가끔 '쉿!' 소리를 질러 보기도 하고, 언뜻 걸음을 멈추고는 입술에다 손가락을 갖다 대기도 하고, 단도 손잡이에다 손을 갖다 대는 시늉을 하기도 하고, 무시무시한 속삭임 소리로, "'적'이 눈을 뜨거든 칼로 푹 찔러 죽여라. 죽은 사람은 벙어리나 마찬가지야."라고 지껄이기도 했다. 물론 뱃사공들은 전부 마을로 들어가서 창고에서 자거나, 술집에서 떠들고 있거나 하고 있을 것을 셋은 다 알고 있었지만, 그렇다고 해서 이것이 이 일을 해적답지 않게 해치울 이유는 되지 못했다.

이야기가 바뀌어, 톰은 선장이 되고, 허클과 조가 각기 앞뒤의 노를 저어 뗏목은 강으로 나왔다. 톰은 팔짱을 끼고 이맛살을 찌푸리고는 뗏목 한복판에 딱 서서 낮고도 엄숙한 목소리로 명령을 내렸다.

"뱃머리를 바람 부는 쪽으로 돌려!"

"그래, 알았어!"

"침착하게, 침착하게 해!"

"알았어, 침착하게."

"조금만 바람 불지 않는 쪽으로 숙여!"

"그래, 한 포인트만!"

두 소년은 명령이 어떻게 떨어지든 간에 그것에는 관심 없이 같은 모양으로 강 가운데를 향해서 배를 저어나갔다. 서로 주고받는 명령은 형식적인 것이어서, 그 하나하나에 특별한 의미를 갖고 있지는 않았다.

"이 배에는 무슨 돛이 있지?"

"큰 돛, 중간 돛, 삼각 돛!"

"큰 돛을 올려라! 여섯 명은 전원 앞의 보조 돛을 펼쳐라! 어서 빨리!"

"그래, 알았어."

"바람이 부는 쪽으로 키를 잡아라! 왼쪽으로 키를 돌려! 뱃머리가 흔들리거든 키를 잡아! 왼쪽 키, 왼쪽 키! 자, 정신 차려라 젊은이들, 침착하게!"

"좋아, 알았어."

뗏목은 침착하게 강 한복판으로 나아갔다. 소년들은 뱃머리를 하류 쪽으로 향하게 해 놓고는 노를 손에서 놓았다. 민물은 얕고, 속도는 2, 3마일의 흐름밖에 되지 않았다. 그 후 4, 50분 동안은 아무도 입을 여는 사람이 없었다. 뗏목은 멀리 마을을 바라다보며 그 앞을 지나고 있다. 별빛이 비치는 넓은 수면 저쪽으로는 두세 개의 등불이 깜빡거리고, 지금 큰 사건이 일어나고 있는 줄도 모른 채 마을은 고요히 잠을 자고 있었다. '남미 북해안의 복수자'는 팔짱을 끼고 선 채 옛날에는 즐거움의, 최근에는 슬픔의 땅을 '마지막으로 바라다보면서' 이처럼 파도가 센 바다에 나와 죽음과 위험을 아랑곳 하지 않으며, 입가에는 미소를 날리며 용감히 운명과 싸워 나가려고 하는, 이런 자신의 모습을 '그녀'에게 보일 수 없는 것이 무엇보다도 안타까웠다. 마을에서 보이지 않는 위치에까지 잭슨 섬을 옮기는 일쯤은 다소 상상력을 달려 보기만 하면 족했다. 그래서 그는 애통하고도 만족스러운 마음으로 바라다볼 수가 있었다. 다른 두 해적도 각기 마찬가지였다. 너무도 오랫동안 애통한 마음에 젖어 있었으므로 하마터면 섬을 지나칠 판이었는데, 그 직전에 언뜻 깨닫고는 급히 키의 방향을 바꿨다. 새벽 2시경에 그들은 섬머리에서 약 2백 야드쯤 떨어진 모래톱에 뗏목을 대고는 몇 번씩이나 얕은 물을 왕복하면서 짐을 날랐다. 짐 속에 헌 돛이 하나 있었다. 그들은 움푹 들어간 곳의 덤불을 택하여 이것을 텐트 대용으로 쳤다. 그러나 이것은 식료품을 넣어두기 위해서였고, 그들 자신은 비가 오지 않는 한 천하의 무법자답게 노천에서 잘 작정이었다.

마치 죽은 것처럼 고요히 잠들어 있는 숲 속으로 한 20~30보 들어가니 커다란 나무가 쓰러져 있었다. 그들은 그 밑에서 불을 일으켜 프라이팬으로 베이컨을 굽고 갖고 온 옥수수빵을 절반쯤 잘라서 아침을 만들었다. 인간의 세계와 인연이 닿지 않는 무인도 원시림에서 예의범절에 구속되지 않는 식사는 그야말로 즐거운 것으로 생각되었고, 그들은 입을 모아 다시는 문명사회로 돌아가고 싶지 않다고 큰소리를 외쳤다. 활활 타오르는 불꽃이 그들의 얼굴을 환하게 비춰 주었고, 기둥처럼 쭉 늘어서 있는 나무줄기와 번들번들한 잎사귀와 나무에 엉킨 덩굴에 새빨간 빛을 던져 주었다. 불에 타서 검게 변한 베이컨과 옥수수빵의 마지막 한 조각을 먹어치우자 소년들은 길게 사지를 뻗고는 풀 위에 드러누워 버렸다. 누워 있기에는 이밖에도 좀 더 서늘한 장소가 반드시 있겠지만, 지금 이 순간 야영 모닥불이라는 정취가 있는 곳으로부터 떠나기가 싫었다.

"와, 기분 좋다."

조가 먼저 입을 열었다.

"그래."

톰이 맞장구를 쳤다.

"다른 애들이 우리들을 보면 뭐라고 할까?"

"글쎄, 부러워 죽겠다고 할 거야. 그렇지 않아, 허클?"

"그럴 거야."

허클베리도 맞장구를 쳤다.

"여하튼 나한테는 최고야. 내게는 이 이상의 것은 없어. 언제나 그랬지만, 난 지금까지 한 번도 양껏 먹어 본 적이 없어. 게다가 여기라면 누구에게 궁지로 몰릴 걱정도 없고, 꾸지람을 들을 필요도 없어."

"나도 최고야, 이 생활이."

톰이 맞받아 말했다.

"일찍 일어날 필요도 없고, 학교에 갈 필요도 없어. 세수를 해라, 또는 무슨 쓸데없는 짓을 해라 하는 그런 말을 들을 필요도 없고. 해적은 육지에 올라 와 있을 때는 아무것도 안 해도 좋은 거야, 알지? 은자(隱者)가 되어 봐. 밤낮 기도만 올리고 있지 않으면 안 되고, 혼자만 있으니까 아무 재미도 없어.”

“정말 그래.”

조가 맞장구를 쳤다.

“그런 걸 생각하지 못했군, 난. 해적이 되어 참 좋아.”

“그러게 말이야.”

톰이 말을 이었다.

“이젠 은자가 되려는 사람이 그리 많지는 않아. 해적은 언제나 인기가 있거든. 은자는 일부러 울퉁불퉁한 곳에서 자야만 하고, 부대를 몸에 걸치고 두건을 머리에다 쓰고는 늘 우울한 얼굴을 하고, 그리고는……”

“뭐 때문에 부대를 몸에 걸치고 두건을 머리에 쓰는 거야?”

허클의 질문이다.

“누가 알겠어. 어쨌든 그렇게 되어 있어. 은자는 모두가 그렇게 해야 해. 너희들도 은자가 되려면 그렇게 하지 않으면 안 되는 거야, 알겠지.”

“딱 질색이야.”

허클이 혀를 찼다.

"그럼 뭘 해?"

"몰라. 하지만 그런 건 딱 질색이야, 난."

"하지만 그렇게 하지 않으면 안 되는 거야. 할 수 없어, 허클. 너 같으면 어떡할래?"

"두건은 정말 싫어. 나라면 빼 버릴 테야."

"뺀다구? 별 엉터리 은자도 다 있군, 세상엔. 그러면 은자 얼굴에다 똥칠을 하게 돼."

'사람 백정'은 다른 더 좋은 할 일이 있었기 때문에 이 말에는 대답도 안했다. 이제 막 옥수숫대에다 구멍을 뚫고 파이프의 머리를 만들 참으로 거기에다 풀줄기를 감아서 담배를 처넣고, 숯 덩어리 하나를 그 위에다 얹어 불을 붙이고는 구수한 연기를 후우 내뿜었다. 자못 세상에 부족한 것이 없다는, 무엇에 취해 흡족한 모습이었다. 다른 두 해적은 이 굉장한 악덕이 부러워서 견딜 수 없었고, 자기들도 머지않아 담배를 피울 수 있게 되리라고 마음속으로 혼자 상상했다. 얼마 후에 허클이 입을 열었다.

"해적이 하는 일이 뭐지?"

톰이 대답했다.

"응, 매우 신나는 일을 한다구. 배를 습격해서 태워 버리

고는 빼앗은 돈을 자기의 섬에다 묻는 거야. 거기는 유령이
나 귀신이 있어서 그걸 지키고 있어. 그리고 배에 타고 있는
사람들을 하나하나 죽이거나 아니면 바다 위로 쭉 뻗은 판
자 위를 눈가리개를 하고 걸어가게 하는 거야.”

“그리고 여자들을 섬으로 데리고 오지.”

조가 끼어들었다.

“해적은 여자를 죽이지는 않는다구.”

“맞아.”

톰이 맞장구를 쳤다.

“당연히 여자는 안 죽이지. 해적들은 고상하니까. 게다가
여자는 모두 아름답거든.”

“또 입고 있는 옷도 굉장히 화려해! 금이나 은이나 금강
석으로 치장해서 번쩍번쩍하거든.”

조가 기세를 올렸다.

“누가?”

허클이 묻는 소리다.

“물론 해적이지.”

허클은 힘없이 자기 옷에 눈길을 주며,

“내 옷은 해적에게는 안 어울려. 그런데 이거 하나밖에 없
으니.”

그의 목소리는 퍽 침울했다.

다른 두 소년은 일을 착수하기만 하면 옷은 곧 손안에 들어온다, 일류인 해적은 그에 맞는 옷을 갖춰 가지고 일을 시작하는 것이 보통이지만, 우리들은 그렇지 않으니 우선 누더기 옷으로도 괜찮다고 위로해 주었다.

얼마 지나지 않아 점점 말이 줄어들고, 졸음이 이들 꼬마 노숙자들의 눈꺼풀 위를 내리 눌렀다. 파이프가 저도 모르는 사이에 '사람 백정'의 손에서 떨어졌고, 자못 기분 좋게 푹 잠이 들어 버린 것이지만, '바다의 공포'와 '남미 북해안의 복수자'는 그다지 잠이 잘 오지 않았다. 그들은 마음속으로 기도를 올리며 이리저리 뒹굴뒹굴 하고 있었다. 그것은 무서운 사람이 여기에는 없었고, 무릎을 꿇고 커다란 목소리로 기도를 올릴 필요가 없었기 때문이다. 사실은 마음속으로라도 아예 기도를 올리고 싶지 않았지만, 그것마저 생략해 버렸다가는 느닷없이 하늘에서 벼락이 떨어지지나 않을까 두려웠던 것이다. 그들은 이내 꿈과 현실의 경계에서 방황하기 시작했다. 그러나 그들을 붙잡고 있는 무엇이 있었다. 그것은 양심이었다. 집을 뛰쳐나온 것은 나쁜 짓이라고 하는 모호한 공포심이 엄습하기 시작했던 것이다.

다음으로, 먹을 것을 훔쳐 낸 사실을 생각하니 정말 가슴이 아파왔다. 지금까지 몇 번이나 과자와 사과를 훔친 사실이 있었다는 것을 떠올리고는 그것으로 양심을 납득시키려고 애를 써 보았지만, 그런 속이 들여다보이는 핑계로는 도저히 스스로를 납득시킬 수 없었다. 아무리 궁리해 봐도 결국 도달하게 되는 종착지는 과자를 훔치는 것은 사소한 '장난'에 지나지 않지만, 햄처럼 비싸고 귀한 물건을 훔친 것은 명백한 '도둑질'이라는 사실 이외에는 아무것도 없었다. 성경에서 가르치는 훈계를 명백하게 범하고 만 것이다. 그래서 두 소년은 마음속으로 은밀하게 이 일에 종사하는 한, 두 번 다시는 도둑질을 해서 우리의 슬기로운 해적 행위에 오점을 남겨서는 안 되겠다고 결심했다. 그런 다음에야 비로소 양심이 휴전을 허락했고, 이 세상에서도 모순된 두 해적은 평화로운 꿈길을 밟아 나갈 수 있었다.

즐거운 캠프 생활

아침에 눈을 뜨자 톰은 지금 자신이 어디에 있는 것인지 어리둥절했다. 일어나서 눈을 비비고 주위를 살펴보고서야 겨우 알 수 있었다. 서늘하고 뿌연 아침으로, 주변에는 정적과 침묵 속에서 달콤한 평화와 안식의 기운이 감돌고 있었다. 나뭇잎 하나도 움직이지 않았고, 무엇 하나 대자연의 명상을 방해하는 것이라고는 없었다. 나뭇잎과 풀잎에는 이슬방울이 맺혀 있었다. 모닥불 위에는 엷은 흰 재가 싸여 있었고, 희미한 푸른 연기가 한 줄 똑바로 하늘을 향해 피어오르고 있었다. 조와 허클은 아직도 단잠에 빠져 잠자고 있었다.

숲 속의 저 먼 어디선가는 새가 지저귀고 다른 새가 그것에 호응하고 있었다. 딱따구리의 나무를 쪼는 소리가 들렸다. 차디찬 회색 아침이 점점 환하게 밝아지고, 소리들이 점점 잦아지면서 점차 생명이 넘치는 세상으로 변해갔다. 대자연은 이제 잠에서 깨어나 생각에 젖어 있는 소년 앞에서 오늘의 활동을 시작하려는 것이었다. 이슬에 흠뻑 젖은 나무 잎사귀 위를 조그맣고 푸른 벌레 한 마리가 기어서 가끔 몸의 3분의 2를 공중으로 일으켜 세워 '주위의 동정을 살피고'는 앞으로 쭉 몸을 내밀었다. 무엇을 재고 있는 것처럼 톰은 생각했다. 벌레는 점점 가까이 다가 왔다. 톰은 돌처럼 몸을 굳힌 채 자기 쪽으로 다가오는 것인가, 혹은 도중에서 다른 데로 가 버릴 것인가 하고 벌레가 방향을 바꿀 때마다 걱정도 하고 안심도 했다. 벌레는 잠시 걸음을 멈추고는 적잖이 가슴을 졸인 후에 결심을 한 듯이 톰의 발로 옮긴 다음 몸을 따라 올라오면서 새로운 여행을 시작했다. 톰은 가슴속이 뜨끔뜨끔할 정도로 기뻤다 ― 이것은 새 옷이 손안에 들어올 징조로, 게다가 그 옷은 호화로운 해적용의 의복일 것이 틀림없었기 때문이다. 어디선지도 모르게 개미들이 대열을 지어 열심히 일을 하고 있었다. 그 중 한 마리는 자기 몸의 5배나 되는 개미의 시체를 껴안고 나무 기둥 위로 끌어올리려고 그야말로 안간힘을 쓰고 있었다. 검붉은 점이 박힌 무

당벌레 한 마리가 풀잎의 한쪽 끝에 붙어 있었다. 톰은 그쪽
으로 입을 갖다 대고는 속삭였다.

무당벌레, 무당벌레, 어서 집으로 날아가거라.
집에 불이 났다. 아이들이 혼자 울고 있단다.

무당벌레는 순간 날개를 펴고는 날아가 버렸다. 그것이
톰에게는 조금도 이상하지 않았다. 이 벌레는 단순해서, 불
이 일어났다고만 하면 단번에 진짜로 그런 줄 알아듣는다는
것을 지금까지 몇 번의 걸친 실험을 통해서 알고 있었기 때
문이다. 다음에는 투구를 짊어진 딱정벌레가 나타났다. 톰이
손을 갖다 댔더니 발을 움칠하고는 죽은 시늉을 했다. 바로
이때 조그마한 새 한 마리가 요란하게 울기 시작했다. 북부
에서는 앵무새라고 부르는 괭이새가 톰의 머리 위 나무에
앉아서 신이 나서 재미있다는 듯이 다른 새의 우는 소리를
흉내 내기 시작했다. 그 다음 푸른 불꽃처럼 날쌔게 견조(堅
調) 한 마리가 대담하게 날아 내려와 손을 뻗치면 이내 닿을
만한 눈앞의 가지에 내려앉아, 목을 갸우뚱거리면서 이상하
다는 듯이 세 사람의 모습을 지켜보고 있었다. 회색 다람쥐
한 마리와 여우만한 덩치를 가진 놈이 옆을 지나가며 소년

들을 알아보고는 가끔 걸터앉아서 소년들의 거동을 살피기도 하고, 뭐라고 소곤거리기도 했다. 이러한 짐승들은 어쩌면 사람을 난생 처음 보아서 사람이 무서운지 어떤지를 전혀 모르는 것 같았다. 대자연은 완전히 잠을 깨고 활약을 시작한 것이다. 사방으로 몇 켜씩 중첩된 나무 잎사귀의 틈으로부터 햇빛의 기다란 창이 뚫고 내려왔고, 나비가 몇 마리씩 훨훨 날면서 등장했다.

톰은 다른 두 명의 해적을 흔들어 깨웠다. 그들은 환성을 지르며 뛰어 일어나 1, 2분 후에는 모두 벌거숭이가 되어 흰 모래땅이 환히 보이는 얕은 개울에서 서로를 떠밀기도 하고, 때론 한 덩어리가 되어 모래 위를 뒹굴었다. 넓은 수면을 사이에 두고 저 멀리 가물가물 졸고 있는 작은 마을에 대해서는 아무런 집착도 느끼지 않았다. 얼마간 조수가 밀려들어온 탓인지, 혹은 변덕쟁이 조수의 장난 때문인지, 그 바람에 뗏목이 떠내려가고 말았는데, 그들은 도리어 가슴속이 후련해졌다. 뗏목이 흘러 떠내려간 것은, 말하자면 그들에게는 문명 사회와의 다리를 태워 버린 것이나 마찬가지였기 때문이다.

세 소년은 되살아난 듯한 씩씩한 기분으로 텅 빈 배를 얼싸안고 각기 캠프로 돌아왔다. 그리고는 또다시 야영 모닥불을 활활 피워 올렸다. 허클은 바로 옆에서 맑고도 차가운 샘

물줄기 하나를 발견했고, 소년들은 넓은 떡갈나무나 히커리 잎사귀로 컵을 만들어, 원시림의 정기가 깃든 이 물을 마실 수 있는 훌륭한 컵이 되었다는 것을 알았다. 조가 아침 식사를 위해 베이컨을 얇게 썰고 있을 동안, 톰과 허클은 잠깐 기다리라고 말해 놓고는 강둑으로 나가 그럴 듯한 장소를 택해서 낚싯줄을 늘어 놓았다. 바로 순식간에 소식이 왔다. 조가 기다림에 조바심을 칠 사이도 없이 두 소년은 몇 마리의 보기 좋은 배스와 선퍼치 두 마리와 조그마한 메기 한 마리를 잡아서 돌아올 수 있었다. 그들이 먹기에는 충분한 양이었다. 그들은 이 물고기들을 베이컨으로 튀겨 놓고는 깜짝 놀랐다. 이처럼 맛있는 물고기를 아직껏 먹어본 적이 없었기 때문이다. 물고기는 신선하면 신선할수록 그 맛이 좋다는 것을 그들은 아직 몰랐던 것이다. 그리고 야외의 취침과 야외 운동과 수영과 특히 공복이 최상의 양념이 된다는 것에 생각이 미치지 못했던 것이다.

아침 식사가 끝난 후 그들은 나무 그늘에 누웠고, 허클은 담배를 한 모금 피웠다. 그리고 나서 이들은 다 함께 숲으로 탐험의 길을 떠났다. 그들은 썩은 나무를 넘고, 덤불을 헤치며 유쾌하게 이리저리 돌아다녔다. 발길이 닿는 곳마다 큰 나무가 마치 제왕처럼 높이 솟아 있었고, 그 왕관으로부터 포도덩굴이 땅바닥 위로 흘러내리고 있었다. 또 공터에는 풀이 마치 멍석처럼 펼쳐져 있었고, 꽃은 보석처럼 반짝이고 있었다.

유쾌하고 즐거운 것이 이루 헤아릴 수 없이 많았지만, 간담을 서늘케 하는 무서운 것이라고는 하나도 없었다. 탐험의 결과 이 섬은 길이가 약 3마일, 폭이 3분의 1마일, 육지와 가장 근접한 곳은 2백 야드도 안 떨어져 있다는 것을 알 수 있었다. 거의 한 시간 간격을 두고 강 속에 뛰어들어 헤엄을 쳤으므로 이들이 캠프에 돌아온 것은 오후 3시에 가까워서였다. 너무나 배가 고파 물고기를 낚을 시간의 여유가 없었으므로 호화스럽기는 했지만 햄을 프라이할 것도 없이 대강 그것만으로 점심을 때우고는, 그 후에 또다시 나무 그늘에 누워서 잡담의 꽃을 피웠다. 그러나 이야기는 오래 계속되지 못했으며, 평상시와는 달리 뚝 끊어지고 말았다. 정적의 숲에 깃들어 있는 엄숙함, 그것과 동시에 외로움이 소년들의 가슴속에 피어오르기 시작했다. 그들은 제각기 생각 속으로 빠져들었다. 일종의 막연한 동경과 같은 것이 그들의 마음속으로 스며들어, 점차 명확한 형태를 만들어 갔다. 그것은 향수병의 시초였다. '사람 백정' 허클까지도 집집마다 있는 계단과 빈 통을 그리워했다. 그러나 셋은 모두 그런 동경의 마음이 마치 약점이나 되는 듯이 부끄러워 감히 입 밖에 내놓고 말할 정도의 용기를 갖고 있지 못했다.

얼마 전부터 한참 동안 소년들은 멀리서 무슨 이상한 소리가 나는 것을 의식하고 있었지만 시계가 시각을 알리는 것처럼 별로 그 소리에 관심을 두지 않았다. 그런데 그 이상한 소리는 점점 커져서 마침내는 그것에 마음을 쓰지 않고서는 배길 수가 없었다. 그들은 서로 얼굴을 맞대고는 제각기 귀를 기울였다. 길고 불쾌한 침묵이 계속되고, 잠시 후에 멀리서 굵고 음침한 소리가 흘러왔다.

"뭐지, 저게?"

조가 낮은 소리로 침묵을 깨뜨렸다.

"글쎄."

낮은 목소리로 톰이 받았다.

"천둥소리 아냐?"

겁먹은 소리로 허클베리가 주석을 붙였다.

"천둥소리라면……."

"가만히 있어 봐!"

톰이 음성을 높였다.

"들어봐…… 조용히."

긴 침묵의 순간이 흐른 뒤에 엄숙한 정적을 깨뜨리고 또

다시 이전과 같이 똑같은 불쾌한 소리가 울려왔다.

"가서 보자."

셋은 모두 일어나서 마을을 바라보고 있는 강둑 쪽으로 달려갔다. 덤불을 헤치고 거기서 강을 살펴보니, 마을로부터 한 마일쯤 하류에 나룻배인 똑딱선이 이쪽으로 오고 있는 것이 보였다. 그 넓은 갑판에는 사람들이 잔뜩 모여 있는 것만 같았다. 그리고는 그 주위에 무수한 보트가 떠 있고, 그 중에는 연신 빙빙 돌고 있는 것도 보였지만 무엇을 하고 있는 것인지 소년들은 통 짐작을 할 수가 없었다. 똑딱선의 옆 구리에서 흰 연기가 뿜어지는 듯하다가, 그것이 천천히 구름처럼 넓어질 무렵 조금 전과 마찬가지로 둔탁한 소리가 웅- 하고 들려왔다.

"그래, 이젠 알았다!"

톰이 부르짖었다.

"누가 물에 빠졌구나!"

"맞아."

허클도 맞장구를 쳤다.

"지난여름에 빌 터너가 익사했을 때에도 역시 이런 식이었어. 마을 사람들이 강 속에다 대포를 쏜 거야. 그래서 시체가 둥실 떠오른 거야. 옳지, 옳지, 빵 덩어리에다 수은을 가득 넣어서 떠내려 보냈지. 시체가 가라앉아 있는 곳으로 오면 그 빵이 거기 우뚝 서고 만다는 거야."

"그래, 나도 그런 소리를 들었어."

조가 끼어들었다.

"그런데 어째서 빵이 서는 거지?"

"아, 그건 빵이 제 힘으로 그러는 게 아냐?"

이번엔 톰이 나섰다.

"떠내려 보내기 전에 누가 가르친 말 때문일 거야."

"그런데 빵을 보고 아무 말도 안하던데 그래."

허클이 반론을 폈다.

"나는 내 눈으로 직접 보고 있었는데 아무 말도 안하던데."

"좀 이상하다."

톰이 머리를 갸우뚱했다.

"하지만 확실히 입 속으로 그랬을 거야. 틀림없어."

다른 두 소년은 톰의 말에 일리가 있다는 것을 인정했다. 주문이라도 외지 않는다면 빵과 같은 무생물이 이와 같은 중대한 사명을 근사하게 이행하리라고는 꿈에도 생각할 수 없었기 때문이다.

"제기랄! 가 보고 싶은데."

조가 하는 말에,

"나도"

하고 허클도 맞장구를 쳤다.

"누굴 찾고 있는지 알고 싶어."

소년들은 아직도 귀를 기울인 채 지켜보고 있었다. 언뜻 그때 톰의 얼굴에 무슨 생각 하나가 떠올랐다. 그는 느닷없이 부르짖었다.

"알았다. 누굴 찾고 있는지 알았다. 우리들이야."

그들은 자신들이 일약 큰 영웅이 된 것을 느꼈다. 멋지고 큰 승리이다. 자기들이 행방불명이 됐고, 그래서 자기들을 찾고 있는 것이다. 모두가 자기들 때문에 상심하고 있고, 눈물을 흘리고 있다. 행방이 묘연해진 소년들에게 너무 했다는 것을 후회하고는 반성의 눈물에 젖어 있다. 그리고 무엇보다도 신나는 것은, 자기들이 온 동네의 유명 인사가 되어, 눈이 부실 듯한 명예와 함께 동네 아이들의 선망의 대상이 된 사실이다. 이 얼마나 근사하고 멋진 일인가! 결국 해적이 된 보람이 있었구나.

황혼이 짙어가면서 나룻배의 똑딱선도 자기 일자리로 돌아갔고, 보트도 제각기 흩어졌다. 해적들은 캠프로 돌아왔다. 새로운 명예, 즉 자기들이 이 눈부신 사건을 일으켰다는 자랑으로 해서 이들은 기분이 한껏 우쭐해졌다. 물고기를 낚아서 저녁을 만들어 먹은 후에 이들은 마을 사람들이 자기들에 관해서 어떻게 생각하고, 무슨 말을 할 것인가를 상상하면서 이야기꽃을 피웠다. 온 동네가 발칵 뒤집힌 광경은 그들의 입장에서는 상상만 해도 즐거운 일이었다. 그러나 밤의 땅거미가 짙어감에 따라 그들의 이야기의 열도는 점점 식어지고, 마침내 멍하니 불을 쳐다보게 되었다. 분명히 그들의 마음은 다른 세계를 헤매고 있었던 것이다. 흥분이 가라앉는 것과 동시에 톰과 조는 자기 집 식구 중에서 몇 사람은 이 사건에 대해 자기들만큼 기뻐하지는 않으리라는 생각을 떨쳐 버릴 수가 없었다. 불안해졌다. 그들은 가슴속이 답답해지고 슬퍼졌다. 무심코 한두 번 한숨이 나왔다. 조는 사뭇 머뭇거리며, '지금 당장은 아니지만'이라는 단서를 붙이면서 자신들이 문명사회로 돌아가는 일을 어떻게 생각하느냐고 넌지시 생각을 떠 보았다.

톰은 흥 비웃으며 상대도 하지 않았다. 허클은 아직 이 생활이 아무렇지도 않았으므로 대번에 톰의 편을 들었다. 그래서 이 변절자는 당장에 '변명'을 해서, 자기의 명예를 철없는 향수병으로 더럽히지 않고 겨우 체면을 유지할 수가 있었다. 이와 같이 하여 반란은 잠시 진정되었다.

밤이 점점 깊어지면서 허클은 꾸벅꾸벅 머리를 떨구었고, 얼마 후에는 코를 골기 시작했다. 조가 그 뒤를 따랐다. 톰은 팔베개를 하고 누운 채 둘의 자는 모습을 물끄러미 바라보다가 마침내 무릎으로 살며시 일어나 풀과 모닥불이 던지는 꺼질 듯 꺼질 듯한 그림자 사이를 살피기 시작했다. 그는 몇 장인가 반원형의 단풍나무의 커다란 껍질을 주워서, 이리저리 살핀 다음, 마음에 드는 흰 엷은 껍질 두 장을 골라 집었다. 그리고 모닥불 앞에 무릎을 꿇고 앉아서 빨간 석필로 그 한 장 한 장에다 무언가를 써 넣은 다음, 한 장은 말아서 자기 저고리 주머니에 넣고, 또 한 장은 조의 모자 속에 넣어, 그것을 본인에게서 좀 떨어진 곳에다 밀어 놓았다. 그리고 나서 그 모자 속에는 학교에 다니는 아이들에게는 무엇과도 바꿀 수 없는 보물 – 예를 들면 백묵 조각, 고무공, 3개의 낚싯바늘, '진짜 수정'이라고 칭하는 예의 그 튀김돌과 같은 것들을 넣었다.

그런 다음에 발소리를 죽이면서 나무 사이를 빠져나온 뒤 이제 괜찮다고 생각되자 모래톱을 향해 곧장 달리기 시작했다.

톰, 몰래 집으로 돌아오다

몇 분 후에 톰은 일리노이 쪽 둑을 향해 모래톱을 건너고 있었다. 강 한가운데 이르자 물의 높이가 배에까지 찼고, 더구나 흐름이 급하고 빨라서 도저히 걸을 수 없을 것 같아서, 남은 백 야드를 헤엄쳐서 건널 작정으로 자신감을 갖고 손과 발로 물을 가르며 열심히 헤엄을 치기 시작했다.

자기 생각에는 상당히 상류 쪽으로 올라간 것으로 믿었지만 실제로는 예상한 것 이상으로 떠내려가 있었다. 그러나 어쨌든 강의 흐름을 탈 수가 있었고, 알맞게 낮은 둑을 골라서 바로 육지에 오를 수 있었다. 그는 저고리 주머니 속에다 손을 넣고 나무껍질이 무사히 있는 것을 확인한 다음 옷에서 물을 뚝뚝 흘리면서 둑을 따라 나무들 사이를 걸어갔다. 열 시 조금 전에 마을 쪽의 기슭 빈터에 이르러 보니 나무들과 둑 그늘에 나룻배인 똑딱선이 매여 있는 게 보였다. 하늘에는 별이 깜박거리고 사방은 죽은 듯이 고요했다. 톰은 엉금엉금 기어서 둑을 넘어 사방으로 눈길을 돌려 주변을 살피고는 물 속으로 미끄러져 들어가, 서너 번 헤엄을 쳐서 똑딱선의 뒤편에 매달려 있는 보트 위로 기어올랐다. 그리고는 숨을 헐떡거리면서 자리 밑으로 기어 들어갔다.

얼마 후에 금이 간 종소리가 울리면서 출항을 알리는 신호가 울려 퍼졌다. 1, 2분 후에 보트는 똑딱선이 일으키는 큰 파도에 출렁거리면서 전진해 나갔다. 톰은 사태의 호전에 혼자 미소를 지었다. 이것이 오늘밤 이 배의 마지막 운행이라는 것을 알고 있었기 때문이었다. 12분인가 15분 후에 배의 차륜이 뚝 멈추자 톰은 보트에서 슬쩍 강 속으로 미끄러져 들어가서, 어두운 물속을 헤엄쳐 밀항자로서 들킬 염려가 없는 50야드 하류에 있는 둑에 상륙했다. 그리고 나서 아직까지 거의 가본 적이 없는 뒷길을 걸어서 이내 자기 집 뒤꼍 울타리에 도착했다. 그는 울타리를 뛰어넘어 '안채와 직각으로 서 있는 건물' 쪽으로 다가가서, 불이 켜져 있는 안방을 창문으로 들여다보았다. 폴리 이모, 시드, 메리, 그리고 조 하퍼의 어머니 — 이렇게 네 사람이 모여앉아 무언가 이야기를 하고 있었다. 그들이 모여 있는 곳은 침대 옆으로, 그 침대는 그들과 방문 중간에 있었다. 톰은 방문 있는 데로 가서 가만히 걸쇠를 벗겼다. 그리고는 살며시 밀었더니 틈이 생겼다. 더욱 방문이 삐걱하는 소리를 낼 때마다 기겁을 하면서 좀 더 세게 밀어 보았더니 이럭저럭 몸 하나는 빠져 들어갈 만한 공간이 생겼다. 그래서 그는 우선 얼굴을 밀어 넣은 다음 조심조심 기어 들어갔다.

"왜 이리 촛불이 껌벅거리지?"

폴리 이모가 하는 말이었다. 톰은 급히 움직였다.

"방문이 열려 있어. 그럴 줄 알았지. 참 이상한 일만 생기는군. 시드야. 가서 닫아라."

순간 톰은 얼른 침대 밑으로 기어 들어갔다. 그는 잠시 숨을 죽이고는 몸을 잔뜩 웅크리고 있었는데, 얼마 후에는 거의 이모의 발에 손이 닿을 거리에까지 들어갔다.

"같은 말이지만 그 애는 나쁜 애는 아니에요."

폴리 이모의 말이었다.

"다만 장난이 심할 뿐이에요. 침착성이 없고, 애가 경망스러울 뿐이죠. 그래도 망아지 새끼 모양으로 순진해. 악의라고는 조금도 없어요. 글쎄, 그렇게 좋은 아이는 없었는데."

하면서 이모는 울음보를 터뜨렸다.

"우리 조도 그랬어요. 밤낮 이상한 장난이 그칠 새가 없었고, 장난이라면 안하는 게 없을 정도로 장난을 심하게 했지만, 그래도 동정심이 많고 마음씨가 착해서……. 그런 걸 나는 그만 맛이 변해서 버린 것을 깜빡 잊고는 그 애가 크림을 훔쳐 먹었다고만 잘못 생각하고 혼을 내지 않았겠어요. 참, 그 애를 볼 낯이 없어요. 아이, 불쌍해라!"

이런 말을 하면서 하퍼 부인은 가슴이 찢어지는 것이 아닌가 싶을 정도로 흐느껴 울었다.

"톰이 천국에 가 있다면 얼마나 좋아. 지금까지 좀 더 점잖게 굴었다면……."

시드도 이렇게 한마디 했다.

"시드야!"

눈에 직접 보이지는 않았지만 톰은 아주머니의 눈이 활활 타오르고 있으리라는 것을 직감했다.

"이젠 천국에 간 것이니까 내 톰에게 한마디라도 언짢은 말을 하면 그냥 내버려 두지 않겠다! 그 애는 하나님이 보살펴 주실 거다. 넌 쓸데없는 소릴 하는 게 아냐. 하퍼 아주머니, 난 그 애 생각이 끊이질 않는군요. 글쎄! 그 애에게 늘 골탕만 먹었지만 나에겐 그 애가 무엇보다도 큰 의지처였다니까.”

“주님께서는 주시고 또 빼앗아 가느니. 모든 게 다 하나님의 뜻이죠. 하지만 너무 심해요. 정말 너무 심해요! 바로 지난 토요일만 해도, 아, 고 녀석이 내 앞에서 심술을 부리기에 그만 매질을 한 것인데 일이 이렇게 되리라고는…… 다시 한 번 그런 일이 있다면 그 녀석을 껴안고 막 칭찬을 하겠어요, 정말.”

“정말, 그래요. 나도 아주머니의 마음을 잘 알아요. 누가 그 마음을 모르겠어요. 바로 그제 일이군요. 아, 글쎄 톰 녀석이 고양이에게 살통제를 먹여서 집안을 흔들어 놓을 정도로 큰 소동을 일으켰죠. 그래서 머리끝까지 화가 나서 그만 응결에 글쎄 골무로 그 애 머리를 탁 때리지 않았겠어요. 지금 생각해보면 글쎄 그게 무슨 짓이에요, 참 불쌍해서! 하지만 그 애는 이제 아무 걱정도 근심도 없이 편안히 잠을 자고 있겠죠. 그 녀석이 한 마지막 말은, 뭔가를 원망하는 듯한 그런 소리였지만…….”

그러나 이모는 이 추억을 견디기 힘들었던지 그만 푹 쓰러지며 울음보를 터뜨렸다. 그러자 옆에서 그 말을 듣고 있던 톰도 찔끔찔끔 눈물을 흘렸다. 그 애가 바로 자기 자신이면서도 불쌍해서 견딜 수가 없었던 것이다. 메리도 울면서 지난날의 그를 회상하는 친절한 말을 몇 마디 보냈다. 톰은 보통 때와는 달리 자기라고 하는 존재가 매우 소중하게 생각되었다. 그리고 이모의 슬퍼하는 마음에 감동되어 이제 침대 밑에서 튀어나가면 이모가 얼마나 기뻐할 것인가 하는 생각도 들고, 또 이 극적이고 화려한 행위가 그에게는 매우 적절한 것으로 생각되었지만 꾹 참고는 그대로 웅크리고 있었다.

톰은 그들의 이야기를 듣고 있는 동안에 대체로 다음과 같은 사실을 알 수 있었다. 즉, 처음 세 소년은 헤엄을 치러 가서 물에 빠져 죽은 것으로 상상된 것인데, 조그마한 뗏목이 없어진 것이 발견되었고, 또 애들의 이야기로 그들이 '이제 무슨 일이 일어난다'고 예언했다는 사실이 드러났다. 그래서 마을의 분별 있는 사람들은 '이것저것' 궁리한 끝에 세 소년은 뗏목을 타고 강을 내려갔으려니, 그런데 정오경에 뗏목이 그 마을에서 5, 6마일이나 하류인 미조리 쪽 둑에 놓여 있는 것을 발견하고는 그 희망은 깨끗이 사라지고 말았다. 역시 익사한 것이 틀림없다. 그렇지 않으면 공복에 몰려 늦어도 저녁때까지는 돌아올 것이다. 시체가 발견되지 않는 것은 셋이 다 수영을 잘 하니까 그 부근에서 익사할 리는 없다. 어쩌면 중류까지 내려가서 그만 떠내려가고 말았으리라.

그 일이 발생한 날은 수요일이었지만 토요일까지 시체가 떠오르지 않는다면 모든 걸 체념하기로 하고, 다음날 아침에 장례식을 거행한다는 것으로 되어 있었다. 이 말을 듣고 톰은 몸서리를 쳤다.

하퍼 부인은 울먹이는 목소리로 인사를 하고는 집으로 돌아갔다. 애를 잃은 두 부인은 억제할 수 없는 똑같은 슬픈 마음에서 서로를 껴안고는 마음껏 울다가 헤어졌다. 폴리 이모는 여느 때보다도 훨씬 상냥하게 시드와 메리에게 잘 자라는 인사를 했다. 시드는 다소 가슴이 미어진 듯 했으나 메리는 슬픔을 억누르지 못하고 소리를 내어 울었다.

폴리 이모는 무릎을 꿇고 앉아 톰을 위해 기도를 올렸다. 목소리가 떨리고 무한한 애정이 담긴 슬픈 하소연에 톰은 그만 뭉클하게 감동되어 기도가 끝나기도 전에 또다시 눈물을 흘렸다.

잠자리에 들어간 후에도 이모는 가끔 생각난 듯이 흐느껴 울며 불안하게 몸을 꿈틀거리기도 하고 뒤척이기도 해서 톰은 한동안 그곳을 떠날 수가 없었다. 그러나 얼마 후 이모는 그만 잠이 들어 얼마간 끙끙 앓는 소리를 낼 뿐이었다. 톰은 얼른 침대 밑에서 기어 나와 침대 앞에 서서 촛불을 손으로 가리고 이모의 얼굴을 살펴보았다. 그는 이모가 가엾어서 견

딜 수가 없었다. 그는 예의 그 나무껍질 두루마리를 주머니
에서 꺼내 촛불 옆에다 놓았다. 그러나 언뜻 무슨 생각이 머
리에 떠올랐던지 그대로 가만히 생각에 잠겨 있었다. 얼마
후, 그는 얼굴에 광채를 띠웠다. 그리고는 급히 나무껍질을
주머니에다 도로 넣고는 허리를 굽혀 이모의 핏기 없는 입
술에다 키스를 하고는 발소리를 죽여 살금살금 방을 나와
밖에서 문을 닫았다.

그는 나루터로 다시 되돌아와 아무도 없는 것을 확인하고
서 똑딱선 위에 올라탔다. 배에는 감시인이 남아 있기는 했
지만 이 감시인은 밤만 되면 뱃바닥에서 시체처럼 잠에 빠
진다는 사실을 잘 알고 있었으므로 경계를 할 필요가 없었
다. 톰은 배 뒷전에 매여 있는 스키프의 밧줄을 풀어 배에
오른 후 상류를 향해서 조용히 노를 젓기 시작했다. 그리고
나서 한 마일쯤 마을에서 벗어난 뒤, 갑자기 방향을 바꾸어
대안(對岸)을 향해 열심히 노를 저었다. 그는 그럴 듯하게 나
루터에다 배를 대었다. 이것은 그에게는 손에 익은 익숙한
일이었다. 톰은 이 스키프를 차라리 몰수해 버릴까 하고 생
각했다. 스키프도 역시 배는 배다. 그러니까 의당 해적의 밥
이 되는 게 당연한 이치다. 그러니 그렇게 되는 날에는 철저
한 수사가 이루어질 것이며, 결국 신통치 않은 결과로 끝나

고 말 염려가 있었다. 그래서 단념을 하고는 육지로 올라 그대로 숲 속으로 들어가 버렸다.

톰은 숲에 풀썩 주저앉아서 꽤 오랫동안 자지 않으려고 애를 쓰면서 쉬고 있다가 힘없이 일어나 천막 쪽으로 걸음을 옮겨 놓았다. 이젠 완전히 날이 밝아서 섬의 모래톱과 평행선상에 있는 지점에 이르렀을 무렵에는 완전히 환해졌다. 톰은 또 여기서 해가 충분히 높이 솟아오르기를 기다렸다가 넓은 강의 수면이 아름답게 금색으로 비치기 시작한 후에 물속에 풍덩 몸을 던졌다. 잠시 후에 그는 천막 입구에서 조가 하는 말을 들었다.

"글쎄, 톰이 얼마나 정직하다구. 분명히 돌아올 거야. 도망친 게 아냐. 해적으로서 불명예스럽게 그런 짓을 할 리가 없어. 무슨 볼일이 있었겠지…… 그런데 그게 무슨 볼일이지?"

"어쨌든 이 물건들은 우리들 거지."

"아마 그렇겠지만, 아직 그렇다고 단정할 수는 없어. '아침식사 때까지 돌아오지 않으면'이라고 씌어 있었으니까."

"그렇겠지."

톰은 이렇게 노래하듯이 소리를 지르고 나서 유유히 천막 속으로 들어갔다.

이내 베이컨과 물고기의 호사스러운 아침식사가 준비되었고, 식사를 하면서 톰은 다소 덧붙이기도 하면서 자세하게 어젯밤의 모험담을 말하기 시작했다. 이 경과 보고가 끝났을 무렵 그들은 의기양양한 영웅과도 같은 기분에 빠져들었다. 그 후 톰은 서늘하고 응달진 구석을 찾아서 정오까지 낮잠을 자기로 했고, 다른 해적들은 낚시와 탐험 준비로 분주하였다.

한밤중에 일어난 놀라운 사건

점심 식사를 마친 뒤 일행은 모래톱으로 나가서 거북의 알을 찾기 시작했다. 나무토막으로 모래를 쑤시면서 조금 부드러운 곳을 찾았다. 그런 곳을 찾으면 그 앞에 무릎을 꿇고 손으로 모래를 파헤쳤다. 어떤 때는 구멍 하나에 50, 60개나 되는 거북 알이 발견되는 경우도 있었다. 거북 알은 둥글고 흰 것이 영국산 호두보다는 조금 작았다. 그들은 그날 저녁에 이 거북 알로 만든 멋진 달걀 프라이 요리를 실컷 먹을 수 있었고, 남은 것을 모아뒀다가 매번 금요일에 아침 식사용으로 사용하기로 하였다. 아침식사가 끝난 후 이들은 환호성을 지르면서 모래톱으로 달려 나가 서로 엎치락뒤치락 수

선을 떨면서 하나씩 옷을 벗어 마침내는 완전한 알몸이 되었고, 이후 깊은 물속으로 들어가서 장난을 치고 신나게 놀았다. 물살이 매우 빨랐기 때문에 가끔 발이 떠내려가거나 미끄러지는 수가 있었지만 그것이 이들에게는 도리어 흥미를 주었다. 또는 머리를 숙여 손바닥으로 물을 서로 튀기면서 얼굴을 돌리고는 상대에게 접근한다. 그리고는 상대방을 물속에 집어넣고 셋이서 한 손과 발을 서로 엉키게 해서 한 덩어리가 되어 가라앉기도 하고, 떠오르기도 하면서 물을 토하거나 튀기며 간혹 헐떡거리기도 했다.

이렇게 놀다가 몸이 지치면 모래톱으로 나와서 모래 위에 벌렁 누워 모래찜질을 하면서 휴식을 취했다. 잠시 후에는 또다시 뛰어 일어나 아까 하던 장난을 되풀이했다. 머지않아 이들은 피부색이 검게 변해 버렸다. 이들은 단번에 모래 위에다 원을 그리고는 서커스를 하기도 했는데, 이 서커스에는 광대가 세 명 있었다. 누구나 다 이 명예로운 지위를 양보하려고 하지 않았기 때문이었다.

다음 그들은 튀김돌을 꺼내 가지고 '넉스'니 '링토'니 '깊스'니를 하며 싫증이 날 때까지 놀았다. 그 후 조와 허클은 또다시 물속으로 뛰어들어 수영을 하고 놀았지만, 톰은 발목에다 매놓은 방울뱀의 방울떠가 간 곳이 없는 것을 깨달았으므로 물속에 들어갈 자신이 없었다. 바지를 벗었을 때 끈이 끊어져 발목에서 어디론지 사라진 것이다. 그 순간 이 신비스러운 부적이 사라졌는데도 지금까지 쥐가 나지 않은 것은 참으로 이상한 일이라고 생각하였다. 그 후 톰은 그 부적을 찾아낼 수 있었지만, 그때는 이미 두 소년이 헤엄치기에 지쳐서 육지에서 쉬려고 하던 때였다. 셋은 여느 때와는 다르게 뿔뿔이 흩어져 맥없이 넓은 강 저쪽, 한가로이 햇빛을 받고 있는 마을 쪽으로 동경의 눈길을 주고 있었다. 톰은 자기 엄지발가락이 어느새 자기도 모르는 사이에 '베키'라고 써 놓은 것을 깨달았다. 그는 그것을 지우고는 자기의 약한 마음을 나무랐다. 그러나 그는 또다시 썼다. 쓰지 않을 수가 없었다. 그는 그것을 또다시 지웠다. 그리고는 다른 두 소년을 불러 모아 놓고, 그들과 한패가 되어서 이 유혹으로부터 달아나려고 했다.

그런데 조의 기분은 회복이 불가능할 정도로 침울해 있었다. 그는 억제하기 힘든 향수병에 빠져 있어 거의 눈물이 넘칠 지경이었다. 허클은 힘없이 앉아 있었다. 톰은 가슴이 미어지는 듯했지만 그 꼴을 보지 말자고 애써 외면하였다. 톰에게는 하나의 계획이 있었는데, 사실은 아직 그것을 고백할 단계가 되지 않았지만, 모두가 마음이 편치 않은 듯이 잔뜩 찌푸리고 있었기 때문에 어떻게 해서든지 발표하지 않으면 안 되겠다고 생각했다. 그는 일부러 힘을 내서 말했다.

"이 섬에는 분명히 전에 해적이 살았던 적이 있어. 우리가 한번 탐험해 보면 어떨까? 어디다 보석을 감춰 두고 있을지도 모르니까. 부서지고 삭은 궤짝 속에서 금은보화가 우수수 쏟아져 나오면 그 기분이 어떨까, 응?"

이 말에 가벼운 반응이 있었으나 그것도 이내 사라지고, 두 소년은 다시 침묵 속으로 빠져들었다. 톰은 새로이 다른 제안을 해 보았지만 그것도 별 효과가 없었다. 영 반응이 없었던 것이다. 조는 풀죽은 모습을 하고 나무토막으로 모래를 쿡쿡 찌르고 있더니 마침내 이런 말을 했다.

"애들아, 이젠 그만 하자. 나는 집에 갈 거야. 외로워서 더 이상 견딜 수가 없어."

"그런데 조. 이보다 더 좋은 수영장은 여기 말고는 없어."

"이제 수영도 싫어. 수영을 해서는 안 된다고 말리는 사람이 있으면 오히려 수영이 재미있지만, 그렇지 않으면 재미없어. 집에 가고 싶어 미치겠어, 난"

"에이, 바보! 젖먹이! 엄마 얼굴이 보고 싶어졌지?"

"그래, 엄마가 보고 싶어. 너도 엄마가 있다면 반드시 그럴 거야. 내가 젖먹이라면 너도 젖먹이야."

조는 이렇게 말한 뒤 약간 코를 훌쩍거렸다.

"좋아, 그럼, 이 바보 같은 갓난아이는 엄마한테로 보내기로 하자, 허클. 아이고 가엾어라, 엄마를 보고 싶어 하니 보내 주지. 허클, 너는 여기가 좋지? 그렇지? 너는 나와 함께 있지?"

"그래."

하고 대답은 했지만 힘이 빠진 대답이었다.

"앞으로 너희들과는 죽을 때까지 말도 안 할 거야."

이렇게 말하고 조는 일어섰다.

조는 다소 화난 얼굴로 그곳에서 나와 옷을 입기 시작했다.

"누가 무서워할 줄 알고."

톰도 지질 않았다.

"너 같은 애를 누가 원하는 줄 아니. 어서 집에 가서 놀림이나 받아라. 흥, 그게 무슨 해적이야, 젠장! 허클과 나는 젖먹이가 아냐. 여기 있거든. 허클, 그렇지? 가고 싶은 녀석은 가라고. 조, 너 같은 거 없어도 조금도 무섭지 않아."

톰은 말은 이렇게 했지만 역시 불안했다. 그리고 조가 뚱해 가지고 그냥 그대로 떠날 준비를 하는 것을 보고는 가슴이 덜컹했다. 더욱 불안한 것은, 조가 돌아가려고 준비를 하는 그 모습을 허클이 부러운 눈초리로 쳐다보고는 불길하게 입을 꾹 다물고 있다는 것이었다. 얼마 후 조는 작별인사도 하지 않고 일리노이 쪽 둑을 향해 모래톱을 건너기 시작했다. 톰은 우울해졌다. 얼핏 허클에게로 눈길을 주었지만 허클은 그 시선을 눈부신 듯이 피하고 눈을 내리깔았다. 그리고는 이렇게 말했다.

“나도 함께 돌아가고 싶어, 톰. 무슨 일인지 우울해졌고, 계속 우울해질 것만 같아. 같이 가자, 톰.”

“싫어. 가고 싶으면 너 혼자 가. 나는 있을 거야.”

“좋아, 그럼 나는 간다.”

“그래, 가라구. 누가 말릴 줄 아나.”

허클은 여기저기 널려 있는 자기 옷을 줍기 시작했다.

“톰, 같이 가자. 잘 생각해 봐. 저쪽 둑에서 기다리고 있을 테니까.”

“기다릴 필요 없어, 내가 할 수 있는 말은 그것뿐이야.”

허클은 힘없이 걷기 시작했다. 톰은 그 뒷모습을 바라보면서 떨어지지 않는 자존심을 벗어 버리고 함께 따라가고 싶어서 견딜 수가 없었다. 두 사람이 서 있었으면 하고도 생각해 보았지만, 그들은 그대로 그냥 모래톱을 건너갔다.

지금부터는 나 혼자로구나 하고 생각하니 견딜 수가 없었다. 톰은 자존심과 최후의 싸움을 하고 나서 그들의 뒤를 쫓아가며 소리를 질렀다.

"기다려! 기다려! 할 말이 있어!"

둘은 서서 뒤를 돌아다보았다. 톰은 그들이 서 있는 데까지 가서 비밀을 털어놓았다. 처음 그들은 무표정한 모습으로 듣고만 있었으나 톰이 말한 내용의 핵심을 알아듣고는 요란하게 환성을 올렸다.

"그거 근사한데"

하고 말하며 반색을 했다.

아까 그 이야기를 했더라면 가겠다는 말은 하지 않았을 텐데, 하는 생각이 들었다. 톰은 그럴 듯한 변명을 한 것이지만, 실은 이 비밀마저도 두 소년을 오랫동안 붙잡지는 못하리라고 생각하고는 최후의 한순간까지 보류해 두었던 것이다. 둘은 싱글벙글 웃으면서 돌아와 활발한 모습으로 아까까지 했던 장난을 다시 시작한 것인데, 그 사이에도 톰의 재치 있는 착상을 화제로 해서 머리가 좋다는 칭찬을 아끼지 않았다.

달걀과 물고기로 맛있는 점심을 먹은 후에 톰은 담배를 피우는 것을 배우고 싶다고 말했다. 그래서 톰은 두 사람분의 파이프를 만들어서 담배를 채웠다. 이 신입생들은 담배라고는 포도잎을 말아서 피워 본 적은 있으나, 그것은 혀가 찌

릿찌릿하거나 어른답지 못하고 싱거워서 이상했었다. 이제
그들은 바닥에 드러누워 자신 없이 조심조심 연기를 내뿜기
시작했다. 불쾌한 냄새가 나며 약간 가슴이 두근거렸다. 톰
은 말했다.

"뭐야, 이거 아무것도 아니군! 이런 정도라면 좀 더 일찍
피워 볼 걸 그랬어."

"나도."

조도 지지 않았다.

"아무것도 아니구나."

"담배를 피우고 있는 사람을 볼 때마다 피워 보고 싶다고
생각은 했지만, 나도 피울 수 있으리라고는 상상도 못했지
뭐야."

톰은 이런 말도 했다.

"벌써 언제부터 그런 생각을 했다구, 한참 되지 응, 허클?
전에도 내가 그런 말을 한 것을 알고 있을 테지? 허클이 그
증인이야."

"그래 몇 번이고 들었어."

허클이 동의했다.

"그래. 난 딱 외고 있어. 몇 백 번 그랬는지 몰라. 한번은
도살장 자리에서 그랬지? 그땐 보브 테너와 자니 밀러와 제

프 대처도 함께 있었어. 내가 있던 걸 넌 기억하고 있을 테지 응, 허클?”

“그럼, 외고 있구 말구.”

허클이 맞장구를 쳤다.

“내가 마침 흰 돌을 잃어버린 다음 날이었어…… 아냐, 틀렸어, 그 전날이었어.”

“옳지, 저 봐, 허클이 딱 외고 있잖아.”

“이런 것은 하루 종일 피우고 있어도 괜찮겠다.”

조가 큰소리를 쳤다.

“별로 가슴이 두근거리지 않는데.”

“나도 그래.”

톰도 지지를 않았다.

“하루 종일 피우고 있어도 문제없어. 하지만 제프 대처는 절대로 못 피울 거야.”

“제프 대처라구? 그까짓 바보, 두 번만 뻑뻑 빨아도 눈이 빙빙 돌 거야. 한번 피워 보게 하면 돼, 단번에 알 테니까.”

“그렇구 말구. 그러고 자니 밀러도 — 자니 밀러에게 한번 피워 보라고 했으면 좋겠어.”

“그건 안 돼. 어림도 없어! 자니 밀러 같은 쪼다가 그런 걸 하겠어, 천만에. 냄새 한번만 맡아도 그만 녹아떨어지고 말 텐데.”

“그렇구 말구, 조. 이 꼴을 모두에게 보여주면 얼마나 좋을까.”

“정말.”

“처음엔 가만히 있는 게 좋아. 다음 언젠가 모두가 모여 있을 때 내가 너 있는 데로 슬쩍 가서 ‘조, 너 파이프 가지고 있지. 한 대 피우고 싶은데’라고 한단 말이야. 그러면 너는 아무렇지도 않은 척 이렇게 말하는 거야. ‘응. 늘 쓰던 게 있어. 다른 것도 있지만 그다지 맛이 좋은 담배는 아냐’ 그 다음 내가, ‘괜찮아, 독하기만 하면 아무거나 괜찮아’라고 하는 거야. 그 다음에 내가 파이프를 두 개 꺼내서 둘 다 아주 시치미를 딱 떼고 불을 붙인단 말이야. 그때 모든 녀석들이 어떤 표정을 지을지 그걸 한번 보고 싶어!”

“신난다. 톰! 지금 당장 해보고 싶어!”

“나도. 그리고 해적 때 배웠다고 하면, 모두가 자기도 끼었다면 좋았을 걸 하고 입을 딱 벌리고는 부러워할 거야.”

“당연하지! 부러워하구 말구!”

이와 같이 이야기는 자꾸만 발전해 갔지만, 그러는 동안에도 얼마간 시들해지고 띄엄띄엄 중단되는 때가 많았다. 잠자코 있는 시간이 길어지고, 연방 군침만 흘렸다. 뺨 안쪽 사방이 수원지가 되고, 혓바닥 아래 지하실에 괴어, 아무리 뱉고 또 뱉어도 연신 솟아나서 필사적으로 참아도 그 일부가 목구멍으로 흘러 들어가는 것을 막을 길이 없었고, 그때마다 억- 하고 갑자기 구역질이 나곤 했다.

톰과 조는 둘 다 완전히 맥이 빠지고 얼굴색이 파랗게 변했다. 조의 파이프가 힘없이 손에서 툭하고 떨어졌고, 톰의 파이프도 떨어졌다. 두 수원지는 연방 물을 뿜었고, 두 개의 펌프는 필사적으로 배수를 하고자 힘썼다.

마침내 조가 힘없이,

"내가 아까 칼을 잃어버렸는데 이제 그걸 찾으러 갔으면 좋겠어."

라고 말하자, 톰이 입술을 부들부들 떨면서 띄엄띄엄 말했다.

"나도 가서 도울까? 넌 저리로 가. 난 샘이 있는 데를 찾아볼 테니. 아냐, 넌 안 와도 좋아, 허클. 우리 둘이서 충분해."

이 말에 허클은 또다시 풀쩍 주저앉고 말았다. 그리고는 한 시간이나 기다렸다. 그러다가 쓸쓸해져서 두 소년을 찾으러 나갔다. 두 소년은 숲 속에서 이쪽저쪽으로 흩어진 채 각기 창백한 얼굴을 하고는 잠이 들어 있었다. 그러나 그는 그 무엇을 보고는, 이 둘이 무엇에 고통을 받았다고 해도 이제는 그 고통이 끝났다는 것을 알았다.

그날 밤 그들은 별로 말을 많이 하지 않았다. 아직도 안색이 좋지 못했으며, 식사 후 허클이 톰과 조의 파이프에다 담배를 채워서 권했을 때,

"싫어, 나는 안 할래. 몸 상태가 영 이상해…… 점심 때 먹은 게 잘못 됐나봐."
라고 거절하였다.

밤 12시경에 조는 잠을 깨고는 톰과 허클을 깨워 일으켰다. 무엇을 고하는 듯한 심상치 않은 기색이 공중에 있었다. 공기가 텁텁한 것이 숨이 막힐 듯이 무더웠지만 소년들은 야영 모닥불에 의지하고는 그 옆에서 한 덩어리가 되었다. 그들은 꼼짝도 않고 붙어 앉아서 어떻게 될 것인가 하고 군침만 삼키고 있었다. 불쾌한 정적이 계속되었다. 모닥불을 피워놓은 곳 말고는 모든 것이 암흑 속에 잠겨 있었다.

다음 순간 번쩍- 하고 흰 빛이 번득였고 희미하게나마 나무 잎사귀들을 비추었다. 그리고 그 다음 순식간에 사라지고 말았다. 그 뒤를 이어 이내 그것보다는 좀 강한 광선이 번쩍하고 비쳤다. 또 다른 것이 번쩍했다. 다음 나뭇가지들 사이를 낮은 신음소리 같은 것이 스쳐가고, 소년들은 산들바람이

뺨을 스쳐가는 것을 느꼈다. 밤의 요정이 다녀간 것은 아니었을까 하고 생각하니 그들은 저절로 몸서리가 쳐졌다. 긴장이 계속되었다. 별안간 무시무시한 섬광이 번쩍하고 밤을 한낮으로 바꿔 놓았고, 그들의 발아래의 조그마한 풀잎 하나하나를 분명하게 비추었고, 다음으로는 세 개의 겁먹은 창백한 얼굴을 비추었다. 천둥소리가 한층 더 요란하게 공중에서 꽈당꽈당 뒹굴며 몸부림을 치더니, 이내 웅~ 하고 울리며 저멀리로 사라져버렸다. 밀어내리는 듯한 찬바람이 휙 불어와 나뭇잎을 우수수 시끄럽게 마구 흔들었고, 모닥불의 흰 재를 이리저리로 마구 날렸다. 다시 한 번 날카로운 섬광이 온 숲을 번쩍하고 비추었고, 그 뒤를 따른 우당탕 하는 폭음은 머리 위 나뭇가지를 찢어발기는 것처럼 요란하고 시끄러웠다. 그 뒤에 온 짙은 암흑 속에서 소년들은 몸을 부들부들 떨며 서로 꼭 달라붙었다. 주먹 같은 빗방울이 몇 개 우둑우둑 하고 나뭇잎을 두들겼다.

“빨리! 텐트 속으로 들어가!”

톰이 부르짖었다.

그들은 일제히 뛰어 일어나 내달렸지만 지척을 분간할 수 없는 어둠 속에서 나무뿌리와 덩굴에 발목이 걸려 그만 쓰러지고 뒹굴면서 세 소년은 흩어지고 말았다. 요란하고 거친

바람이 격렬하게 숲을 스쳤고, 모든 것에 소리를 불러일으켰
다. 눈이 머는 게 아닌가 싶을 정도의 섬광이 다투어 가며
그 뒤를 따랐고, 귀가 머는 게 아닌가 싶을 정도의 천둥소리
가 그 뒤를 이었다. 이내 갑자기 비는 폭우로 바뀌었고, 휘
몰아치는 질풍이 그것을 땅 위에다 깔아놓았다. 소년들은 서
로 소리를 내어 불러 보았지만 점점 기세를 높여 가는 바람
과 우르릉거리는 천둥소리는 그들의 부르는 소리를 완전히
압도해 버렸다. 그래도 그들은 그럭저럭 하나씩 텐트에 도달
할 수 있었다.

빗물이 줄줄 몸에서 흘러내렸고, 추워서 부들부들 몸을
떨며 마치 물에 빠진 생쥐 꼴이 되었지만, 이러한 때 서로
의지할 수 있는 벗이 있다는 것은 참으로 마음 든든한 일이
었다. 헌 돛이 바람에 펄럭거리며 요란한 소리를 지르는 바
람에, 비록 다른 소리들이 없었다 하더라도 이 소리 때문에
그들의 말소리는 전혀 들리지 않았다. 폭풍우는 점점 더 그
기세를 높여 갔고, 텐트 대용으로 친 돛은 그 동여맨 곳이
그만 끊어지고 말아, 커다란 날개 모양으로 폭풍우를 타고
펄럭이며 저쪽으로 날아가 버렸다. 소년들은 손을 서로 맞잡
고 몇 번씩 뒹굴어 온몸에 상처투성이가 되면서 강둑을 따
라 서 있는 느릅나무 거목 아래로 뛰어 들어갔다. 전투는 이

제 한창이었다. 하늘에서 번쩍이는 쉴 사이 없는 번갯불이
땅 위의 만물을 똑똑히 부조시키고, 그림자가 없는 선명한
모습으로 드러내 놓았다. 활처럼 휜 나무들, 흰 거품을 일며
큰 파도를 치는 강물, 몰려오는 파도의 물안개, 둥실 떠 있
는 구름과 비의 베일 저쪽으로 맞은편 해안가의 높은 절벽
이 희미하게 형체만 보였다. 가끔 힘이 빠진 거목이 요란한
소리를 지르며 아직도 어린 나무 위로 쓰러졌고, 점점 기세
를 높이는 천둥소리가 고막을 뚫을 듯이 요란하게 울리며
간장을 서늘하게 했다. 섬을 산산조각으로 부숴버리고, 태워
버리고, 나뭇가지 끝까지도 물속에 잠겨 버리거나 혹은 날려
버려, 거기 살고 있는 짐승들을 낱낱이 귀머거리로 만들어
버리려는 듯이 폭풍우는 여기를 기점으로 하여 극성을 떨었
다. 집이 없는 세 소년에게는 참으로 암담한 하룻밤이었다.

그러나 드디어 전투도 끝이 나고, 적의 기세는 일시에 꺾
였고, 위협도 불평도 점점 씻은 듯이 가라앉아 이제 섬에는
평화가 되살아났다. 소년들은 혼이 다 빠진 모습으로 캠프로
돌아왔지만 그래도 아직 감사해야 할 이유가 거기 있었다.
왜냐하면 천막의 지붕 구실을 하던 단풍나무의 거목이 번갯
불에 얻어맞아서 무참히 찢어져 있었기 때문이다.

천막 안에 있던 모든 물건은 흥건히 젖어 있었고, 불도 완

전히 꺼져 있었다. 아직 철부지인 그들은 생각이 거기까지는 미치지 못해서 비에 대한 방비를 하지 못했던 것이다. 그들 자신도 온통 비에 젖어 추위에 얼어 죽을 것만 같았다. 그래서 셋이서 연방 불평만 늘어놓고 있었다. 그러나 다행스럽게도 모닥불이 바로 근처의 쓰러진 나무 아래에, 얼마 안 되는 손바닥만 한 땅이 젖지 않은 채 남아 있었고, 그 한쪽 구석에 불씨가 박혀 있었다. 그래서 그들은 여기저기 쓰러진 나무 아래에서 나무껍질과 마른 잎 등을 긁어모아 끈기 있게 바람을 불어서 가까스로 불을 일으킬 수가 있었다. 그리고는 큰 마른 가지를 몇 개 포개놓고 활활 불을 피어 올려 그 열기로 겨우 원기를 회복할 수 있었다. 그들은 보일드 햄을 말려서 공복을 채웠고, 그 다음에 야영 모닥불을 둘러싸고 앉아 밤이 샐 때까지 잡담으로 꽃을 피웠다. 자려고 해도 마른 장소가 없었다.

해가 떠올라 조용히 소년들을 비추기 시작했을 무렵, 그들은 졸음을 참을 수가 없었다. 그래서 모래톱으로 나가서 잠을 잤다. 그러나 머지않아 강한 햇볕을 견딜 수 없게 되어 할 수 없이 천막으로 다시 돌아와 아침식사 준비를 시작했다. 식사를 마치자 그들은 또다시 향수병에 시달리기 시작했다. 톰은 그런 모습을 보고서는 되도록 해적들의 기운을 돋우어 보려고 애를 썼지만, 조와 허클은 어떠한 놀이에도 흥미를 느끼지 못했다. 그래서 마지막으로 톰은 예의 그 비밀을 털어놓아 가지고 얼마간 기운을 불어넣는 데 성공했다. 그리고 그 효과가 계속되고 있는 동안에 톰은 다른 새로운 계획을 꾸며냈다. 그것은 해적놀이를 잠시 중지하고 인디언이 되자는 것이었다. 두 소년은 찬성했다. 그들은 즉시로 옷을 벗어 버리고는 머리에서부터 발끝까지 시꺼멓게 진창을 덕지덕지 발라 얼룩말처럼 변장하고 — 셋이 다 추장인 것은 말할 것도 없다 — 영국인의 개척지를 습격하기 위해 숲 속으로 돌진해 들어갔다.

그리고는 셋은 서로 상극인 세 종족을 대표해서 덤불 속에 매복하고 있다가 요란한 함성을 울리면서 뛰어나와 기습작전을 펴고 서로 몇 천 명이라도 적을 무찌른 다음 그 머리껍질을 벗겼다. 날씨는 맑고 더할 나위 없이 근사한 하루였다.

저녁때가 되어 그들은 시장기를 느끼고 즐거운 기분으로 천막에 돌아왔다. 그런데 문제가 하나 생겼다. 화해를 하지 않고는 쌍방의 인디언이 사이좋게 빵을 나누어 먹는 일은 없는 법인데, 화해하기 위해서는 한 개의 파이프로 담배를 같이 나누어 피우는 것이 필수 조건이었다. 그것 말고 다른 방법은 아직 없다고 들었다. 세 해적 중에서 둘은 해적으로 그대로 있을 걸 괜한 짓을 했다고 후회했다. 그러나 이렇게 된 이상 어쩔 수 없었고, 그래서 용기를 내어 아무렇지도 않은 척 파이프를 달라고 해서 형식에 따라 연기를 나누어 마셨다.

하지만 그들은 인디언이 된 것을 매우 잘했다고 생각하였다. 그것은 어떤 결실이 있었기 때문이다. 그들은 잃어버린 칼을 찾으러 간다고 핑계를 대서 자리를 옮길 필요가 없이 담배를 피울 수 있게 된 것이다. 담배는 이제 뱉어 버릴 만큼 기분을 상하게 하지도 않았다. 믿음직스러운 조짐이었다.

식사를 마치고 난 뒤 연습을 열심히 한 관계로 그들은 기대 이상의 성과를 올렸고, 그래서 즐거운 저녁을 보낼 수가 있었다. 그들은 이 새로운 악습을 배운 것이 즐거웠고, 그것이 6개 나라 국민의 머리껍질을 벗긴 것보다도 기뻤다.

우리들은 일단 이 두 소년에게 마음껏 담배를 피우게 하고, 마음껏 떠들게 하고, 마음껏 우쭐대게 내버려 두기로 하자. 당분간 이들에게는 볼일이 없으니까 말이다.

자기 장례식에 참여하는 해적

평상시와 다름없는 평화로운 토요일 오후, 조그마한 센트 피츠버그 마을에는 즐거운 일이라고는 별로 없었다. 하퍼네와 폴리 이모네 집은 이루 헤아릴 수 없는 슬픔으로 눈물에 젖어 있었다. 본래 조용했던 마을인 것이 한층 더 고요했다. 마을 사람들은 일이 하고 싶어도 얼른 일이 손에 잡히지 않았고 한숨만 나올 뿐 제대로 입을 여는 사람이 없었다. 아이들은 토요일이라는 모처럼의 휴일이 무거운 짐만 같아서, 놀고 싶어도 마음이 내키지 않아 어느새 그만 두었다.

그 토요일의 오후, 베키 대처는 이루 헤아릴 수 없는 쓸쓸한 마음으로 텅 빈 학교의 운동장을 왔다 갔다 하고 있었다.

그곳에는 그녀의 마음을 위로해 줄 것이라고는 아무것도 없었다. 그녀는 혼자 중얼거렸다.

"아, 그 놋쇠 손잡이를 돌려보내지 말걸! 그 애를 떠올리게 하는 것이 하나도 없구나."

그리고 그녀는 숨을 죽이고 흐느껴 울었다. 얼마 후 그녀는 울음을 억누르고는 또다시 자기 자신에게 중얼거렸다.

"바로 여기였지. 이제 또 그런 일이 있다면 그런 소리는 죽어도 하지 않을 거야, 절대로! 하지만 그 애는 죽었어. 다시는 만날 수가 없어."

이런 생각이 들자 견딜 수 없이 슬퍼졌고, 마침내 그녀는 눈물을 흘리면서 그곳을 떠나 버렸다. 그녀와 교대로 톰과 조의 놀이친구들이었던 소년소녀들이 나타나 운동장 울타리를 바라보면서 우울한 어조로 각기 마지막으로 본 톰의 행동과 마지막으로 들은 조의 말 – 사소한 말로 그 당시에는 귀담아 듣지 않았지만, 이제 이렇게 되고 보니 그 하나하나에 생각이 미치는 것이었다! – 을 서로 지껄이다가 문득 그 둘 중의 하나가 서 있던 곳을 가리키며 덧붙여 말했다.

"당시 나는 이렇게 서 있었어. 바로 여기에 톰이 서 있었어, 이렇게 바싹. 그 다음 이렇게 빙그레 웃었어. 이렇게 말이야. 난 웬일인지 가슴이 뭉클했어. 그때는 왜 그랬는지 잘 몰랐는데 이제는 그 이유를 알겠어!"

뒤를 이어서 죽은 소년의 모습을 마지막으로 본 사람은 누구인가 하는 문제를 놓고 토론이 벌어졌다. 그리고 많은 아이들이 이 불길한 명예를 자기 것이라고 주장했고, 각기 증인이라고 하는 존재의 힘을 빌어서 자기 진술에 신빙성을 얻고자 했다. 그리고 맨 마지막으로 두 소년과 말을 나눈 아이가 최종적으로 결정되었을 때, 이들 몇 명의 행운아는 단번에 영웅이 되었고, 나머지 소년들의 눈을 크게 뜨게 하는, 선망의 대상이 되었다. 불행하게도 내놓을 재료라고는 아무것도 없는 불쌍한 소년 하나는 그래도 얼마간 위안을 얻은 듯이 이렇게 말하는 것이었다.

"그래, 난 그래도 톰에게 언젠가 얻어맞은 적이 있다."

그러나 이 명예는 공인되지 않았다. 그것은 대부분의 소년이 그만한 경험을 갖고 있어서 매우 가치가 적은 것이었기 때문이다. 얼마 후 이들 무리는 아직도 침울한 어조로 잃어버린 영웅에 대한 회고담을 꽃피우면서 그곳을 떠났다.

다음날 주일학교의 수업이 끝나자 종이 평상시와는 달리 장례를 알리는 조종으로 울리기 시작했다. 아주 조용한 주일인 데다가 구슬픈 종소리가 한층 사람들의 마음을 가라앉게 하듯이 울렸다. 마을 사람들은 교회로 발길을 옮겼고, 문 앞에서 발걸음을 멈추고는 이 슬픈 사건에 대해 소곤소곤 이야기를 주고받았다. 그러나 교회당 안에서는 귀엣말 하나 들리지 않았고, 부인들이 자리에 앉을 때는 상복 스치는 작은 소리만이 들렸을 뿐이다. 이 조그마한 교회에 이렇듯 많은 사람들이 몰려든 예는 일찍이 없었다. 이윽고 교회 안에는 무엇을 기다리는 지루함과 초조함이 감돌았다. 그러나 얼마 후에 폴리 이모가 시드와 메리를 거느리고, 그 뒤를 이어 하퍼 일가가 각기 새까만 상복 차림으로 나타나, 노 목사를 포함한 모든 사람들이 공손히 기립하여 맞아들이는 가운데 특별히 설치된 유가족석으로 가서 앉았다. 장내는 또다시 죽은 듯이 고요해지고 가끔 흑흑 흐느끼는 소리가 희미하게 들릴 뿐이었다. 잠시 후 목사가 두 팔을 벌리고 기도를 울렸다. 엄숙한 찬미가가 불리어지고, 성구(聖句)가 그 뒤를 따랐다

　－ '나는 곧 소생이며 생명이니라.'

식이 진행되면서 목사는 갖은 말을 구사해서 고인이 된 소년의 덕을 칭송했고, 이 덕으로 해서 반드시 천국의 부르심을 받게 될 것이라고 설교했다. 거기 모인 모든 사람들은, 그전에는 이런 측면에 대해서는 아예 눈을 가리고는 불쌍한 소년들의 과실과 결점에만 눈길을 돌렸던 것을 생각해 내고는 후회의 고통을 되새기는 것이었다. 목사는 더욱 고인이

된 그들의 순정, 활발한 성격을 말해 주고, 무수한 생전의 일화를 일일이 나열했고, 사람들은 새삼스럽게 이러한 사건들이 아름답고 숭고한 것이었다는 것을 깨닫고는, 생전에는 구제할 수 없는 악동이라고 생각하고 회초리 찜질을 당해도 그것이 으레 당연한 일이라고 생각했던 사실을 회고하고는 마음 아파했다. 목사의 추억담이 계속되면서 사람들은 점점 감동했고 마침내는 한 덩어리가 되어 흐느껴 울었다. 이 목메어 흐느껴 우는 울음소리는 합창이 되어 유가족의 울음소리에 합류했고, 마침내는 목사까지도 감개무량하여 단상에서 소리를 내어 울었다.

바로 이 순간에 복도에서 바스락거리는 소리가 나는 것을 알아들은 사람은 하나도 없었다. 다음 순간 교회당의 문이 삐걱- 하는 소리를 내며 열렸다. 목사는 눈물에 젖은 눈을 손수건에서 쳐든 순간 넋을 잃고 장승처럼 우뚝 섰다! 한 사람의 눈이, 계속해서 다른 또 한 사람의 눈이 목사의 시선을 뒤따랐다. 그리고 모든 사람들이 일제히 일어서서 멍한 표정을 짓고 있는 순간 세 명의 죽은 소년이 톰을 선두로 해서, 다음에는 조, 마지막에는 누더기 옷을 질질 끌며 멋쩍은 낯을 하고 있는 허클의 순서로 안으로 들어왔다. 그때까지 그들은 사용하지 않는 복도에 몸을 감추고는 자기들의 장례식

조사에 귀를 기울이고 있었던 것이다.

폴리 이모, 메리, 하퍼 집안 식구들은 모두가 살아 돌아온 소년들에게 매달려서 숨이 막힐 정도로 키스를 퍼부으며, 고맙다는 말을 되풀이했다. 한편 허클은 멋쩍고도 불안한 듯이 무수히 많은 차디찬 눈초리 속에 둘러싸여 어떻게 해야 좋을지, 어디로 숨어 버려야 좋을지 모르겠다는 듯이 머뭇거리다가, 그대로 있을 수도 없어 슬그머니 자리를 피하려고 했다. 그러나 톰이 얼른 그의 팔을 붙잡으며 말했다.

"이모, 이건 불공평해요. 누군가 허클이 살아 돌아온 것을 기뻐해 주지 않으면."

"네 말이 맞다. 어머니가 없는 불쌍한 아이를 내가 반겨주지!"

그러나 폴리 이모가 아낌없이 퍼부은 애정은 허클에게는 그 어느 때보다도 난처한 것이었다. 갑자기 목사가 목소리를 높였다.

"'모든 축복의 근원인 하나님을 칭송하라' ─ 자, 모두들 찬송가를 부릅시다! 정성껏 노래를 부릅시다!"

모든 사람들이 이 말을 따랐다. 찬송가 제100장은 이렇게 해서 우렁차고 큰 소리로 불리어졌고, 이 목소리가 지붕을 흔들고 있는 동안에 해적 톰 소여는 부러운 눈초리로 자기를 바라보고 있는 아이들을 둘러보며 마음속으로, 지금이 자신의 생애에서 가장 자랑스러운 순간이라고 생각했다. 그리고 감쪽같이 속은 마을 사람들은 교회에서 나오면서 이와 같이 감격에 넘치는 찬송가를 다시 들을 수 있다면 또 한 번 속더라도 불쾌하지 않을 것이라고 소곤거렸다.

톰은 그날 주먹다짐과 키스 찜질의 세례를 받았고 — 폴리 이모의 기분이 변화되는 것에 따라 — 그 횟수는 지난 1년 동안 받은 것 이상이 되었지만, 그것이 곧 하나님께 대한 감사와 자기에게 보내는 애정의 표시라는 것을 톰은 미처 알지 못하였다.

꿈 이야기

이것이 — 해적이 된 친구들을 데리고 돌아와 자신들의 장례식에 참석하자는 것이 이른바 톰의 비밀이었다. 그들은 토요일 밤, 통나무 하나를 배 대신 타고 미주리 쪽 둑으로 나가 마을에서 5, 6마일 떨어진 하류에 상륙하였다. 그리고 날이 밝을 때까지 숲 속에서 잠을 잔 뒤 산길을 이용해서 교회에 도달했고, 망가진 책걸상들이 여기저시 방치되어 있는 교회 복도에서 모자라는 잠을 충당했던 것이다.

월요일 아침 식사를 할 때, 폴리 이모와 메리는 평상시와는 달리 매우 친절하게 여러 가지의 편의를 톰에게 제공해 주었다. 폴리 이모는 여느 때와는 다르게 말했다.

“어쨌든 그 많은 사람들을 일주일 동안이나 골탕을 먹였
으니 장난치고는 꽤 재미있었겠지만 다른 사람은 몰라도 나
까지 이렇게 속이다니, 이 나쁜 놈아. 통나무를 타고 자기
장례식에 나올 놈이라면 그 전에 나한테 먼저 와서, ‘글쎄
죽은 게 아니고, 도망쳤을 뿐이에요’라고 한마디라도 알려줬
어야 하는 게 아니야, 응, 이놈아.”

“그래 맞아, 충분히 알리러 올 수도 있었던 거구나, 응,
톰.”

메리도 따라 끼어들었다.

“그걸 깨달았다면 꼭 알리러 왔을 테지, 응, 톰?”

“그러냐, 톰?”

폴리 이모는 그렇다면 오죽이나 좋았겠느냐는 듯이 얼굴
에다 광채를 띠며,

“그렇다면 그렇다고 그래라. 깨달았더라면 알리러 올 수
있었겠니?”
라고 말했다.

“난 몰라요, 알리면 모든 것이 엉망진창이 되는데, 뭐.”

“톰, 나는 네가 그렇게 무정한 놈이라고는 생각하지 않았
다.”

폴리 이모는 자못 슬픈 모양이었다. 톰은 불안해졌다.

"알리러 오지는 않았다 하더라도, 머릿속에 그런 생각만이라도 하고 있었다면 오죽이나 기특하겠느냐."

"이모님, 이 아이는 별로 악의가 없어요."

메리가 이번에는 톰의 편을 들었다.

"톰이 갖고 있는 나쁜 버릇은, 뭔가를 시작하면 그만 그것에 미쳐서 딴 것은 아무것도 생각하지 못하는 거잖아요."

"그래서 더 나쁘다니까. 시드라면 생각해. 시드라면 반드시 생각하고, 알리러 왔을 거야. 톰, 너 나중에 꼭 후회할 테니 두고 봐라. 그때는 벌써 모든 게 늦고 말 것이다. 그리고 그까짓 조그마한 걸 아끼지 말고 좀 더 이 이모를 생각해 주었더라면 좋았을 걸, 하고 꼭 그렇게 후회할 것이다."

"그런데 이모, 내가 이모 생각을 하고 있는 건 이모도 잘 알고 계시잖아요?"

"네가 그 증거를 보여주지 않는데 무슨 수로 내가 그걸 안단 말이냐?"

"아, 생각해 낼 수 있었으면 얼마나 좋을까"

하고 톰은 한이 되는 모양이었다.

"하지만 난 이모 꿈을 꿨어요. 그래도 기특하지 않단 말이에요?"

"뭐 그리 대단할 게 없지, 꿈이라면 고양이도 꾸는데 뭐,

그래도 꾸지 않는 것보다는 낫지만. 그래 무슨 꿈을 꿨단 말이냐?”

“수요일 밤에 말이에요, 이모께서 침대 옆에 앉아 있는 꿈을 꾸었어요. 시드는 나무 궤짝 위에 걸터앉아 있고, 그 옆에 메리 누나가 있고요.”

“그래, 수요일 밤, 확실히 우리들은 그렇게 하고 있었지. 하기야 늘 그렇게들 하고 있지만, 어쨌든 우리들의 꿈을 꿨다니 신통하구나.”

“조 하퍼의 엄마도 같이 있던데요?”

“아니 뭐? 조 하퍼의 엄마도 같이 있었다고? 그래서 어쨌다는 거냐?”

“여러 가지 일이 있었지만 잊어버렸어요.”

“그런 소리 말고 어서 생각해 봐. 생각해 낼 수 없겠니?”

“생각해 낼 수 없지만 바람이…… 바람이 불어서…… 그래서…….”

“잘 좀 생각해 봐, 톰? 바람이 불어서 무슨 일이 일어났단 말이냐?”

톰은 손가락으로 이마를 짚고는 잠시 궁리하는 척 하더니 갑자기 외쳤다.

“생각났다! 생각났어요! 촛불이 흔들렸어요”

“어머! 그래서?”

“분명히 이모였어요. 이런 말을 한 것은. 필경 문이……”

“그래서 톰?”

“생각 좀 하게 해 주세요…… 잠깐만. 옳지. ‘방문이 열려졌구나.’라고 했어요.”

“확실히 그랬어, 응, 메리, 그렇지? 그래서?”

“그리고 나서…… 저 그리고 나서…… 확실하지는 않지만 아마 이모는 시드에게 가서…… 그리고……”

“옳지, 옳지, 그래서? 내가 시드더러 뭘 하라고 했단 말이냐?”

“시드더러…… 옳지, 문을 닫게 했어요.”

“정말, 귀신이 곡할 노릇이구나! 이런 이상한 일이 세상에 어디 또 있겠니! 이젠 아무에게도 꿈이 터무니없는 수작이라고 그런 말을 하지 못하게 해야겠구나. 옳지, 당장에 세레니 하퍼에게 알려 줘야지. 그 사람은 뭐라고 하기만 하면 미신이니 뭐니 하고 한 귀로 흘려듣지만, 이게 뚜렷한 증거가 아니고 뭐겠냐. 그래서 톰, 어떻게 됐냐는 거냐?”

“그래, 이젠 점점 똑똑히 생각나요. 그리고 나서 이모는 이렇게 말했어요. 그 애는 나쁜 아이는 아냐. 장난이 심해서 침착성이 없을 뿐이지, 순진한 점은…… 가만 있자, 뭐랬더라, 망아진가 뭔가 하고 같다고 했죠, 아마.”

“그래! 꼭 맞는구나! 그래서, 톰?”

“그런 다음에 이모는 울기 시작했어요.”

“그래, 그때가 처음은 아니지만 그래서…….”

“그런 다음에 하퍼 아주머니가 물었어요. 조도 역시 톰과 마찬가지라며, 자기가 버린 크림을 조가 훔쳤다고 잘못 생각해서 매질을 했으니 참 몹쓸 짓을 했다고 그러면서…….”

“톰! 너에게 귀신이 씌웠나 보구나! 모르는 게 없네. 마치 천리안을 가진 사람 같구나. 그래서 어떻게 되었어?”

“그리고…… 시드가…… 시드가.”

“내가 무슨 말을 했나. 가만히 있었던 거 같은데?”

시드가 끼어들었다.

“가만히 있기는…… 너도 말했어.”

하고 메리가 말했다.

“시끄러워, 가만히 톰의 얘기나 들어! 그래 시드가 뭐라고 했어?”

“내가 천국에 가 있다면 좋겠다고 생각하지만, 여태까지 좀 더 의젓하게 굴었다면…….”

“시드, 들었어? 네가 한 말 그대로구나!”

“그래서 이모가 꾸짖었어요.”

"그래 맞아! 그때 반드시 천사님이 오셨을 거야. 어디서 듣고 계셨을 거다!"

"하퍼 아주머니는 조가 심술을 부리던 것을 말했고, 이모는 피터와 살통제 얘기를……."

"어쩌면 좋으냐!"

"그리고 난 다음 우리들의 시체를 건져내기 위해 강을 뒤진 이야기와 일요일에 장례식을 올리겠다는 이야기 등등 여러 가지 이야기를 하고는 이모님과 하퍼 아주머니가 서로 껴안고 엉엉 울더니 하퍼 아주머니가 그냥 돌아갔어요."

"맞아, 네 말이 옳다! 지금 내가 여기 이렇게 앉아 있는 것만큼이나 틀림이 없다. 마치 눈으로 보고 있는 것처럼, 아니 보고 있어도 이렇게 자세하게는 말하지 못할 걸. 글쎄, 그 다음에 어떻게 됐다는 거냐? 어서 계속 말해 봐, 톰!"

"그 다음에 이모는 아마 날 위해서 기도를 올렸던 거 같아요……. 이모가 기도를 올릴 때 한 말을 나는 모두 알고 있어요. 그리고 나서 이모는 잠자리에 들었는데, 난 이모가 어찌나 측은하게 생각되었던지 단풍나무 껍질에다 '우리들은 죽은 게 아닙니다. 해적이 되기 위해서 집을 나갔을 뿐이에요'라고 써서 그걸 테이블 위 촛불 옆에다 놓아두었습니다. 그리고 자고 있는 이모의 얼굴이 어찌나 친절하게 보였던지 난 이모한테로 가서 몸을 숙이고는 이모의 입술에다 키스를 했어요."

"그러냐, 톰, 정말 그랬더냐! 그랬다면 모든 걸 용서해 주마."

이모는 톰을 꼭 껴안았다. 톰은 더할 나위 없이 큰 악당이 된 것만 같았다.

"꿈이긴 하지만 여간 친절하지 않구나."

시드는 일부러 들으라는 듯이 혼자 중얼거렸다.

"닥쳐, 시드! 그런 마음씨가 있었기에 꿈에까지 보이는 게 아니냐. 톰, 너 말이야, 이건 만일 네가 돌아오면 하고 뒀던 최고의 사과란다. 자, 이젠 학교에 가거라. 이렇게 네가 돌아온 것만도 하나님의 은혜 때문이야. 하늘에 계신 하나님 아버지, 우리들을 위하여 자비를 베풀어 주시고 이렇게 우리들을 지켜 주시는 거란다. 우리가 비록 보잘것없는 존재일지라도 하나님을 믿고, 그 말씀을 준수하고, 그 뜻을 쫓기만 한다면, 하나님은 결코 우리를 버리시지는 않는 법이란다. 자, 너희들 시드, 메리, 톰, 자 어서 가. 너희들 덕택으로 아이구, 얼마나 일을 밑졌는지 모르겠구나."

아이들은 각기 학교로 갔고, 노부인은 하퍼 부인을 방문했다. 톰의 놀랄 만한 꿈 이야기를 해서 부인의 현실주의를 깨뜨려 버릴 작정이었다.

시드는 어떤 생각이 머릿속에 있었지만 입 밖에 내놓지 않고 잠자코 그대로 집을 나왔다. 그것은 다음과 같은 것이었다.

"거짓말쟁이, 꿈치고는 너무나 길고 현실과 일치하는 점이 너무 많아."

이리하여 톰은 그 얼마나 훌륭한 영웅이 되었던 것이다. 더 이상 그는 깡충깡충 뛰어 돌아다니는 일도 없이, 모든 사람들의 이목을 받고 있는 해적답게 유유히 어깨를 쫙 펴고 걸었다. 그는 주변 사람들의 시선과 속삭이는 소리에는 아예 관심이 없는 척 했다. 그러나 사실은 그러한 것들이 그에게는 없어서는 안 될 음식물과도 같았다. 조그마한 아이들은 톰의 뒤를 졸졸 따라서 마치 그가 행렬 선두에 선 고수(鼓手)나, 마을 안을 빙빙 도는 서커스의 선두에 선 코끼리라도 되는 듯이, 그 옆에 있는 것을 자랑거리로 여겼다. 톰 또래의 소년들은 일부러 톰의 실종사건을 몰랐었다는 듯한 얼굴을 하고 있었지만 사실은 부러워서 견딜 수가 없었으며, 톰의 새까맣게 탄 피부색과 눈부신 평판이 자기 것이 되었다면 무엇을 내놓아도 아까울 것이 없겠다고 생각했다. 하기야 톰으로서는 비록 서커스를 준다 하더라도 그것들을 내놓을 생각은 전혀 없었지만 말이다.

학교에 나가 보니 톰과 조는 이미 인기 절정에 올라 있었고, 이 두 영웅은 아이들의 선망의 눈초리를 받고는 콧날이 우뚝 설 정도로 우쭐했다. 모든 아이들의 성화에 못 이겨 이들은 자기들이 겪은 모험담을 말하기 시작했다. 하기야 이 이야기는 언제나 시초뿐이었고, 분방한 상상력이 뒤에서 계속적으로 자료를 제공했고, 언제 끝날지도 모르게 이어지고 있었다. 그리고 맨 마지막에 가서 파이프를 꺼내 가지고 유유히 연기를 내뿜었을 때에는 두 소년은 거의 절정에 도달해 있었다.

톰은 이젠 베키 대처 같은 아이에게 구애를 받을 필요가 없겠다고 단정했다. 무엇보다도 귀중한 것은 명예이다. 명예 이외의 무엇을 더 바랄 게 있겠는가? 혹은 이만큼 명예를 떨쳤으니까, 오히려 그녀 쪽에서 사모해서 접근해 올지도 모른다. 옳지, 그렇게 하도록 하자. 이쪽은 시치미를 뚝 떼고는 모르는 척하고 가만 있자.

얼마 후에 그 장본인인 베키 대처가 나타났다. 톰은 못 본 척 외면하였다. 그리고는 거기를 떠나 다른 아이들 사이에 포위되어 이야기를 계속했다. 그러자 상기된 두 눈에 이글이글 불을 실은 그녀가 활발하게 깡충깡충 뛰어 돌아다니며 친구들을 따라잡기에 여념이 없었고, 그 따라간 아이를 붙잡을 때마다 일부러 큰 소리를 내어 깔깔 웃어대는 것이었다. 그러나 자세히 보니 톰 바로 근처에 있는 계집아이들만을 상대로 하고 있었다. 그러는 사이에도 연신 의미 있는 시선을 톰에게로 던지고 있는 것을 알 수 있었다. 톰은 자기 마음속으로 혼자 쾌재를 불렀다. 따라서 베키에게 아는 체를 하기는커녕 한층 더 우쭐해서 계속 모르는 체하려고 애를 썼다. 얼마 후에 그녀는 뛰어 돌아다니는 것을 그만두고, 한두 번 가늘게 한숨을 내쉬고는 피하는 듯하면서도 탐내는 눈초리로 톰의 얼굴을 쳐다보면서 사뭇 멈칫거리면서 이쪽으로 접근해 왔다.

그녀는 톰이 에이미 로런스와 일부러 다정하게 이야기를 하고 있는 것을 보았다. 그녀는 무엇에 몹시 얻어맞은 것처럼 불안해지고 슬퍼졌다. 그녀는 그곳을 떠나려고 했다. 그러나 발이 말을 듣지 않았고, 도리어 자꾸만 그쪽으로 자기도 모르게 옮겨갔다. 그녀는 일부러 힘을 내어 톰 바로 옆에 있는 여자아이에게 말을 건넸다.

"메리 오스틴! 나쁜 계집애야, 너 왜 주일학교에 안 왔니?"

"아니, 갔었어. 못 봤어?"

"왔었어? 그럼 어디 있었지?"

“평상시처럼 피터 선생님 시간에 있었어. 난 널 봤어, 얘.”

“그래, 이상하다. 어째서 못 봤을까? 소풍 가는 얘기를 상의하고 싶었는데.”

“그래, 소풍을 가? 누가 초대한 건데?”

“우리 엄마가 데리고 가는 거야.”

“좋겠다. 나도 따라갔으면 좋겠어.”

“그래, 부탁해 볼 게. 날 위한 일이니까 내가 부탁하면 아무나 데리고 갈 거야.”

“좋았어. 그럼 언제 가지?”

“바로 가. 어쩌면 여름방학 때 갈 거야.”

“멋지다! 그런데 다른 애들도 데리고 가니?”

“그래, 친한 애들하고, 친하고 싶은 애라면 누구든지.”

이런 말을 주고받으면서 그녀는 힐끔 톰의 얼굴을 쳐다보았다. 그러나 톰은 여전히 에이미 로런스를 상대로 해서 섬에서 만난 그 굉장했던 폭풍우 이야기와 채 3피트도 떨어져 있지 않은 곳에 떨어져 커다란 단풍나무를 박살냈다는 그 번갯불 이야기 등을 신이 나서 늘어놓고 있었다.

“나도 가도 되니?”

그레이시 밀러라는 소녀가 물었다.

“좋아.”

“나는?”

샐리 로저스라는 소녀가 하는 소리였다.

“물론.”

“나도 괜찮지?”

스잔 하퍼라는 소녀가 묻는 소리였다.

“그리고 조도?”

“좋고말고.”

이처럼 하나하나 참가가 허용되자 기쁜 듯이 그때마다 박수소리가 터져 나왔고, 이제 남은 것은 톰과 에이미뿐이었다. 톰은 상대도 하지 않고 여전히 에이미 하고만 이야기를 주고받다가 마침내 에이미를 데리고 밖으로 나가 버렸다. 베키는 입술이 부르르 떨리며 눈에 눈물이 괴었다. 그래도 그것을 감추고 되도록 활발하게 지껄이고 있었지만 이젠 피크닉이고 뭐고 다 흥미가 없어졌다. 그녀는 뿌리치듯이 해서 그곳을 떠나 사람들의 눈이 없는 곳에서 실컷 울었다. 그리고는 수업 종이 날 때까지 그곳에 외롭게 앉아 있었다. 그녀는 눈에 복수의 빛을 띠고는 일어서서 땋아 늘어뜨린 머리 타래를 휘 흔들고 나서 ‘가만 두진 않을 테니 두고 보라’고 혼자서 중얼거렸다.

쉬는 시간에도 톰은 신이 나서 에이미 하고만 이야기를

주고받았다. 그리고는 그것을 베키에게 보여주기 위해 이리저리 베키를 찾아다녔다. 곧 그녀를 찾기는 찾았지만 톰은 갑자기 기운이 탁 풀리고 말았다. 그녀는 교사 뒤켠 작은 걸상 위에 편하게 앉아서 알프레드 템풀과 그림책을 읽고 있었다. 사이좋게 머리를 마주 대고 바싹 붙어서 그림책에 온갖 정신을 다 빼앗기고는 다른 것에는 조금도 마음을 쓰지 않은 듯이 보였다. 톰의 혈관은 질투로 인해 부글부글 끓어올랐다. 모처럼 베키가 화해의 기회를 제공한 것을 외면해버린 자신이 원망스럽기만 했다. 그는 자기를 바보라고 저주를 하고는 자기가 알고 있는 온갖 욕설을 퍼부었다. 분해서 울음보가 터져 나올 지경이었다.

그런 톰의 마음도 모른 채 마음이 들떠 있는 에이미는 걸으면서 쾌활하게 쫑알거렸지만, 톰의 혀는 기능을 잃고 말았다. 에이미의 지껄이는 소리가 귓속으로 들어오지 않았고, 빨리 대답하라고 재촉을 받을 때마다 비로소 제정신이 되어 어쩔 줄을 모르고 대답을 하기는 했지만 얼토당토않은 답을 하는 경우가 많았다. 그는 몇 번씩이나 교사 뒤켠을 배회하면서 일부러 이 불쾌하기 짝이 없는 광경을 눈에 힘을 주어 지켜보았다. 그렇게 하지 않고서는 견딜 수가 없었던 것이다. 그리고 베키 대처가 자기 같은 것은 이 세상에 있지도 않은 존재로 생각하는 것을 알고, 톰은 미칠 것만 같았다. 물론 그녀가 톰을 보지 않은 것은 아니었다. 그녀는 자기가 이제 승리를 얻고 있는 중이라는 것을 알았고, 아까의 자기와 마찬가지로 톰이 이제 고민하고 있다는 것을 알고는 군침을 삼켰다.

톰은 에이미가 떠드는 소리가 몹시 싫어졌다. 그래서 넌지시 자기에게는 이제 볼일이 있다, 무슨 일이 있어도 해야만 하는 일이 있어서 더 이상 지체할 수 없다는 것을 암시했다. 그렇지만 효과가 없었고, 에이미는 종알대는 것을 그만두지 않았다. '젠장! 이 여자애를 어떻게 떼어 버릴 수 있을까?' 하고 톰은 마음속으로 혼자 중얼거렸다. 그런 다음 마지막 수단으로, 무슨 일이 있고 그 일을 끝마쳐야만 하는데 어떻게 해야 좋겠느냐고 물었더니, 에이미는 순순히 그러면 학교 수업이 끝난 뒤에 다시 만나자고 했다. 톰은 무거운 짐을 벗기라도 한 것처럼 가뿐하게 빠른 걸음으로 저쪽으로 사라져 버렸다.

"다른 애라면 또 몰라도!"

톰은 이를 악물었다.

"이 동네 아이라면 몰라도 센트 루이스에서 온 그 건방진 녀석과! 그래, 두고 봐라. 요전에 이 마을로 온 맨 첫날에 혼

내 주었는데, 또 한 번 그때처럼 혼을 내 줄 테니! 언젠가 이
자식 너 붙잡히기만 해봐라.”

톰은 눈에 보이지 않는 적을 상대로 해서 치고, 걷어차고,
냅다 떠미는 등 온갖 동작을 요란스럽게 해 보였다.

“맛이 어때, 이 자식, 이래두 까불어, 이러면 어때, 이 자식
아!”

이와 같이 해서 모의 싸움은 그의 일방적인 승리로 끝났다.

점심시간이 되자 톰은 집을 향해서 달려갔다. 양심의 가
책으로 인해 더 이상 기뻐하고 있는 에이미의 얼굴을 쳐다
보고 있을 수가 없었고, 또 불타는 질투심으로 인해서 이 이
상의 고뇌를 참을 수가 없었기 때문이다. 베키는 여전히 알
프레드와 그림책을 보고 있었는데, 아무리 기다려도 톰이 고
백하러 오지 않았기 때문에 승리감에 구름이 덮이기 시작하
고, 그림책을 보는 일에 흥미가 사라졌다. 지루하고, 마음이
무거워지고 또 우울해졌다. 두세 번 그녀는 누군가의 발소리
에 귀를 기울였지만 그것은 헛된 희망으로 끝나고 말았으며
끝내 톰은 오지 않았다. 이윽고 그녀는 견딜 수 없이 슬퍼지
고 참을 수 없게 되었다.

알프레드는 그녀의 마음이 자꾸만 다른 곳으로 흘러가고
있다는 것을 깨달았지만 어떻게 해야 좋을지를 몰라서 불쌍

하게도 똑같은 말만을 되풀이하고 있을 뿐이었다.

"야아, 이거 근사한데. 이걸 좀 봐."

그녀는 참다못해 화를 내고 말았다.

"싫어! 그림 같은 건 아무래도 좋아!"

그리고는 앙- 하고 울음보를 터뜨리고는 일어서서 저쪽으로 걷기 시작했다. 알프레드는 그 뒤를 따라가며 위로하려고 했다. 그러나 그녀는 귀찮다는 듯이,

"저리 가 줘, 곁에 오지 마. 나는 너 같은 애가 제일 싫어!"라고 말했다.

소년은 도대체 자기가 무슨 실수를 했다고 이러는 것일까 하고 이상하게 생각하면서 발걸음을 멈추었다. - 점심시간 동안 함께 그림책을 보자고 한 것은 그녀 자신이 먼저 꺼낸 일이었으니까 - 그녀는 울면서 어디론가 나가 버렸다. 알프레드는 아무도 없는 교실 안으로 힘없이 걸어 들어갔다. 그는 순간 굴욕을 느꼈고 돌연 화가 치밀었다. 그는 자신의 초라한 처지를 쉽게 상상할 수가 있었다. 그녀는 톰 소여에 대한 감정을 풀기 위해서 자기를 도구로 이용한 것이었다. 이런 생각이 들자 톰이 참을 수 없을 정도로 미웠다. 그래서 톰을 골려 주고, 자기에게는 조금도 피해가 돌아오지 않게 하는 방법이 없을까 하고 이리저리 궁리해 보았다. 그 순간

톰의 철자법 책이 눈에 띄었고, 바로 거기에 기회가 있는 것을 발견했다. 그는 씩 미소를 짓고는 오늘 오후에 사용할 곳을 펴서 그곳에다 잉크를 쏟아 부었다.

바로 그 순간 뒤창에서 베키가 이 모습을 무심코 지켜보았고, 얼른 모습을 감추어 소년의 시선을 피했다. 그녀는 톰을 만나서 이 사실을 알려야겠다고 생각하고는 학교에서 집 쪽으로 걸음을 떼어 놓았다. 톰은 반드시 기뻐할 것이고, 그러면 두 사람 사이도 이전처럼 회복될 것이라고 생각한 것이다. 그런데 절반쯤 왔을 때 그녀는 갑자기 마음을 바꾸었다. 소풍 이야기를 할 때 보았던 톰의 그 매정한 모습이 머리에 떠올랐고, 돌연 분한 생각이 솟구쳐 견딜 수 없었기 때문이다. 차라리 철자법 책을 더럽힌 죄로 매를 맞게 하자, 나는 평생토록 톰을 미워하겠다고 그녀는 혼자 결심했다.

톰의 고백

톰은 우울한 마음으로 집으로 돌아왔다. 그런데 집에 들어서는 순간 이모로부터 들은 말은 무섭게도 그가 전혀 뜻하지 않은 곳에다 슬픔을 가져왔다는 그것이었다.

"톰, 이 나쁜 놈, 네 껍질을 벗겨 놓을 테니 그리 알아라."

"아니, 내가 뭘 잘못했어요?"

"뭘 잘못했냐고? 나는 아무것도 몰랐기 때문에 네가 한 그 꿈 이야기를 정말인줄 알고 믿었고, 그것을 알리려고 일부러 하퍼 아주머니네 집을 찾아갔었다. 그랬는데 그래, 이 놈아, 너는 그날 밤 여기에 와서 우리들이 나누는 이야기를 모두 엿들었다면서, 조가 그 말을 했다더라. 톰, 이놈아. 너 같은 놈은 도대체 자라서 뭐가 되겠다는 거냐, 응. 더구나 내가 하퍼 아주머니네 집에 가서 톡톡히 망신을 당할 것을 뻔히 짐작할 수 있는 데도 입도 뻥긋 안하다니 이놈아, 도대체 무슨 생각으로 그런 짓을 했단 말이냐!"

마른하늘에 날벼락과도 같은 말이었다. 오늘 아침 감쪽같이 온 식구들을 속였을 때만 해도 톰은 자기 딴에는 근사한 솜씨였다고 혼자 신이 났었는데, 이런 말을 듣고 보니 자기 자신이 그 얼마나 비겁하고 교활한 일을 했는지 모르겠다고 뉘우쳤다. 톰은 잠시 고개를 잔뜩 숙이고는 한동안 뭐라고 말을 해야 좋을지 몰랐다. 그러다가 겨우 한마디를 했다.

"죄송합니다…… 몰랐습니다."

"그렇지, 네가 알 까닭이 없지. 네가 하는 일은 늘 그런 식이야. 자기에게 편리한 일 이외에는 아무것도 생각하려고 들지 않거든. 밤에 잭슨 섬에서 일부러 여기까지 우리들이 걱정하고 있는 걸 비웃으러 오는 일이라면 할 수 있겠지. 꿈을 꿨다고 하고서 우릴 속이는 일이라면 할 수 있단 말이야. 하지만 집안 식구들이 걱정하고 있을 일이나, 그 걱정에서 우리를 벗어나게 해야겠다는 생각에는 절대로 관심이 미치지 않는단 말이야, 이 나쁜 놈아!"

"이모님, 잘못했습니다. 그런데 처음부터 속일 생각은 아

니었어요. 사실이에요, 더욱이 그날 밤, 이모님을 비웃을 생
각으로 여기 온 것은 절대로 아닙니다.”

“그럼 뭣 때문에 왔단 말이냐?”

“우리들에 대해서 걱정하지 말라고, 죽은 게 아니라는 사
실을 알려 주려고 왔었어요.”

“뭐야, 너에게 정말로 그런 착한 마음씨가 있다면 이모는
얼마나 즐거울지 모르겠다. 네가 그렇지 않다는 건 너 자신
부터 잘 알고 있잖아…… 나 역시 잘 알고 있고.”

“그렇지 않아요. 정말로 그랬다니까요. 만일 그게 거짓말
이라면 그 벌로 저는 앉은뱅이가 되겠어요.”

“이놈이, 또 거짓말을 하네. 자꾸 거짓말만 하면 너는 점
점 나빠질 뿐이다.”

“거짓말이 아니에요, 이모, 정말이예요. 이모에게 걱정을
끼쳐 드리고 싶지 않았어요. 그런 이유 때문에 여기에 왔던
거예요.”

“그것이 진실이라면 무엇을 버린다고 해도 나는 아깝지
않다. 그것으로 모든 죄가 소멸할 테니까 말이다. 네가 집을
나가 그런 소동을 일으킨 것도 나는 기뻐할 것이다. 그렇지
만 네 말은 앞뒤가 맞지를 않잖아, 이놈아. 네가 만일 그것
때문에 왔다면 왜 그 이유를 말하지 않았단 말이냐?”

“그건 이모가 장례식 이야기를 하고 있는 걸 듣고, 그때 언뜻 생각이 달라져서 그 장례식 때 돌아와서 몰래 교회에 침입하리라 하고 그런 생각을 했기 때문이에요. 떠들어버리면 모든 게 엉망진창이 되고 말테니까, 그래서 나무껍질을 주머니 속에다 도로 넣은 채 그냥 그대로 나와 버렸어요.”

“무슨 껍질?”

“우리 셋이 해적이 된 사유를 나무껍질에다 써 놓았어요. 그러니까 그때 이모에게 키스했을 때 차라리 이모가 눈을 번쩍 떠 주었으면 더 좋았을 거예요.”

이모 얼굴에 있는 깊은 주름살이 펴지면서 눈에서 갑자기 부드러운 광채가 일어났다.

“나에게 키스했다고 응, 이 녀석아?”

“예.”

“그게 정말이냐?”

“정말이에요. 진짜로 키스했어요.”

“어떤 생각을 갖고서?”

“저를 귀여워해 주고, 그리고 괴로운 듯이 끙끙 앓는 소리를 내는 것이 여간 안타깝지 않았으니까 그렇죠.”

이모는 이 말을 거짓말로 생각하지는 않았다. 노부인은 목소리가 떨리는 것을 감출 수가 없었다.

"다시 한 번만 키스해 다오! 그리고 어서 학교에 가 봐라. 앞으로 더 이상 나를 괴롭히는 게 아니다."

톰이 나가는 것을 지켜본 뒤 그녀는 옷장 있는 곳으로 급히 가서 톰이 해적 때 입었던 저고리를 꺼냈다. 그리고 그것을 손에 든 채 서서 혼자 중얼거렸다.

"그래, 내버려 두자. 또 거짓말인지도 몰라 − 그래도 훌륭한 거짓말이야. 그 안엔 뭔지 모르지만 위안이 될 만한 것이 있어. 아마 하나님도 용서해 주실 거야 − 거짓말은 거짓말일지라도 착한 마음씨가 깃들어 있으니까 그대로 내버려 두기로 하자. 일부러 거짓말이라는 걸 확인해 볼 필요도 없어. 암 그렇지."

그녀는 저고리를 손에서 떨어뜨리고는 잠시 생각에 빠져들었다. 하지만 곧 손을 뻗어서 저고리를 집어 들었다가는 이내 떨어뜨리고 말았다.

그녀는 다시 손을 뻗고, 이번에는 용기를 내었다.

"좋은 거짓말이야 − 신통한 거짓말이야 − 그러니까 거짓말이라는 것을 알아도 슬퍼할 필요는 없지."

이렇게 다짐한 다음 그녀는 저고리 주머니를 뒤지기 시작했다. 다음 순간 그녀는 눈물을 흘리면서 감격어린 목소리로 나무껍질을 읽어내려 갔다.

“나는 그 애를 용서해 줄 수밖에 없어. 그 애가 비록 백만
번이나 죄를 범했다고 하더라도!”

베키의 갈등과 톰의 영웅적 행동

톰에게 키스를 한 이모의 태도에는 이전과는 다른 점이 있었고, 그것이 톰의 침울한 기분을 일순에 날려버리고 다시 기운을 북돋아 쾌활하게 만들었다. 톰은 학교로 향하면서 마침 풀밭 길을 지날 때, 운이 좋게도 베키 대처와 마주쳤다. 톰은 그 뒤를 바싹 따라가면서 큰 소리로 말했다.

"아까 기분 나쁘게 한 거 미안해. 용서해 줘, 베키. 앞으로는 절대로 안 그럴게. 죽을 때까지 안 할 테니 용서해 줘."

베키는 가던 길을 멈추고 서서 톰의 얼굴을 조소어린 눈동자로 바라보았다.

"나를 가만히 내버려 두면 고맙겠어, 토마스 소여군. 앞으로 너와는 절대로 이야기하지 않겠어.”

베키는 입을 삐쭉 내밀고는 머리를 꼿꼿이 쳐든 채 그냥 그대로 지나쳐 버렸다. 톰은 어안이 벙벙해서, ‘누가 겁낼 줄 알고, 나쁜 계집애!’ 하고 말할 틈도 없이, 겨우 그 생각이 머리에 떠올랐을 때에는 이미 때는 늦었다. 그래서 아무 말도 못하고 말았다. 그러나 마음속으로는 분에 못 이겨 부글부글 끓었다. 터덜터덜 학교 안으로 걸음을 옮겨놓을 동안에도 베키가 남자애라면 마음 놓고 때려 줄 수 있을 텐데 하고 마음속으로 생각하고 있었다.

그 후 그녀와 만났을 때 그는 서로 엇갈리면서 폭언을 퍼부었다. 그녀도 지지 않겠다는 듯이 맞대응의 화살을 쏘았고, 이것으로 둘은 완전한 결별하고 말았다. 분노에 활활 타고 있는 베키는 철자법 책을 더럽힌 죄로 톰이 혼이 나는 장면을 어서 보고 싶어서 수업이 시작되기를 간절한 마음으로 기다리고 있었다. 비록 알프레드 템플의 음모를 폭로해 버릴까 하는 마음이 얼마간 남아 있기는 했지만, 톰이 던진 폭언은 이것을 완전히 쫓아버리고 말았다.

불쌍하도다. 이 소녀는 그녀 자신도 또한 시시각각으로 위험한 곳으로 접근해가고 있다는 것을 알지 못했다. 교사인 도빈즈 선생은 젊은 시절의 부푼 꿈을 성취하지 못한 채 이미 중년으로 접어든 사람이었다. 그의 꿈은 의사가 되는 것이었으나, 학비를 댈 수가 없었기 때문에 우선 시골의 일개 교사로 만족하고 있을 수밖에 다른 방법이 없었다. 학생들의 암송을 듣고 있을 때를 제외하고는 매일 같이 책상 서랍에서 그 어떤 책을 꺼내서 탐독하는 것이 그의 버릇이었다. 그 책은 엄중한 감시 하에 있었다. 이 책을 한번 들여다보기 위해서는 목숨을 걸어야 할 정도라고 학생들은 생각했지만, 아직껏 그 기회를 잡은 학생은 없었다. 남학생, 여학생 할 것 없이 이 책의 정체에 관해서 각기 주장을 내세웠지만, 자기 식의 의견만을 내놓았을 뿐 어느 하나 정답이라고 할 수는 없었고, 그래서 책의 정체는 여전히 베일에 싸여 있었던 것이다.

그런데 이제 베키가 교실로 들어가 입구 바로 옆에 있는 선생의 책상 옆을 지나려다가 보니 서랍 자물쇠 구멍에 열쇠가 꽂힌 채 그대로 있는 것이 아닌가! 천재일우의 기회다. 주위를 둘러보니 아무도 없었다. 다음 순간 그녀는 예의 그 책을 손으로 집어 들었다. 표지에는 아무개 교수 저 『해부학』이라고 씌여 있었다. 그렇지만 그녀는 그것이 무슨 말인지 알 수 없었고, 그래서 책장을 넘겨보았다. 이내 아름다운 색의 권두 그림이 나타났다. — 인체 그림이었다. 이때 책장 위에 사람의 그림자가 비쳤다. 톰 소여가 교실 안으로 들어와서 얼핏 그 그림을 본 것이다. 베키는 부랴부랴 그 책을 덮었는데, 순간 불행하게도 그림이 든 페이지 한 중간부터 책장을 찢고 말았다. 그녀는 책을 서랍에다 집어넣고 열쇠를 걸고는 부끄러움과 원통함으로 소리를 내어 엉엉 울기 시작했다.

“톰 소여, 몰래 들어와서 남이 보고 있는 것을 훔쳐보다니 비겁해.”

“네가 뭘 보고 있는지 그걸 내가 알 수 없잖아.”

“스스로 부끄럽다는 생각이 들지 않니, 톰 소여? 어쨌든 너는 나를 일러바치겠구나. 아아, 어떡하면 좋아, 어떡하면 좋아! 난 채찍으로 맞을 거야. 지금까지 한 번도 맞아 본 적은 없는데!”

이렇게 말하며 베키는 작은 발을 동동 굴렀다.

“그래, 얼마든지 비겁한 짓을 해보라구! 너에게도 어떤 일이 일어날지 두고 볼 테니까. 두고 봐, 곧 알게 될 거야! 원통해, 정말로!”

베키는 또다시 울음보를 터뜨리고는 교실로부터 뛰어나갔다.

톰은 이 급습으로 인해 얼마간 얼떨떨한 모양으로 멍하니 서 있었다. 다음 순간 그는 혼자 중얼거렸다.

‘여자애들은 참 바보야. 학교에서 매를 맞은 적이 없다고? 흥, 매 맞는 게 뭐 그리 대순가! 그런 소리를 하는 건 여자애들뿐이야. 약해빠진 바보들이니까. 내가 유치하게 선생님에게 그걸 일러바칠 줄 알고 그런 걸로 복수를 하는 건 사내답지가 않거든. 그런데 이 결과는 어떻게 되지? 도빈즈 선생님은 누가 책을 찢었냐고 물을 것이고, 물론 아무도 대답을 하지 않을 테고, 그래서 언젠가처럼 한 명 한 명 물어 볼 걸. 결국에는 범인이 그 애라는 사실이 드러날 것이고, 베키 대처는 혼이 나겠지. 피할 길이 없으니까 뻔한 노릇이지 뭐야 — 에이, 내버려 두자!’

톰은 운동장으로 나와서 그대로 동무들 틈에 끼어 뛰어놀았다. 얼마 후에 선생님이 와서 수업이 시작되었다. 톰은 공부에는 마음이 가지 않았다. 얼핏 여학생 쪽으로 눈길을 돌릴 때마다 베키의 모습이 가슴을 아프게 찔렀다. 여러 가지로 궁리를 하면서 동정하지 않기로 굳게 마음을 먹었지만, 그것을 누르고 통쾌하다는 생각은 조금도 일어나지 않았다. 그러는 동안에 철자법 책의 잉크 사건이 발견되고, 톰은 이 일로 마음이 혼란스러워지고 말았다. 상심하고 있던 베키는 겨우 제정신으로 돌아와 이 사건의 추이에 잔뜩 군침을 삼키며 경과를 지켜보고 있었다. 잉크를 쏟은 것은 자기가 아니라고 항변해 봤자 톰이 벌을 면할 길은 없으리라고 상상한 것인데 과연 그대로였다. 항변은 도리어 톰의 입장을 난처하게 만들 것만 같았다. 베키는 참 기분 좋다고 생각하기로 마음먹고는 그렇게 생각하려고 애써 노력했지만 자신이 서지 않았다. 형세가 점점 불리하게 진행되어 갔을 때 그녀는 일어서서 알프레드 템플의 이야기를 일러바치고 싶어 견딜 수가 없었다. 그러나 이것을 무리하게 꾹 참고는 가만히 앉아 있었다. 그 이유로 베키는 자기 자신에게 이렇게 타이르는 것이었다.

'그 애는 내가 그림을 찢은 걸 분명히 일러바칠 거야. 그러니 무슨 벌을 받더라도 나는 한마디도 안 할 거야!'

톰은 채찍으로 매를 맞았지만 복종할 수 없다는 표정도 짓지 않고 자기 자리로 돌아왔다. 그것은 장난을 치는 동안에 자기도 모르게 잉크를 쏟았을지도 모르는 일이라고 생각했기 때문인데, 처음에 그것을 부정한 것은 체면상 또는 습관상의 이유에서였고, 부정을 번복하지 않은 것은 그런 사실을 생각했기 때문이었다.

시간이 흘러갔고, 선생님이 자기 자리에서 꾸벅꾸벅 졸기 시작하고, 자습소리가 꿀벌소리처럼 웅웅 따분하게 흘러나왔다. 이러는 동안에 도빈즈 선생은 기지개를 켜고는 하품을 길게 하고 나서 서랍 자물쇠를 열어 예의 그 책에 손을 댔지만, 꺼낼까 말까하고 잠시 망설이는 모습이었다. 몇 명의 학생이 나른하게 얼굴을 쳐들어 그 모양을 지켜보았는데, 선생의 이 동작에 유심히 눈길을 주는 아이가 두 명 있었다. 도빈즈 선생은 잠시 책에다 손을 댄 채 멍하니 있다가, 마침내 그것을 꺼내어 단정히 의자에 고쳐 앉더니 읽기 시작하였다.

톰은 힐끔 베키를 쳐다보았다. 그녀는 마치 도망갈 길이 막히고 만 총구 앞에 놓인 토끼처럼 보였다. 순간 톰은 그녀와의 갈등을 잊어버렸다. 이제야말로 무엇을 하지 않으면 안 되겠다! 그러나 이 너무나도 절박한 위기 그 자체가 그의 머리를 마비시키고 말았다. 옳지, 그렇다! 영감이 번득였다! 뛰어가서 책을 홱 낚아채 가지고는 그대로 교실 밖으로 나가버릴까! 그러나 순간 행동을 주저하고 있는 사이에 기회는 그만 사라지고 말았다. 선생님이 책을 펼친 것이다. 아아, 그 기회만 잃지 않았더라면! 이젠 늦었다. 이젠 베키를 구해 낼 방법이라고는 없다고 톰은 생각했다. 다음 순간 선생님은 교실 안을 둘러보았다. 아이들은 모두가 일제히 눈을 숙였다. 아무것도 모르는 아이들까지도 가슴을 조마조마하게 하는 무엇을 선생님의 눈동자에서 보았다. 약 10초 동안 침묵이 흘렀다. 선생님은 차차 노기를 띠어 갔고, 마침내 입을 열었다.

“이 책을 찢은 게 누구냐?”

끽 하는 소리 하나 들리지 않았다. 바늘이 바닥에 떨어져도 그 소리가 들렸을 정도였다. 침묵이 계속 흘렀다. 선생님은 이 얼굴에서 저 얼굴로 죄의 표지를 살펴나갔다.

“벤자민 로저스, 네가 이 책을 찢었냐?”

부정. 또다시 침묵.

“조셉 하퍼, 너냐?”

부정. 마음속을 졸이듯 양심의 가책이 절박해 감에 따라 점점 톰의 불안은 더해 갔다. 선생님은 남학생들 줄을 하나씩 하나씩 둘러보고 잠시 무엇을 생각하더니, 다음 여학생들 줄로 시선을 옮겼다.

“에이미 로런스냐?”

에이미는 머리를 저었다.

“그레이시 밀러?”

똑같이 머리를 저었다.

“스잔 하퍼, 너냐?”

이것도 부정. 다음이 베키의 순서였다. 톰은 긴장과 임박한 절망감으로 온몸이 부들부들 떨렸다.

“레베카 대처. (톰은 얼핏 그쪽을 바라보았다. 겁을 먹고는 얼굴색이 백지장처럼 하얗다) 네가 저…… 아냐, 여길 봐.
(그녀는 호소하듯 손을 쳐들었다) 네가 이 책을 찢었냐?”

어떤 무엇이 번개처럼 톰의 머릿속을 스쳐갔다. 그는 난데없이 벌떡 일어서며 부르짖었다!

“제가 찢었어요!”

이 믿을 수 없는 바보 같은 행위에 모든 학생들은 아연실색해서 눈을 크게 부릅떴다. 톰은 잠깐 그대로 선 채 멍하니 흩어진 머릿속을 가다듬었다. 그런 다음 벌을 받으러 교단으로 걸어 나가자, 크게 열린 베키의 눈에서 쏟아진 감사와 찬탄은 그에게는 백 번의 채찍질을 갚고도 남음이 있을 것만 같았다. 도빈즈 선생은 어느 때보다도 심하게 매질을 했지만, 톰은 자기가 행위의 황홀감에 도취되어 소리 하나 지르지 않고 견딜 수 있었다. 더구나 수업이 끝난 뒤 학교에 두 시간이나 더 남아 있으라는 명령을 받고도 조금도 괴로운 생각이 들지 않았다. 그 형기가 끝날 때까지 교실 밖에서 누군가 자신을 기다리고 있으리라는 사실을 알고 있었기 때문이다.

그날 밤, 톰은 알프레드 템플에 대한 복수의 방법을 생각하면서 잠이 들었다. 그것은 베키가 눈물을 흘리면서 자신의 배신까지도 포함해서 지난 모든 일을 고백했기 때문이었다.

그렇지만 그 복수심마저도 어느 순간에 즐거운 상상으로 변해 버렸고, 톰은 베키가 한 마지막 말을 언제까지나 귓전에 떠올리며 스르르 잠이 들고 말았다. 베키가 한 그 말은 —

"톰, 정말 너무나 훌륭해!"

학예회

여름방학이 점점 가까워 오고 있었다. 평시에도 엄격하던 도빈즈 선생은 한층 더 엄격해지고 까다로워졌다. 그것은 학생 전체를 독려해서 학예회에서 좋은 평가를 받아보려는 야심찬 계획을 세워 놓았기 때문이다. 그의 채찍과 나무막대기(학생들을 때리는 회초리)는 쉴 틈이 없었고, 특히 어린 학생들 사이에서 자주 움직였다. 막대기를 받지 않은 것은 최상급의 남학생들과 18살에서부터 20살 사이의 젊은 처녀들뿐이었다. 도빈즈 선생의 채찍질은 대단한 것으로, 비록 머리만큼은 반짝이는 대머리로 벗겨졌고 그것을 가발로 감추고 있었으나, 나이는 아직 중년에 지나지 않아서 힘에서는 조금도 쇠퇴하지 않았기 때문이다.

예정된 중대한 날이 다가옴에 따라 그의 몸속에 숨어 있던 포학성은 점점 표면에 드러나서 사소한 잘못에도 맹위를 떨치게 되었고, 거기다가 부수적인 쾌감까지 함께 느끼는 듯이 보이기도 했다. 그로 인해 작은 학생들은 낮에는 공포와 불안에 벌벌 떨었고, 밤에는 어떻게 하면 복수를 할 수 있을까 하고 궁리에 골몰했다. 선생을 골려 줄 수만 있다면 어떠한 기회인들 이를 놓치려고 하지 않았다. 그렇지만 언제나 앞서는 것은 선생 쪽이었다. 어떠한 복수가 성공을 거둔 뒤의 보복은 철저하고도 처참한 것이어서, 학생들은 늘 참패를 맛보고 물러나는 것이 예사였다.

마지막 수단으로 학생들은 함께 의논한 결과, 이거라면 대승리를 거둘 게 틀림없을 것이라는 계획을 세웠다. 그들은 간판장이 아들을 자기편에 끌어넣어서 자신들의 계획을 말하고는 그의 도움을 요청했다. 이 소년은 자진해서 이에 응할 만한 충분한 개인적 이유를 갖고 있었다. 왜냐하면 도빈즈 선생은 그 간판집에 하숙을 하고 있어서 평소에 늘 소년의 원한을 사기에 충분한 원인을 제공하고 있었기 때문이다.

다행스럽게도 사모님이 며칠 안으로 시골로 내려가게 되어 있었으므로 이 계획을 방해할 것은 아무것도 없었다. 무슨 큰 행사가 있을 때마다 도빈즈 선생은 반드시 그전에 얼큰하게 술을 마시고 기운을 북돋는 게 일상적인 버릇이었다. 그래서 간판집 소년은 학예회가 열린다는 그날 밤, 선생님이 얼큰하게 취해서 의자에서 꾸벅꾸벅 졸고 있을 때, 자신의 계획에 착수해서 선생을 깨워서 학교로 어서 달려가게 하겠다는 것이었다.

마침내 기대하던 학예회 날이 밝았다. 오후 8시, 교실은 화환과 나뭇잎과 꽃을 말려서 만든 줄로 장식이 되었고 휘황찬란하게 불이 켜져 있었다. 선생님은 언제나처럼 흑판을 등진 단상에 놓인 커다란 의자에 푹 파묻힌 채 매우 기분 좋게 앉아 있었다. 양쪽의 세 줄과 선생님 앞의 여섯 줄이 나란히 놓여 있는 벤치에는 각기 마을의 유지와 학부형들이 자리를 잡고 있었고, 그 뒤 선생님의 왼쪽에는 커다란 단이 임시로 가설되어 있었고, 거기에 오늘밤 출연할 학생들이 앉아 있었다. 세수를 깨끗이 하고, 나들이옷으로 갈아입고, 거북한 듯이 쭈그리고 앉아 있는 작은 남학생의 무리, 수줍어하는 상급생, 그리고 이와는 대조적으로 엷은 옷과 모슬린으로 장식한 여학생들과 묘령의 처녀들이 순백색으로 나란히 앉아서, 통째 내놓은 두 팔과 할머니에게서 물려받은 구식 장신구와 빨간색과 푸른색 리본과 머리에다 꽂은 꽃에 정신을 쏟고 있었다. 교실의 나머지 부분은 학예회에 출연하지 않는 학생들로 가득 차 있었다.

마침내 학예회가 시작되었다. 첫 번째로 등장한 것은 아주 어린 사내아이로, 그는 쩔쩔매는 듯한 표정으로,

"이런 어린아이가 여러분들 앞에서 말을 하리라고는 상상도 못했을 거예요."

라는 말을 앞세우고 암송을 시작하였다. 그 동작이 애처로울 정도로 정확하고 발작적이어서 마치 기계 - 생각건대 어느 정도 약간 고장이 난 기계장치 - 같았지만, 불쌍할 정도로 겁을 집어먹었으면서도 무사히 끝을 내고는, 조각한 인형처럼 깍듯이 머리를 숙이고 뒤로 물러섰을 때 교실에는 박수소리가 그칠 줄을 몰랐다.

다음에는 수줍음 잘 타는 소녀가 아직 채 돌지 않은 혀로, '메리의 양은 귀여운 새끼양'이라는 시를 낭송했다. 그것이 끝난 다음에는 깜찍할 정도로 무릎까지 구부려 공손하게 머리를 숙이고 청중들의 박수갈채를 받으며 얼굴을 붉히고는 행복한 표정을 짓고 아장아장 제자리로 돌아갔다.

톰은 자신이 넘치는 얼굴로 무대 위에 나타나, 불후의 명연설 '나에게 자유를 달라, 아니면 죽음을 달라'를 열띤 어조와 열광적인 동작으로 하기 시작했는데, 중간에서 그만 딱 말

문이 막히고 말았다. 무시무시한 무대에 처음 선 공포감이 그를 사로잡아, 다리가 후들후들 떨리고 호흡조차 제대로 할 수 없었던 것이다. 톰은 모든 청중의 시선을 한 몸에 받았다. 그러나 온 장내가 물을 끼얹은 듯이 고요해진 것이 도리어 동정 이상으로 그의 가슴을 답답하게 했다. 선생은 얼굴을 찡그렸다. 이것으로 실패는 한층 더 결정적인 것이 되고 말았다. 그래도 톰은 잠깐 완강하게 버티고 있다가 결국 참담한 실패를 인정하고는 뒤로 물러서고 말았다. 어디서인가 가느다란 박수소리가 일어나려고 하다가 이내 사라지고 말았다.

‘소년은 활활 타오르는 간판 위에 섰나니’, ‘앗시리아인 다가이 내습하도다’ 등 그 밖의 명언설의 암송이 계속되었다. 다음에는 낭독과 철자 맞추기 경기가 있었고, 몇 명 안 되는 라틴어의 반(班)이 이럭저럭 탈 없이 암송을 마칠 수 있었다. 이와 같이 예정된 순서가 진행되었고, 계속해서 이 날 밤의 특종 경기인 작문 낭독이 이어졌다. 하나하나 자기 차례가 오자, 무대 끝까지 걸어 나가 먼저 기침부터 하고는, 원고를 높이 들고 (이 원고에는 고운 리본이 붙어 있었다) 표정과 구두점에 주의를 하면서 읽어 나갔다. 내용은 그 모두가 구식 그대로의 이러한 자리에서 그녀의 모친들이, 조모들이, 혹은 멀리 십자군의 시대에까지 소급하여 그녀들의 조

상에 해당되는 부인들이 낭독한 것과 조금도 다를 것이 없
었다. 이를테면, '우정', '지난날의 회고', '역사에서의 종교',
'꿈나라', '수양의 효용', '각종 정치 체제의 비교 대조', '우
수', '자식으로서의 애정', '동정' 등등이었다.

　이런 식의 작문에서 대개 눈에 띄게 두드러진 것 특징 중
하나는, 소중하게 길러져 있는 감상벽이었다. 마음에 감흥을
주지 못하는 무의미한 미사여구의 나열, 또 특별히 간직해 둔
어구를 무턱대고 인용해서 듣는 사람으로 하여금 완전히 지
루한 감을 자아내는 경향이었다. 그리고 이러한 것들 전부를
통해서 특히 뛰어나게 가치를 손상시키는 것은, 반드시 그 무
슨 따분한 교훈이 덧붙여져서 온전치 못한 꼬리를 흔들고 있
다는 점이다. 작문의 제목이 무엇이든 간에 억지로 무리하게
왜곡을 시켜서 도덕적으로나 종교적으로 그 무엇인가의 교훈
을 주는 내용이 잔뜩 실려 있는 것이다. 안타까운 것은 누가
봐도 뻔한 위선인 줄 알면서도 이런 식의 작문이 지금까지도
학교에서 추방되지 않은 채 계속된다는 것이다. 아마도 세상
이 망하지 않고 계속되는 한 이러한 작문은 지속되는 것이
아닐까. 오늘날 우리나라의 어느 학교에 가서 보더라도 젊은
처녀의 몸으로 자기 작문의 끝에 그 무슨 교훈 비슷한 일절
을 첨가하지 않아도 괜찮다고 생각하는 사람은 하나도 없다.

더욱이 학교에서 누구보다도 성실치 못하고 종교심이라고는 손톱만큼도 없는 처녀들이 더 한층 누구보다도 길게 그리고 자못 거룩하게 허풍을 늘어놓는 법이다. 그러나 이 이야기는 이것으로 중단하기로 하자. 자기들의 내막을 자꾸만 늘어놓는 것은 유쾌한 일이 아닐 테니까.

이제 다시 '학예회' 이야기로 돌아가기로 하자. 처음으로 읽힌 것은 '그렇다면 이것이 인생인가?'라는 제목의 글로, 이제 그 일부를 여기에 옮겨 보기로 한다. 아마 독자 여러분의 관용을 얻을 수 있으리라고 생각한다.

> 인생의 진부한 행로에서, 처녀의 마음은 그 앞에 가로 놓인 숱한 환희의 장면들을, 그 무슨 감격을 가슴에 안고 기대할 수 있으랴! 그녀들은 장밋빛 환희의 화면을 그리기에 정신이 없다. 공상적으로 화려한 광경을 동경하는 자는 즐거운 무리 속에서 '뛰어난 존재'가 된 그녀 자신을 본다. 눈처럼 흰 의상을 몸에 두른 그녀의 영묘한 모습은 즐겨 날뛰는 난무 사이를 미친 듯이 춤추며 돌아다니고, 여기 모인 즐거운 무리 속에 섞여 그녀의 두 눈은 자못 빛나고, 그녀가 밟는 스텝은 자못 경쾌하다.
>
> 이렇듯 감미로운 공상 속에서 시간은 시시각각으로 가볍게 흘러가고, 동경이라는 극락의 세계로 들어가는

대망의 시간이 온다. 매혹된 그녀의 두 눈에 모든 것이 그 얼마나 요정같이 보일 것이냐! 새로이 맞아들이는 장면마다 한층 더 매력의 도를 더하게 될 것이다. 그러나 잠시 후에 그녀는 이러한 아름답게 보이는 그 모두가 사실은 공허한 것이라는 사실을 안다. 한때 그녀의 영혼을 매료했던 감미로운 속삭임 소리는 이제 불쾌한 잡음밖에 아무것도 아니다. 무도장은 이제는 벌써 그녀의 마음을 끌어당길 수가 없다. 몸을 망치고, 마음을 상하고 여기를 떠남에 있어 그녀는 비로소 깨닫는다. 지상의 쾌락은 영혼의 요구를 채워 주는 것이 아니라는 것을?

학예회는 이런 식으로 계속되었다. 그러다가 가끔 감격의 외침소리가 일어나고, '잘한다!'거나 '청산유수 같구나!'거나 '옳은 말이야!' 하는 등 나지막한 부르짖음 소리가 일어났고, 특히 까다로운 훈계의 말로 끝을 맺었을 때에는 우레와 같은 박수소리가 일어났다.

다음은 몸매가 호리호리하고, 소화불량 때문인지 안색이 좋지 못한 우울해 보이는 소녀가 나타나 자작시라는 것을 읊었다. 이것은 2연만 소개하면 족하리라.

앨라바마에 이별을 고하는 미조리 처녀의 노래

앨라바마여, 안녕! 나 그대를 매우 사랑하노라!
그러나 이제 잠시 나 그대와 이별을 고하노라!
그대를 생각하면 내 가슴 아프다.
내 마음 그대 생각으로 활활 불 같이 타오르네!
꽃피는 숲을 그대와 함께 거닐던 때가 있었나니,
탈라푸사의 개울을 오가며 책을 읽던 때 있었나니,
쿠사의 동산에 올라 오로라의 빛을 꿈꾸던 때 있었나니,
그러나 슬픔, 가슴에 넘쳐흐름을 나는 부끄러워하지 않는다.
눈물에 젖은 눈으로 보아도 내 얼굴 붉어지지 않고,
이제 이별을 고하는 것은 낯선 나라가 아니기에,
한숨을 내쉬는 것은 낯선 사람들을 위한 일이 아니기에,
이 나라에도 나를 맞아 줄 고향이 있었나니,
그 골짜기와 헤어져 ― 그 봉우리도 이내 시야에서 사라져,
내 눈, 내 가슴, 내 떼테(프랑스의 말로 머리), 그대에게 차게 보이리
그리운 앨라바마여! 그땐 내 목숨 떨어지리!

‘떼테’라는 말의 뜻을 아는 사람은 한 명도 없었지만, 그럼에도 불구하고 이 시는 큰 호응을 얻었다.

다음에는 피부색이 검고, 눈도 검고, 머리까지 검은 처녀가 등장해서 청중에게 강한 인상을 주기 위해서 얼마 동안 조용히 있다가 비극적인 표정을 만들어 엄숙하게 중성으로 읽기 시작했다.

환상

거칠고 사나운 폭풍우가 몰아치는 밤이었다. 하늘에는 별 하나 깜빡거리지 않고 대신 고막을 뚫을 듯한 천둥소리가 끊임없이 맹위를 떨치고, 구름이 낮게 지상을 덮은 하늘에는 번갯불이 온 세상을 태워 버릴 듯이 번쩍거리고, 그 유명한 프랭클린의 공적마저 비웃는 듯이 보였다. 몰아치는 바람까지도 그 신비스러운 집에서 일제히 뛰어나와 이 사나운 광경에 더 한층 참혹함을 더하려는 듯이 소용돌이쳤다.

이렇듯 어둡고 쓸쓸한 때에 내 영혼은 사람의 동정을 찾아서 한숨을 내쉬었다. 그러나 온 것은 그것이 아니라─

'내 둘도 없는 친구, 나의 짝, 내 위안자이며 지도자-.
슬픔 속의 내 즐거움, 축복을 거듭해서 주는 자.'
내 옆에 왔도다.

그녀는 낭만적인 젊은이들에 의해 공상의 에덴의 양지바른 보도에 그려져 있는 그 영리한 사람 중의 하나인 것처럼, 그녀 자신은 이 세상에 존재하지 않는 아름다움에 의해서만 장식되어 있는 아름다움의 여왕인 것처럼 걸었다. 그녀의 발걸음은 사뭇 가벼웠고, 발소리조차 없었다. 그녀의 온정 있는 접촉에 의해 생긴 요정과 같은 전율만 없었다면 다른 겸손한 미인들과 마찬가지로 그녀는 누구의 눈에도 띄지 않고, 누구 하나 찾는 사람도 없이 몰래 자취를 감추어 버렸을 것이다. 그녀의 얼굴에는 12월의 긴 옷에 매달린 고드름처럼 이상한 우수의 빛이 떠 있었다. 실외에서 휘몰아치는 비바람을 가리키며, 거기 있는 두 사람을 눈여겨 자세히 보라고 나에게 명령했을 때-.

이 꿈 이야기는 거의 10페이지나 이르는 장문의 것으로, 반장로교(反長老敎)의 모든 희망을 깨뜨릴 만한 교훈으로 끝났으며, 일등상을 획득했다. 이 작문이 오늘밤의 전 종목에서 최고의 걸작으로 평가되었다. 촌장은 이 작자에게 상품을 수여함에 앞서 돈독한 축사를 늘어놓았고, 이와 같은 명문은 일찍이 들은 적이 없고, 다니엘 웹스터(미국의 유명한 정치가이자 웅변가 1782~1852)까지도 자랑으로 여길 것이라고 칭찬을 아끼지 않았다.

여기서 이왕 말이 나온 김에 한마디 덧붙이자면, 전부터 작문을 통해서 무턱대고 '아름답다'는 말과 인간의 경험을 말하는 과정에서 '인생의 페이지'라고 한 것이 특히 눈에 띄었다고 말했다.

그 다음 이제 매우 의기양양해진 도빈스 선생은 천천히 의자를 옆으로 밀어 놓고 일어나서 청중에게 등을 돌리고는, 지리과 연습을 시작할 준비로서 흑판에다 미국 지도를 그리기 시작한 것인데, 손이 떨려서 마음대로 되지 않았고, 교실 안은 킥킥 웃는 소리가 잔물결처럼 일어났다. 선생은 이것을 깨닫고는 사태를 수습하기 위해 몇 개의 선을 지웠다가 다시 고쳐 그리고 했다. 그렇지만 그 성적이 이전만 못했고, 킥킥 웃는 소리가 점점 높아질 뿐이었다. 그래서 이번만큼은 웃음소리를 듣지 않으리라 결심하고는 모든 신경을 이 일에 집중시키기 시작했다. 선생은 전체의 시선이 자기에게로 집중되어 있는 것을 느꼈다. 이번엔 잘 됐다고 생각한 것이지만 웃음소리는 여전히 그치지 않고 커져만 갔다.

선생 머리 위에는 하늘로 난 창이 하나 붙어 있었고, 그것은 다락방으로 통해 있었는데, 이때 그 창에서 허리 중간을 끈으로 묶은 고양이 한 마리가 공중에서 내려오고 있었다. 고양이는 소리를 내지 못하도록 목과 턱이 헝겊으로 꽉 묶여 있었다. 조용히 내려오는 도중에 고양이는 몸을 비틀어 끈을 손톱으로 할퀴어 물어뜯고, 반응이 없는 공중에서 몸을 비비 꼬면서 야단이었다. 킥킥 웃음소리가 점점 높아지는 가운데 고양이는 안간 힘을 다하고 있는 선생의 머리 위 6인치 거리까지 육박해 내려왔다. 더욱 밑으로 내려간 고양이는 선생의 가발을 움켜쥐었다. 그 순간, 고양이는 전리품을 꽉 껴안은 채 다락방으로 휙 끌어 올려졌다. 선생의 대머리가 갑자기 흰 불빛에 찬란하게 빛났다! 왜냐하면 간판집 소년의 손으로 금박(金箔)이 온통 머리에 칠해져 있었기 때문이다. 이것으로 학예회는 중단되었다. 학생들은 앙갚음을 한 셈이다.

여름 방학이 되었다.*

---

* 이 장에 게재한 소위 〈작문〉은 『서부 소녀의 문장과 시』라는 책에서 원문 그대로를 옮긴 것으로, 여학생 특유의 분위기를 그대로 정확하게 보여주는 까닭에 서투른 모조품보다는 훨씬 적절하다고 생각한다.

톰 소여의 우울증

톰은 금주 동맹 소속 소년군의 복장이 매우 화려하고 마음을 끌었기 때문에 그 단체에 가입했다. 그리고 담배를 피우지 않고, 씹는 담배도 그만 중단하고, 신에 대한 불경스러운 언동은 일체 하지 않겠다고 맹세하였다. 그러자 그는 그 어떤 새로운 사실을 발견했다. 그것은 그 어떤 일을 하지 말자고 약속한다는 것은 결국 그 일을 하게끔 등을 떠미는 가장 확실한 방법이라는 것을. 이내 그는 술을 마시고 싶고, 장난을 치고 싶어 견딜 수가 없었다. 이 욕망은 점점 커져만 갈 뿐으로, 만일 새빨간 밴드를 허리에 두르고 으스대는 기회가 주어지지 않았다면 단번에 단체를 탈퇴해 버렸을지도 모른다.

7월 4일(미국의 독립기념일)이 다가오고 있었지만, 그 행사에 참가하겠다는 희망은 아예 먼 옛날에 단념하고 있었다. 입회한 지 채 48시간도 채 되기 전에 그만 단념하고는 좀 더 가까운 곳에서 치안판사인 프레이저 노인에게 희망을 걸기로 했다. 노인은 지금 임종에 임박해서 병석에 누워 있었기 때문에 언젠가는 죽고 말 것이 뻔한 일이지만, 지위가 높은 공무원이었으므로 죽으면 성대한 장례식이 거행될 것이 틀림없었다. 그래서 사흘 동안 톰은 무엇보다도 노인의 용태에 마음을 빼앗기고 그 뉴스에 귀를 기울이고 있었다. 어떤 때는 점점 그 희망이 분명해져 휘장을 팔에 두르고는 거울 앞에서 예행연습까지 해봤을 정도였다. 그러던 것이 판사의 용태가 짓궂게도 이상하게 변해서 방향을 바꾸었다는 발표가 있었고, 점차 쾌유되고 있다는 소식이 전해졌다.

톰은 분개했다. 사기를 당한 것만 같았다. 그래서 단숨에 동맹의 탈퇴서를 제출한 것인데, 공교롭게도 그날 밤에 판사는 용태가 급변해서 죽고 말았다. 이러한 인물은 두 번 다시는 신용하지 말자고 톰은 결심했다. 장례식은 성대함 그 자체였다. 행사에 참가한 소년군 행렬의 화려함은 이 새로운 탈퇴자로 하여금 부러운 나머지 분사(憤死)시키기에 족한 것이었다. 그러나 어쨌든 톰은 자유의 몸이 되었다. 그 속에는 무엇이 있을 것이 분명하다. 마시고 싶은 것을 마시고, 하고 싶은 욕을 할 수 있을 것이 분명하다. 그런데 뜻밖에도 그러한 것들이 조금도 하고 싶지 않았다. 해도 좋겠다고 하는 사실 그 자체가 도리어 욕망과 매력을 추방시켜 버리고 말았던 것이다.

머지않아 톰은 기다리고 기다리던 여름방학이 얼마간 맥이 빠지고 말았다는 것을 깨닫고는, 이게 도대체 어떻게 된 까닭일까 하고 이상하게 생각했다.

그는 일기를 쓰기로 작정하였다. 그런데 3일 동안 아무 일도 일어나지 않았기 때문에 그만 집어치워 버렸다.

그 동안에 일어난 일이라고는 우선 흑인 합창단이 이 마을로 와서 선풍을 일으킨 것이다. 톰과 조 하퍼는 연주자의 무리를 조직해서 이틀 동안은 지루하지 않게 지낼 수 있었다.

나흘째의 독립된 행사까지도 어떤 의미에서는 실패여서, 그날은 몹시 비가 왔다. 따라서 행렬은 중지 상태가 되고 말았다. 또 세계 최대의 인물 ─ 그렇게 톰은 믿고 있었다 ─ 실은 합중국 상원의원인 벤톤 씨, 그 역시 크게 기대에 어긋났다. 왜 그런가 하면, 신장이 25피트는커녕 그 근처에도 이르지 못하는 인물이었기 때문이다.

서커스가 들어왔다. 소년들은 그날부터 매일같이 카펫으로 텐트를 치고는 서커스 장난을 했는데 -- 입장료는 남자아이가 바늘 세 개, 여자아이는 두 개였다 - 이것도 사흘 이상은 계속되지 않았다.

점쟁이와 최면술사가 왔다. 그들이 떠난 후로는 마을은 점점 활기를 잃고 따분해 가기만 했다.

가끔 소년소녀의 파티가 열리기는 했지만 그 수가 너무도 적고 또 즐거웠으므로, 이것도 역시 다음 파티까지의 지루함을 한층 더 가중시켰을 뿐이다.

베키 대처는 이 휴가 기간 내내 돌아오지 않을 예정으로 양친을 따라 콘스탄티노플의 생가로 떠나버렸다. 이제 인생의 재미라고는 어디서도 찾을 길이 없었다.

다만, 예의 그 살인사건에 엉킨 무서운 비밀은 새삼스레 반성의 괴로움이 되었고, 부단히 마음을 괴롭힌다는 점에서 일종의 암과 같은 것이 되고 말았다.

그 다음에는 온 마을에 홍역이 퍼졌다.

톰은 그 병의 포로가 되어 2주일이라고 하는 시간을 세상과 단절된 채, 주변 현실과 고립된 채 쓸쓸하게 보냈다. 병이 매우 위중한 편이어서 어떠한 일에도 도무지 흥미가 일

지 않았다. 겨우 걸을 수 있게끔 회복이 되어 터덜터덜 마을
로 나가 보았더니, 주변 현실에는 우울한 변화가 일어나 있
었다. '종교부흥운동'이라는 운동이 일어나서, 누구나 '종교
심'을 갖게 되었으며, 더군다나 그게 어른들뿐만 아니라 어
린 아이들의 세계에까지도 뻗어 있었다. 어디서 악당 비슷
한, 마음이 당기는 얼굴은 없을까 하고 톰은 일루의 희망을
걸고서 이리저리 돌아다녀 보았지만 가는 곳마다 실망만을
맛보았다. 그는 조 하퍼가 성경을 열심히 읽고 있는 것을 보
고는, 이 가슴 아픈 장면을 힘없이 외면해 버리고 말았다.
벤 로저스를 찾았더니, 이 친구도 또한 신앙을 권장하는 전
단지를 주머니 속에다 잔뜩 집어넣고는 뒷골목을 이리저리
돌아다니며 나눠주고 있었다. 짐 호리스를 만났더니, 얼마
전에 앓은 홍역을 고마운 신의 경고로 받아들이라고 타일렀
다. 만나는 아이들마다 그의 무거운 마음에다 한 톤씩이나
무거운 짐을 더해 주었다. 갖고 있던 온갖 희망이 사라지자,
톰은 마지막으로 허클베리 핀에게 달려가서 호소해 보았지
만, 거기서도 성경 문구 이야기만을 들었다. 톰은 가슴이 천
근이나 된 듯이 무거워져 집으로 돌아와, 이 마을에서 자기
만 영원히 자기 또래에서 이탈되었다고 생각하면서 힘없이
침대 속으로 기어들어갔다.

그날 밤 무서운 폭풍우가 일고, 죽죽 쏟아지는 비, 고막을 뚫을 것 같은 천둥소리, 눈이 머는 게 아닌가 싶을 정도의 번갯불이 번쩍거려, 톰은 머리끝부터 이불을 푹 뒤집어쓰고는 이제는 영락없이 죽었다고 생각하고 이젠가 저젠가 천벌이 떨어지기를 기다리고 있었다. 이 난리는 자기 때문에 일어난 것으로, 자기가 하나님을 노하게 했기 때문에 이런 일이 생기고 말았다고 그는 믿었다. 벌레 한 마리를 죽이기 위해서 일개 포병을 동원했다면 톰으로서도 너무도 엄청난 화약의 낭비라는 것을 깨달았겠지만, 한 마리의 벌레와 다를 것이 없는 어린이 하나를 응징하기 위해서 이렇듯 대규모의 폭풍우를 일으켰다는 불합리에 대해서는 톰은 미처 생각하지 못했던 것이다.

얼마 후에 폭풍우는 점차 그 위세가 잦아들고, 목적을 관철하지 못한 채 물러가 버렸다. 톰의 최초의 결의는 이것을 감사히 여기고는 반성하고 뉘우치는 것, 제2의 결의는 잠시 기다려 본다는 것이었다. 당분간 폭풍우는 일 것 같지도 않았기 때문이다.

다음날 또 의사가 방문했다. 톰의 병이 재발했기 때문이었다. 반듯이 드러누운 채 보낸 이번의 3주간은 참으로 한 시대만큼이나 길고 지루했다. 겨우 외출할 수 있게 되었을 때에도 자기의 쓸쓸한 처지를 생각하고, 친구도 없이 외톨박이가 되었다고 하는 데 생각이 미치자, 목숨을 건져 낸 것도 그다지 고맙게 여겨지지 않았다. 무거운 마음으로 목표도 없이 터덜터덜 거리를 배회하고 있자니, 짐 호리스를 재판관으로 하여 아이들이 법정을 열고 죽은 참새를 앞에다 놓고 가해자인 고양이를 재판하는 광경이 눈에 들어왔다. 또 어떤 골목에서는 조 하퍼와 허클 핀 둘이 어디서 훔쳐온 참외를 먹고 있는 것을 발견했다. 옳지, 그들도 또한 톰과 마찬가지로 그 전에 앓던 병이 재발했던 것이다.

잠자는 유령—금이 가득 든 상자

졸음을 불러일으키는 듯한 마을의 노곤한 분위기를 마침내 뒤흔들 때가 오고야 말았다. 예의 그 살인 사건의 법정 심리가 열리게 된 것이다. 이 소식은 즉시로 온 마을의 화젯거리가 되었다. 톰은 이 문제에 온 신경이 집중되어 다른 곳으로 마음을 돌릴 틈이 없었다. 이야기가 이 살인사건에 모일 때마다 심장이 오그라들 것만 같았다. 왜냐하면 양심의 가책을 받고 공포에 벌벌 떨고 있었기 때문에, 이 이야기를 꺼내는 것은 자기의 '속을 떠 보기' 위한 짓이라고까지 생각되었다. 자기가 이 사건과 관계가 있다고 의심을 받을 리 없다는 것은 잘 알고 있었지만, 그래도 역시 이 화제의 한가운데 자기가 있다는 것을 깨닫는 것은 불쾌한 일이었다. 그 때문에 톰은 늘 전전긍긍 불안해하고 있었다. 톰은 허클과 이 이야기를 따져보기 위해 사람들의 눈을 피할 수 있는 장소로 허클을 불러냈다. 얼마 안 되는 시간일지라도 혀의 봉인을 뜯고서, 같은 고뇌의 벗에게 무거운 짐을 나누면 얼마간이라도 부담이 가벼워질지도 몰랐다. 게다가 또 허클이 맹세를 깨뜨리고 있지 않다고 하는 것을 확인해 두고 싶기도 했다.

"허클, 너 누구한테 말했어?"

"무엇을?"

"무엇이라니, 그것 말이지."

"아, 그것…… 천만에, 얘기하기는…….."

"한마디도 안했지?"

"당연하지. 한마디라도 한 줄 알아. 왜 그런 걸 묻는 거야?"

"걱정이 되잖아?"

"하긴, 너도 얘기만 해봐, 우린 이틀도 못 살 걸. 너도 그걸 뻔히 알잖아."

이 말을 듣고 톰은 크게 마음이 놓였다. 잠시 말문을 닫고 있다가,

"허클, 너, 누구한테 무슨 말을 들어도 절대로 얘기하지 않지?"

라고 물었다.

"그게 무슨 말이야? 그야 당연하지. 그 인디언 악당에게 강 속에 내팽개치지 않으려면, 누구에게 무슨 말을 들어도 발설하지 말아야지."

"좋아, 그럼 됐어. 안심해. 떠들지만 않는다면 문제없을 거야. 하지만 약속을 지키기 위해서 다시 한 번 맹세를 할까, 그러면 마음이 든든할 거니까."

"그래 좋아."

그래서 그들은 다시 한 번 엄숙하게 맹세를 했다.

"떠도는 얘기가 어떤 거야, 응, 허클? 나도 여러 가지 소문을 들었지만."

"떠도는 얘기? 어딜 가도 머프 포터, 머프 포터 이야기야. 그때마다 나는 식은땀이 잔등에서 흘러내려 어쩔 줄 모르겠더라구."

"나도 그래. 이제 머프는 다 틀렸지. 어때, 가끔 머프가 불쌍하다고 생각하지 않아?"

"가끔이 뭐야, 난 항상 그 생각뿐인데. 그 사람은 쓰레기와 같은 존재지. 하지만 나쁜 짓이라곤 한 번도 한 적이 없어. 고기를 낚아서 번 돈으로 전부 술을 마셔 버리거든. 그리고는 건달처럼 건들건들 놀고 있지, 아무 것도 안하고 말이야. 하지만 그게 뭐 그 사람뿐인가 ― 적어도 모든 사람이 다 그렇지 ― 목사님이니 뭐니 다 그래. 별로 다를 것이 없어. 그런데 머프 그 사람은 마음만은 천진해. 언젠가 한번은, 겨우 한 마리밖엔 낚지 못했는데도 그 낚은 고기의 절반을 나눠 준 적도 있어. 내가 재수가 나쁠 땐 늘 친절하게 내 편을 들어 주었지."

"그래, 나도 전에 연을 한번 고쳐 달라고 한 적이 있어. 그리고 낚싯줄을 매 달라고 한 적도 있고, 그 사람을 거기서 나오게 해줄 수만 있다면 참 좋겠는데."

"소용없는 일이야. 어림도 없어. 나오게 해 봐, 곧 붙잡히고 말걸 뭐."

"맞아, 곧 붙잡히고 말 거야. 하지만 모두가 그 사람을 악마처럼 생각하고 욕만 하는 것을 차마 들을 수가 없어."

"나도 그래, 톰. 이 나라에서 제일 나쁜 악당이니 먼 옛날에 벌써 사형을 당하지 않은 것이 이상하다는 등 사람들은 그를 못 잡아먹어서 난리라니까."

"맞아, 그런 소리들만 하더라, 정말. 언제더라, 한번은 만일 석방되는 날에는 개인적으로 폭행을 하겠다고 하던 데 그래."

"정말 그럴지도 몰라."

두 소년은 긴 시간동안 이야기를 주고받았지만 그다지 위안이 되지를 않았다. 황혼이 다가올 무렵, 그들은 자기들도 모르게 저절로 발길이 교회로 향했다. 이윽고 조그마한 감옥 부근을 배회하고 있었다. 그 동안에 혹시 무슨 일이 일어나서 자기들의 두통거리를 해결해 줄 것을 은근히 기대하고 있었을지도 모르지만, 아무 일도 일어나지 않았으며, 이 불행한 죄수를 구해 내려고 하는 천사와 여신은 아무 데도 없는 듯이 보였다.

두 소년은 지금까지 여러 차례 그랬던 것처럼 감옥 창가로 바싹 다가가서 포터에게 얼마간의 담배와 성냥을 넣어 주었다. 갇혀 있는 방은 1층이었고 간수는 없었다.

무엇을 넣어 준 것 때문에 고맙다는 말을 들을 때마다 두 소년은 양심이 스멀거리는 것이었지만 이때는 특히 가슴을 도려내는 것만 같았다. 그리고 포터가 이런 말을 했을 때 그들은 자기들이 더할 나위 없는 겁쟁이고 정직치 못한 것만 같았다.

"너희들은 이런 나를 잘도 위로해 주는구나. 이 마을에서 너희 둘만큼 친절하게 나를 대해 주는 사람은 정말 없어. 난 잊어버리지 않아. 평생 동안 잊지 않을 거야. 나는 가끔 이런 혼잣말을 중얼거린단 말이야. '난 언제나 연을 고쳐 주기도 하고, 좋은 낚시터를 가르쳐 주기도 하고, 될 수 있으면 아이들과 사이좋게 지내왔지만, 이런 일을 당하고 보니 누구 하나 내 생각을 해 주는 아이라고는 없더라. 그런데 톰은 잊어버리지 않아, 허클은 잊어버리지 않는다는 말이야. 이 두 애만은 날 생각하고 있어. 그러니까 나도 이 두 아이만은 잊지 않을 테야' 하고 말이야. 그런데 말이야, 애들아, 내가 기막힌 짓을 했단 말이야. 취해 있었기 때문에 나도 모르는 사이에 그런 짓을 저질렀을 거야. 그렇게밖에는 생각되지 않지만. 그렇지만 나는 그것 때문에 교수형을 당할 거란 말이야. 당연히 그렇겠지. 그게 정말이고 나에게도 차라리 그 편이 나아. 내 생각은 그래 — 아냐, 이런 이야기는 집어치우자구. 기분 나쁘게 생각하지 마. 친한 사이니까. 하지만 꼭 하나만은 당부해 두고 싶어. 그게 뭐냐 하면 술을 먹지 말라는 거야. 술만 먹지 않는다면 누구도 이런 데를 들어올 까닭이 없어. 좀 더 저쪽으로 비켜 서 줘. 좋아, 이젠 됐어. 이런 처량한 처지에 빠지면 친절한 사람의 얼굴을 보는 것만으로도 무엇보다도 위안이 되거든. 너희들 외에는 누구 하나 여기에 얼씬도 하지 않아. 친절하고 잘생긴 얼굴들이군 — 잘생긴 얼굴들이야. 하나씩 차례로 내가 좀 만질 수 있게 해 봐. —
　좋아, 됐어. 자, 악수를 하자구. 너희들은 손이 들어오지만 내 손을 커서 창살에 걸려 나갈 수가 없어. 작고 예쁜 손이로구나……. 그런데 이 조그만 손이 나 머프 포터에게 힘을 주거든. 앞으로도 계속 나를 도와주겠지.”

톰은 쓸쓸한 마음을 안고 집으로 돌아왔다. 그날 밤의 꿈은 더할 나위 없이 무서운 것이었다. 다음날과 그 다음 다음 날 톰은 재판소 앞을 왔다 갔다 하면서, 거의 저항할 수 없는 힘으로 해서 안으로 끌려 들어가려는 것을 가까스로 버티고 서 있었다. 허클도 똑같은 것을 경험하고 있었다. 그들은 되도록 서로 피하려고 하면서 가끔 그곳을 떠나 보는 것이지만, 얼마 후에는 똑같은 엉큼한 인력이 또다시 그들을 끌어당기는 것이었다. 일 없이 방청하던 사람들이 밖으로 나올 때마다 톰은 바싹 귀를 기울였지만, 언제나 신통한 소식이라고는 하나도 없었다. 사태는 점점 무정하게도 포터에게 불리해 갔다. 이틀째가 끝났을 때, 마을에 떠도는 소문으로는 인디언 조의 증언이 결정적인 것으로 되어, 앞으로 배심원들이 어떠한 판정을 내릴 것인가는 의심의 여지도 없는 것으로 되어 버렸다는 것이다.

그날 밤, 톰은 밤이 늦어서야 집으로 돌아왔다. 언제나처럼 창을 통해서 자기 방으로 들어온 것이지만, 몹시 흥분한 상태여서 몇 시간씩이나 잠을 이루지 못했다. 다음 날 아침 마을

사람들은 하나둘씩 재판소로 모여들었다. 오늘 드디어 판결
이 내려지는 것이다. 방청석을 가득 메운 사람들은 남자와 여
자가 절반씩이었다. 한참 지루해 하고 있을 무렵에 배심원들
이 일렬로 쭉 늘어서서 안으로 들어와 각자 자기 자리에 앉
았다. 얼마 후 얼굴이 창백하고, 수척해질 대로 수척해진 포
터가 손에다 쇠고랑을 찬 채 힘없이 끌려 안으로 들어와 청
중의 호기심어린 시선을 한 몸에 받으면서 피고석에 앉았다.
그리고 그에 못지않게 사람들의 시선을 모은 것은 언제나 다
름없이 뚱한 얼굴을 하고 있는 인디언 조의 모습이었다. 잠시
침묵이 계속된 후 재판관이 참석하고, 경찰서장이 개정을 선
언했다. 일정한 식대로 변호사의 상호 타협과 서류의 교환이
이루어지고, 이러한 세세한 사무와 그만큼 개정이 늦어지는
것이 도리어 인상적이며 매력적인 어마어마한 분위기를 자아
내 주었다.

증인 하나가 불려 나와서, 살인사건이 발각되던 날 새벽
머프 포터가 개울에서 몸을 씻고 있더라는 것, 그러더니 곧
어물어물 그곳을 도망쳐 버리더라는 것을 증언했다. 두서너
명의 심문이 진행된 다음에 검사가 말했다.

"증인에게 질문이 있으시다면."

이 말에 피고는 얼른 얼굴을 쳐들었으나 이내 자기 변호

사가 이렇게 대답하는 소리를 듣고 또다시 눈을 떨어뜨렸다.

"질문 없습니다."

다음 증인은 시체 근처에서 칼을 발견했다고 증언했다. 검사는 다시 말을 이었다.

"증인에게 질문이 있으면……."

"없습니다."

세 번째 증인은 그 칼을 포터가 가지고 있는 것을 몇 번이나 보았다고 증언했다.

"질문이 있으시다면."

포터의 변호사는 또다시 질문을 하지 않았다. 방청인들의 얼굴에 불만의 기색이 떠돌기 시작했다. 이 변호사는 아무런 노력도 하지 않고 의뢰인의 생명을 던져 버리려고 하는 것일까?

더욱이 몇 명의 증인이 불려 나와서 각기 만행의 현장에 나타났을 때 포터가 보인 수상한 거동에 대해서 진술했다. 그들은 모두 반대 심문을 받는 일도 없이 증인대에서 내려왔다.

이와 같이 그날 아침 묘지에 있던 자라면, 아직 누구나 다 기억하고 있을 당시의 상태에 관해서 자세한 증언이 이루어지고, 모두가 피고에게는 불리한 것이었지만 어느 증인도 포

터의 변호사로부터 반대 심문을 받는 일이 없었다. 방청인의
불만과 의문은 점점 농후해 갔고, 장내가 떠들썩하게 되었
고, 마침내는 재판장의 주의가 떨어졌다. 검사가 말을 이었
다.

"시민 여러분의 신뢰할 수 있는 증언에 대하여 우리들은
이 무서운 범행이 피고의 소행이라고 하는 것을 시인합니다.
따라서 본건의 심리는 이것으로 끝마치기로 하겠습니다."

가엾은 포터의 입에서는 신음소리가 흘러나왔고, 두 손으
로 얼굴을 가린 채 앞뒤로 몸을 흔들었다.

무거운 침묵이 법정 안을 눌렀다. 많은 여자들이 동정의
눈물을 흘렸다. 그때 피고의 변호사가 일어서서 입을 열었
다.

"재판장님, 이번 심리에 있어 우리들은 애당초에 피고가
만취의 결과 무의식중에 이 범행을 저지른 것으로, 이것을
증명하려고 노력하겠다고 암시한 바 있습니다만, 우리들은
이제 이 의견을 바꾸기로 했습니다. 지금 말씀드린 것에 관
해서는 주장을 철회합니다. (다음 서기를 향하여) 토마스 소
여를 불러주시오."

순간 모든 사람들의 얼굴에서 이상하다는 놀라움의 안색
이 떠돌았다 — 포터까지도 예외가 아니었다. 톰이 나타나 증

언대로 올랐을 때 모든 사람들의 눈초리가 경이와 흥미를 가지고 그를 주시했다. 소년은 겁을 먹었고 그로 인해 안절부절 도 못하는 모양이었다. 늘 하는 식대로 선서가 이루어졌다.

"토마스 소여, 6월 17일 밤 12시 전후에 너는 어디에 있었지?"

톰은 인디언 조의 무쇠와도 같은 굳은 얼굴을 보았을 때, 혀가 말을 들어 주지 않았다. 방청인은 숨소리를 죽이고는 귀를 기울였지만, 톰은 아무 말도 할 수가 없었다. 그러나 잠시 후에는 얼마간 마음의 안정을 찾은 뒤, 바로 근처에 있는 사람들에게만 들리는 아주 작은 소리로 겨우 이렇게 대답했다.

"묘지에 있었습니다!"

"좀 더 큰 소리로 말해 봐. 무서워할 거 없다. 너는 어디 ……."

"묘지에 있었습니다."

사람을 비웃는 듯한 미소가 인디언 조의 얼굴에 떠올랐다.

"호스 윌리엄즈의 무덤 근처에 있었단 말이지?"

"예."

"정확하게 좀 더 큰 소리로 말해 봐. 얼마나 가깝게 있었단 말이지?"

“저와 아저씨 정도의 거리였어요.”

“숨어 있었나?”

“예.”

“어디에?”

“무덤 바로 옆 느릅나무 뒤에 있었어요.”

인디언 조가 희미하게 몸을 꿈틀거렸다.

“누구와 같이 있었지?”

“예. 그때 같이 간 것은……”

“아아, 좋아. 이름은 대지 않아도 좋아. 필요하다면 나중에 그 사람을 부르면 되니까. 그런데 그때 너는 거기에 뭘 가지고 갔었지?”

톰은 말을 못하고 당황의 빛이 얼굴에 떠올랐다.

“어서 말해 봐! 망설이지 말고. 정직하게 말하는 것은 훌륭한 일이야. 뭘 가지고 갔었지?”

“사소한 거예요. 고양이 죽은 거요.”

웃음소리가 물결쳤고, 재판장이 이를 제지했다.

“그렇다면 그 죽은 고양이를 증거품으로 제시하도록 하지. 자, 그럼 우리들에게 모든 걸 말해봐. 보통 이야기하는 것처럼 조금도 빠뜨리지 말고, 그리고 무서워하지도 말고.”

톰은 이야기를 꺼내기 시작했다. 처음에는 머뭇머뭇 말이

중단되곤 했지만, 이내 익숙해져 술술 나왔고, 잠시 동안 톰의 말소리 이외에는 아무 소리도 들리지 않았다. 모든 눈이 톰에게로 쏠려 방청인은 입을 벌리고 숨을 죽여 가며 귀를 기울이고 있었고, 이 이야기가 가진 무시무시한 매력에 사로잡혀 시간이 흐르는 것을 잊고 있었다. 잔뜩 눌린 그들의 감정이 절정에 달한 것은 톰이 이런 말을 했을 때였다.

"―그리고 의사 선생님이 나무토막으로 내리쳐서 머프 포터가 쓰러졌을 때, 인디언 조가 칼을 들고 달려들어―."

와장창 하고 유리 깨지는 소리! 혼혈아 조는 번갯불과도 같이 날쌔게 창문으로 뛰어들어 모든 방해자를 뒤로 물리고 어디론가 자취를 감추고 말았다.

톰, 마을의 영웅이 되다

다시 한 번 톰은 마을의 빛나는 영웅이 되었다. 마을 어른들로부터는 귀염을 독차지 했고, 아이들로부터는 선망의 대상이 되었다. 그의 이름은 이제 영광스러운 활자로까지 새겨졌다. 마을의 신문이 보도를 하기 시작했기 때문이다. 만일 살아가는 도중에 교수형만 받지 않는다면 곧 어떠한 대통령이 될 지도 모르겠다고 그렇게 믿는 사람도 있었다.

언제나 그렇듯이 감정적이고, 식견이라는 것은 그리 깊지도 않는 세상은, 이번에는 머프 포터에 대해서 이전에 업신여기던 것 이상으로 쩧고 까불었다. 그러나 이번의 경우는 세상을 위해서 하는 일로 비난과는 거리가 멀었다.

톰의 하루하루는 의기양양하고 빛나는 것이었지만, 그것은 낮에만 한정된 것이었고, 밤은 공포의 도가니 속에 갇혀 지내는 것이었다. 꾸는 꿈마다 인디언 조가 나타나 살기 가득한 눈으로 그를 흘겨보았다. 밤이 되어 어두워지기만 하면 아무리 큰 유혹을 받아도 톰은 외출을 할 수가 없었다. 허클도 비참하고 무서운 점에서는 톰과 다를 바가 없었다. 왜냐하면 그 재판 전날 밤에 톰이 모든 것을 변호사에게 말해버렸기 때문이다. 인디언 조가 도망을 쳤기 때문에 허클은 법정에 호출을 받지는 않았지만 자신이 사건에 관계된다는 사실이 혹 새어나가지나 않을까 하고 걱정되어 견딜 수가 없었다. 그래서 생각 끝에 허클은 일부러 그 변호사를 찾아가서, 비밀을 지켜 줄 것을 약속해 달라고 했지만 아무 소용이 없었다. 톰이 양심의 가책을 견딜 수 없어 밤에 몰래 변호사의 집을 찾아 가서, 굳고 엄숙한 맹세를 하며 허클에게 말했던 무서운 비밀을 털어 놓은 뒤로부터, 허클은 인간에 대한 신뢰감에 적잖은 타격을 받았다.

한편 톰은 머프 포터가 기뻐 날뛰는 모습을 볼 때마다 자기가 한 일이 잘한 일이라고 생각하였다. 그러나 그것은 낮에만 국한된 일이었고, 밤이 되면 가만히 있을 걸 괜히 그런 짓을 했다고 후회가 앞을 가렸다. 어떤 때는 인디언 조는 절대로 체포되지 않을 것이라고 생각하기도 하고, 또 어떤 때는 체포되고 말 것이라고도 생각하였다. 어느 쪽도 확신이 없었지만 이 사나이가 죽어서 자기 눈으로 그 시체를 보기까지는 평온한 숨을 쉴 수 없으리라는 것은 틀림없었다.

마을 일대에 현상금이 붙어 인디언 조가 수배되었지만 아직도 체포되지는 않았다. 그 어디나 다 있는 사람을 공포의 도가니 속에다 빠뜨리고 마는 그 무시무시한 일의 하나는 탐정이 세인트루이스에서 와서 그럴 듯한 얼굴로 그 근처를 찾아다니며, 머리를 끄덕이고, 다 안다는 얼굴을 하는 것이었다. 이것은 일견 성공을 거두었다. 그러나 그 성공이라는 것은 그의 동업자가 보통 거두는 것과 다름이 없는 그런 종류의 것이었다. 일종의 '단서'를 발견했을 뿐이었다. 그러나 '단서'를 근거로 살인범이라고 단정해서 교수대에 보낼 수는 없는 법. 탐정이 임무를 완수하고 돌아간 후에도 톰의 불안은 전과 조금도 다를 것이 없었다.

시간이 서서히 지나갔다. 하루하루가 흘러감에 따라 점차 조금씩 마음속의 무거운 짐도 가벼워 갔다.

보물찾기

평범한 특성을 가진 소년이라면 언젠가 한번은 어디다 파 묻어 둔 보물을 파내고 싶다는 욕망에 사로잡혀 안절부절 못하는 경우가 있다. 톰은 어느 날 갑자기 이런 욕망에 사로 잡혔다. 그는 우선 조 하퍼를 찾았지만 찾을 수 없었다. 그 래서 이번에는 벤 로저스를 찾았지만, 그는 낚시를 하러 나 가 집안에 없었다. 그때 그는 뜻하지 않게 '사람 백정' 허클 핀을 만났다. 허클이라면 좋은 상대가 된다. 그래서 톰은 그 를 사람이 없는 조용한 곳으로 불러서 이 계획을 털어놓았 다. 허클은 그 말을 듣자마자 바로 찬성했다. 재미가 있고, 돈이 들지 않는 일이라면 허클은 무엇이든 찬성했다. '시간

은 돈이다'라고 하지만, 그는 돈이 아닌 그러한 종류의 시간
을 무한정으로 가지고 있는 것이다.

"어디를 파 볼까?"

허클이 먼저 물었다.

"아무 곳이나 어때."

"글쎄, 아무 곳에나 있단 말이야?"

"그렇지는 않아. 어떤 정해진 자리에 묻혀 있는 법이야.
예를 들면 섬이나, 오래 되고 썩은 나무 아래에 마침 밤 12
시에 큰 가지의 그림자가 떨어지는 장소와 같은 곳에 있는
썩은 나무상자 속에 들어 있는 거야, 알겠어? 하지만 보통은
도깨비집 마루 아래에 파묻혀 있어,"

"거기다 누가 파묻었을까?"

"그야 도둑놈이지. 누구라고 생각해, 너는? 주일학교 선생
이라고 생각했어?"

"그건 아니지만…… 나라면 파묻지는 않지. 마구 써 버리
면서 놀아야지."

"물론 나도 그래. 그런데 도둑놈은 그렇지는 않아. 반드시
어디다 감춰 둔다니까."

"나중에 가지러 오겠지?"

"물론 가지러 오겠지만 표시해 둔 곳을 잊어버리거나 죽

는 경우가 있어. 어쨌든 오랫동안 파묻혀 있었기 때문에 온통 녹투성이가 되어 있어. 그 후 누군가 그 장소를 표시해 놓은 누런 종이를 발견한단 말이야. 그렇지만 그것을 읽는 데 일주일이나 걸리지. 표시된 게 부호거나 아니면 상형문자이니까."

"상…… 뭐라고?"

"상형문자 말이야. 그림이나 부호로 씌어 있어. 얼핏 보아서는 뜻이 있는 것처럼 보이지 않아."

"그런 종이를 너도 가지고 있어?"

"아니."

"그럼 무슨 수로 그 표를 알아낸단 말이야."

"표는 무슨 표야? 도깨비집이니, 섬이니, 큰 가지가 툭 튀어나와 있는 죽은 나무 아래니 하는 그런 장소가 틀림없어. 오전에 잭슨 섬에서 조금 찾아보았지만 다시 한 번 해보는 것도 좋아. 그리고 스틸하우스 강을 올라가면 오래된 도깨비집이 있고, 죽은 나무도 얼마든지 있거든. 이루 헤아릴 수 없을 정도로 많다구."

"그런 장소라면 어디나 다 묻혀 있어?"

"이 바보, 그렇지는 않지."

"그러면 그 중에서 어느 것인지 알 수 없잖아?"

"그러니까 처음부터 일일이 살펴봐야지."

"그렇게 하면 여름 내내 걸리겠다, 톰?"

"그러면 어때? 쇠 항아리에서 번쩍번쩍 빛나는 금화가 100달러나 나와 봐. 또는 낡고 찌그러진 상자 속에서 다이아몬드가 가득 차 있다면 어떻게 되지. 여름 내내 걸린다는 게 그게 뭐 대수야!"

허클의 눈은 광채로 빛났다.

"멋지다, 정말 멋져. 그럼 그 100달러는 나에게 줘, 다이아몬드는 필요 없으니."

"그래, 그 대신 다이아몬드는 한 개도 안 준다. 그 중에는 한 개에 20달러나 되는 것도 있어. 아무리 작은 거라도 75센트에서 1달러는 해."

"뭐! 정말이야?"

"그럼, 정말이지. 모르는 사람이 없어! 넌 다이아몬드를 본 적이 있니?"

"없어."

"임금님은 얼마든지 가지고 있어."

"그런데 나는 임금님은 몰라."

"물론 그렇겠지. 여기는 없지만 유럽에 가면 얼마든지 깡충깡충 뛰어 다니고 있어."

"임금님이 깡충깡충 뛰어?"

"뛰냐고? 바보, 임금님이 무슨 이유로 뛰겠어."

"조금 전 네가 그렇게 말했잖아, 뛴다구."

"바보 같으니, 유럽에 가면 얼마든지 있다고 했을 뿐이야 — 뛰긴 뭘 뛰어 — 뭣 땜에 뛴다는 거야? 결국 내 말은 거기 가면 얼마든지 널려 있다는 얘기야. 예를 들면 X 리처드 같은 것이 말이야."

"리처드? 성은?"

"리처드 외엔 아무것도 없어, 딴 이름은. 왕에겐 성은 없는 거야."

"이상한데."

"이상하긴 뭐가 이상해."

"흥, 왕이 성이 필요 없다면 그래도 상관없어. 하지만 난 왕이 되는 건 딱 질색이야. 이름뿐이라면 검둥이 같아서 싫어. 좋아 그러면…… 어디서부터 시작할까?"

"그래. 어떻게 하지? 스틸하우스 강 저쪽 언덕 위에 있는 죽은 나무 아래를 파 볼까, 어때?"

"좋아."

둘은 끝이 망가진 곡괭이와 삽을 들고, 3마일 정도의 도보 여행을 떠났다. 얼마 후 그들은 땀을 뻘뻘 흘리고 숨을

헐떡거리면서 목적지에 도착해서, 느릅나무 아래에 풀썩 주
저앉아 쉬면서 우선 담배부터 한 대 피워 물었다.

"재미있는데."

톰이 좋아서 말했다.

"나도 재미있어."

허클도 맞장구를 쳤다.

"야, 허클, 여기서 보물이 나오면 너는 어떻게 할 거야?"

"글쎄, 어떻게 할까. 매일 파이를 먹고 소다수나 마실까.
그리고 서커스가 올 때마다 구경이나 가구. 그러면 정말 재
미날 거야."

"그럼, 저축은 조금도 안하고?"

"저축? 뭣 때문에?"

"뭣 때문이냐고? 불려서 재산을 만들어야지."

"그런 게 무슨 소용이야. 빨리 써 버리지 않으면 그 사이
에 아빠에게 들킬 게 아냐. 그러면 단번에 뺏기고 말 텐데."

"난 새 북을 살 거야. 그리고 잘 드는 칼과 빨간 넥타이와
불독을 한 마리 사서 그 다음엔 결혼을 할 거야."

"결혼!"

"그래."

"톰, 너 돌았구나."

"이제 조금 있으면 알게 돼."

"결혼과 같은 바보짓은 이 세상에 없어. 우리 엄마와 아빠를 좀 보란 말이야. 싸움을 안 하는 날이 거의 하루도 없잖아. 나는 너무나 잘 안다고."

"그렇지 않아. 내가 결혼하는 여자는 싸움 같은 건 안 한다고."

"톰, 그렇지 않을 걸. 여자라고 하는 건 모두가 다 똑같아. 좀 더 신중하게 생각하는 게 좋을 걸. 그런데 싫은 소리 안 할 테니, 그 여자애 이름은 뭐야?"

"여자애가 아냐. 처녀라구."

"같은 거 아냐. 사람에 따라 여자애라고도 하고 처녀라고도 해. 둘 다 맞는 말이라구. 그런데 어쨌든 이름이 뭐야, 그 여자애?"

"언젠가 말해줄게. 하지만 지금은 말하기 싫어."

"좋아, 그럼 그렇게 해. 하지만 네가 결혼하면 나는 쓸쓸해지겠어."

"아니야. 우리 집에 와서 같이 살면 되잖아. 이젠 그런 얘기는 그만두고 보물이나 찾자구."

두 소년은 땀을 뻘뻘 흘리면서 거의 30분 동안을 계속해서 땅을 팠다. 아무것도 나오지 않았다. 또 파 보았다. 그래도 아무것도 나오질 않았다. 허클이 말했다.

"이렇게 깊이 묻었을까?"

"그럴 수도 있지만 늘 그런 건 아닐 거야. 대개는 그리 깊지는 않아. 장소를 잘못 고른 게 아닐까?"

이번에는 장소를 바꾸어서 다른 곳을 파기 시작했다. 둘은 아까보다는 힘이 빠졌으나 그래도 파기는 얼마간 팠다. 두 소년은 묵묵히 자꾸만 파 나갔다. 이윽고 허클이 삽을 짚고 기대서서 구슬처럼 흐르는 땀을 이마에서 훔치면서 물었다.

"이곳이 끝나면 어디를 팔까? 카디프 언덕의 과부댁 뒤편에 있는 고목나무 아래는 어떨까?"

"아마 거기라면 분명히 있을 거 같은데, 과부댁에게 빼앗기고 말지는 않을까? 그 사람 땅이니까."

"빼앗아? 물론 빼앗고 싶겠지. 하지만 묻혀 있는 보물을 파낸다면 그건 파낸 사람의 몫이야. 누구 땅이건 그건 상관이 없어."

그렇다면 마음이 놓였다. 발굴은 계속 되어 나갔다. 얼마 후에 허클이 투덜거렸다.

"에고! 또 장소를 잘못 택했어. 톰 너는 어떻게 생각해?"

"나도 좀 이상해. 이럴 리가 없는데…… 마녀가 방해를 하고 있을지도 몰라. 흔히 그런 일이 있어. 아마도 그래서 보물이 나타나지 않는 거야."

"이런 바보! 한낮에 마녀가 어디 있어."

"하긴, 그건 그래. 정신이 나갔군. 옳지, 알았다! 이런 바보들 같으니라구! 한밤중 12시에 큰 가지의 그림자가 떨어지는 곳을 파면 돼!"

"아니, 그렇다면 지금까지 애쓴 건 다 헛수고였단 말이야? 옳지, 그런데 너무 늦지 않아? 그렇다고 과연 보물이 나올까?"

"틀림없이 나와. 무슨 일이 있어도 오늘밤 사이에는 끝내 버려야 하는 거야. 누가 이 구멍을 발견하면 그것을 단번에 눈치 채고는 자기가 찾아가 버릴 테니까."

"그래, 좋아. 이 도구는 덤불 속에 감춰 두자."

그날 밤 두 소년은 예정했던 시간에 또다시 이곳에 나타났다. 그들은 나무 아래 걸터앉아서 시간을 기다렸다. 장소도 장소고, 또 옛날의 전설을 생각하니 무섭기가 그지 없었다. 바스락 하고 떠는 나뭇잎이 도깨비가 속삭이는 소리처럼 들렸고, 또 컴컴한 구석에 도깨비가 숨어 있는 것처럼 생각되었다. 어디선가 멀리서 개 짖는 소리가 들려오고, 올빼미가 음침한 목소리로 이에 대답했다. 이러한 무시무시한 분위기에 압도되어 두 소년은 거의 말도 못하고 움츠려 있었다.

얼마 후 12시라고 생각되는 시간이 되었다. 그들은 나뭇가지의 그림자가 떨어진 곳에다 표시를 해 놓고는 그곳을 파기 시작했다. 그들은 희망에 가슴이 두근거렸다. 점점 흥미가 더해짐에 따라 그들의 땅파기도 이에 보조를 맞추었다. 구멍은 점점 깊어만 갔다. 곡괭이 끝이 무엇에 부딪쳐 소리를 낼 때마다 그들의 가슴은 뛰었다. 그러나 그때마다 실망했다. 곡괭이에 맞은 것은 돌이 아니면 나무토막이었다. 이윽고 톰이 말했다.

"안 되겠다, 허클. 여기도 아닌가 봐."

"그렇지 않을 거야. 분명히 여기에 그림자가 떨어졌잖아."

"그렇긴 하지만, 또 하나 중대한 일이 있어."

"그게 뭐야?"

"밤 12시 정각이라는 조건. 우리는 되는 대로 추측했을 뿐이지만 사실은 전이었을지도 모르고 후였을지도 모르잖아."

허클은 삽을 손에서 떨어뜨렸다.

"그래 맞는 말이야. 그래서 잘 되지 않았구나. 그럼 여기는 그만두자. 사실 시간을 알 도리가 없고, 또 기분이 너무 안 좋아. 이런 외진 곳은 12시가 되면 도깨비와 귀신이 우글우글할 거야. 자꾸 뒤에 누가 있을 것만 같아서 안 되겠어. 여기 와서부터 난 걸을 때에도 가만히 살살 걷고 있다니까."

"그래, 그건 나도 마찬가지야, 허클. 보물을 묻을 땐 대개 죽은 사람과 함께 묻어서 그 시체가 보물을 지키게 하는 거야."

"정말?"

"그럼 정말이지. 어느 책에나 다 그렇게 씌어 있어."

"톰, 나는 죽은 사람 옆에서 이렇게 있기는 싫어. 뭐 뾰쪽한 수가 없을까?"

"나도 그런 사람이 나타나는 건 딱 질색이야. 해골바가지가 쑥 나타나 뭐라고 얘기할 걸 생각해 보란 말이야."

"그만해, 톰! 무서워!"

"알았어, 허클, 조금도 좋은 기분이 아냐."

"톰, 여기는 그만 파고, 다른 곳을 파 보자."

"그게 좋겠어."

"어디로 할까?"

톰은 잠시 생각했다.

"도깨비집이 좋겠어."

"싫어, 톰. 도깨비집은 딱 질색이야. 죽은 사람보다 유령이 몇 배나 무서워. 죽은 사람은 무슨 말을 할지는 모르지만, 수의를 몸에 걸치고 모르는 사이에 쑥 들어오거나, 어깨 뒤에서 쑥 얼굴을 내밀고는 유령이 하는 식으로 히죽 웃지는 않을 거니까. 난 정말 질색이야, 톰. 이걸 좋아할 사람은 이 세상에 없을 걸.”

“그건 그래. 하지만 허클, 유령은 밤이 아니면 나오지 않는 법이야. 그러니까 낮이라면 문제없어. 방해를 못할 거야.”

“그렇겠지…… 하지만 낮이고 밤이고 간에 그 집에는 아무도 안 가. 너도 그런 사실은 알고 있지?”

“응, 하지만 그건 거기서 사람이 맞아 죽었기 때문이야. 그래서 가기 싫어하는 것이지, 그 외에는 다른 이유가 없어. 그 집에서 이상한 일이 일어났던 것은 주로 밤이고, 그것도 창가를 파란 불이 훨훨 날고 있었을 뿐 진짜 유령이 나온 적은 없었어.”

“그렇지 않아, 파란 불이 훨훨 날아다니면 그 뒤에는 반드시 유령이 나타나는 법이야. 왜냐하면 유령 외에 파란 불을 사용하는 놈은 없으니까 말이야.”

“그렇긴 해. 하여튼 낮에는 나타나지 않으니까 무서워할 필요는 없어.”

“그래, 알았어. 그렇게까지 니가 원한다면 도깨비집으로 가자. 하지만 난 그다지 마음이 내키지는 않아, 정말로.”

이런 말을 주고받으며 그들은 언덕에서 내려오고 있었다. 저만큼 멀리 달빛을 받고 있는 골짜기 중간쯤에 문제의 ‘도깨비집'이 있었다. 황폐할 대로 황폐해져 있었고, 담 같은 것은 먼 옛날에 벌써 없어져버렸으며, 입구 계단은 무성하게 자란 잡초 덤불 속에 파묻혀 있었다. 연통은 쓰러지고 유리창은 모두 없어지고 창틀만이 크게 입을 벌리고 있었고, 지붕 한쪽은 무너져 떨어지고 없었다. 그들은 창에서 파란 불이 나타나기를 반쯤 기대하는 마음으로 눈길을 그쪽으로 돌리고서 잠시 지켜보았다. 그리고 그런 장소와 시간에 어울리는 낮고 작은 소리로 소곤거리며 오른쪽으로 크게 돌아, 그 집에서 가능한 한 멀리 떨어져서 카디프 언덕 뒤쪽 숲에서 나와 마을로 돌아왔다.

도깨비집 탐험

다음날 정오경에 두 소년은 고목이 있는 곳에 도착하였다. 도구를 가지러 온 것이다. 톰은 일분이라도 어서 서둘러 도깨비집으로 가서 땅을 파고 싶었다. 허클도 같은 기분이었지만 돌연 이런 말을 했다.

"야, 톰, 오늘이 무슨 날이지?"

톰은 마음속으로 재빨리 요일을 따져 보았고, 순간 깜짝 놀랐다는 듯이 얼굴을 들어올렸다.

"맞아, 그래! 전혀 몰랐었군!"

"깜빡 잊고 있었어. 돌다리도 두들겨 보고 가라더니 그게 맞는 말이야, 응, 허클. 금요일에 이런 일을 하다니 혼날 뻔했어.”

“그렇지? 그렇지가 다 뭐야, 뻔한 일이지. 다른 날이라면 재수가 좋을 지도 모르지만 금요일에는 어림도 없어.”

“그런 것은 아무리 바보라도 모르는 사람이 없어, 허클. 내가 제일 먼저 그걸 발견한 사람이라고.”

“물론이지, 내가 언제 안 그렇다고 했어? 어쨌든 금요일에는 안 돼. 더군다나 어젯밤엔 이상한 꿈을 꾸었거든. 쥐 꿈을 꾸었다니까.”

“그래, 큰일인데, 언짢은 일이 있을 징조야. 그 쥐가 싸움을 했어?”

“아니.”

“그럼 됐어. 싸움을 안 했다면 안 좋은 일이 있을지도 모른다는 징조뿐이니까. 조심을 해서 재수 없는 일에 걸려들지 않도록 하면 돼. 어쨌든 오늘은 쉬면서 놀기로 하자. 허클, 너 로빈 후드를 아니?”

“글쎄, 로빈 후드가 누군데?”

“영국의 용감한 사람으로 가장 훌륭한 사람이지. 산적이야.”

“응, 나도 그런 사람이 되었으면 좋겠어. 그런데 누구 것을 훔쳤어?”

"지방 장관이니 관리니, 부자니, 왕이니 하는 그런 사람들의 것만 훔쳤어. 가난한 사람을 괴롭힌 적은 한 번도 없었고, 늘 가난한 사람들의 편이었어. 그래서 언제나 훔친 걸 공평하게 그 가난한 사람들에게 나누어 주었다지 아마."

"그래 대단한 사람이었구나, 정말로."

"물론이지. 사실, 그 누구보다도 훌륭한 사람이야. 그런 사람이 다시는 없을 거야. 한 손을 등 뒤에다 묶어 놓으면 왼손만으로도 영국의 누구라도 때려눕힐 수 있었다니까. 그 사람에게 소나무로 만든 활만 갖게 하면 1마일 반이나 떨어진 곳에서도 10센트짜리 은화를 쏘아 백발백중이었다니까, 굉장하지 않아?"

"소나무 활이 뭔데."

"자세히는 몰라. 활 종류의 하나인가 봐. 그리고, 은화 한복판이 아니라 그 주위에 맞으면 분해서 거기 털썩 주저앉아서 그만 엉엉 울었다는 거야. 그 로빈 후드 장난을 하고 놀까. 내가 가르쳐 줄게."

"좋아, 그러자."

두 소년은 동경의 눈길을 주며 내일 할 일의 결과에 대해서 의견을 교환했다. 해가 점차 서산으로 가라앉기 시작할 무렵, 그들은 나무들의 긴 그림자를 밟으면서 집 쪽으로 향해 걸음을 재촉했고, 얼마 후에는 카디프 언덕의 숲 속으로 모습을 감추었다.

다음날, 그러니까 토요일, 정오가 지나고 얼마 후 두 소년은 또다시 그 고목 밑에 와 있었다. 그들은 그 나무 밑에서 잠시 이야기를 주고받았고, 그 후 큰 희망을 건 것은 아니었지만 어쨌든 최후의 시험으로서 그 부근을 약간 파 보았다. 그 까닭은 6인치 남짓한 깊이에다 감추어 둔 것을, 후세의 사람들이 삽으로 그것을 그저 긁적긁적했을 정도로 보물을 발견했다는 예가 가끔 있다고 톰이 말했기 때문이다. 그러나 이것도 결국은 실패로 돌아가고 말았고, 그들은 도구를 짊어지고는 쓸데없는 짓을 한 것 같았지만 재수라는 것을 무시하지 않고서 보물찾기에 으레 따라다니는 모든 필요한 짓을 모두 해치웠다는 기분으로 그곳을 떠났다.

도깨비집에 도착했을 때, 태워 버릴 듯이 내리쬐는 한낮의 햇볕 밑에서 음산한 그곳의 정적 속에는 무엇인지 모를 음침한 것이 있었다. 황폐할 대로 황폐해진 인기척 하나 없는 이 장소의 쓸쓸함 속의 그 무엇인가가 가슴을 찌르는 것이어서, 그들은 곧장 발을 들여놓을 만한 용기가 통 나지 않았다. 그 다음에 그들은 문간 쪽으로 살금살금 걸어가서 가만히 안을 들여다보았다. 안은 온통 풀이 우거져 있고, 마루가 없고, 회 바른 것이 떨어져 있는 방, 구석 난로, 크게 입을 벌리고 있는 창틀, 폐허가 다 된 계단 등이 눈에 비쳤다. 여기저기로 온통 사방에 거미줄이 걸려 있었다. 두 소년은 가슴을 두근거리면서 목소리를 죽이고는 조그마한 소리라도 놓칠세라 귀를 바싹 기울였다. 그리고는 무슨 일이 있을 때에는 언제라도 도망갈 수 있도록 만반의 준비를 다 갖추고는 살그머니 안으로 들어갔다.

그러는 동안에 어느 정도 공포에도 익숙하게 되어, 그들은 자기들의 대담한 행동에 감탄하고 놀라기도 하면서 집안 구석구석까지 살폈다. 다음은 2층을 조사해 보고 싶어졌다. 그것은 자기 발로 퇴로를 막아 버리는 것과 같은 모험이었지만 서로서로 격려하고는 - 물론 일단 유사시에는 운명은 하나밖에 없다 - 도구는 한구석에다 내던지고는 계단을 올라갔다. 여기도 아래층과 마찬가지로 황폐함 그대로였다. 한구석에 그럴싸하게 보이는 찬장이 있었지만, 기대는 어긋나고 속에는 아무것도 들어 있지 않았다. 이것으로 그들은 자신감이 생기고 힘이 생겼다. 그래서 일을 착수하려고 계단을 막 내려가려고 할 때-

"쉿!"

하고 톰이 부르짖었다.

"뭐야?"

허클이 갑자기 공포에 부들부들 떨면서 속삭이는 목소리로 되물었다.

"쉿! 저것 봐, 안 보여 저게?"

"응, 이거 큰일났다. 빨리 도망가자!"

"움직이지 마. 꼼짝도 하지 마! 이집 문 쪽으로 오고 있어."

소년들은 마루에 배를 깔고 엎드려 마루 판자 옹이구멍에 눈을 갖다 대고는 공포에 떨면서 다 죽은 마음으로 사태의 진전을 기다리고 있었다.

"섰다…… 아니, 이쪽으로 오고 있다, 안으로 들어왔다. 이젠 입을 닥쳐, 허클. 이거 큰일 났구나. 이거 괜히 왔는데!"

두 사나이가 안으로 들어왔다. 톰과 허클은 각기 자기 마음으로 속삭였다.

'한 사람은 요즘 가끔 마을에서 눈에 띄는 소경에다 벙어리인 스페인 노인이구…… 다른 하나는 아직 본 적이 없는 사람이야.'

그 '다른 하나'는 다 떨어진 옷을 입은 더러운 사나이로 인상도 그다지 좋지 못했다. 스페인 노인은 세라페를 걸치고 있고, 흰 구레나룻 수염을 길렀으며, 차양이 넓은 모자 아래로 긴 백발을 늘이고 푸른 색안경을 쓰고 있었다. 집으로 들어올 때 '다른 하나'가 낮은 목소리로 뭐라고 속삭이고 있던 것인데, 둘 다 땅에 털썩 주저앉아 문 쪽으로 향해 담에 등을 기댄 채 아직도 '다른 하나'가 뭐라고 속삭이고 있었다. 그러는 사이에 얼마간 경계를 풀고 음성을 돋우어 그 말소리를 똑똑히 알아들을 수 있게 되었다.

"그건 안 돼. 생각해 보았지만 암만 해도 재미없을 것 같아 위험해."

"위험하다고?"

뜻밖에도 '소경에다 벙어리'인 스페인 사람의 귀와 입이 동시에 떨어지며 이렇게 불평 섞인 목소리로 되물었다.

"이 겁쟁이!"

이 목소리는 소년들을 소스라치게 만들었다. 그것은 인디언 조의 목소리가 아닌가! 잠시 침묵이 계속 된 후에 조가 말을 이어,

"위험하다고 하지만 저 상류에서 한 일보다 더 위험한 일이 어디 있단 말이야? 그래도 아무렇지도 않지 않았어."

"그것과는 달라. 거기는 훨씬 상류였고 다른 인가라곤 없었잖아. 그러니까 서투른 짓만 안하면 어쨌든 들킬 염려는 없었거든."

“그건 그렇지만, 대낮에 여기 오는 것보다 더 위험한 일이 세상에 또 어딨어? 눈에 띄지 않을 리가 없잖아.”

“그건 나도 알아. 하지만 그런 일에 손을 댄 후로는 여기 이외에 적당히 숨을 집이라고는 없잖아. 이 집과는 손을 떼어 버릴 작정으로, 실은 어제 여기를 떠날 계획이었는데, 여기가 한눈에 보이는 언덕 위에 아이들이 놀고 있었으니 글쎄 여기에서 나갈 수가 있어야지.”

이 말을 듣고 ‘아이들’은 또다시 부들부들 몸을 떨었다. 인디언 조가 말하는 날이 금요일이라는 것을 알고 이곳에 올 것을 하루 연기하기로 한 것은 참 잘한 일이라고 생각했다. 두 사나이는 먹을 것을 꺼내어 놓고는 점심을 먹기 시작했다. 식사를 끝마친 후 가만히 무엇을 생각하고 있더니 인디언 조가 입을 열었다.

“이봐, 이렇게 하기로 하세. 자넨 상류로 돌아가서 내가 기별을 할 때까지 기다리고 있어. 난 기회를 봐서 다시 한 번 마을로 들어가 사정을 보고 올 테니. 자네 말대로 ‘위험’한 일이지만, 그러니까 문제없다고 딱 계획이 서면 해치워 버리자는 말이야. 그 다음에는 텍사스로 가버리는 것이지 뭐야! 함께 삼십육계를 놓는단 말이야!”

이의는 없었다. 두 사나이는 얼마 후 늘어지게 하품을 했다. 인디언 조가 또다시 입을 열었다.

"아 졸려. 이번에는 자네가 망을 볼 차례지?"

하면서 풀 위에 드러누워 이내 코를 드르렁 골기 시작했다. 또 한 사나이는 한두 번 흔들어 인디언 조가 코를 골지 못하게 했다. 얼마 후에는 이 감시인마저 꾸벅꾸벅 졸기 시작하여 점점 머리가 아래로 숙여졌다. 얼마 후 두 사나이는 함께 코를 골며 잠에 곯아떨어졌다.

소년들은 그제야 겨우 긴 안도의 한숨을 내쉴 수가 있었다. 톰이 속삭였다.

"자, 됐어, 빨리 도망가자!"

그러나 허클은

"안 돼. 저놈들의 잠을 깨울 것이라면 차라리 죽어 버리는 편이 나아."

하고 반기를 들었다.

톰이 여러 가지로 요구해 봐도 허클은 막무가내로 그의 말을 듣지 않았다. 할 수 없이 톰은 혼자서 나갈 속셈으로 가만히 일어서서, 한 걸음을 내디딘 것인데, 그 순간 그 지긋지긋한 마루가 크게 삑- 하는 소리를 냈기 때문에 톰은 얼른 정신을 차리고는 움칠 그 자리에 그대로 걸음을 멈추고 말았다. 두 번 다시 발을 떼어 놓을 용기가 나지 않았다. 두 소년은 거기 그대로 배를 깔고 엎드린 채 가슴을 졸이면서 시간이 흐르기를 기다리고 있었다. 마침내 그 시간이 끝이 나서 영원의 세계로 들어가, 그 영원의 세계마저 백발 머리가 된 것이 아닌가 하고 생각될 정도였지만, 깨닫고 보니 고맙게도 사방은 이럭저럭 해가 저물어 어두워지고 있었다.

얼마 후 코고는 소리가 뚝 그쳤다. 인디언 조가 벌떡 일어나 앉아 주위를 둘러본 뒤 — 무릎을 일으켜 세우고 그 무릎 위에다 머리를 푹 수그리고 자고 있는 동료의 자는 모습을 보고 히죽 웃고 나서 — 발로 툭 걸어차 흔들어 깨웠다.

"정신 차려! 경계병이 자다니! 하지만 이젠 괜찮아. 아무 일도 안 일어났으니까."

"이런! 내가 잠이 들었던 모양이군?"

"괜찮아. 잠깐 동안이었으니. 그런데 여보게, 이젠 슬슬 떠날 시간인데 여기다 감춰둘 장물은 어떻게 하지?"

"글쎄 어떻게 할까…… 그대로 감춰 두지 뭐. 남부로 삼십육계를 놓을 때까지는 소용없는 물건들이니. 은화가 6백 50달러나 되면 꽤 큰 짐이 되지 않겠어."

"그래, 좋아. 다시 한 번 가지러 오지 뭐. 별로 힘들 것도 없으니."

"그렇게 하지…… 그런데 이봐. 문제없겠다는 시기를 기다려서 해치울 때까지는 좀 시간이 걸릴지도 몰라. 만일 그렇다면 그 사이에 무슨 일이 일어나지 않는다는 보장도 없으니 이대로라면 안심이 안 돼. 그러니까 땅 속에다 묻어두는 게 안전하지 않을까, 아주 깊이 말이야."

"그래, 좋은 생각이야."

둘은 이렇게 맞장구를 치고 나서 방을 가로질러 난로 있는 데로 와서 그 앞에 무릎을 꿇더니, 그 구석의 석판을 일으켜 세우고는 그 밑에서 쩔렁쩔렁 경쾌한 소리를 내는 주머니 하나를 끄집어냈다. 그리고 자기와 인디언 조의 몫으로 각기 2~30달러씩 꺼낸 후 구석에서 무릎을 꿇고 큰 사냥칼로 땅을 파고 있는 조에게 그 주머니를 주었다.

이 순간 소년들은 무섭다거나 외롭다거나 하는 생각을 다 잊어버리고 눈앞에서 벌어지는 이들의 동작 하나하나를 뚫어져라 지켜보고 있었다. 이게 무슨 행운인가! 상상조차 할 수 없는 대성공! 6백 달러라는 큰돈이 있다면 능히 6명의 소년이 큰 부자가 될 정도가 아닌가! 어딜 파 볼까 하고 걱정할 필요도 없이 이렇게 편리한 보물찾기가 세상에 어디 또 있을 수 있단 말인가. 그들은 연방 팔꿈치로 서로를 쿡쿡 찌르고 야단이었다. 왜 이러냐고 물어 볼 것도 없이, 물론 그 의미는 '어때, 여기 와서 잘 됐지!'였기 때문이다.

조의 나이프 끝이 무엇엔가 탁- 하고 맞았다.

"이게 뭐야!"

하고 그는 소리를 질렀다.

"뭔데?"

다른 사람이 그 말을 받았다.

"절반쯤 썩은 판자야…… 아냐, 그렇지 않아, 상자 같은 데. 좀 도와 줘. 가만, 뭔가가 들어 있을까…… 그만 둬, 됐어. 옳지, 구멍이 뚫렸다."

이런 말을 하면서 그는 손을 뻗더니 무엇을 끄집어냈다.

"야, 이게 뭐야, 돈이 아냐!"

둘은 꺼내 놓은 한 줌의 화폐를 찬찬히 살펴보았다. 모두가 금화였다. 2층의 소년들은 그들 못지않게 반색을 하고는 흥분했다.

"빨리 파 보아야겠군. 일이 잘 되려는지 저쪽 구석 풀 속에 녹슨 곡괭이가 한 자루 굴러다니더군. 난로 저쪽 말이야…… 지금 바로 생각이 떠올랐지만."

이런 말을 하면서 그는 손수 거기까지 가서 소년들이 사용했던 곡괭이와 삽을 주워 가지고 왔다. 인디언 조는 그 곡괭이를 받아 들고 자세히 이리저리 들여다보고 나서 머리를 가로 젓더니 혼자 중얼거리면서 그 다음엔 그것을 사용해서 땅을 파기 시작했다.

상자는 이내 드러났다. 그다지 크지는 않았지만 철 테가 둘러져 있고, 오랜 세월이 지나 썩어 있었지만 본래는 꽤 튼튼하게 만들어진 것이 분명했다. 두 사나이는 흥분된 나머지 입도 떼지 못한 채, 잠시 우두커니 보물에 넋을 잃고 있었다.

"이봐, 몇 천 달러라는 큰돈이야, 알겠어."

인디언 조가 먼저 입을 열었다.

"몇 해 전인가 여름에 마렐 일당이 이 근처를 찾아 다녔다는 소문이 있었지 아마."

"그건 나도 알아. 그 친구들과 무슨 관계가 있는지도 모르지."

"자네도 이제는 그 일을 할 필요가 없잖아?"

혼혈아 조는 얼굴을 찡그렸다.

"너는 나라는 사람을 모르는군. 그 일에 관해선 전혀 아무것도 모르는군. 물건을 빼앗자는 게 목적이 아냐, 복수야!"

그의 두 눈에는 잔인한 빛이 번득였다.

"너는 그것을 돕는 거야. 그것이 끝나면 텍사스로 가는 거야. 그때 자네는 마누라와 자식들이 있는 데로 가서 내가 기별할 때까지 기다리고 있는 거야."

"자네가 그런 말을 하면 그렇게 하겠지만 이건 어떻게 한다? ……또다시 묻어 두나?”

“그렇게 하지. (2층에선 뛰어오를 듯이 기뻐했다) 아니, 안 돼. 세이챔(인디언의 대 추장)의 이름을 걸고 그건 안 될 소리야!” (2층에선 실망이 이만저만 아니었다)

“하마터면 잊어버릴 뻔했는데, 이 곡괭이에는 흙이 붙어 있어! (이 순간 두 소년은 소스라치게 놀랐다) 뭣 때문에 거기 곡괭이와 삽이 있겠어? 무엇 때문에 거기에 새 흙이 묻어 있지? 분명 누가 가지고 온 거야. 그놈들은 어디 있지? 어떤 놈인지 못 봤어? 무슨 소릴 못 들었어? 이것을 그대로 묻어 보란 말이야. 그놈들이 이 파낸 자리를 발견하면 어떻게 되지? 안 돼, 안 돼, 내 소굴로 가지고 가야지.”

“맞아, 진작 그것을 알았어야 했군. 1호로 할까?”

“아니, 2호로 하세, 2개의 십자가 밑말이야. 1호는 장소가 나빠, 앞이 탁 트여 있어서.”

“좋아, 됐다. 꽤 어두워졌으니까 이제는 괜찮겠지.”

인디언 조는 일어서서 창으로 다가가 조심조심 바깥의 상태를 살펴보았다. 한참 만에 그는 입을 열었다.

“누가 이 연장들을 가져왔을까? 혹 2층에 숨어 있는 건 아닐까?”

두 소년은 숨도 쉴 수 없었다. 인디언 조는 나이프를 손에 들고, 잠시 아직 결심이 서지 않은 듯 망설이더니 계단 쪽으로 뚜벅뚜벅 걸음을 떼어 놓았다. 소년들은 찬장 속으로 몸을 피하려고 했지만 몸을 움직일 용기가 통 나지 않았다. 삐걱 소리를 내면서 계단을 올라오는 발소리가 이쪽으로 다가왔다. 절체절명의 궁지에 몰리자 소년들의 용기는 비로소 눈을 떴다. 그들이 바로 찬장 속으로 뛰어들려고 한 순간, 우지끈 하고 썩은 나무가 부러지는 소리가 나며 부서진 계단 조각과 함께 인디언 조는 꽝- 하고 굴러 떨어졌다. 그는 투덜투덜 혼자 욕을 하면서 일어섰다. 그의 동료가 말했다.

"그냥 놔 둬. 있으면 있는 거지 뭐, 어때. 그냥 2층에 있으라고 해. 상관없어. 뛰어 내리다가 다치고 싶으면 맘대로 다치라지. 지금부터 15분만 있으면 사방이 아주 어두워질 거야, 컴컴해진 후에 맘대로 우리를 추격해 보라지. 누가 눈하나 까딱 할 줄 알구. 하기야 내 생각 같아서는 도구를 가지고 온 녀석들은 우릴 보고 감쪽같이 도깨비나 뭐로 생각했을 거야 틀림없이. 지금쯤은 아마 걸음아 날 살려라 하고 삼십육계를 하고 있는 중일 걸세."

조는 뭐라고 혼자 투덜거리고 있었지만 결국 아직 얼마간 햇볕이 남아 있을 동안에 준비하는 게 좋겠다는 동료의 의견에 동의했다. 얼마 후에 그들은 궤짝을 소중하게 껴안고는 가만히 집을 나와서 점점 어두워 가는 강 쪽을 향해서 발걸음을 옮겼다.

톰과 허클은 긴장된 순간을 보내서 몸이 거의 녹초가 되었지만, 겨우 살았다는 마음으로 겹쳐진 통나무들 사이로 두 사나이의 뒷모습을 멀거니 내다보고 있었다. 따라갈까? 글쎄, 그럴 생각은 전혀 일어나지 않았다. 그들은 그럭저럭 목뼈를 부러뜨리지도 않고, 무사히 아래층으로 내려와 마을 쪽을 향해서 언덕을 넘었다. 그들은 그다지 말을 많이 하지도 않았다. 자기들의 불운을 — 곡괭이와 삽을 들키고 말았다는 불운을 슬퍼하는 이외에는 아무것도 생각할 여유가 없었다. 그것만 없었다면 인디언 조가 의심할 아무런 이유도 없었을 것이 아닌가. '복수'가 끝날 때까지 금화도 은화도 먼저대로 거기다 감춰 두었다가 나중에 돌아와 보면 모든 것이 다 없어졌다고 하는 불행한 판국에 빠지고 말 것이 아닌가! 아무리 생각해 봐도 도구를 안으로 들고 들어왔다는 것은 어떻게 할 수 없는 큰 실수였다! 이렇게 된 이상은 '스페인 사람'이 복수의 기회를 노리고서 마을로 오는 것을 기다렸다가 그 뒤를 따라가서 그 '2호'라는 장소를 알아내는 것 이외에는 달리 방법이 없겠다고 그들은 결심했다. 하지만 이때 톰의 머리에는 그 어떤 생각이 스쳐가면서 소스라치게 놀랐다.

"복수! 혹시 우리들을 말하는 것은 아닐까, 허클?"

"그만 해!"

허클은 기절할 듯이 불안했다.

둘은 마을에 도착할 때까지 줄곧 이 이야기만 주고받으며, 자기들이 아닌 다른 사람의 이야기일 테지 — 적어도 톰 하나만의 일일 거야, 하고 믿으려고 했다. 증언을 한 것은 다름 아닌 톰 하나뿐이었다.

자기 혼자만이 복수의 대상이 된다는 것은 톰에게는 말할 수 없이 슬픈 일이었다. 동지가 하나만이라도 있다면 얼마나 마음이 가벼울까 하고 그는 생각하였다.

꼬마 탐정들

그날 저녁, 낮의 모험이 톰의 꿈을 몹시 괴롭혔다. 그는 네 번씩이나 보물에 손을 대었지만 네 번 다 눈을 뜨는 것과 동시에 보물이 손가락 사이로 슬며시 빠져나갔다. 그것이 꿈이었다는 것을 깨닫고는 자기의 불운이 자꾸만 슬프게 느껴졌다. 날이 밝은 새벽에 침대에 드러누운 채 어제의 일을 생각하니, 그것이 이상하게도 아득하게만 느껴져서, 마치 다른 세계나 혹은 먼 옛날에 일어난 일처럼만 생각되었다. 또는 그 커다란 모험 자체가 꿈이 아니었을까 하는 생각마저도 들었다. 거기에는 그럴 만한 이유가 있었다. 무엇보다도 어제 본 보물이 현실에서는 너무나도 거액의 돈이었기 때문이다. 톰은 아직까지 50달러라는 돈을 한꺼번에 현금으로 본 적이 없었다. 그 또래의 연령과 환경에 있는 소년들이 으레 그런 것처럼 '백'이니 '천'이니 하는 수는 공상적인 형태로만 존재할 뿐, 현실의 세계에서 그만한 거액의 돈을 가지고 있는 사람이 있으리라고는 생각조차 할 수 없었다. 감춘 보물을 찾아낸다고 하는 이야기도, 결국 이것을 분석해 보면 한 줌의 진짜 은화가 아니면 그저 막연히 많다고 할 정도의 1달러짜리 한 주머니 정도였을지도 모른다.

그렇지만 생각하면 할수록 어제의 사건은 점점 자세하게, 그리고 점점 똑똑하게 머리에 되살아났다. 결국 꿈이 아니라는 것이 한층 분명해졌다. 어느 쪽으로 결정할 필요가 없었고, 그래서 그는 아침도 먹는 둥 마는 둥 하고는 허클을 찾아서 집을 나섰다.

허클은 플랫 보트(바닥이 평평한 배)의 뱃전에 걸터앉아 몹시 우울한 얼굴로 무심히 두 발을 물속에 담가 물장구를 치고 있었다. 톰은 허클로 하여금 이 문제를 먼저 꺼내게 할 작정이었다. 그렇게 못한다면 어제의 모험은 한낱 꿈이었음이 분명하기 때문이다.

"야, 허클!"

"안녕, 톰!"

잠시 침묵—.

"톰, 빌어먹을 도구를 고목나무 밑에다 뒀더라면 그 돈은 분명 우리 차지가 됐을 거야. 괜히 큰 손해를 본 셈이야."

"그럼, 그게 꿈은 아니었구나! 차라리 꿈이었다면 그게 더 좋았을 걸 그랬어. 정말 화가 나 죽겠다구."

"뭐가 꿈이 아니었다구?"

"뭐긴 뭐야, 어제 일 말이야! 절반은 꿈이라고 생각하고 있었어."

"그게 꿈이었다고? 그 계단만 무너지지 않았어 봐. 꿈은 다 무슨 꿈! 난 밤새도록 악몽을 꿨어. 파란 안경을 쓴 그 스페인 놈이 어찌나 졸졸 뒤를 쫓아다니는지…… 망할 놈 같으니라구!"

"그러게, 그놈을 찾아내는 거야, 그리고 나서는 돈 감춘 곳을 알아내야 해!"

"그걸 무슨 수로 알아내지, 응. 톰. 그런 거액의 돈을 손안에 넣을 기회가 그리 흔한 건 아냐. 그 기회를 영영 놓치고 만 거야. 이번에 그놈을 만난다면 나는 엄청 떨릴 것만 같아."

"나도. 하지만 어쨌든 그놈을 찾아내고 싶어. 그리고 2호 소굴을 찾아내는 거야."

"2호, 옳지 그래. 나도 여러 가지로 궁리해 봤지만 영 모르겠던데 그래. 대관절 2호란 뭘까. 너는 어떻게 생각해?"

"모르겠어, 전혀 뭐가 뭔지. 그래, 맞아, 분명 집 번호일 거야!"

"그래 맞아! 아니, 그렇지 않아 톰. 만일 그렇다면 이 마을은 아냐, 이런 작은 마을에는 집 번호가 붙어 있지 않아."

"그렇지. 그렇다면 가만 있자…… 옳지, 그렇다면 여관의 방 번호일 거야!"

"아아, 맞다. 분명 그럴 거야! 여관집이라면 두 집밖에 없으니까 곧 알 수 있어."

"좋아, 허클, 여기서 기다리고 있어. 내 곧 다녀올 테니까."

톰은 곧 떠났다. 사람이 많이 모이는 곳에 허클과 함께 가고 싶지 않았던 것이다. 30분이 지나자 그는 돌아왔다. 그의 보고에 의하면 한쪽의 고급 여관의 2호실은 그전부터 젊은 변호사가 머물고 있는데, 지금도 그 사람이 들어 있다는 것이다. 그보다 좀 격이 낮은 다른 쪽 여관의 2호실이 문제였다. 그 여관집의 젊은 아들에 의하면 그 방은 늘 닫힌 채로 있었고, 낮에 그 방으로 사람이 드나드는 것을 본 적이 없으며, 그 이유도 알 수 없고, 그래서 수상하게 생각하지 않은 것은 아니지만 깊이 생각한 적도 없고, 어쩌면 도깨비가 나오니까 그럴 테지 하는 정도로만 생각하고 있었다고 한다. 그러던 것이 어젯밤은 불이 켜져 있는 것을 보았다는 것이었다.

"내가 알아본 건 이 정도야, 허클. 이게 암만 해도 우리들이 찾고 있는 2호인 것 같아."

"그런 것 같군, 톰. 그럼 이제부터 어떻게 하지?"

"생각 좀 해보자."

톰은 한참 생각하고 나더니 마침내 입을 열었다.

"우리 이렇게 하자. 그 2호실에는 다른 출입구가 있어서, 여관과 낡은 쥐틀 같은 벽돌 창고 사이에 있는 좁은 뒷골목으로 드나들게 되어 있어. 그러니까 너는 되도록 많은 종류의 열쇠를 모아가지고 오란 말이야. 나도 우리 집에 있는 열쇠를 전부 훔쳐가지고 올 테니. 그렇게 해서 달이 없는 날 밤, 둘이 가서 문을 열어보는 거야. 넌 인디언 조를 감시하고. 그 자식, 복수를 하기 위해서 다시 한 번 마을 상태를 조사하러 온다고 했으니 말이야. 오면 그 뒤를 따르란 말이다. 만일 그가 이 2호실로 가지 않는다면, 그 자식들이 말하는 2호는 여기가 아니야."

"난 그 일은 죽어도 못해. 혼자서 그 자식 뒤를 쫓다니 난 절대로 못해 그건.”

“밤인데 뭘 그래. 절대로 들키지 않아, 만약 들킨다 하더라도 그 자식은 이상하다고 생각하지 않을 거야 분명.”

“글쎄, 캄캄한 밤이라면 괜찮지만…… 쯧, 좋아 어디 해보지.”

“컴컴하면 난 못 따를 줄 알고, 허클. 컴컴하면 복수를 단념하고는 바로 돈을 가지러 갈지도 모르니까 말이야.”

“그렇겠군, 톰. 그래. 그럼 내가 뒤를 따라 보지.”

“이젠 막 큰소리구나! 나중에 떨지 마, 허클, 난 문제 없어.”

동굴에서 길을 잃다

그날 밤, 톰과 허클은 모험의 길을 떠났다. 그들은 여관집 주위를 배회하며 하나는 입구에서, 다른 하나는 뒷골목에서 9시가 지날 때까지 망을 보면서 기다렸다. 뒷골목으로 드나드는 사람이라고는 하나도 없었다. 여관집 입구를 드나드는 사람 중에서 예의 그 스페인 사람처럼 옷차림을 한 사람은 하나도 없었다. 그날 밤은 달이 뜰 것만 같았기 때문에 톰은 일단 집으로 돌아왔다. 그러나 얼마만큼이라도 어두워지면 허클이 고양이 울음소리로 불러내러 온다. 그러면 톰은 슬쩍 빠져나와 열쇠를 맞추어 본다는 약속이었지만, 결국 캄캄해지지 않았으므로 허클은 망보는 것을 단념하고는 12시경에 커다랗고 텅 빈 설탕통 속으로 잠을 자러 가 버렸다.

화요일 밤에도 두 소년에게는 그다지 운이 따르지 않았다. 톰은 이모의 헌 양철 초롱을 들고 그것을 쌀 수 있는 커다란 보자기를 준비해서 일찌감치 집을 빠져 나왔다. 그는 초롱을 허클의 설탕통 속에다 감춰 놓은 뒤, 둘이서 망을 보기 시작했다. 11시경이 되자 여관집 문이 닫히며, 불(이 부근에서는 하나밖에 없는 불)이 꺼졌다. 그때까지 스페인 사람은 그림자도 보이지 않았다. 골목길로도 아무도 드나들지 않았다. 모든 일이 잘되는 것만 같았다. 지척을 분간할 수 없는 컴컴한 밤이고, 사방은 죽은 듯이 고요하고, 이 적막을 깨뜨리는 것이라곤 가끔 들려오는 먼 천둥소리의 속삭이는 듯한 소리뿐이었다.

톰은 초롱을 꺼내서, 빈 통 속에서 불을 붙여 가지고 조심조심 수건으로 쌌다. 두 꼬마 모험가는 암흑 속에서 발소리를 죽이고 살금살금 여관집으로 다가갔다. 허클이 망을 보고, 톰은 더듬더듬 골목길로 들어갔다. 기다리고 있는 동안 허클의 마음을 내리누르는 불안과 공포는 태산처럼 무거웠다. 그는 초롱의 번쩍이는 불빛이라도 좀 보였으면 싶었다. 불빛이 보이면 가슴속이 뜨끔할 것이지만, 적어도 아직 톰이 살아 있다는 증거는 될 것이다. 톰이 떠난 후 몇 시간이 지난 것만 같았다. 톰은 필경 기절했을지도 모른다. 혹은 죽었을지도 모른다. 어쩌면 공포와 흥분 때문에 심장이 터졌을지도 모른다. 그는 불안에 몰리고 공포에 부들부들 떨며, 이제라도 당장 자기의 숨통을 눌러 죽일지도 모르는 그 무슨 재앙이 닥쳐오지나 않을까하여 가슴이 두근거리며 저도 모르게 골목길 속으로 끌려 들어갔다. 숨통을 누른다고 해도 누를만한 숨도 거의 남아 있지 않았다. 숨소리도 모기 소리만하게 할딱거리면서 심장도 고동치는 폼으로 따지고 보면 머지않아 저절로 꺼지고 말 것만 같았다. 그때 갑자기 초롱이 반짝 하며 톰이 질풍처럼 그 앞을 지나갔다.

“뛰어!”

톰이 급하게 속삭였다.

“뛰어, 목숨이 없다!”

같은 말을 다시 되풀이할 필요도 없었다. 한마디로 충분했다. 두 번째의 목소리가 되풀이 되었을 때에는 허클은 시속 3, 40마일의 속력으로 달리고 있었다. 동구 밖 폐허가 된 도살장 안으로 뛰어 들어갈 때까지 두 소년은 조금도 쉬지 않았다. 마침 그 집으로 뛰어들었을 때 뒤이어 폭풍우가 일며 비가 쏟아지기 시작했다.

톰은 겨우 숨을 가누고 말했다.

“허클, 죽는 줄 알았다! 난 되도록 소리를 내지 않고 열쇠를 하나씩 맞춰 봤는데 그만 큰 소리가 나서 거의 숨도 쉴 수 없었어. 무서워서 말이야. 열쇠는 둘 다 안 맞아. 그래서 무심코 손잡이를 쥐어 보았더니 아니 그냥 힘없이 열리는 게 아니겠어! 열쇠가 채워져 있지 않았단 말이야! 그래서 초롱 수건을 걸고 살짝 들어가 보았지 – 그랬더니 아이구 죽겠다!”

“왜? 무엇을 봤는데?”

“하마터면 인디언 조의 손을 밟을 뻔했어!”

“그게 사실이야?”

“사실이구 말구. 아 글쎄 그놈이 자고 있더라니까. 그 파란 안경을 쓰고 마루 위에서 네 활개를 짝 벌리고 자고 있더라구.”

“그래서 어떻게 했어? 그놈이 눈을 떴단 말이야?”

“아니, 꿈쩍도 안 해. 아마 취해 있었나 봐. 그래서 수건을 주워서 걸음아 날 살려라 하고 도망친 거야.”

“나라면 수건 같은 건 전혀 생각도 못했을 텐데.”

“난 안 그래. 수건을 잃어버리면 이모한테 몹시 혼이 나거든.”

“그런데, 톰, 그 상자는 거기 있었니?”

“글쎄, 무슨 수로 상자를 찾아 봤겠어. 상자라든가 십자가
라든가 전혀 못 봤어. 본 것은 인디언 조가 누워 있는 마루
에 굴러다니는 병과 양철 컵 뿐이야. 그래, 방 안에는 술통
이 둘 하고 병이 몇 개 있더라. 이걸로 그 도깨비방의 정체
가 뭔지 알겠지?”

“어떻게?”

“도깨비라는 건 위스키지 뭐야? 금주 여관집이라고 하는
것에는 모두가 다 도깨비방이 있나 봐.”

“응, 그런가 보군, 아는 사람은 아무도 없을 테니까. 그건
그렇구, 톰 너 말이야, 인디언 조가 취해서 자고 있다면 상
자를 꺼내기는 쉽지 않아?”

“그래? 그렇다면 네가 가서 좀 해보지!”

허클은 몸을 부들부들 떨었다.

“으악, 그건 안 돼. 난 죽어.”

“나도 마찬가지야, 허클. 병 하나로는 안심이 안 돼. 적어
도 3개쯤 굴러다닌다면 그때는 곤드레만드레로 취해 녹아
떨어져 있을 테니까 해 봐도 좋지만.”

잠시 두 소년은 곰곰이 궁리를 하고 있던 중이었는데 톰
이 또다시 입을 열었다.

“이렇게 하자. 인디언 조가 거기에 있는 동안은 절대로 아

무 짓도 하지 말자고. 너무나 무서워. 밤마다 망을 본다면 언젠가 한 번쯤은 그 사람이 밖으로 나갈 때가 있을 거야. 그러면 그 틈을 이용해서 재빨리 훔쳐 내자고.”

“좋아, 그게 좋겠어. 나는 밤새도록 망을 보지. 밤마다 그를 지켜보고 있을 테니, 너는 그 대신 낮에 망을 보는 거야.”

“알았어. 좋다구. 그때가 되면 후퍼 거리를 통해서 우리 집까지 와서 고양이 우는 소리를 내라구. 만일 내가 잠들어 있다면 창에다 돌을 던지면 돼. 그러면 반드시 잠에서 깰 테니까.”

“좋아, 그렇게 하지.”

“허클, 폭풍우가 멈췄으니 나는 이제 집에 갈게. 앞으로 두 시간만 있으면 날이 환히 밝을 거지만 너는 다시 돌아가서 그때까지는 망을 보고 있어야 해. 알았지?”

“그래 알겠어. 한다고 했으니까 꼭 해야지 톰. 1년 동안이라도 할 거야. 낮에는 자고 밤새도록 망을 보고 있을 테야.”

“그래 좋아. 그럼 넌 여기서 잘 거지?”

“벤 로저스네 여물을 넣어두는 헛간에서 잘 거야. 벤은 그걸 용서해 줄 거고, 벤네 집에서 부리는 검둥이 제이크 영감도 눈감아 줄 거야. 난 늘 그 영감이 부탁만 하면 물을 길어다 주고, 그 영감도 내가 부탁을 하면 반드시 먹을 걸 나눠

주거든. 없을 때는 어쩔 수 없지만. 그 영감은 참 좋은 사람이야, 톰. 영감도 날 좋아해. 내가 조금도 백인인 체 하지 않으니까 말이야. 가끔 같이 앉아서 뭘 먹을 때도 있어. 하지만 이 사실은 아무에게도 말하지 마. 배가 아주 고플 때엔 보통 하고 싶지 않은 일도 하지 않으면 안 되는 수가 있으니까 그렇잖아."

"좋아. 자, 그럼 급한 일이 생기지 않는 한 부르러 오지 않겠어. 그러니 낮엔 맘껏 자두란 말이야. 방해는 안 할 테니까. 밤에 무슨 일이 생기면 곧 달려와서 고양이 소리를 내라구."

허클, 과부댁을 구출하다

금요일 아침, 톰이 일어나자 기쁜 소식이 들려왔다. 어젯밤에 대처 판사의 식구들이 마을로 다시 돌아왔다는 것이다. 인디언 조와 보물은 우선 당분간은 두 번째 문제로 떨어지고, 베키가 관심사의 제1순위를 차지했다. 톰은 오래간만에 그녀를 만났다. 그들을 학교 친구들과 함께 '숨바꼭질'과 '감추기' 놀이를 하면서 싫증이 날 때까지 뛰어 놀았다. 이 날은 다른 때에 맛보지 못했을 정도로 즐겁게 하루를 보냈다. 베키는 자기 어머니에게, 내일은 오랫동안 약속만 하고 아직까지 실행되지 못했던 소풍을 허락해 달라고 졸라서 마침내 승낙을 받아내고 말았다. 그녀의 기쁨은 대단한 것이었지만 톰의 기쁨도 이에 못지않았다. 그날 안으로 안내장이 발송되었고, 마을의 소년 소녀들은 단번에 즐거운 준비와 기대의 열병에 사로잡히고 말았다. 톰은 흥분된 나머지 밤늦게까지 잠이 오지 않았고, 보물을 손에 넣어 내일 베키를 비롯한 여러 아이들을 놀라게 해 줄 수가 있다면 하고, 허클의 고양이 울음소리를 이젠가 저젠가 하고 기다리고 있었다. 그러나 섭섭하게도 그날 밤은 내내 아무런 신호가 오지 않았다.

드디어 아침이 밝았다. 10시부터 11시까지 심신이 공처럼 가벼워진 일행이 대처 판사의 집에 모여서 출발 준비를 마쳤다. 보통 이러한 피크닉에는 어른이 참가하지 않는 것이 관례로 되어 있었다. 그런데 이번에는 18~19세의 처녀들과 22~23세의 청년들이 몇 명 섞여 있어 이들 일행과 동행했으므로 걱정은 없을 거라고 사람들은 생각하였다. 헌 증기 나룻배가 이 목적을 위해 고용되었고, 화려한 무리의 사람들이 각기 먹을 것을 잔뜩 담은 바스켓을 들고서 큰 거리로 우르르 몰려나왔다. 시드는 몸이 아파서 이 잔치에는 참가할 수 없었고, 메리는 시드를 간병하기 위해서 집에 남았다. 대처 부인이 맨 마지막으로 베키에게 한 말은 이러했다.

"아마도 돌아오는 것은 늦을 테니까 웬만하면 나루터 근처에 사는 친구네 집에서 자고 오는 게 좋겠다."

"그러면 스잔 하퍼네 집에서 잘 거야, 엄마."

"좋아, 얌전하게 지내라. 폐가 되지 않도록 조심하고."

얼마 후 톰은 걸으면서 베키에게 이렇게 말했다.

"베키, 좋은 일이 있어. 조 하퍼네 집에 가지 말고 우리 언덕 위 더글라스 아주머니네 집으로 가자. 아주머니네 집에 가면 아이스크림이 있어! 거의 매일 만들기 때문에 얼마든지 있어! 더구나 우리들이 가면 아주머니는 여간 기뻐하지 않을 거야."

"야, 얼마나 좋을까!"

잠시 생각하고 나서 베키는 이런 말을 덧붙였다.

"그런데 엄마가 뭐라고 할지 몰라."

"조용히 있으면 알지 못할 걸?"

소녀는 곰곰이 생각하고 나서 내키지 않는 말투,

"그런 건 나쁜 일이야. 하지만……."

"나쁜 일은 무슨 나쁜 일이야! 엄마에게 들키지만 않으면 상관없다구. 엄마는 네가 무사하기만 하면 그만인 거야. 엄마도 더글라스 아주머니를 생각했다면 꼭 그리로 가라고 했을 거야. 내기할까, 꼭 그랬을 거야."

더글라스 과부댁의 손님을 대접하는 솜씨는 매우 유명했고, 그래서 사람들에게 커다란 유혹거리였다. 이 유혹과 톰의 권유가 결국 이기고 만 것이다. 그래서 이들은 오늘 밤의 예정에 관해서는 누구에게도 아무 말을 하지 않기로 했다. 그러는 사이에 언뜻 톰은 오늘 밤에 허클이 자기를 부르러 올 지도 모르겠다는 생각이 들었다. 이렇게 생각하자 적잖이 감흥이 식었지만 그래도 더글라스 과부댁에서 보낼 즐거움을 단념할 생각은 추호도 없었다. 그는 단념할 필요는 없다고 결론을 내렸다. 어젯밤에도 안 왔는데 오늘밤에 올 것이라고 생각할 이유는 어디 있단 말인가? 확실치도 않은 보물보다는 틀림이 없는 오늘밤의 즐거움 쪽이 더 귀중하지 않은가? 그는 소년답게 강한 인력 쪽을 따르기로 결정하고, 오늘은 돈 상자에 관해서는 일체 아무 생각도 말자고 굳게 결심했다.

기선은 마을로부터 3마일 정도 내려가서 숲이 우거진 포구 입구에 닿아 거기다 닻을 내렸다. 일행은 전원이 둑으로 모여들었고, 뒤이어 부근의 숲과 울퉁불퉁한 바위 꼭대기에서 서로 떠드는 소리와 웃음소리가 메아리쳤다. 아이들은 땀을 흘리며 몸이 피곤할 때까지 이리저리 뛰어 돌아다니며 놀았다. 얼마 후 잔뜩 시장기를 느꼈지만 일행은 무성한 떡 갈나무 그늘에 모여 몸을 편히 쉬면서 잠시 이야기꽃을 피우고 있었다. 그때 누군가 좋은 생각이 났다는 듯이 소리를 질렀다.

"저 동굴에 갈 사람 누구 없어?"

그 말에 모두들 찬성했다. 단번에 몇 다발의 초가 준비되고, 일행은 씩씩하게 언덕을 오르기 시작했다. 동굴은 그 언덕의 중턱에 있었는데, 입구가 A자 모양을 하고 있었다. 튼튼한 떡갈나무로 만든 문이 입구를 막고 있었지만 자물쇠는 달려 있지 않았다. 그 안에 조그마한 방이 있어, 마치 얼음창고처럼 싸늘하고 딱딱한 석회석으로 된 벽에 언제나 찬 물방울이 땀처럼 대롱대롱 매달려 있었다. 어둠침침한 이 텅 빈 동굴 안에 서서 환하게 햇빛을 받고 있는 외부의 초록빛 골짜기를 내려다보면 마치 속세를 떠난 것 같은 신비감이 느껴졌다. 그러나 이것에 마음을 빼앗기고 있는 것은 잠깐 사이였고, 아이들은 단번에 히히대며 장난을 치기 시작했다. 누가 촛불을 켜자 그들은 앞 다투어 거기에 동참했고, 서로 촛불을 빼앗으려는 둥 빼앗기지 않으려는 둥 하면서 용감한 공방전을 벌였지만 이내 촛불은 몰아치는 바람에 의해 꺼지고 말았다. 환성과 웃음소리가 일어났고, 뒤이어 그 다음 쟁탈전이 시작되었다. 그러나 모든 일에는 끝이 있는 법이다.

얼마 후 일행은 줄을 지어 다 함께 험한 길을 내려가기 시작했다. 그들이 쳐들고 있는 깜박이는 촛불이 좌우로 천길 만길 솟아 있는 암벽이 하나로 합쳐진 높이 60피트의 천장까지 희미하게 비추어 주었다. 길이라고 해도 폭이 9피트에서 10피트밖에는 안 된다. 그리고 그 양쪽 도처에 좁다란 샛길이 있는데, 이것은 서로 엉키어 있어 어느 샛길로 들어가도 동굴 속을 빙빙 돌뿐 밖으로 빠져나올 수가 없다. 이 동굴(이름은 멕도갈의 동굴이라고 한다)의 그물눈처럼 서로 엉킨 샛길은 몇 주야를 쉬지 않고 걸어도 끝나는 법이 없다는 것이며, 또 아래로 내려가도 마찬가지로 미로 밑에 또 미로가 있어서 끝이 없다는 것이다. 누구 하나 이 동굴을 샅샅이 안다는 사람은 없었다. 그것은 불가능한 일이다. 청년이라면 대부분이 그 일부분 정도는 알고 있지만, 그 부분에서 좀 더 안으로 들어가려고 하는 사람은 거의 없었다. 톰도 이 동굴에 대해서는 알고 있지 않았다.

일행은 동굴 속의 길을 따라 약 4분의 3마일쯤 안으로 들어갔고, 그 다음부터는 몇 패로 나뉘어 각기 다른 샛길로 들어갔으며, 음침한 바위 사이를 날듯이 뛰어서 지나고, 갑자기 다른 패와 또다시 만나서 깜짝 놀라고는 했다. 이와 같이 한 10분쯤 일행은 각기 안전한 구역 내에서 서로 서로 따로 헤어져 있었던 것인데, 얼마 후 한 패 두 패씩 숨을 헐떡거리며 떠들어 대고 머리에서부터 발끝까지 온통 촛농을 묻히고 또 진흙투성이가 되어 동굴 입구로 되돌아왔다. 그들은 모두가 오늘 하루의 향락에 자못 만족하고 있는 모양이었다.

이들은 시간이 어떻게 흐르는 줄도 모르고 있다가 벌써 해가 뉘엿뉘엿 지고 있다는 것을 깨닫고는 깜짝 놀라곤 했다. 20분 이전부터 벌써 종이 땡땡 울리고 있었는데, 이것도 향락의 종말을 알리는 소리치고는 낭만적이고 더할 나위 없이 아름다웠다. 나룻배가 이 시끄러운 승객들을 태우고 강 한가운데로 나갔을 때, 지체된 시간 때문에 6펜스나 손해를 보았다고 혀를 차는 것은 선장 한 사람뿐이었다.

허클은 벌써 망보는 일을 시작하고 있어 나룻배의 불빛이 선창을 스쳐가고 있는 것을 보았다. 배에서는 어떤 소리도 들리지 않았다. 피곤에 지쳐 완전히 녹초가 되면 어른들도 그렇지만, 젊은이들도 입을 열 힘조차 없어 죽은 듯이 가만히들 있었기 때문이다. 그는 그 기선을 무슨 배일까, 왜 선창에 대지 않는 것일까 하고 이상하게 생각했다. 그러다가 배 생각을 잊어버리고는 자기 할 일에 신경을 모았다. 흐린 밤으로 캄캄했다. 10시가 되자 거리의 여러 찻소리가 뚝 그치고 여기저기서 등불이 하나씩 둘씩 꺼지기 시작하며, 통행인도 완전히 모습을 감추어서 거리는 잠든 것처럼 조용하고, 어린 감시자 허클을 둘러싸고 있는 것은 고요함과 유령뿐이었다. 11시가 되자 여관집까지도 불을 끄고 말아 사방은 완전히 칠흑 천지가 되고 말았다. 허클은 싫증이 날 정도로 기다리고 또 기다렸지만 아무 일도 일어나지 않았다. 그의 신념이 동요하기 시작했다. 도대체 이런 일을 해서 무엇을 하겠다는 것인가? 무슨 소용에 닿는다는 것일까? 단념하고 가버리는 것이 차라리 현명한 일이 아닐까?

순간 무슨 소리가 얼핏 들렸다. 허클은 불현듯 긴장했다. 골목 쪽의 문이 조용히 열렸다. 그는 급히 벽돌 창고 모퉁이에 몸을 숨겼다. 다음 순간 그의 바로 앞을 두 사나이가 지나갔다. 하나는 무엇을 옆구리에다 끼고 있는 듯이 보였다. 그 상자가 분명해 보였다. 두 녀석은 보물을 이동하는 것이로구나! 톰을 부르러 갈까? 그건 안 돼. 그 사이에 두 녀석은 어디로 상자를 이동하고는 행방을 감춰 버릴 테지. 그래선 안 된다. 이제 곧 놈들의 뒤를 쫓지 않아서는 안 된다. 이런 밤이라면 들킬 염려는 없다. 허클은 이렇게 생각하고는 몰래 빠져나와 맨발로 고양이 못지않게 살금살금 들킬 염려가 없을 정도의 사이를 두고 두 사나이의 뒤를 따르기 시작했다.

두 사람은 약 3마일쯤 강가의 큰 길을 올라가더니 십자로를 왼쪽으로 돌았는데, 그 길은 곧장 카디프의 언덕으로 통하는 소로와 연결되어 있었고, 둘은 이 소로로 접어들었다.

구릉 중턱에 늙은 웨일즈인의 집이 한 채 있었는데, 그들은 이것을 거들떠보지도 않고 그대로 곧장 언덕으로 올라갔다. 옳지, 됐다, 그들은 그 채석장에다 묻을 작정인가 보구나 하고 허클은 생각했다. 그러나 그들은 그 채석장에서도 걸음을 멈추지 않았다. 마침내 그들은 언덕을 끝까지 오르고 말았다. 다음 붉나무가 높다랗게 우거진 숲 사이의 좁은 길로 들어가 이내 어둠 속으로 모습을 감추고 말았다. 이제는 들킬 염려가 없었기 때문에 허클은 급히 따라가 거리를 좁혔다. 그는 잠시 걸음을 재촉했다. 그러나 너무 빨라도 큰일이라고 생각하고는 이번에는 늦췄다. 그리고 약간 걷고 나서 걸음을 멈췄다. 귀를 기울여 봤다. 죽은 듯이 고요했다. 들리는 것이라곤 자기 심장의 고동소리뿐이었다. 언덕 저쪽에서 '호호' 하고 올빼미가 울었다. 가슴을 섬뜩하게 하는 소리였다! 그러나 사람 발소리라곤 아무것도 들리지 않았다. 아하, 이것으로 만사는 끝난 것일까? 허클은 뛰어나오려고 했다. 그때 채 4피트도 떨어져 있지 않은 바로 앞에서 누가 헛기침을 했다! 허클은 심장이 목구멍에서 튀어 나올 것만 같았다. 하지만 이것을 꿀꺽 삼켜 버렸다. 그리고 오한이 한 다스나 한꺼번에 습격해 온 것처럼 부들부들 몸을 떨면서 서 있었던 것인데, 이제라도 곧 온몸에서 맥이 탁 빠지고 말아 쓰러질

것만 같았다. 다섯 걸음쯤 앞에 층계가 있었다. 그는 여기서
부터 더글라스 과부댁의 땅이라는 것을 알고 있었다. '옳지
됐다. 여기다 묻을 작정인가 보구나. 여기라면 문제없이 찾
아 낼 수 있어.'

이야기 소리가 들려 왔다 – 아주 낮은 목소리로 – 인디
언 조의 목소리였다.

"이런! 손님이 있는가 보군. 이런 시간에도 아직 불이 켜
져 있네."

"난 아무것도 안 보이는데."

이것은 그 낯선 녀석의 목소리, 도깨비집에서 본 또 하나
의 사나이 목소리였다. 허클은 부들부들 몸이 떨렸다. 그렇
다면 이것이 그 '복수'를 의미하는 것일까? 그가 생각한 것
은 내뺀다는 것 하나뿐이었다. 하지만 그는 여태까지 몇 번
씩 더글라스 과부댁으로부터 친절한 대우를 받은 적이 있었
던 것을 생각해냈다. 이 두 녀석은 아마도 과부댁을 죽이려
고 하는가 보다. 될 수 있다면 부인에게 알려주고 싶었다.
그러나 그것은 어림도 없는 일이었다. 그놈들에게 들키어 붙
잡히고 말지도 모르기 때문이다. 하지만 그가 이만큼 생각할
수 있었던 것은 그 낯선 녀석이 대답을 하고 나서 인디언 조
의 다음의 말까지의 극히 짧은 사이의 일이었다.

"너 앞에 덤불이 있으니까 안 보이는 거야. 이봐, 여기서 내다 봐. 보이지?"

"정말로, 손님이 와 있는가 보군. 오늘 밤은 그만 두고 물러가는 게 좋겠어."

"물러나자고? 이걸로 나는 이 땅을 떠나려고 하는 거야! 이제 그만두면 두 번 다시는 기회가 없어. 몇 번이나 말했지만, 나는 그 여자의 재물을 탐낸 게 아냐, 재물은 자네에게 주지. 그 여자의 남편이 나를 못살게 굴었단 말이야 — 몇 번인지 몰라 — 그 자식이 치안판사였을 때 날 부랑자로 몰아서 감옥에 집어넣었던 말이야. 그뿐인 줄 알아! 그까짓 건 백만 분의 일이지! 그 자식이 날 채찍으로 얼마나 때리게 했다구! 감옥 앞에서 날 마치 검둥이나 짐승처럼 막 때리게 한 거야! 더군다나 온 마을 사람들이 보는 데서 말이야! 채찍으로 때리게 했다니까! 알겠어? 본인은 죽어 버렸으니 할 수 없지만 대신 그 마누라에게라도 원수를 갚아야겠어!"

"아니, 죽이는 건 그만 둬. 이 봐! 그것만큼은 그만 둬!"

"죽이다니? 누가 죽인다고 그랬어? 그놈이라면 살려 놓지 않겠지만 마누라는 죽이지는 않아. 여자에게 복수할 때는 죽이는 게 아냐. 제기랄! 얼굴을 엉망진창으로 만들어 놓는 거야. 코를 싹둑 잘라 놓거나 돼지처럼 귀를 싹둑 잘라버리는 거야!"

"그건, 너무……."

"참견하지 마! 너도 좋지 못하니. 난 그 여자를 침대에다 묶어 놓을 거야. 그래서 죽어버린다 해도 나는 몰라. 죽어도 나는 상관없어. 네가 나를 돕는 거야. 날 위해서. 그래서 너를 데리고 온 거야. 나 혼자서는 힘들어, 괜히 꽁무닐 빼다 간 너도 죽을 줄 알아! 알겠지? 널 죽여야 한다면 그 여자까지 죽일 거야. 그러면 누가 했는지 아무도 모를 테니까."

"좋아, 꼭 해야만 한다면 할 수 없지. 어서 빨리 해치우자구, 난 무서워서 못 살겠어."

"지금 하자는 거야? 손님이 있는데? 야, 정신 차려, 우스운 놈 같으니. 이제 어떻게 될지 불이 꺼질 때까지 기다리는 거야. 서두를 건 없어."

허클은 그 후 한층 더 침묵이 계속되는 것을 느꼈다. 사람을 죽일 의논을 듣고 있으면서 그는 한층 더 겁이 났다. 그래서 그는 숨을 죽이고 가만가만 뒷걸음질을 치기 시작했다. 우선 한 발을 쳐들어 몸을 가눈 후에 조심조심 그리고 힘 있게 그 발을 뒤로 내디뎠고, 거의 비틀비틀 쓰러질 것 같은 상태를 겨우 참고는 갖은 노력과 위험을 무릅쓰고 다음 한 걸음을 떼어 놓았다. 그 다음 또 왼발을, 바른 발을, 왼발을

― 가는 가지가 발밑에서 뚝 하고 부러졌다! 허클은 그만 소
스라치게 놀라며 그 자리에 우뚝 서서 귀를 기울였다. 아무
인기척 소리도 없었고 사방은 여전히 고요하기만 했다. 이때
의 기쁨은 이루 말할 수가 없었다.

얼마 후 그는 붉나무 숲 사이의 그 길로 다시 나와, 기선
이 방향을 틀듯이 신중하게 방향을 바꾸어서, 아직도 여전히
마음을 쓰면서, 이번에는 빠른 걸음으로 걷기 시작했다. 채
석장 있는 데까지 오자 이제는 문제없겠다고 생각되었으므
로 거기서부터는 곧장 내달려 날듯이 언덕을 내려 웨일즈인
의 집까지 왔다. 그는 연거푸 문을 두들겼다. 창으로부터 노
인과 튼튼하게 생긴 아들 둘이 얼굴을 내밀었다.

"누구야, 시끄럽게. 문을 두들기는 게? 왜 그래?"

"빨리 문 좀 열어 주세요, 어서! 들어가서 말할 테니."

"도대체 너는 누구냐?"

"허클베리 핀이에요. 어서 문을 열어 주세요."

"허클베리 핀? 글쎄, 그다지 문을 열어주고 싶지 않은 손
님이로군. 쩝, 괜찮겠지. 뭐, 열어 주지. 무슨 일인지 들어 보
게."

"내가 말했다는 것을 비밀로 해주세요."

허클은 안으로 들어서자마자 이 말부터 꺼냈다.

"제발 부탁이에요. 그렇지 않으면 난 맞아 죽어요. 하지만 그 아주머니한텐 신세를 지고 있으니까 알려야겠다고 생각해요. 내가 했다는 말은 절대 안하겠다고 약속하면 말할게요."

"그래, 무슨 심상치 않은 일인가 보지. 그렇지 않다면 애가 이렇게 서두를 까닭이 없지."

하고 노인이 말했다.

"그래 걱정하지 말고. 맘을 턱 놓고 얘기해 봐. 여기 있는 사람은 누구든지 비밀을 지킬 테니까."

3분이 지난 뒤, 노인과 두 아들은 중무장을 하고서 언덕을 올라, 각자 무기를 손에 들고 발소리를 낮추어 가며 붉나무 숲으로 다가가는 중이었다. 허클은 그 앞으로는 나가지 않고, 큰 바위 뒤에 바싹 몸을 감추고 귀를 기울이고 있었다.

잠시 숨 막히는 침묵이 계속되었다.

갑자기 땅- 하고 권총소리와 함께 고함소리가 들렸다. 허클은 자세한 상황을 알 때까지 기다리고 있지 않았다. 그는 일어서기가 무섭게 걸음아 날 살려라 하고 언덕을 달려 내려오기 시작했다.

허클 핀이 일으킨 선풍

일요일 아침, 희미하게 동이 틀 무렵, 허클은 조심조심 언덕을 올라 웨일즈 영감네 집 문을 가볍게 두들겼다. 식구들은 아직도 잠들어 있었지만, 어젯밤의 흥분이 아직도 채 가라앉지 않아 권총 방아쇠에다 손가락을 걸고 잠을 자고 있었다. 창으로부터 대답이 들렸다.

"누구야?"

허클의 겁먹은 목소리가 나직이 대답했다.

"문 열어 주세요! 허클 핀이에요!"

"너라면 언제든지 열어주지! 잘 왔다!"

이 부랑아 소년의 귀에는 일찍이 들어 본 적이 없는, 또 더할 나위 없이 기쁜 말이었다. 특히 이 마지막 말은 지금까지 자기를 향해서 던져진 적이 있었는지 없었는지조차 생각나지 않았다. 곧바로 문이 열리고 허클은 집안으로 들어갔다. 허클에게는 자리까지 제공되었다. 노인과 몸집이 큰 두 아들은 재빨리 옷을 주워 입었다.

"너 배고프겠구나. 날이 밝으면 곧 아침식사 준비를 할 수 있을 테니까 함께 만든 따뜻한 아침을 먹기로 하자. 사양하지 말고. 어제 아들과도 상의한 일이지만 어젯밤에는 여기서 잘 걸 그랬구나!"

"너무 무서워서 그만 도망쳐 버렸어요. 권총소리가 난 순간에 벌떡 일어나 3마일을 줄곧 쉬지 않고 달렸어요. 오늘 여기 온 건 그 후에 어떻게 됐을까 하고 궁금해서 온 거에요. 하지만 그 두 사람을…… 죽었다 하더라고 보는 게 싫어서 날이 밝기 전에 이렇게 왔어요."

"그래서 그런지, 어째 밤새도록 조금도 눈을 붙이지 못한 것처럼 안색이 좋지 못하구나. 하지만 널 위해서 잠자리를 만들어 줄 테니까, 아침을 먹고 나서 천천히 실컷 자거라. 그런데 그 두 놈 애긴데 안타깝게도 놓치고 말았다. 그때 네 애기를 듣고 분명 그놈들이 있는 곳을 알 수 있었어. 그래서 발소리를 죽여 가며 발끝으로 살금살금 그놈들이 있는 15피트의 근처까지 접근해 갔는데 ─ 아, 글쎄 웬 놈의 재채기가 그렇게도 하고 싶은지 방정맞게. 난 죽을 기를 다 해서 참았지만 아무 소용도 없이 꼭 나와야만 해야 했는지 그만 쾍─ 하고 나온 거야! 난 권총을 겨누고서 앞장을 서 있는데, 재채기 소리에 그만 깜짝 놀란 악한들이 튀어 나오는 인기척이 들리기에 '쏴라!' 하고 소리를 질렀고, 그놈들이 튀어나온 쪽을 향해서 권총을 쏘았단 말이다. 아들들도 쏘았지. 그렇지만 그 나쁜 놈들이 재빨리 도망쳐버리는 바람에 그만 놓치고 말았지 뭐냐. 우리는 뒤를 쫓아서 숲 속까지 들어가지 않았겠니. 우리들이 쏜 총알은 맞지 않은 모양이야. 놈들도 튀어나올 때 총을 쏘아댔지만 스쳐갔을 뿐 우리들도 부상을 입지 않았어. 그럭저럭 하는 사이에 발소리도 사라지고 우리들은 추격을 단념하고는 언덕을 내려가 보안관을 깨웠지. 보안관은 곧 사람들을 불러 모아 강둑의 경비를 엄하게 했는데 날이 밝기를 기다려 곧 이 사람들도 산을 샅샅이 뒤질 작정이란다. 내 아들들도 수색에 참가한단다. 그 악당들의 인상과 풍채를 조금이라도 알 수 있으면 참 좋겠다만. 그러면 수사에 퍽 도움이 될 거다. 하지만 그렇게 캄캄한 밤이라 너도 놈들의 생김새를 알아 두지 못했겠지 아마."

"아니요, 저는 마을에서부터 이들을 뒤따라왔어요."

“그거 잘 됐군! 그래, 어떤 모습을 하고 있었지 응, 허클?”

“한 사람은 요즘 이 근처를 한두 번 어슬렁거린 적이 있는 소경에다 벙어리인 나이가 꽤 든 스페인 사람이고, 다른 하나는 꼭 거지와 같은 꼴을 한 인상이 험악한……”

“알겠다, 그 녀석들이라면 안다! 언젠가 한번 더글라스 과부댁 뒷산에서 만난 적이 있는데 날 보더니 그만 어물어물 도망치고 만 그 녀석들이구나. 애들아, 너희들 어서 보안관에 가서 이 이야기를 전부 전달해라. 어서 어서, 아침 같은 건 내일로 미루어도 좋다!”

두 아들은 곧 나가려 했다. 그들이 방을 나가려고 할 때 허클은 부리나케 일어나서 소리를 질렀다.

“제발 부탁이니, 내가 말했다는 얘긴 아무에게도 말하지 말아요! 제발 부탁합니다.”

“말하지 말라고 하면 안하겠지만 그러나 허클, 그렇다면 네 공적이 안 된다.”

“그런 것은 아무래도 좋아요. 제발 부탁이니 말하지 마세요!”

젊은이들이 나간 뒤에 웨일즈인 영감이 이렇게 물었다.

“쟤들은 절대로 말 안한다. 나도 안하고. 그런데 너는 왜 그걸 알리기를 싫어하지?”

허클베리는 그 중의 하나는 지나칠 정도로 잘 알고 있고, 자신이 그것을 알렸다는 것을 알게 된다면 자기는 단번에 맞아 죽을 거라고 말했다.

노인은 거듭 비밀을 지킬 것을 약속하고는 다시 말을 이었다.

"너는 어쩌다가 그 녀석들의 뒤를 쫓게 되었니? 하는 짓이 수상하더냐?"

허클은 잠시 생각하고 나서 그럴듯한 대답을 머릿속으로 꾸며댔다.

"그건 이래요. 저는 본디 천한 신분으로 다른 사람들이 모두 그렇게 말하고 저도 또한 그렇게 생각하고 있어요. 그런 생각 끝에 저는 어떻게 해서든지 새 길을 찾아보려고 맘먹고는 잠을 이루지 못할 때가 한 두 번이 아니었어요. 어젯밤이 바로 그랬습니다. 아무리 해도 잠이 오지 않아서 밤 12시경에 여러 가지 일을 생각하면서 어슬렁어슬렁 마을로 내려왔어요. 그리고는 금주 여관 옆의 그 더러운 벽돌 창고 앞까지 와서 그 담에 기대어 정신없이 뭘 생각하고 있었어요. 그때 바로 내 앞을 두 사나이가 뭔가를 안고 급히 지나가지 않겠어요. 언뜻 그때 뭘 훔쳤구나 하는 생각이 들더군요. 한 사람은 담배를 피우고 있고, 또 한 사람은 그 불을 빌리려고

했어요. 그래서 두 사람이 바로 내 앞에서 담뱃불을 부욱
하고 그었는데, 그 불빛에 두 사람의 얼굴을 봤어요. 키가
큰 쪽 남자는 턱수염과 안대를 한 소경에다 벙어리인 그 스
페인 사람이라는 걸 알았고, 또 하나는 누더기 옷을 입고 있
는 인상이 험악한 사나이였어요.”

“담뱃불로 옷 모양까지 봤단 말이지?”

허클은 잠시 말문이 막히고 말았다.

“여하튼…… 어째서 그랬는지는 모르지만 그런 것 같았어
요.”

“그 담에 두 놈은 걷더란 말이지. 그래서 넌 그 뒤를…….”

“따라갔어요. 예, 그렇습니다. 그대로 했어요. 뭘 하려나
하고, 너무도 거동이 수상하기에. 그래서 더글라스 아주머니
네 집 입구까지 와서 어둠 속에서 듣고 있자니까. 누더기 옷
을 입은 녀석이 더글라스 아주머니를 죽이지 말라고 하고,
스페인 사람은 아주머니의 얼굴을 엉망진창으로 만들어 놓
겠다고, 어젯밤 아드님에게 얘기한 것처럼…….”

“뭐야? 소경에다 벙어리인 녀석이 그랬단 말이야?”

허클은 또다시 큰 실수를 하고 말았다. 그는 스페인 사람
의 정체에 관해서 노인에게 절대로 암시를 주지 않으려고
결심하고 있는 듯이 보였다. 그는 몇 번인가 이 궁지에서 빠

져나오려고 엄청 애를 썼지만 독수리 같은 노인의 눈초리를 피할 길이 없어 자주 실패만 거듭할 뿐이었다. 드디어 웨일즈 영감이 이런 말을 하고 말았다.

"나를 경계할 필요는 없다. 어떤 일이 일어나더라도 나는 네 머리카락 하나 다치게 하지 않을 테니. 그러기는커녕 오히려 널 보호해주마. 꿋꿋이 지켜 주고 말구. 그 스페인 사람이라는 건 소경도 벙어리도 아니야. 너는 무심코 그렇게 말했단 말이다. 이제 새삼스럽게 감출 필요는 없다. 아무래도 넌 스페인 사람에 관해서 아직도 뭔가를 감추고 있어. 나를 믿고 있지를 않아. 모든 걸 다 얘기해 봐라. 나는 너를 결코 배반하지 않을 테니."

허클은 노인의 정직해 보이는 눈을 얼핏 살피고는 그 귀에다 자신의 입을 갖다 대었다.

"그건 스페인 사람이 아니라, 인디언 조예요."

이 말에 웨일즈 노인은 거의 의자에서 뛰어내릴 듯이 그야말로 깜짝 놀랐다.

"이제 모든 걸 알았다. 귀를 싹둑 도려 버리느니 코를 뭉텅 잘라 버리느니 하는 소리는 네가 꾸며서 하는 말로만 알았는데, 백인은 그런 복수는 안하는 법이니까 말이다. 하지만 이제 듣고 보니 인디언이라면 능히 할 법도 한 일이지!

인디언이라면 얘기가 달라."

아침을 먹는 동안에도 이 이야기는 계속되었지만, 그 사이에 노인은 이런 말을 했다. 어젯밤 자기들 부자는 집에 돌아오기 전에 계단 근처에서 초롱불을 비춰서 핏자국을 찾았다. 핏자국은 없었지만 커다란 보따리를 발견했다는 것이었다.

"뭐라구요?"

이 말이 비록 번갯불이었다 할지라도 이처럼 빨리 허클의 창백한 입술로부터 튀어나오지는 않았으리라. 그는 크게 눈을 부릅뜨고, 숨소리를 딱 멈추고는 대답을 기다렸다. 웨일즈인 영감도 놀라서 허클 못지않게 눈을 크게 부릅떴다. 3초 ─ 5초 ─ 노인은 겨우 대답했다.

"도둑질을 하기 위한 도구 말이다. 그런데 너는 왜 그리 깜짝 놀라는 거냐?"

허클은 자리에 풀썩 주저앉아 비로소 조금 숨을 돌릴 수가 있었다. 그러나 마음속으로는 말로 표현할 수 없을 정도로 안심이 되었다. 노인은 참 알 수 없는 일이라는 듯이 유심히 그의 얼굴을 살펴보았다.

"도둑질 도구라고 하는 말을 듣고 넌 아주 마음이 놓인 듯 한데 도대체 어찌된 영문이냐? 무슨 보따리라고 생각했기에 넌?"

허클은 또다시 말문이 막히고 말았다. 날카로운 눈이 자기를 쏘아보고 있었다. 그럴 듯한 대답의 재료를 제공해 줄 수만 있다면 무엇과 바꾸어도 상관없겠다고 그는 생각했다. 그러나 막무가내로 아무것도 나오지 않았다. 날카로운 눈이 점점 그를 압박해 왔다. 언뜻 무슨 생각이 머리를 스쳐갔다. 그것의 옳고 그르고를 살펴 볼 여유조차 없다. 그래서 그는 마음먹고 이렇게 중얼거렸다.

"주일학교 책이 아닐까요?"

허클 자신은 웃을 일이 아니었지만, 노인은 머리끝에 발끝까지 몸 전체를 흔들면서 죽으라고 큰 소리로 껄껄대면서, 이러한 웃음은 주머니 속에 든 돈과 같은 것으로 약값을 절약하게 해줄 것이라고 말하였다.

"불쌍하게도 안색이 안 좋구나. 너무 걱정이 돼서 몸이 피곤했던 모양이지. 횡설수설 이상한 소리를 하는 것도 무리는 아냐. 하지만 곧 나을 거다. 좀 자면 곧 났겠지."

뜬금없이 서둘러 대다가 오히려 의혹을 샀다고 생각하자 허클은 자기의 어리석은 수작에 화가 치밀었다. 여관집에서 들고 온 보따리가 예의 그 보물이라고 하는 생각은 먼 옛날에 벌써 계단 있는 데서 두 사람의 이야기를 들었을 때부터 버린 것이 아니었던가. 하기야 어쩌면 보물은 아닐 것이라고 추측만 했을 뿐 그 증거를 본 것은 아니었지만. 그 때문에 보따리를 발견했다는 말을 듣고 자신이 흔들렸던 것이다. 그러나 결국 이 조그마한 실패를 연출한 것이 도리어 즐거웠다. 이것으로 분명히 그 보따리가 문제의 그 보물 상자가 아니라는 것이 판명되어 안심이 되었고, 여간 명쾌한 기분이 아니었다. 사실 이제는 만사가 궤도에 오른 것만 같았다. 보물은 아직도 2호실에 있음이 분명했다. 두 녀석이 체포되어 감옥에 수감되면 그날 밤에 톰과 둘이서 아무 걱정도 없이, 누구의 방해를 받을 염려도 없이 끌어낼 수가 있으리라.

식사가 끝났을 무렵, 누군가 문을 두드리는 소리가 들렸다. 허클은 얼른 뛰어 일어나 숨으려고 했다. 자신이 이번 사건과 관계가 있다는 것을 조금도 눈치 채게 하고 싶지 않았기 때문이다. 웨일즈인 영감은 몇 사람의 남녀를 맞아들였고 그 속에는 더글라스 과부댁도 섞여 있었지만, 이때 마을 사람들이 현장을 보기 위하여 떼를 지어 언덕을 올라가는 것을 볼 수 있었다. 이 소문은 벌써 온 마을로 퍼져 있었던 것이다.

웨일즈인 영감은 어젯밤의 사건을 하나하나 손님들에게 설명했다. 과부댁은 위험을 모면한 것을 기쁘게 생각하고는 마음속으로부터 감사해 했다.

"천만에요, 부인. 그 말씀은 저에게 당치 않습니다. 마땅히 치사를 받아야 할 사람은 나나 아들이 아니라 다른 곳에 있습니다만, 이름을 알리지 말라는 언약을 받아서요. 그 사람이 알려주지 않았다면 우리가 그 일은 해낼 수 없었어요."

물론 이런 설명이 사건 자체에 대한 궁금증을 감소시킬 정도로 손님들의 호기심을 불러일으킨 것은 두 말할 것도 없다. 그러나 웨일즈인 영감은 손님들의 호기심을 불러일으켜 놓고는 비밀을 밝히려고 하지 않았다. 결국 그들을 통해서 이 일이 마을로 전파되게 된 것이지만, 과부댁은 그 이외의 이야기를 모두 듣고 나서 이렇게 말했다.

"저는 책을 읽다가 그만 깜빡 잠이 들어서, 그런 소동이 있었다는 것을 조금도 몰랐어요. 어째서 날 깨우러 오지 않으셨을까요?"

"그렇게까지 할 필요는 없다고 생각해서 그랬어요. 이제 도구는 없어졌고, 그놈들이 또다시 올 것 같은 조짐도 없었으므로 새삼스럽게 부인을 깨워 놀라게 할 필요는 없다고 생각했어요. 그래도 걱정이 돼서 우리 집 검둥이 세 마리를 시켜서 아침까지 부인 집을 지키도록 한 것인데, 이제 방금 돌아들 왔군요."

계속해서 새로운 손님들이 밀려들어, 노인은 두 시간 이상이나 똑같은 이야기를 되풀이하지 않으면 안 되었다.

학교의 휴가 중에는 주일학교도 없는데, 이날은 공교롭게도 이른 아침부터 사람들이 교회로 모여들었다. 이 큰 사건이 널리 알려졌기 때문이다. 두 악당들의 행방에 관해서는 아직도 아무런 단서를 찾지 못했다는 것이다. 설교가 끝난 후 대처 판사 부인은 사람들 틈에 끼어 출입구 쪽으로 향하려는 하퍼 부인에게로 다가갔다.

"우리 베키는 하루 종일 잠만 잘 작정일까요? 몸이 솜처럼 피곤하리라곤 생각합니다만."

"댁의 베키 말인가요?"

"예."

판사 부인의 눈은 둥그레졌다.

"어젯밤 댁에서 신세를 진 게 아니던가요?"

"저런, 아뇨."

대처 부인은 얼굴색이 창백해지며 그 자리에 풀썩 주저앉고 말았다. 바로 그 앞을 폴리 이모가 아는 사람들과 열심히 이야기를 주고받으면서 지나갔다. 폴리 이모가 대처 부인에게 아는 체를 했다.

"안녕하세요, 대처 마님. 안녕하세요. 하퍼 마님. 우리 집 애가 한명 행방불명이 되었어요 글쎄. 톰 녀석인데 어젯밤

두 분 중 어느 한 분 댁에서 폐를 끼쳤을 거라고 생각해요. 오늘 아침은 미안해서 아마 교회도 못 나갔나 보죠. 돌아오면 실컷 꾸짖어 줘야겠어요.”

대처 부인은 힘없이 머리를 가로 저었고, 한층 더 얼굴색이 창백해졌다.

“우리 집에는 안 왔어요.”

이건 하퍼 부인이 하는 말이었다. 부인도 역시 불안한 표정이었다. 폴리 이모의 얼굴에 역력히 불안한 기색이 떠올랐다.

“하퍼야, 오늘 아침 우리 톰을 못 봤니?”

“예, 못 봤어요.”

“마지막으로 만난 게 언제지?”

조는 생각해 내려고 애를 썼지만 확실한 말을 할 수 없었다. 나가려던 사람들이 걸음을 멈추었다. 장내에 속삭임 소리가 퍼지고 말아, 다 같이 불길하고 불안한 기색이 얼굴에 떠 있었다. 아이들과 젊은 선생들이 질문의 화살을 받았다. 그러나 그들은 돌아오는 배에 톰과 베키가 타고 있었는지 없었는지 알 수 없었고, 또 인원 점검을 해 볼 생각도 하지 않았다고 했다. 젊은 청년 하나가, 어쩌면 그 동굴 속에 그대로 남아 있을지도 모르겠다고 불쑥 말을 했다. 이 말에 대처 부인은 그만 기절을 하고 말았고, 폴리 이모는 두 손을 서로 비틀면서 울기 시작했다.

입에서 입으로, 무리에서 무리로, 마을에서 마을로 이 사건이 퍼져나갔다. 그리고 채 5분도 못되는 사이에 요란하게 종이 울리기 시작했고, 마을은 벌집을 쑤셔놓은 듯이 소란스러워졌다. 카디프 언덕의 사건은 제2의 문제가 되어 버렸고 도둑도 뒷전이 되어, 말에 안장이 놓이고 스키프가 동원되고, 나룻배가 동원되는 등 이 사건은 전파된 지 채 30분도 안 되는 사이에 2백 명이나 되는 인원을 모아 한길과 강을 따라 동굴 쪽으로 향하게 했다.

날이 어두워질 때까지의 그 긴 오후, 마을 안은 죽은 듯이 텅 빈 것만 같았다. 많은 부인들이 폴리 이모와 대처 부인을 찾아와 위로의 말을 건넸다. 그들도 함께 눈물을 흘렸는데 그것이 도리어 말보다도 더 큰 위로가 되었다. 마을에서는 밤새도록 자지 않고 좋은 소식이 날아오기를 기다렸지만, 날이 새면서 전해 온 소식이라고는 '좀 더 초와 먹을 것을 보내라'는 말뿐이었다. 대처 부인은 미칠 것만 같았고 폴리 이모도 마찬가지였다. 대처 판사가 동굴에서 낙심하지 말고 있으라는 격려의 말을 보내 왔지만, 그 말에는 아무런 희망도 포함되어 있지 않았다.

날이 완전히 밝아진 후에 웨일즈인 영감은 온몸에 촛농을 뒤집어쓰고 진흙투성이가 된 채 녹초가 되어서 집으로 돌아왔다. 와서 보니 허클은 아직도 침대에 잠들어 있는데 열이 높고, 연방 끙끙 헛소리를 하고 있었다. 마을에 있는 의사들은 모두 그 동굴에 나가 있어서 마을에는 한 사람도 남아 있지 않았다. 그래서 더글라스 과부댁이 와서 간호를 맡고 있었다. 그녀는 허클을 위하여 온 힘을 다하겠다고 하며, 좋은 아이든 나쁜 아이든, 혹은 그 어느 쪽에 속하지 않는다 하더라도 하나님의 아들이고 하나님의 것인 이상 소홀히 할 수 없다고 했다. 허클에게도 좋은 점이 있다고 웨일즈인 영감이 말하자 과부댁은 이렇게 대답했다.

"그렇구말구요. 그게 하나님의 표시입니다. 하나님은 그걸 지우시지는 않아요. 절대로 지우시진 않습니다. 당신의 손으로 만드신 것에는 반드시 무슨 표를 붙이시는 것이랍니다."

아침이 되자 마을사람들은 대부분 모두 녹초가 되어서 집으로 돌아왔지만, 기운이 남은 튼튼한 몇몇 사람들은 아직도 남아서 그대로 수색을 계속하고 있었다. 보고에 의하면, 아직까지 발을 디뎌 본 적이 없는 멀리 떨어진 곳을 낱낱이 수색했고, 구석이라는 구석과 틈바구니가 철저하게 조사되었으며, 그물눈처럼 되어 있는 어느 샛길로 들어가도 저 끝 어느 곳에는 반드시 등불이 반짝이는 게 보였고, 외치는 소리와 권총 소리가 음침한 동굴 안에 반향을 불러일으키며 길게 울리더라는 것이었다. 보통 구경꾼들이 돌아다니는 구역으로부터 훨씬 구석진 곳에 있는 바위의 절벽에 촛불 그을음으로 '베키와 톰'이라고 씌어져 있는 것이 발견되었고, 그 옆에 촛농으로 더럽혀진 리본이 떨어져 있었다. 대처 부인은 이 리본을 기억한다고 말하며 또 한 번 넋두리를 늘어놓았다. 이것이 베키의 최후의 유물이라고 하며, 애처로운 죽음을 겪기 전의 산 몸에 붙어 있던 것인 이상 딸의 기념으로서 이보다 더 귀중한 것이 어디 있겠느냐고 말했다. 돌아온 사람들의 이야기에 의하면 가끔 먼 곳에서 불빛이 보일 때가 있었다. 그러면 이제 됐다 하고 좋아서 환성을 올리며 통로에 메아리를 외치면서 힘을 내어 달려갔다. 그리고 그럴 때마다 애처로운 실망을 맛보고는 했다. 그것은 찾고 있는 아이들이 아니라 역시 수색자의 등불이었기 때문이다.

사흘 낮 사흘 밤이 불안과 초조 속에서 지나고 온 마을은 마치 마비된 것만 같았다. 누구 하나 무엇을 해 보려는 의욕을 갖지 못했다. 때마침 금주 여관집 주인이 그 집안에다 주류를 감춰 두었다는 사실이 발각되었고, 비록 대사건이었음

에도 불구하고 마을 사람들의 신경을 자극시키기에는 역부
족이었다.

허클은 얼마간 병세가 호전되었을 때 무슨 애기 끝에 넌
지시 여관집 이야기를 꺼내서 맨 마지막에, 이젠 다 틀렸다
고 반쯤은 체념하면서, 자기가 누워 있는 동안에 금주 여관
에서 무엇이 발견되지는 않았느냐고 물었다.

"그럼, 발견되구 말구."

이와 같은 과부댁의 대답에 허클은 눈을 휘둥그레지며 침
대 위에서 벌떡 일어나 앉았다.

"뭐, 뭐였어요?"

"술이란다! 그래서 영업 정지를 먹었단다. 너는 더 잠이나
자라고. 웬일이냐, 사람을 감짝 놀라게 하니!"

"하나만 애기해 주세요, 하나만…… 제발 부탁이에요! 그
걸 발견한 건 톰 소여인가요?"

과부댁은 눈에 눈물을 머금었다.

"자, 그만. 아무 말도 하지 마! 아까도 안 그러더냐. 네가
애길 해선 안 된다고. 넌 아주 몸이 아픈 거야!"

그렇다면 술 외에는 아무것도 발견되지 않았구나. 그 돈
이 발견되었다면 필경 큰 소동이 벌어졌을 것이다. 그러고
보면 그 보물은 어디론가 사라진 게 분명하다. 영원히 사라

진 것이로구나! 그런데 아주머니는 왜 우는 것일까? 아무것
도 울 것이 없지 않은가.

이러한 생각이 밑도 끝도 없이 허클의 머릿속을 오락가락
하고 있었는데, 마침내 생각에 지쳐서 그만 잠이 들어 버리
고 말았다. 과부댁은 혼자 마음속으로 중얼거렸다.

'이럭저럭 잠이 든 모양이군, 불쌍하기도 해라. 톰 소여가
그걸 발견했다구! 톰 소여를 누가 찾아 낼 수는 없을까! 아
아, 이젠 웬만한 사람은 다들 단념했고 찾을 용기도 모두 꺾
였어.'

톰과 베키의 실종

그럼, 이제 이야기를 소풍에 참가한 톰과 베키에게로 돌리기로 하자. 그들은 다른 아이들과 함께 어두운 동굴 속을 돌아다니며, '접견실'이니 '대사원'이니 '알라딘 궁전'이니 하는 이름이 붙은 곳을 구경하고 있었는데, 뒤이어 모든 학생들이 신이 나서 '숨바꼭질'을 시작했으므로 함께 참가해서 정신없이 뛰어 놀았다. 얼마 후 그 장난도 그만 싫증이 나고 말았으므로, 톰과 베키는 일행에서 떨어져 구부러진 통로로 들어가서 촛불을 켜고서 바위틈에 마치 거미줄처럼 사방에 난잡하게 여기저기 낙서를 한(그 모두가 촛불 그을음으로 씌어진 것) 이름이니, 날짜니, 번지니, 표어 등을 읽으면서 자꾸만 앞으로 걸어 나갔다. 그리고 자기들도 모르는 사이에 어느새 이젠 낙서가 없는 장소에까지 깊이 들어오게 되었는데, 이야기에 그만 정신이 팔려서 그 사실을 알지 못했다. 그들은 깎아내릴 듯이 머리 위에 우뚝 서 있는 거대한 바위의 표면에다가 자기들의 이름을 촛불 그을음으로 써 놓고서 자꾸만 앞을 향해 걸어 들어갔다.

잠시 후 그들은 미끈미끈한, 언제까지라도 파손될 것 같지 않은 돌에 레이스 모양의 술을 단 나이아가라 폭포 모양을 하고 있는 괴석 앞에 오게 되었다. 이것은 바위에서 뚝뚝 떨어지는 조그마한 물줄기 속에 포함되어 있는 석회분이 굳어져서 오랜 세월 동안 흐르는 사이에 쌓이고 쌓여 폭포의 형체로 변한 것이다. 톰은 좁다란 틈새로부터 몸을 비틀어 뒤쪽으로 돌아 베키에게 초의 불빛으로 그 폭포를 비춰 보였다. 그는 거기서부터 아래쪽을 향한 천연의 계단이 만들어져 있는 것을 발견하고는 단번에 탐험 욕망에 사로잡혔다. 베키가 그의 부르는 소리에 대답하자 그들은 다음번에 올 때를 위해서 촛불 그을음으로 표시를 해 두고는 탐험의 길을 떠났다. 그들은 동굴의 비밀 골짜기를 이리저리 돌아다니며 여기저기에다 표시를 해 놓았고, 잠시 후 이 속세로 다시 올라왔을 때의 이야깃거리를 만들려고 기이한 풍경을 찾아서 동굴 아래로 깊숙이 들어갔다. 어떤 곳에는 넓은 공터가 있고, 천장에서부터 길이와 굵기가 꼭 사람의 다리만한 무수히 많은 종유석이 늘어져 번쩍번쩍 빛나고 있었다. 둘은 경탄의 눈을 크게 뜨고 이것을 바라다보면서 그 사이를 이리저리 돌아다닌 후 이곳으로 통해 있는 무수히 많은 동굴 중의 하나로 들어갔다. 동굴 저 앞으로는 마음을 사뭇 홀리는 샘이 있고, 그 바닥에는 수정을 박은 듯한 투명한 돌이 번쩍번쩍 하고 마치 무슨 무늬처럼 빛나고 있었다. 이 샘이 있는 곳은 몇 개의 커다란 석주(石柱)가 천길 만길 우뚝 솟아 있는 동굴의 바로 한복판으로, 이 석주들은 몇 세기를 두고 끊임없이 종유석과 석순이 한 덩어리로 엉키면서 생긴 것이다. 그 천장에는 수천이나 되는 엄청난 수의 박쥐가 한 덩어리로 모여 있었는데, 불빛에 깜짝 놀란 수백 마리가 일시에 휙- 공중으로 떠오르며 찌익 찌익- 울면서 맹렬한 기세로 촛불을 향해 달려들었다. 톰은 그들의 성질과 무서움을 잘 알고 있었다. 그래서 얼른 베키의 손을 잡아끌고 가장 가까운 동굴 속으로 몸을 피하려 했지만, 이미 그들에게 선수를 빼앗기고 말아 얼른 빠져나가려던 베키의 촛불은 그만 급습한 박쥐 떼에 부딪혀 꺼지고 말았다. 박쥐들은 꽤 멀리까지 추격해 온 것이지만, 두 사람은 닥치는 대로 이리저리 샛길로 빠져 가까스로 이 위험한 짐승들로부터 몸을 피할 수가 있었다. 얼마 후에 톰은 지하 호수를 발견했다. 촛불의 광선이 그 끝까지 미치지 못했고, 어디까지 퍼져 있는지 분간할 수 없었다. 그는 그 둑을 탐험하고 싶었지만 우선 잠깐 쉰 후에 하는 것이 좋겠다고 생각하고는 둘이서 나란히 거기에 걸터앉았다. 이때 비로소 주위의 깊은 고요함이 끈적끈적한 손으로 그들의 마음을 사로잡았다. 먼저 베키가 입을 열었다.

"지금까지는 잘 몰랐는데 다른 애들 말소리가 들리지 않은 지 꽤 오래 돼."

"그래 베키, 우리들은 훨씬 아래에 와 있는 거야. 그런데 그게 북인지 남인지 동인지 서쪽인지, 어느 방향인지 전연 짐작이 안 돼. 다른 애들의 목소리가 통 안 들리니까 그렇잖아."

이 말에 베키는 덜컥 불안해졌다.

"아래로 얼마나 내려왔을까, 응, 톰. 이제 그만 돌아가자."

"그래, 가자. 그게 낫겠다."

"가는 길을 알겠지? 나는 너무도 정신없이 다녀서 뭐가 뭔지 통 모르겠어."

"찾아낼 수 있을 거 같긴 한데, 박쥐란 놈들 때문에 곤란해. 둘 다 촛불을 끄면 큰일이거든. 거기를 지나지 않고 다른 길을 찾아서 가자.”

“좋아, 그런데 잘 나갈 수 있으면 좋겠어, 못 나가면 큰일이야!”

만일의 경우를 생각하고 소녀는 몸서리를 쳤다.

둘은 어느 하나의 통로로 들어가서 어디 낯익은 곳이라도 없나 하고 새 입구를 찾으면서 꽤 긴 시간을 아무 말도 없이 걸었지만, 어느 입구든지 모두 처음 보는 것뿐이었다. 톰이 그것들을 하나하나 조사해 보고 있을 때마다 베키는 믿음직한 징조가 톰의 얼굴에 나타나기를 지켜보고 있었다. 그때마다 톰은 씩씩하게 말하는 것이었다.

“아아, 이젠 됐다! 다르긴 다르지만 이제 곧 진짜 길을 찾을 수 있어!”

그러나 실패를 거듭할 때마다 그는 자신을 잃고 말아, 얼마 후에는 어쩌면 자기들이 찾는 길로 나갈 수 있을지 의심스러운 암담한 생각에 빠져 들어, 되는 대로 마구 샛길로 들어가기 시작했다. 그럼에도 불구하고 톰은 여전히 ‘문제없다’고 큰 소리는 치고 있었지만 마음속은 무서운 공포가 스며들었다. 그로 인해 말은 힘을 잃고, 마치 ‘이제는 틀렸어!’ 하고 소리치는 것만 같았다.

베키는 지레 겁을 집어먹고는 톰에게 바싹 달라붙어서 눈물을 흘리지 않으려고 애써 참았지만 억제하기가 힘들었다.

마침내 그녀는 울상이 다 되어 말했다.

"얘, 톰. 박쥐가 있어도 좋으니 아까 오던 길을 도로 가 봐! 자꾸만 깊숙이 안으로만 들어가는 것 같아."

톰은 갑자기 걸음을 멈추더니,

"저게 뭘까 들어 봐!"

라고 말했다.

사방은 죽은 듯이 고요하기만 했다. 자기들의 숨소리가 유달리 선명하게 들릴 정도로 주변은 물을 끼얹은 듯이 적막하기만 했다. 톰은 큰 소리로 외쳐 보았다. 그 소리는 텅 빈 동굴을 메아리치며 조소하는 듯한 파도를 멀리 남기고는 사라져버렸다.

"그만둬, 톰, 무서워."

베키는 기어 들어가는 목소리로 말했다.

"무섭지만 해 보는 게 좋아, 베키. 다른 애들에게 들릴지 도 모르니까."

이러면서 톰은 다시 한 번 큰 소리로 외쳤다.

'―지도 모르니까'라는 말은 음침한 웃음소리 이상으로 두려움을 주었다. 그것은 희망이 단절되었다는 것을 고백하 는 것과 마찬가지였다. 그들은 가만히 선 채로 귀를 기울였다. 하지만 아무 반응이 없었다. 톰은 얼른 아까 오던 길로 다시 돌아 나와 걸음을 재촉했다.

그러나 얼마 후, 그 어떤 자신감을 잃은 듯한 그의 태도에서 베키는 아까와는 또 다른 무서운 사실을 발견했다. 톰은 아까 오던 길을 끝내 찾지 못하고 만 것이다!

"톰, 너 표시를 해 놓지 않았구나!"

"그래, 바보같이. 정말 바보 같아! 되돌아올지도 모른다는 생각을 전혀 안했어! 이젠 틀렸어. 길이 안 나와. 길이 온통 뒤죽박죽이야."

"톰, 톰, 우린 길을 잃어버린 거야! 행방불명이 된 거라고! 이런 무서운 곳에서 한평생 나갈 수 없다고! 아아, 어쩌다 다른 애들과 헤어지게 됐단 말이야!"

베키는 거기에 풀썩 주저앉아 미친 듯이 소리 내서 울기 시작했다. 톰은 깜짝 놀라서 그녀가 죽는 게 아닌가, 이러다가 미치고 마는 게 아닌가 하고 생각했다. 톰도 거기에 주저앉아 그녀를 꼭 끌어당겼다. 소녀는 그의 가슴에다 자기 얼굴을 폭 파묻고는 공포를 하소연하면서, 소용없는 넋두리를 늘어놓았다. 그러자 그 소리가 멀리서부터 짓궂은 조소가 되어 되울려 왔다. 힘을 내라고 톰은 말해 보았지만 베키는 절레절레 머리를 가로 저을 뿐이었다. 그는 그녀를 이러한 궁지에 빠뜨린 것은 자기 탓이라고 말했다. 자신을 책망했다. 그런데 이것이 좋은 결과를 가져다주었다. 베키는 이제부터는 힘을 내 보겠다고, 톰이 가는 곳이라면 어디라도 따라 갈 테니 두 번 다시는 그런 말을 하지 말라고, 톰만의 잘못이 아니라는 내용의 말을 늘어놓았다.

그래서 그들은 또다시 걷기 시작했다. 정처 없이 그저 아무렇게나 그저 걷고 있다고나 할까, 그들이 할 수 있는 것은 그것뿐이었다. 그래도 잠시 동안은 얼마간의 희망이 그들에게 힘을 주었다.

나이를 먹고, 실패를 거듭하고, 마침내 마음의 탄력을 잃을 때까지는 희망을 잃지 않는 것이 인간의 본성이기 때문이다.

얼마 있다가 톰은 베키의 초를 빼앗아 그것을 후후 불어서 껐다. 이와 같은 절약에는 큰 의미가 있었다! 그것은 설명의 필요도 없었다. 베키는 그것을 깨닫고는 또다시 희망을 잃었다. 그녀는 톰의 주머니 속에서 새 초 하나와 쓰다 남은 것이 서너 개 남아 있는 것을 알고 있었다. 그래도 그는 절약하지 않으면 안 되는 것이다.

그러는 동안에 피로가 눈에 잡힐 듯이 분명해졌다. 그들은 그것을 무시하려고 애를 썼다. 시간이 시시각각으로 귀중

한 것으로 되어 가는데, 아무것도 하지 않고 묵묵히 앉아 있
다고 하는 것은 생각만 해도 무서운 일이기 때문이었다. 어
디론가 향해서 걷고 있으면 그것을 적어도 하나의 움직임으
로 혹은 그러는 사이에 그 무슨 열매를 맺을지도 모른다. 주
저앉고 만다면 그것은 죽음을 초래하고 그 거리를 단축하는
것에 지나지 않는다.

　마침내 베키의 연약한 발이 말을 듣지 않게 되어서, 한 걸
음도 앞으로 나갈 수가 없었다. 그녀는 풀썩 주저앉고 말았
다. 톰도 거기 같이 주저앉아 그들은 집 이야기, 동무 이야
기, 안락한 침대 이야기, 그리고 나서 무엇보다도 그리운 등
불 이야기를 서로 주고받았다. 베키는 끝내 울음보를 터뜨리
고 말았다. 톰은 어떻게 해서든지 그녀의 마음을 안정시키려
고 애를 썼지만 어느 말도 이미 한 번은 사용한 것이어서 효
과가 없었고, 도리어 비꼬는 말처럼만 들렸다. 피로가 온몸
을 무겁게 내리누르고 있어 베키는 꾸벅꾸벅 졸기 시작했다.
톰은 그게 고마웠다. 물끄러미 쳐다보고 있노라니까 그녀의
뒤틀린 얼굴이 서서히 풀리면서 안온한 꿈길을 더듬는 듯이
차츰 얼굴의 형체가 자연스럽고 부드러운 모습으로 되돌아
갔다. 이어서 미소조차 떠올라 언제까지 사라지지 않았다.
이 평온하게 자는 얼굴은 톰 자신의 마음에도 얼마간 위안

을 가져다주었고, 그의 생각은 여기를 떠나서 지나간 옛날과 꿈같은 회고 속으로 방황의 길을 더듬었다. 이와 같이 톰이 깊은 생각에 젖어 있는 동안에 베키는 산들바람과 같은 가벼운 웃음소리를 지르고는 그 소리에 그만 눈을 뜨고 말았다. 그러나 그 미소는 그냥 그대로 입술에 얼어붙고 마침내 신음소리로 바뀌고 말았다.

"어머, 그만 잠이 들었었네! 잠이 영영 깨지 말았으면 좋았을 걸! 아이, 거짓말이야 톰! 그런 표정을 짓지 마! 다시는 그런 말 안 할 테니!"

"아냐, 네가 잠들어서 나는 안심을 했어. 베키, 한 잠 자고 나니 힘이 나지? 자, 다시 나가는 문을 찾아보자."

"그래 찾아 봐. 방금 나는 매우 아름다운 나라의 꿈을 꾸었어. 지금부터는 둘이서 그리 가는 게 아닌지 몰라."

"그게 무슨 말이야, 그런 말 하지 말고 힘을 내 베키, 둘이서 힘을 내는 거야."

그들은 벌떡 일어나 손에 손을 잡고 또다시 정처 없이 걷기 시작했다. 이 동굴로 들어와서 얼마나 지났는지 그것을 헤아려 보았지만, 며칠이 지나고 몇 주일이 지났는지 통 분간할 수가 없었다.

하기야 아직 초를 모두 쓰지 않고 주머니 속에 남겨 두었으니 그렇게까지 많은 시간이 흘러가지 않았으리라는 것은 분명했다. 한참 있다가 — 몇 시간이 지났는지 그들에게는 분간이 가지 않았다 — 톰은 가만히 가서 물소리를 듣지 않으면 안 되겠다고, 샘물을 찾아 내지 않으면 안 되겠다고 말했다.

얼마 후 그들은 샘물을 찾아 낼 수 있었고, 톰은 거기서 쉬자고 말했다. 둘 다 물 먹은 솜처럼 피곤해지고 지쳤지만 베키는 아직 조금 더 걸을 수 있겠다고 말했다. 베키가 쉬자는 톰의 말에 동의하지 않는 것은 뜻밖이었다. 그 까닭을 알 수 없었다. 그들은 걸터앉았고, 톰은 진흙으로 초를 바위에 붙였다. 각기 여러 가지 생각에 젖은 채 잠시 두 사람은 말이 없었지만 베키가 얼마 후 침묵을 깨뜨렸다.

"톰, 배가 고파!"

톰은 주머니에서 무엇을 꺼냈다.

"이게 뭔지 생각나?"

베키는 엷은 미소를 입가에 지었다.

"우리들의 결혼식의 과자지, 응, 톰."

"그래…… 통처럼 좀 크면 좋겠지만 이게 전부야."

"나는 그것을 보고 여러 가지 꿈을 꾸려고 일부러 소풍에는 가지고 오지 않았어. 어른들도 결혼식 과자를 간직하는 경우가 있지? 그런데 이렇게 되면……."

베키는 여기서 말을 중단했다. 톰은 그 과자를 둘로 나누
었다. 베키는 한 입에 맛있게 먹어 버렸지만 톰은 자기 몫을
조금씩 떼서 먹었다. 이 성찬의 맨 마지막을 끝마쳐 주는 냉
수는 얼마든지 있었다. 얼마 후 베키가 이제는 떠나자고 제
의했다. 톰은 잠시 말이 없었으나 얼마 후 입을 열었다.

"베키, 내가 무슨 말을 해도 참을 수 있겠어?"

이 말을 듣고 베키의 얼굴은 삽시간에 핏기가 사라졌다.
그러나 그녀는 참을 수 있을 것만 같다고 단호하게 대답했
다.

"그러면 말이야, 베키. 우린 여기서 이 물이 있는 곳에 있
어야만 돼. 이 짧은 초가 이제 마지막이야."

베키는 그만 울음보를 터뜨렸다. 톰은 온갖 노력을 다해
서 위로했지만 별 효과가 없었다. 드디어 베키가 입을 열었
다.

"톰!"

"왜, 베키?"

"모두 우리를 찾으러 올 거야!"

"지금 찾고 있을지도 몰라, 응, 그럴 거야."

"맞아, 그럴 거야! 그랬으면 좋겠어."

“모두 언제 우리가 없어진 걸 알았을까?”

“배에 타고 나서 알았겠지, 아마.”

“하지만 그때는 벌써 어두워져 있었을 거야. 우리들이 없는 걸 깨달았겠지.”

“그건 모르지. 하지만 모두가 집에 돌아가면 너의 엄마는 알았겠지. 너만이 돌아오지 않았으니까.”

베키의 얼굴에 떠오르는 놀람의 빛을 보고, 톰은 자기가 큰 실수를 했다는 것을 깨달았다. 베키는 그날 밤 집에 돌아오지 않기로 한 것이 아니었던가! 그들은 일요일의 오전도 그 절반이 지났을 때가 아니면 대처 부인은 베키가 하퍼 부인의 집에 묵지 않았다는 것을 깨닫지 못하리라는 것이다.

그들은 촛불에 눈길을 주고서 그것이 인정사정도 없이 시시각각 짧아지고 있는 것을 지켜보고 있었다. 드디어 초는 앞으로 반 인치만 타면 그만이라고 하는 경지에 이르렀고, 불꽃은 더욱 깜빡거리며, 가냘픈 한 가닥의 연기가 떠오르고, 일순간 빨간 빛이 반짝 하고 타오르더니 다음 순간 완전한 어둠이 모든 것을 삼켜버리고 말았다.

그 후 얼마쯤 시간이 지난 다음에, 톰에게 매달려 울고 있던 베키가 언제 제정신으로 돌아왔는지 두 사람은 알 수가 없었다. 알 수 있었던 것은 이루 헤아릴 수 없는 긴 시간이 경과한 후 제각기 앞뒤를 분간할 수 없는 죽음과 같은 깊은 잠에서 깨어나 새삼스럽게 자기들의 불행을 깨달았다는 것 뿐이었다. 톰은, 벌써 일요일이 되어 있을 테지, 어쩌면 월요일일지도 모르겠다고 까지 생각했다. 그는 베키에게 이야기를 시켜 보려고 했지만 그녀는 모든 희망을 잃고 슬픔에 짓눌려 있었다. 마을 사람들은 벌써 오래 전에 자기들의 행방불명을 깨닫고는 수색을 시작했음에 틀림없을 거라고도 톰은 말했다. 큰 소리를 누가 알아들을지도 모른다. 그래서 그는 힘껏 큰 소리를 질러 보았다. 그러나 암흑 속 저쪽에서 메아리쳐 오는 반향이 어찌나 무서운지 두 번 다시 되풀이해 볼 생각이 도무지 나지 않았다.

덧없는 시간이 쉬지 않고 흘러갔고, 또다시 두 사람은 공복의 고통에 시달려 견디기 힘든 시간을 맞았다. 톰의 그 절반 몫의 과자가 아직 얼마간 남아 있었으므로 두 사람은 그것을 나눠 먹었다. 그러나 그 때문에 도리어 공복이 더욱 심해진 것만 같이 생각되었다. 창자 어느 구석에 끼고 말지 모를 소량의 음식물은 도리어 식욕을 불러일으킬 뿐이었다.

언뜻 톰이 말했다.

“쉿! 저게 무슨 소릴까?”

두 사람은 모두 숨을 죽이고서 그 소리에 귀를 기울였다.

아주 멀리서 극히 희미한 무슨 소리가 들려온 것이었다. 톰은 곧 이에 답하고는, 베키의 손을 잡고, 소리가 난 방향을 향해 그쪽으로 통로를 더듬기 시작했다. 다시 한 번 그는 귀를 기울였다. 또다시 희미한 소리가 들려왔다. 아까보다는 얼마간 가까워진 것만 같았다.

"마을 사람들이야! 마을 사람들이 왔어! 맞아, 힘을 내 봐, 베키 — 이젠 됐어!"

그들의 기쁨은 이루 헤아릴 수가 없었다. 그러나 가는 길의 곳곳에는 구멍이 뚫려 있어, 그것에 마음을 쓰지 않을 수 없었고, 그래서 마음대로 걸음을 재촉할 수가 없었다. 얼마 가지도 않아 큰 구멍 하나가 앞을 가로막아서 두 사람은 더 이상 갈 수가 없었다. 그 깊이는 3피트 정도일지도 모르고, 혹은 백 피트나 될지도 몰랐다. 어쨌든 건널 수가 없었다. 톰은 배를 깔고 엎드려 손을 아래로 뻗쳐보았다. 그러나 아무리 뻗어 봐도 바닥 같은 것은 만져지지 않았다. 그렇다면 죽은 듯이 여기에 가만히 있으면서 수색대가 오기를 기다리는 수밖에는 다른 방법이 없었다. 그들은 귀를 기울였다. 멀리서 들려오는 외침 소리가 분명히 점점 더 멀리 사라져간다! 그리고는 이내 완전히 들리지 않게 되었다. 얼마나 가슴 아픈 일인가!

톰은 목이 쉴 때까지 계속 외쳐 보았지만 아무런 효과도 없었다. 베키에게만은 희망에 차서 이야기를 했지만, 한 시간이나 될 만큼 오랫동안 기다려 보아도 다시는 아무 소리도 들려오지 않았다.

두 사람은 손을 더듬어서 아까 있던 그 샘으로 되돌아왔다. 지루한 시간이 그대로 흘러갔고, 그들은 또다시 잠이 들었으며, 그리고는 또 공복과 절망 속에서 잠이 깨었다. 이제는 틀림없이 화요일이 되어 있을 테지 하고 톰은 생각했다.

그때 언뜻 무슨 생각 하나가 머리를 스쳐갔다. 근처에 몇 개의 작은 샛길이 있다는 생각이 들었다. 아무 일도 하지 않고 무거운 시간의 압력에 짓눌려 있기보다는 이 샛길들을 찾아보는 편이 훨씬 나을지도 모른다. 그는 주머니에서 연실을 꺼내어, 그것을 바위가 툭 솟아나온 모퉁이에다 붙잡아 매 놓고는 베키와 둘이서, 톰이 앞서서 실을 풀면서 앞으로 걸어 나갔다. 20보쯤 앞으로 나가자, 그 통로는 도약대와 같은 절벽으로 끝나 있었다. 그는 거기서 무릎을 꿇고 깊이를 더듬어 보았고, 또 손이 미치는 데까지 그 장소 주위를 더듬어보았다. 그리고 바른 쪽으로 좀 더 손을 뻗쳐 보려고 한 순간, 채 20야드도 떨어져 있지 않은 바로 앞에 있는 바위 뒤에서 포를 든 사람의 손 하나가 쑥 나타났다!

톰은 이젠 살았다고 소리를 질렀다. 그것과 동시에 그 손 뒤를 따라 몸이 나타났다 ― 인디언 조의 몸이! 톰은 그만 아찔했다. 몸을 가눌 수도 없었다.

다음 순간 그 '스페인 사람'이 휙 몸을 돌려 저쪽으로 모습을 감추는 것을 보고는 그때서야 비로소 후우― 하고 안도의 한숨을 내쉴 수가 있었다. 목소리로 알았을 텐데, 조는 어찌하여 증인의 복수로 자기를 죽이려고 하지 않은 것이었을까? 혹은 반향으로 음색이 변해 있었을지도 모른다. 옳지, 그것에 틀림없겠다고 톰은 혼자 단정했다.

톰의 공포는 그의 체내의 모든 근육에서 힘을 온통 앗아가고야 말았다. 만일 샘 있는 데까지 되돌아 갈 수만 있다면 거기 그대로 꼼짝도 말고 있자, 무슨 일이 일어나더라도 두 번 다시는 인디언 조와 만날 위험을 저지르지는 않으리라 그는 마음속으로 혼자 중얼거렸다. 자기가 본 것을 베키에게는 말하지 않았다. 그저 '운수가 트이나' 하고 한번 외쳐 본 것이라고 딴청을 부렸다.

그러나 긴 시간이 흐르는 사이에도 결국 공복과 슬픔은 공포를 압도하고야 만다. 또다시 샘가에서 기다림에 지쳐 그만 기력을 잃고 오랫동안 잠에 빠진 뒤에 사정은 일변했다.

잠을 깬 두 사람은 지독한 공복으로 인해 견딜 수가 없었다. 톰은 벌써 수요일이나 목요일이 되어 있을지도 모르겠다, 어쩌면 금요일이나 토요일일지도 모른다, 그리고 수색은 이젠 일단 중지되어 있을지도 모르겠다고 생각했다. 그는 다시 한 번 다른 길을 찾아보자고 제안했다. 인디언 조건 뭐건 그게 무슨 상관이냐고 당돌해졌다.

그러나 베키는 몸을 가누기가 힘들었다. 일어서려고도 하지 않았다. 여길 떠나고 싶지 않아, 결국 죽고 말 것이라면 이렇게 이대로 가만히 기다리고 있을 거야, 하고 그녀는 막무가내로 꼼짝도 하지 않았다. 가고 싶다면 혼자 연 실을 끌고 갔다 오라고, 그 대신 가끔 돌아와서 자기에게 이야기를 걸어 달라고, 그리고 마침내 최후의 순간이 오면 자기 옆을 지키면서 숨을 거둘 때까지 손을 꼭 잡아 달라고 부탁했다.

톰은 목구멍이 막힐 듯한 애처로운 생각으로 베키에게 키스를 한 뒤, 이제 곧 반드시 수색대가 자기들을 구하러 올 테니 걱정 말라고 기운을 북돋우어 주었다. 그리고는 쓰라린 공복을 움켜쥐고, 불길한 예감에 부들부들 떨면서 연 실을 늦추면서 네 발로 엉금엉금 통로 하나로 기어 들어갔다.

새로운 모험을 계획하다

화요일의 오후가 지나고 황혼이 다가왔다. 센트 피츠버그의 마을은 아직도 우수에 잠겨 있었다. 두 아이의 행방은 아직도 알 수가 없었다. 두 아이를 위해 기도회가 열렸고, 각 가정에서도 각기 정성어린 기도가 올려졌지만 여전히 동굴에서는 아무런 낭보도 들리지 않았다. 수색대에 참가한 사람들은 대부분 수색을 단념하고, 이 아이들은 이제 발견될 가능성은 거의 없다고 단정하고는 각기 자신들의 일상 속으로 돌아갔다. 대처 부인은 병석에 누운 채 거의 하루 종일 헛소리만 하고 있었다. 부인이 아이구, 베키야 — 하고 아이의 이름을 부르며, 얼굴을 쳐들고 그 대답을 기다리다가 그만 한

숨을 푹 내쉬고는 풀썩 엎어지는 모습은 차마 눈뜨고는 볼 수 없다고 마을 사람들은 수군거렸다. 폴리 이모도 그만 지칠 대로 지쳐 회색이 든 머리칼이 거의 순백색으로 변해 버렸다. 화요일 밤 온 마을은 체념한 기분에 사로잡혀 쓸쓸히 잠자리에 들었다.

그 한밤중에 마을 내의 모든 종이 요란하게 울리기 시작했고, 삽시간에 길이라는 길에는 옷차림도 제대로 갖추지 않은 흥분한 군중이 몰려나와 이구동성으로, '일어나! 일어나! 찾았어! 애들을 찾았어!' 하고 마구 외쳤다. 이 외침 소리에 양철 냄비와 뿔나팔 소리가 합류되었고, 군중은 강둑을 따라 달려가 열에 들뜬 마을 사람들에게 끌려오는 무개마차 안에 앉아 있는 두 아이를 맞이했다. 그리고는 그 무리 속에 합류해서 행진 속에 휩쓸려들어 '만세!' 하고 절규하면서 의기양양하게 큰 거리로 들어섰다.

동네 전체에 환하게 불이 밝혀졌다. 누구 하나 자려는 사람이 없었다. 작은 마을에서 일찍이 경험해 본 적이 없는 굉장한 밤이었다. 처음 한 시간 대처 판사네 집은 몰려온 마을 사람들로 들끓었고, 그 모두가 각기 한 번씩 구출된 아이를 껴안고는 키스를 퍼부었으며, 대처 부인의 손을 꼭 움켜쥐고서 만족스럽게 말도 한마디 못하고 눈물만 줄줄 흘리는 것이었다.

폴리 이모의 기쁨은 더할 나위 없었다. 대처 부인도 마찬가지지만, 그러나 심부름꾼이 동굴에서 아직도 수색을 벌이고 있는 남편에게 이 낭보를 알리기만 하면 이 환희는 더욱 완전한 것이 되고 말 것이리라. 톰은 열기에 싸인 청중들에게 포위되어 소파에 몸을 던진 채 그 굉장한 모험의 경과를 이야기했고, 이에 여러 가지 요소들을 덧붙여서 이야기를 장식했으며, 그 결과로서 베키를 남겨 놓고서 혼자서 탐험에 나섰다는 것, 연 실이 계속되는 데까지 두 통로를 끝까지 탐험했다는 것, 제3의 통로로 들어갔을 때 실의 길이가 그만 끝이 나고 말았으므로 되돌아오려고 한 것인데, 그때 저 멀리서 낮과 같은 밝은 광선이 새어 들어오는 것이 눈에 띄었다는 것, 실을 놓고서 손을 더듬어 거기까지 걸어가 조그마한 틈으로 목과 어깨를 드러내고 거기 도도히 흐르는 미시시피 강을 보았다는 이야기를 했다. 만일 이것이 밤이었다면 빛이 안으로 새어 들어왔을 리도 만무했을 것이고, 실을 놓고서까지 전진했을 리도 없었으리라. 되돌아와 베키에게 그 길보를 전하자 그녀는 그런 소릴 해서 자기를 기쁘게 하려고 하지는 말라고, 자기는 이제 녹초가 되었고, 결국은 죽고 말 것이고, 또 죽고 싶으니까 그냥 내버려 두라고 하며 막무가내라, 그는 할 수 있는 데까지는 다하여 그녀를 격려했다. 그리고 결국 손을 더듬어 푸른 낮의 햇빛을 보았을 때 그녀는 기쁜 나머지 죽을 것만 같았다. 그는 그 구멍에서 기어 나왔고 뒤이어 베키를 구출해 냈다. 그들은 거기 털썩 주저앉아 기쁨의 울음을 울었다. 몇 사람을 태운 스키프가 그때 그 앞을 지나갔다. 톰은 손을 흔들어 이것을 불러 세우고는 사정과 공복을 호소했다.

사람들은 처음에는 이 터무니없는 이야기를 믿으려 하지 않았다.

"그런 맹랑한 소리가 어디 있어. 여기는 동굴이 있는 골짜기로부터 5마일이나 하류인데."

하고 믿으려고 하지 않았다. 그리고 나서 그들은 두 아이를 배에다 싣고 가서 먹을 것을 주고는 날이 저물자 두서너 시간 쉬게 한 다음 마을로 보내온 것이다.

먼동이 틀 무렵 동굴 속의 대처 판사와 판사를 따르고 있던 몇 사람들은, 그들이 허리에 차고 있던 두 개의 안내 로프를 단서로 해서 찾아낼 수 있었고, 이 낭보가 그들에게도 전달되었다.

톰도 베키도 동굴 속에서 겪은 3주야에 걸친 그 고뇌와 기아는 이내 해소되지 않았다. 그들은 수요일도 목요일도 자리에 든 채로 있었고, 점점 피로가 더해 가는 것만 같았다. 그래도 톰은 목요일에는 좀 일어나 보았다. 금요일에는 거리로 나와 보았다. 토요일에는 거의 평상시와 다름없이 회복되었지만 베키는 일요일까지도 방을 나오지 못했고, 그때에도 마치 중병을 앓은 뒤같이 수척해 보였다.

톰은 허클이 병으로 누워 있다는 사실을 알고는 금요일에 병문안을 갔는데, 입실이 허용되지 않았다. 토요일도 일요일도 마찬가지였다. 그 후 겨우 면회가 허용되었지만, 그의 모험담과 환자를 흥분시키는 화제를 꺼내서는 안 된다고 사전에 엄한 경고를 받았다. 톰이 이를 지키는지 아닌지 감시하기 위하여 더글라스 부인이 그를 따라 들어왔다. 자기 집에서 톰은 카디프 언덕의 사건을 들었다. 그리고 또 '거지풍의 사나이'가 나루터 부근에서 익사체로 발견되었다는 이야기를 들었다. 아마 도주를 감행하다가 익사했으리라는 것이었다.

동굴에서 나온 지 약 2주일이 지난 다음 톰은 다시 한 번 허클의 병문안을 갔다. 이젠 허클도 완전히 회복되어 제 아무리 흥분시킬 이야기에도 견디어 낼 수 있을 만한 상태가 되어 있었지만, 톰이 꺼내려는 이야기는 확실히 그를 흥분시키고 말 것이라고 톰은 생각했다. 대처 판사의 집이 그 도중에 있었으므로 톰은 거기 잠시 들러서 베키의 병문안을 했다. 판사와 마침 거기 와 있던 몇 사람의 판사 친구가 톰을 불러 세우고, 그 중 누가 놀리는 투로 다시 한 번 동굴에 가볼 용기가 있는가 하고 물었다. 톰은 가 봐도 좋다고 대답했다. 그러나 판사는 톰의 말뜻도 못 알아듣고 이렇게 말했다.

"음, 너 같은 애가 아직 또 있을지도 모르지. 하지만 이젠 문제없어. 이젠 그 동굴에서 실종될 아이는 하나도 없을 테니까."

"왜요?"

"2주일 전에 그 입구에다 쇠 격자를 해 박고는 자물쇠를 삼중으로 채웠단다. 열쇠는 내가 가지고 있어."

톰의 얼굴이 파랗게 질렸다.

"이게 뭐야? 저, 저 누가 물 좀 가져와!"

물이 운반되고, 톰의 얼굴에 끼얹어졌다.

"음, 이젠 됐다. 대관절 어찌 된 거냐, 응, 톰!"

"판사님, 인디언 조가 동굴 속에 있어요."

악한 조의 최후

이 소문은 순식간에 퍼져서, 각기 사람들을 태운 십여 척의 스키프가 멕도갈 동굴 쪽으로 향했다. 사람을 가득 실은 나룻배가 이 뒤를 따랐다. 톰 소여는 대처 판사와 같은 배에 올랐다. 동굴 문을 열자 어두컴컴한 광선속에 처참한 광경이 드러났다. 인디언 조가 땅바닥에 쓰러진 채 숨이 끊어져 있었던 것이다. 마지막 순간까지 외계의 광선과 자유를 동경하고 있던 것처럼 그는 문틈에다 바짝 얼굴을 갖다 대고 있었다. 톰은 그 자신도 똑같은 경험이 있었던 만큼 충격이 더 컸다. 한편으로 불쌍하기는 했지만 비로소 마음이 안정되는 것을 느꼈다. 흉악한 악한에게 불리한 증언을 한 뒤 그동안 큰 공포에 시달려왔음을 이제 새삼스럽고 절박한 심정으로 느꼈던 것이다.

인디언 조의 사냥칼이 둘로 부러진 채 옆에 뒹굴고 있고, 문의 튼튼한 빗장이 많이 깎여져 있었다. 이것은 대단한 노력이었지만 쓸데없는 노력이기도 했다. 밖으로는 굳은 바위가 천연의 문지방을 이루고 있어, 이 견고한 물질에 아무 소용도 없이 헛수고로 돌아가고 말았을 것이다. 문빗장은 완전히 잘라냈다 하더라도 인디언 조의 몸이 거기서부터 빠져나올 수는 없었을 테니까 말이다. 조 자신도 그것을 잘 알고 있었다. 결국 그것을 자른 것은 무엇을 하기 위하여, 무엇을 하지 않고서는 지루해서 견딜 수가 없어서 그렇게 할 수밖에 없었던 것이다. 아직까지 이 입구 부근에는 구경꾼들이 내버린 초 부스러기가 대여섯 개 굴러 있었던 것인데, 그것이 이제는 하나도 눈에 띄지 않았다. 조가 낱낱이 그것을 먹어치운 것이 틀림없었다. 그는 또 애써 몇 마리의 박쥐를 잡아서 먹은 모양으로, 그 발톱만이 여기저기 흩어져 있었다. 그는 불쌍하게도 굶주림 끝에 죽은 것이었다.

바로 그 근처에는 수 세기에 걸쳐서 만들어진 석순(石筍)이 있었다. 지금도 이 석순의 꼭대기 종유석에는 물방울이 한 방울 두 방울씩 떨어지고 있는데, 조는 그 종유석 끝을 잘라 버리고는 그 자리에다 안이 굽은 돌을 놓고 거기다 물방울을 받을 수 있게끔 해 놓았다. 이 물방울은 시계와 같이 정확하므로 3분마다 똑똑 한 방울씩 떨어져, 24시간 동안 겨우 작은 숟가락 하나만큼의 물이 괴었다. 이 물방울은 아직 피라미드가 선 그 시초에 트로이가 함락되었을 때에도, 로마의 기초가 되었을 때에도, 예수 그리스도가 십자가에 못 박혔을 때에도, 윌리엄 1세가 대영제국을 창건했을 때에도, 콜럼버스가 항해를 했을 때에도, 랙싱톤의 대학살 사건이 아직도 귀에 새로운 뉴스로 전달되었을 때에도, 똑같이 한 방울씩 똑똑 떨어지고 있었던 것이다. 그리고 지금도 여전히 한 방울씩 똑똑 떨어지고 있다. 이러한 모든 사건들이 역사의 오후에서 전설의 황혼 속에 가라앉은 채 망각의 짙은 밤에 삼켜지고 말 때에도 역시 계속해서 여전히 한 방울씩 똑똑 떨어지고 있으리라.

세상 만물에는 저마다 목적이 있고 사명이 있다고들 한다. 그렇다면 이 물방울은 불과 일순간 벌레와 같은 인디언 조의 갈증을 식혀 주기 위하여 5천년 동안을 쉴 새 없이 떨어졌단 말인가? 아무려면 어떠랴. 이 불운한 혼혈아가 귀중한 물을 받기 위하여 돌을 파낸 지도 몇 년 전 이야기가 되고 말았다. 하지만 지금도 아직 멕도갈 동굴의 기이한 경관을 구경하러 오는 사람들은 이 애달픈 사연이 깃든 돌과, 천천히, 그야말로 천천히 한 방울씩 두 방울씩 떨어지는 이 물에 가장 오랫동안 눈길을 준다. 인디언 조의 컵은 이 동굴에서도 최고의 구경거리가 되어 버렸다. ‘알라딘 궁전’의 평판도 여기에는 미치지 못할 것이다.

인디언 조는 동굴 입구 인근에 묻혔다. 7마일 사방에 이르는 이 지방의 모든 마을, 모든 촌, 모든 농장으로부터 배와 마차로 구경꾼들이 모여 들었다. 그들은 아이들을 동반해서 갖가지 먹을 음식을 갖고 와서, 이 장례식을 구경하면서 마치 사형집행을 본 것과 같다고, 이것으로 가슴에 맺힌 원한이 다 풀려서 속이 후련해졌다고 서로들 쑥덕공론을 하는 것이었다.

조의 장례식을 계기로 그동안 마을에서 추진되었던 어떤 일이 더 이상 진행되지 못하고 중단되었다. 그것은 인디언 조 구명운동이었다. 이미 많은 사람들이 탄원서에 서명까지 한 터였다. 값싼 눈물과 수다로 버무려진 모임도 수차례 열려, 몇몇 어리석은 부인들이 위원으로 뽑히고, 이들이 지사에게 눈물로 호소하고 다녔는데, 그 부인들은 주지사를 자비로운 바보로 만들어서 그의 의무를 내팽개치도록 만들 참이었던 것이다.

인디언 조는 벌써 다섯이나 되는 마을 사람을 죽였다. 하지만 그게 어떻단 말인가? 비록 그가 악마라 할지라도, 석방 탄원서에 즉석에서 자기 이름을 써 넣고, 망가진 수도꼭지에서 흘러내리는 물처럼 눈물을 줄곧 흘리면서 탄원서에 서명할 사람들이 있다면 얘기는 달라진다.

장례식이 끝난 다음 날 아침, 톰은 뭔가 중대한 것을 말하기 위하여 허클을 외진 곳으로 끌고 갔다. 그때 이미 허클은 웨일즈인가 더글라스 과부댁으로부터 톰의 모험에 관한 이야기를 자세히 들어서 알고 있었다. 그러나 톰은 한 가지만은 아직 허클이 누구로부터도 듣지 않았을 것이 있을 거라고 말했다. 이제 그 일에 관해서 말하고 싶다는 것이다. 허클은 슬픈 얼굴을 지으며 말했다.

"네가 하고자 하는 말이 무엇인지 나는 다 알고 있어. 그 2호실을 찾아보았단 말이지, 그리고 위스키 이외에는 아무 것도 찾지 못했단 말이지. 그게 너라는 것은 아무도 말 안했지만 난 곧 알았어. 그 위스키 사건을 들었을 때 단번에 그렇게 생각한 거야. 그리고 돈을 찾아 낼 수 없었다는 것도 바로 알았어. 찾았다면 다른 사람들에게는 몰라도 나에게만은 어떻게 해서든지 알렸을 게 아냐. 톰, 애당초 그런 생각이 들었지만 그 보물은 결국 우리들에게는 인연이 없나 봐."

"그런 소리 하지 마, 허클. 난 그 여관집 이야기는 아무에게도 하지 않았어. 토요일에 내가 소풍을 갔을 때 여관집에는 별 이상이 없었잖아. 그날 밤은 네가 망을 보기로 되어 있었다는 걸 넌 기억하고 있지 않아?"

"물론 기억하지! 하지만 1년 전에 생긴 일만 같아. 바로 그날 밤이었어. 내가 인디언 조의 뒤를 따라 더글라스 아주머니네 집에 간 것은."

"네가 따라갔다고?"

"그래, 이건 절대 비밀이다. 인디언 조의 한 패가 아직 남아 있을지도 모르고, 그놈들에게 원한을 사서 보복을 당하면 큰일이니까. 나만 잠자코 있다면 놈들은 문제없이 텍사스로 도망가고도 남았을 거야."

이런 식으로 허클은 자신이 겪은 모험담을 자세하게 이야기했다. 톰은 그 한 부분만을 웨일즈인 영감에게서 들어서 알고 있었던 것이다.

"그런데 말이야."

하고 허클은 아까 문제로 되돌아갔다.

"누군지 모르지만 2호실에서 위스키를 몰수한 녀석이 동시에 돈도 몰수해 버렸으리라고 생각해, 난…… 어쨌든 우리 것이 되긴 다 틀렸어, 톰."

"허클, 그 돈은 애당초부터 2호실에는 있지 않았어, 알겠니?"

"뭐야!"

허클은 놀란 얼굴로 톰의 얼굴을 쳐다보았다.

"톰, 그러면 네가 돈의 뒤를 추적했다는 말이야?"

"돈은 동굴 속에 있어!"

허클의 눈이 빛을 발했다.

"다시 한 번 말해 봐, 톰!"

"돈은 동굴 속에 있어!"

"톰! 너 돌았니. 농담이냐 진담이냐!"

"진담이야. 이 이야기를 진담으로 말한 건 여태까지 한 번도 없었어. 같이 가서 가져오지 않을래?"

"가구 말구! 표시를 딱 해 놓고서 나중에 행방불명될 염려가 없는 장소라면 어디라도 가지."

"그런 걱정은 하지 마."

"고마워! 하지만 넌 어떻게 돈의 거처를……."

"가보면 알아. 만일 못 찾으면 북이니 뭐니 내 재산 전부를 너에게 줄게. 정말이야."

"좋아 됐어. 그럼 언제?"

"될 수 있으면 지금이라도 좋아. 몸은 괜찮니?"

“동굴 깊숙한 곳인가? 3, 4일 전부터 걷게 되었지만 아직 한 마일 이상은 힘들어, 걸을 수 있는 힘도 없고”

“보통이라면 5마일쯤은 되지만, 나만 아는 지름길이 있어. 그러니까 거기까지 넌 배로 데려다 줄게. 가는 길은 하류 쪽이니까 그냥 흘러만 가면 되고, 돌아올 때는 내가 혼자 노를 젓지 뭐. 너는 손 하나 까딱할 필요도 없어.”

“좋아 그럼 바로 떠나자, 톰.”

“좋아. 우선 빵과 고기가 조금 필요해. 파이프와 조그만 부대를 하나 둘 하고, 연 실 두서너 개, 그리고 최근에 나온 성냥이 필요해. 동굴 속에 있을 때 무엇보다 그 성냥이 가장 필요하게 느껴지더라구.”

정오가 조금 지난 뒤 두 소년은 한 척의 스키프를 무단으로 차용해 가지고는 바로 출발했다.

‘동굴 골짜기’로부터 수마일 하류에 이르렀을 때 톰이 말했다.

“동굴 앞 구멍으로부터 쭉 여기까지 어느 절벽이나 똑같아 보이지. 저기를 봐! 집이나 나무가 없고, 덤불도 모두 똑같은 모양을 하고 있잖아? 하지만 저기 저쪽 절벽이 무너진 그 흰 곳을 보라구. 그게 표적의 하나란 말이야. 여기서부터 올라가자.”

그들은 육지로 올랐다.

"지금 우리들이 서 있는 곳에서부터 내가 빠져나온 구멍은 낚싯대 하나 정도의 거리에 있어, 찾아봐."

허클은 그 근처를 찾아보았지만 아무것도 찾을 수 없었다. 톰은 우쭐대며 붉나무 덤불 사이로 들어갔다.

"여기야, 봐. 허클. 이렇게 멋진 구멍은 이 나라 어느 곳에도 없을 걸. 아무에게도 말하면 안 돼. 지금까지 산적이 되기를 원해서 이런 것을 찾았지만 그 동안 찾지 못했는데, 여기서 그것을 찾아서 참 잘 됐어. 다른 애들에게는 절대로 말하지 마. 조 하퍼와 벤 로저스에게만은 가르쳐 줄 거야……. 왜 그러냐 하면 갱이 되어야 하니까. 그렇게 안하면 사람 수가 안 맞거든. 톰 소여의 일당…… 어때, 근사하지, 허클?"

"그래, 근사한데. 그러면 누구를 습격한다는 거야?"

"글쎄, 닥치는 대로 해치우는 거야. 매복하는 거야. 그게 보통 하는 방법이야."

"그러면 죽이는 건가?"

"아니, 늘 죽이진 않아. 몸값을 낼 때까지 동굴 속에다 감춰둘 때도 있어."

"뭐가 몸값이야?"

"돈이지 뭐야. 그 사람의 친구나 친지로부터 돈을 빼앗는 거야. 만약 1년이 지나도 돈이 안 온다면 그때는 죽이지. 그게 보통 하는 방법이야. 그런데 여자는 죽이면 안 돼. 여자는 가둬 두기만 해야지 죽여선 안 돼. 여자는 모두가 미인이고 부자며 겁쟁이들이거든. 가지고 있는 시계와 그 밖의 모든 걸 빼앗아 버리지만 말을 건넬 때에는 모자를 벗고, 친절히 대하지 않으면 안 되는 거야. 산적만큼 예의바른 사람은 세상에 없으니까. 어느 책을 봐도 모두 그렇게 적혀 있더라구. 그렇게 하면 여자는 산적이 좋아지게 된단 말이야. 그래서 동굴에 갇히게 된 지 한 주일인가 두 주일인가만 지나면 이제는 울지도 않고 가라고 해도 영 가지를 않아. 내쫓아도 곧 다시 돌아온다니까. 어느 책을 봐도 모두 그렇게 적혀 있더라.”

“야 신나는데, 톰, 해적보다 더 좋은 것 같아.”

이런 말을 주고받으면서 모든 준비가 이루어지고, 두 소년은 톰을 선두로 해서 동굴 속으로 들어갔다. 그리고 애를 써가면서 겨우 터널을 통과했고, 다음에는 연결한 연실을 꼭 붙잡아 매 놓고는 앞으로 나아갔다.

얼마 지나지 않아 이전의 그 샘에 이르렀다. 톰은 그 당시를 떠올리고는 온몸을 부들부들 떨었다.

톰은 암벽에다가 진흙으로 붙여 놓은 이전의 그 초 꽁다리를 가리키며, 베키와 둘이서 그것을 지켜보고 있는 동안에 이것이 힘없이 깜박 하고 흔들린 다음 마침내 꺼지고 말더라는 당시의 상황을 설명했다.

두 소년은 이제 목소리를 낮추어서 조심스레 속삭이기 시작했다. 주위의 고요한 정적과 음산한 분위기에 압도되고 만 터였다.

그들은 더욱 전진해서, 톰에게는 잊혀지지 않는 예의 통로로 들어가, 그것을 따라 '도약대'에까지 이르렀다. 이제 새삼스럽게 촛불에 비추어 보니까 그것은 곧은 절벽이 아니라 2, 30피트 높이의 험준한 진흙산에 지나지 않았다. 톰은 귓속말로 속삭였다.

"허클, 좋은 것을 보여 줄게."

그는 초를 높이 쳐들었다.

"이 바위 모퉁이 훨씬 저쪽을 바라보란 말이야. 봤어? 저기 말이야 저 커다란 바위 위 말이야, 촛불 그을음으로 씌어 있잖아!"

"그래, 톰, 십자가 말이지!"

"그게 바로 그 2호라는 거야. '십자가 아래'라고 그러지 않았어? 바로 저기였어. 인디언 조가 쓱 촛불을 내민 곳이!"

허클은 이 괴상한 부호를 바라보고 있다가 다음 순간 떨리는 목소리로 말했다.

"톰, 이젠 돌아가자."

"뭐? 보물을 그대로 두고 돌아가자고?"

"그래, 그냥 내버려 두고. 분명히 인디언 조의 유령이 있을 거야."

"바보 같은 소리, 허클. 그런 게 세상에 어디 있어. 유령은 죽은 곳에 있는 거야. 죽은 곳은 동굴 입구로, 여기서부터 5마일이나 떨어져 있어."

"아니야, 톰. 돈이 있는 곳에 붙어 있는 거야. 난 유령이 하는 짓을 죄다 알고 있어. 너도 알고 있잖아?"

톰은 허클이 하는 말이 옳다고 생각하기 시작했다. 갑자기 불안해졌다. 하지만 그것과 동시에 언뜻 무슨 생각이 머리를 스쳤다.

"허클, 우리는 바보 같아! 십자가가 있는데 조의 유령이 있을 까닭이 없잖아!"

이것은 현명한 생각이었다. 그 효과가 단번에 나타났다.

"맞아, 잠시 정신이 나갔던 모양이야. 그래 네 말이 옳아. 십자가가 있어서 천만다행이군. 내려가서 어서 상자를 찾아보자."

먼저 톰이 앞장서서 한 걸음 한 걸음 발을 디디며 진흙산을 내려갔고, 허클이 그 뒤를 따랐다. 그 큰 바위가 서 있는 텅 빈 동굴에는 네 개의 통로가 있었다.

두 소년은 세 개의 동굴을 조사해 보았지만 아무것도 발견할 수가 없었다. 큰 바위 바로 근처의 조그마한 평지에 낡고 더러운 담요가 한 장 깔려 있었고, 헌 바지 멜빵과 베이컨 껍질이 조금, 그리고 살이 조금도 붙어 있지 않은 두서너 마리 분량의 닭 뼈가 여기 저기 흩어져 있었다. 그러나 돈 상자는 없었다. 두 소년은 몇 번이나 주위를 살펴보았지만 헛수고였다.

마침내 톰이 입을 열었다.

"그 자식, 십자가 아래라고 그랬지. 여기가 바로 십자가 아래인데 설마 바위 아래는 아니겠지. 이 바위는 땅 속에 박혀 있는데."

다시 한 번 주변을 두루 찾아보았지만 끝내 보물을 찾을 수가 없어서, 두 소년은 크게 낙담하고 풀썩 바닥에 주저앉았다. 허클은 어떻게 해야 좋을지 좋은 생각이 통 머리에 떠오르지 않았다. 얼마 후 톰이 말했다.

"허클, 이걸 좀 봐. 이 바위 한쪽에는 발자국과 촛농이 있는데, 다른 쪽에는 아무것도 없잖아. 왜 그렇다고 생각하지 넌? 분명 바위 아래야, 감춰둔 곳이. 이 진흙을 파 보자."

"그래 맞는 말이야!"

톰은 '진짜 해군 나이프'를 꺼냈다. 채 4인치를 파기도 전에 칼끝이 탁 하고 나무 같은 것에 부딪쳤다.

"이것 봐, 허클! 무슨 소리가 났지!"

허클도 톰을 도와 흙을 파헤쳤다. 몇 장의 판자가 나타나고, 그것을 젖히자 그 아래에 동굴 입구가 있고, 그것을 따라 바위 아래로 내려가게 되어 있었다. 톰은 바위의 바로 아래까지 기어 내려가 손을 끝까지 뻗쳐서 촛불로 비춰 보았지만, 그 끝을 분간할 수가 없어서 끝까지 뒤져 보자고 하고는 몸을 움츠리고 그 아래로 기어들어갔다. 좁은 길이 어디까지나 이어졌다. 그는 그 길을 따라 우선 바른 쪽으로, 다음은 왼쪽으로 이렇게 구부러진 길을 구불구불 내려갔고, 허클이 그 뒤를 따라갔다. 얼마 후 한 모퉁이를 돈 순간 톰이 큰 소리로 외쳤다.

"찾았다! 허클, 여기 있어!"

그렇게 찾고자 했던 보물 상자였다. 아늑하고 작은 동굴을 차지하고 있고, 이와 함께 화약 빈 통이 하나, 가죽 케이스에 넣은 총 두 자루, 사슴가죽 구두 서너 켤레, 가죽 혁대, 그밖에 자질구레한 물건이 모두 습기에 흠뻑 젖어 있었다.

"드디어 찾고야 말았구나!"

허클이 색이 낡은 금화를 휘저으면서 소리쳤다.

"이제 우리들은 부자가 됐어, 그렇지, 톰!"

"언젠가는 우리 것이 되고 말 거라고 생각했어. 그렇게 생각만 해도 기뻤었는데 정말 그렇게 되고 말았어! 여기서 더 이상 꾸물거리지 말고 어서 밖으로 가지고 나가자. 이걸 들어 낼 수 있을까?"

약 50파운드 가량의 무게였다. 톰은 이럭저럭 들기는 했지만 무겁고 둔중한 것이 어림도 없을 것만 같았다.

"우리 생각이 맞아. 그 도깨비집에서 봤을 때 둘 다 무거운 듯이 낑낑대고 있더니, 그럴 줄 알았어. 역시 조그만 자루를 준비해 갖고 온 게 적중했어."

금화는 곧 몇 개의 자루에 나누어 담겼고, 두 소년은 그것을 십자가 표시가 있는 바위 있는 곳까지 운반할 수 있었다.

"총도 가지고 가자."

허클이 하는 소리였다.

"글쎄, 그건 그대로 내버려 둬. 우리들이 산적이 된 후에 그게 있으면 편리할 테니까. 언제나 그대로 내버려 두고서 잔치를 여는 거야. 잔치를 열기에 아주 좋은 장소니까."

"잔치라는 게 뭐야?"

"글쎄. 하지만 산적은 늘 잔치를 열어. 그러니까 우리들도 열어야지. 이젠 가자, 허클. 여기 온 지 꽤 많은 시간이 지났어. 배도 고프고, 어서 배 있는 데로 가서 뭘 먹기로 하자.”

잠시 후 두 소년은 붉나무 덤불에서 빠져나와 조심스럽게 주위를 둘러보고는, 사람들이 없는 것을 확인한 뒤에 배를 타고 점심을 먹었다. 해가 지평선 너머로 너울너울 가라앉고 있을 무렵, 두 소년은 노를 저어 귀로에 올랐다. 톰은 짙어 오는 황혼 속에서 허클과 함께 수다스럽게 지껄이면서 둑을 따라 계속 노를 저었고, 얼마 후 어두워지자 상륙할 수 있었다.

“허클. 이 돈은 우선 더글라스 아주머니네 창고 천장 위에 감춰두자. 그리고 내일 가서 숫자를 헤아린 다음에 나누기로 하자. 그리고 나서 숲으로 가서 은밀하게 감추어 둘 장소를 찾아보자. 여기서 잠시 이걸 지켜보고 있어. 내가 베니 테일러네 집에 가서 조그만 손수레 하나를 빌려가지고 올 테니. 바로 돌아올게.”

톰은 급히 모습을 감추었고, 얼마 후 곧 손수레를 끌고 돌아왔다. 수레 위에다 자루 두 개를 얹고, 또 그 위에다 몇 장인가 헌 걸레를 덮고서 끌기 시작했다. 바로 웨일즈인 영감 집 앞에서 수레를 세우고 한 숨 쉬고 나서 다시 떠나려고 했는데, 그때 마침 웨일즈인 영감이 밖으로 나와 소리를 질렀다.

“이봐, 거기 있는 게 누구야?”

"허클과 톰 소여에요!"

"그래, 그거 참 잘됐군. 자, 들어오너라. 모두가 기다리고 있다. 자, 어서 어서, 수레는 내가 끌어 줄 테니. 아니, 이건 풀과는 다르게 무겁구나, 벽돌이라도 주워온 건가. 그렇잖으면 고철인가?"

톰이 얼른 대답했다.

"고철이에요."

"그럴 줄 알았어. 이 동네 아이들은 일부러 고생을 하고 시간을 낭비해서 75센트밖에 되지 않는 고철을 주워 모아 철공장에 팔지만, 좀 더 일다운 일을 하면 그 배나 돈을 벌 수 있을 텐데 그러는구나. 하지만 이것도 모두가 인간의 본성인지 몰라. 자, 어서 어서!"

두 소년은 무슨 급한 볼일이냐고 물었다.

"걱정 마, 더글라스댁에 가보면 안다."

허클은 얼마간 불안을 느꼈다. 잘못 고발을 당해 가지고 혼난 적이 이제까지 한두 번이 아니었기 때문이다.

"존스 할아버지, 우린 아무 잘못도 없어요."

웨일즈인 영감은 껄껄 웃어댔다.

"자, 난 모른다, 허클. 그 일에 관해서는 아무것도 모르지만 넌 더글라스 아주머니와 친한 사이가 아니었더냐?"

"예, 아주머닌 나에게 친절하게 해 주셨어요."

"그러면 됐지 뭐야. 왜 그리 벌벌 떨고 있단 말이냐?"

이 질문에 대한 대답이 허클의 머릿속에서 아직 정리도 되기 전에 허클과 톰은 더글라스 과부댁 거실로 등을 떠밀리다시피 해서 들어가 있었다. 존스 할아버지는 손수레를 현관 근처에다 놓은 뒤 두 소년을 따라 안으로 들어왔다.

환한 불이 집안에 켜져 있고 마을 안의 유지들이 모두 모여 있었다. 대처 판사네 식구도 있었고, 하퍼 일가, 로저스 일가, 폴리 이모, 시드, 메리, 목사, 신문기자, 그밖에도 많은 사람들이 모여 있었고, 그 모두가 고급 나들이옷으로 차려입고 있었다.

과부댁은 초라한 몰골로 들어온 소년들에게 어울리지 않을 정도로 친절을 베풀었다. 소년들은 온통 진흙과 촛농투성이였다. 폴리 이모는 그런 모습이 부끄러워서 얼굴색이 주홍으로 변했고, 톰에게 얼굴을 찡그리며 고개를 가로 저었다. 그러나 본인들처럼 어쩔 줄을 몰라 하는 사람은 없었다. 존스 노인이 입을 열었다.

"톰이 돌아오지 않아서 단념하려고 했는데, 마침 집 앞에서 톰과 허클을 만나게 되어 곧장 데리고 왔습니다."

"참 잘 되었습니다."

과부댁이 대꾸했다.

"자, 이리 와, 둘 다."

그녀는 두 소년을 침실로 데리고 갔다.

"세수를 하고 옷을 갈아입어라. 여기 너희들 옷이 있다. 속옷부터 양말까지 모두 준비가 되어 있다. 아니, 아니, 사양할 건 없다. 허클, 한 벌은 존스 할아버지가, 또 한 벌은 내가 사 온 거야. 아마도 둘에게 잘 맞을 거다. 입어 봐. 아래에서 기다리고 있을 테니. 모두 갈아입으면 내려오너라."

이런 말을 남기고 그녀는 밖으로 나갔다.

황금의 홍수

허클이 말했다.

"야, 톰, 밧줄이 있다면 도망갈 수 있을 거야, 그렇지? 이 창에서 지상까지는 그리 높지 않으니까."

"바보 같은 소리! 도망가서 어떻게 하려고?"

"나는 저렇게 많은 사람이 모여 있는 곳에 나가 본 적이 없어. 난 너무 싫어. 내려가지 않을 테야, 톰."

"바보 같이! 그런 걸 가지고 뭘 그래. 난 상관없어. 내가 있으니까 걱정하지 마."

그때 시드가 불쑥 나타났다.

"톰, 이모가 대낮부터 쭉 기다리고 있었어. 메리 누나가

형의 나들이옷을 준비하고는 모두들 얼마나 형을 걱정했다구. 이봐, 형 옷에 붙어 있는 건 초와 진흙 아냐?”

“무슨 참견이냐, 시드. 그런데 도대체 이게 무슨 소동이냐?”

“더글라스 아주머니가 개최한 파티지만, 사실은 웨일즈인 할아버지와 그 아들들을 위해 마련된 특별 파티래. 지난번에 아주머니를 위험에서 구해 낸 그 보답으로 말이야. 그런데, 나는 좋은 걸 알고 있어. 듣고 싶으면 얘기해 줄 수도 있어.”

“그게 뭔데?”

“그건 말이야, 존스 할아버지는 오늘 밤 모든 사람들을 놀라게 할 작정으로 있어. 하지만 나는 오늘 존스 할아버지가 아주머니와 귀엣말을 주고받는 걸 들었어. 비밀이라곤 하지만 이젠 비밀이고 뭐고 아닌가 봐. 모두가 다 알고 있어. 이 집 아주머니도 모르고 있는 척 하지만 사실을 다 알고 있어. 존스 할아버지는 이 자리에 허클이 없으면 난처할 거야. 허클이 없으면 비밀을 털어 놓을 수 없는 거야.”

“비밀, 무슨 비밀인데?”

“허클이 도둑놈 뒤를 따라서 아주머니네 집까지 간 거 말이야. 존스 할아버지는 모두를 깜짝 놀라게 해서 기쁘게 할 작정이래. 하지만 그렇게는 안 될걸.”

이렇게 말하고 시드는 자못 만족스러운 듯이 킬킬 혼자 웃었다.

"시드야, 네가 퍼뜨렸구나?"

"글쎄. 누군가 말한 사람이 있을 거야, 그걸로 족하지 않아."

"시드, 이 마을에서 그런 비겁한 짓을 할 놈은 하나밖에 없어. 너밖에 없다고. 너는 매일 야비한 짓만 하고, 다른 사람이 훌륭한 행동을 해서 칭찬을 받는 것은 잠자코 눈뜨고 볼 수 없다는 거지, 이놈의 자식. 당장 그만 두지 못해, 아주머니 말처럼."

이러며 톰은 시드의 따귀를 후려 갈겼고, 몇 번인가 걷어차서 내쫓아 버렸다.

"아주머니한테 일러바치고 싶으면 맘대로 해. 그 대신 너에게 내일은 없다!"

얼마 후 과부댁의 내빈은 모두 만찬 테이블에 앉았고, 당시의 이 지방의 습관에 따라 십여 명의 소년 소녀가 조그마한 사이드 테이블에 자리 잡았다. 적당한 시각에 존스 할아버지가 일어서서 감사의 말을 꺼냈다. 자기들 부자가 파티의 주빈으로 초대받은 것은 더할 나위 없는 영광이지만 실은 주빈이 또 한 명 있는데, 그 사람은 극히 소심한 사람이어서라고 서두를 열기 시작했다.

그런 다음 노인은 득의만만하게 그 사건에서 허클이 연출한 역할을 다소의 신파조로 늘어놓기 시작했다. 그런데 이 말이 불러일으킨 청중들의 반응은 예상과는 달리 그리 크지 않았다. 본래대로라면 이럴 수가 있나 하고 생각될 만큼 열광적이지도 진지하지도 않았다. 그나마 과부댁은 자못 놀랐다는 시늉을 하며 여러 말을 동원해서 허클에게 감사를 표했다. 허클은 거기 쭉 둘러앉은 모든 사람들의 시선을 받으며 칭찬을 받자 너무나 거북해서 견딜 수 없는 나머지, 억지로 입혀진 새 옷의 불편함마저 잊어버릴 지경이었다.

과부댁은 허클을 자기 집 식구로 자기 손으로 교육을 시키고, 또 장차 재력의 여유가 생기면 소자본으로 할 수 있는 조그만 사업도 시킬 작정이라고 말했다. 톰이 이때다 싶어 끼어들었다.

"그러실 필요가 없어요. 허클은 부자에요."

모든 사람이 이것을 가벼운 농담으로 받아들이며 소리내어 웃을 만했지만 예의바른 사람들인지라 아무도 웃지 않았다. 오히려 긴장감이 감돌면서 부자연스러운 침묵이 흘렀다. 톰은 그 침묵을 깨뜨렸다.

"허클은 돈을 벌었어요. 거짓말이라고 생각할지도 모르지만 굉장히 많은 돈을 벌었다니까요. 그렇게 웃지 마세요. 증거를 보여 드릴 테니까, 조금만 기다려 주세요.”

그리고 나서 톰은 밖으로 뛰어 나갔다. 일동은 이상하다는 듯이 서로 얼굴을 맞대고 쳐다보더니, 다음에는 잠자코만 있는 허클을 이상하다는 눈초리로 바라보았다.

“시드, 톰이 어떻게 된 거야?”

폴리 이모였다.

“저 애는, 어쨌든 저 애가 하는 짓은 도무지 종잡을 수가 없어. 도대체……..”

이때 톰이 부대를 짊어지고 비틀거리며 들어왔고, 폴리 이모는 도중에 말을 중단했다. 톰은 금화를 산처럼 수북이 테이블 위에 쏟아 놓았다.

“자, 보세요, 말한 대로죠? 이 금화의 절반이 허클의 것이고, 나머지는 제 거예요!”

이 광경을 지켜보고 일행은 숨도 못 쉬었다. 모두가 눈을 크게 부릅뜰 뿐, 잠시나마 입을 여는 사람도 없었다.

잠시 후 이게 어찌된 것인지 설명해 달라며 일제히 아우성을 쳤다. ‘그렇다면요’ 하고 톰은 애기를 꺼내기 시작했다. 이야기는 길었으나 흥미진진했다. 이야기가 끝날 때까지 중간에 끼어든 사람이라고는 하나도 없었다.

이야기가 끝났을 때 존스 노인이 말했다.

"나는 오늘 밤 여러분들을 깜짝 놀라게 할 생각이었는데 이런 상황이 되고 보니 아무 가치도 없게 됐군요. 이 사건으로 인해 정말 싱거운 사람이 되었어요. 깨끗이 그것을 시인합니다."

금화가 헤아려졌다. 1만 3천 달러가 조금 넘는 액수였다. 거기 있는 사람 중에서 이 이상의 재산을 가진 사람이 몇 명 있기는 했지만, 대부분의 사람들은 한 번에 이만큼의 현금을 본 적이 없었다.

새로운 모험의 계획

톰과 허클의 예기치 않은 행운이 이 작고 초라한 마을인 센트 피츠버그를 얼마나 놀라게 했는지 독자 여러분들은 쉽게 상상할 수 있을 것이다. 전부가 현금이었고, 이 정도의 돈은 거의 믿기 힘들 만큼의 거액이었다. 이 사건은 도처에서 소문이 자자했고, 선망의 대상이 되었으며, 칭송되고, 건강에 악영향을 미칠 정도로 사람들을 흥분시켰다. 센트 피츠버그와 그 부근 마을의 모든 '도깨비집'의 마루 판자가 뜯겨나갔고, 마루 아래가 파헤쳐졌으며, 숨겨진 보물찾기가 유행하였다 ─ 그것도 아이들이 아니라 어른들의 손으로 ─ 그 중에는 상당히 나이 들고 근엄한 사람들까지도 섞여 있었다.

톰과 허클은 어디서나 귀여움을 받았고, 칭찬을 들었으며, 주목의 대상이 되었다. 지금까지 이들은 자기들이 한 말이 관심을 끌거나 존중된 예를 떠올릴 수가 없었는데, 이제는 무슨 말을 하면 그것이 중요한 관심사가 되고 이내 사람들 사이에 퍼졌다. 무슨 짓을 하면 그것이 기이한 행동으로 인정되었고, 그로 인해서 사람들 앞에서 자유롭게 무슨 말을 하거나 행동하는 것이 한층 더 곤란하게 되었다. 그 밖에도 지금까지의 언동이 모두 샅샅이 파헤쳐져, 과연 보통 사람과는 달리 비범하다는 평을 들었고 마을 신문은 두 소년이 겪은 일들을 간추려서 게재하였다.

더글라스 과부댁은 허클의 돈을 6부 이자로 사채시장에 내놓았고, 대처 판사는 폴리 이모의 의뢰로 톰의 돈을 역시 같은 조건으로 굴렸다. 톰과 허클은 각기 1년 간 주일마다 1달러, 일요일에는 그 반액이라는 막대한 수입을 올리게 되었다. 정말로 목사의 수입과 동액 ― 아니, 정확하게 말하면 들어오게 되어 있는 예정 액수와 같은 금액으로, 실은 목사도 그만한 수입을 올릴 수 없었을 것이다.

그 당시에는 물가가 저렴해서 한 주에 1달러 25센트만 있으면 방세를 지불하고, 식비를 내고, 아이 하나를 학교에 보낼 수 있었다. 그뿐이 아니라, 아이에게 양복을 사서 입히고,

늘 깨끗하게 몸치장을 시킬 수도 있었던 것이다.

대처 판사는 톰에게 특히 감동해서 보통 아이라면 자기 딸을 동굴에서 구출해 낸다는 것은 꿈도 꾸지 못할 행동이라고 칭찬을 멈추지 않았다. 베키는 거기다 한 술 더 떠서, 학교에서 자기 대신 톰이 매를 맞았다는 이야기를 덧붙이자 판사는 눈에 보일 정도로 감동의 표정을 지었다. 더군다나 자기 딸이 마땅히 자기 어깨에 떨어져야 할 채찍을 대신 받기 위해 톰이 그때에 한 그 큰 거짓말을 변호하자, 판사는 자못 열심히 열을 띠며 그것은 숭고하고도 관대한, 의협심에서 발휘된 거짓말로, 조지 워싱턴의 손도끼의 정직과도 어깨를 나란히 해서 후세에 전할 수 있는 위대한 거짓말이라고까지 말하며 칭찬했다. 판사가 큰 걸음으로 성큼성큼 방안을 걸으면서 이런 말을 했을 때만큼 베키는 부친의 모습이 크고도 당당하게 보인 적은 없었다. 그녀는 곧 집을 나와 톰에게 이 이야기를 전했다.

대처 판사는 톰을 큰 법률가나 아니면 군인으로 만들 작정이었다. 그는 톰이 그 어느 한쪽의 혹은 양쪽 방면으로 나갈 수 있도록 우선 사관학교에 입학을 시키고, 다음에는 이 나라에서도 일류로 꼽히는 법률학교에 입학시킬 예정이라고 말했다.

허클 핀은 재산이 생긴 것과 더글라스 과부댁이 후견인이 되면서 이른바 사교계에 출입하게 되었다 − 사실 그렇다기보다는 끌려가게 되었고, 그 속으로 던져지게 되었다고 하는 편이 더 정확하다. − 그리하여 날이 갈수록 그는 고통스러워지기 시작했다.

과부집의 하인들은 늘 허클의 복장을 단정하게 꾸몄으며, 몸을 깨끗하게 씻어 주었다. 머리는 빗질과 손질로 늘 단정한 모습이었고, 침대는 밤마다 새 시트로 바뀌었다. 더구나 그 시트라는 것은 허클이 가슴에다 바싹 붙이고 친구처럼 사용할 수 있는 것으로 더러운 티 한 점 없는 낯선 것이었다. 음식을 먹을 때에도 나이프와 포크를 사용하지 않으면 안 되었고, 냅킨과 컵과 접시를 사용하지 않으면 안 되었다. 또한 책을 읽고 공부해야만 했고, 교회에도 나가지 않으면 안 되었다. 품위 있고 단정한 말씨를 쓰지 않으면 안 되었으므로 말은 입 속에서 김이 빠진 것이 되고 말았다. 어느 쪽을 향해도 문명이라는 빗장과 족쇄로 인해 꼼짝달싹도 할 수 없는 상태가 되어갔다.

그래도 허클은 처음 3주일 동안은 이런 변화된 상태를 꾹 참고 잘 버티는 듯 보였다. 하지만 3주일이 지난 어느 날, 허클은 홀연히 어디론가 자취를 감춰 버리고 말았다. 과부댁은 크게 낙담하여 꼬박 이틀에 걸쳐 그를 찾아다녔다. 마을 사람들도 걱정이 되어 사방으로 찾아 다녔고, 혹시 익사한 것이 아닐까 하고 강바닥을 그물로 훑어보기까지 했다. 사흘째 되던 날 이른 아침이었다. 톰 소여는 영특하게도 사람들이 안 가는 도살장 뒤꼍에 굴러다니는 몇 개의 빈 통을 뒤져보았고 드디어 허클이 숨어 있는 장소를 찾아내었다. 허클은 이 빈 통을 숙소로 정하고서, 마침 어디에서 훔쳐 온 먹다 남은 음식으로 아침식사를 마치고는 여유 있게 누워 휴식을 즐기고 있는 중이었다.

머리에는 빗질도 하지 않은 채였고, 옷도 그전의 집 없는 행복한 방랑시대와 조금도 다를 것이 없는 누더기 옷 그대로였다. 톰은 허클을 불러내어 모두가 걱정하고 있으니까 어서 집으로 돌아가자고 권했다. 그러자 허클의 얼굴에서는 평온함과 만족의 빛이 사라지며 우울한 검은 그림자가 드리워졌다.

그는 말했다.

"톰, 그런 이야기는 제발 하지 마. 그동안 꾹 참았지만 도저히 못 견디겠어. 나에게는 그런 생활이 도저히 안 맞아. 내 천성과는 거리가 멀어. 물론 아주머니는 나에게 잘해 주었고, 친절하게 해 줬어. 하지만 더 이상 그런 식의 생활을

견디어 낼 자신이 없어. 아주머닌 날 아침마다 같은 시간에
꼭 깨워 주고, 세수를 시켜 주고, 단정하게 머리에다 빗질을
해 준단 말이야. 나무 창고에서 절대로 잠을 자지 못하게 해.
저런 옷을 입고 있으면 숨이 막힐 것만 같아. 왜 그런지 모
르지만 전혀 바람이 안 들어오는 것만 같다니까 글쎄. 더구
나 옷이 너무도 깨끗해서 주저앉는 것도 넘어지는 것도, 아
무 데서나 뒹구는 것도 도저히 할 수가 없어. 지하실 입구에
서 자지 못하게 된 이후부터 벌써 얼마나 — 마치 몇 년이
지난 것만 같다니까. 난 교회에 끌려가게 되면 나도 모르게
땀만 뻘뻘 흐른다니까. 그런 재미없는 설교는 딱 질색이야!
파리를 잡아도 안 된다, 재미있는 놀이를 해서도 안 된다,
일요일은 하루 종일 구두를 신고 있지 않으면 안 된다, 벨이
찌르릉 울리면 식사를 하고, 벨이 찌르릉 울리면 잠을 자고,
또 벨이 울리면 일어난다, 아이구 미치겠어, 하나부터 열까
지 이렇게 엄격하고 통제된 생활을 해야 하니 무슨 수로 견
뎌내느냐 말이야."

"허클, 그렇지만 다른 모든 사람들이 그렇게 하면서 사는
걸 어떻게 하겠어."

"그런 건 나한테 이유가 될 수 없어. 나는 그런 종류의 사
람이 아니거든. 난 견딜 수가 없어. 저렇게 구속된 생활은

딱 질색이야 정말. 그리고 더군다나 먹을 것에 대한 걱정이
없어. 그래서 긴장이 없고, 먹어도 맛이 없고, 낚시질을 하러
가는 데도 허락을 맡지 않으면 안 돼. 헤엄치러 가는데도 허
락을 얻어야 하고, 무슨 일을 하든 일일이 허락을 얻지 않으
면 안 된다니까 글쎄. 말도 품위 있는 말만 골라서 써야 해.
그러니까 말을 해도 조금도 재미가 없어. 난 말이야 하루에
한번은 다락방에 올라가서 맘껏 욕도 하고 괴성도 질러야만
속이 시원하거든. 그것을 할 수 없으니 답답해 죽을 것 같아.
아주머니는 큰 소리를 지르지도, 욕을 하지도 못하게 해. 정
말이지, 가려운 데가 있어도 그걸 긁지도 못하게 한다니까.
(허클은 여기서 이제 더 이상 참을 수 없다는 듯이 안절부절
못했다) 그리고는 이건 또 무슨 청승인지 아주머니는 밤이
나 낮이나 기도만 드린다구! 나는 그런 사람은 처음 봐! 도
저히 도망가지 않고는 견딜 수가 없었어, 톰. 정말 견디기
힘들었다고. 게다가 학교가 시작되면 나도 학교를 다녀야 한
다는 거야. 내가 그런 짓을 무슨 수로 할 수 있단 말이지. 이
봐, 톰, 부자란 주변에서 말하는 것처럼 좋은 것은 아니더라.
성가신 것뿐이고 진땀이 줄줄 흐른다구. 그렇게 사느니 차라
리 죽는 게 낫다고 생각해. 이 옷이 나에겐 알맞고, 이 통에
있는 게 훨씬 마음이 편해. 이젠 그런 갑갑한 짓은 딱 질색

이야. 톰, 말이다, 그 돈만 없었더라면 이런 골치 아픈 일은 없었을 거야. 내 몫을 모두 너에게 줄게. 가끔 10센트씩만 줘. 자주 주지 않아도 좋아. 아주 얻기 힘든 물건이 아니면 난 돈이 필요 없으니까. 미안하지만 아주머니네 집에 가서 이런 말을 좀 전해 주겠어?"

"허클, 그게 무슨 소리냐. 내가 어떻게 네 돈을 갖는단 말이냐? 그건 공평한 일이 아니야. 이제 조금만 더 참으면 그러는 사이에 그럭저럭 익숙해진다고."

"익숙해져? 글쎄, 빨갛게 달아오른 난로에 앉아서 참고 앉아 있으면 그것이 익숙해진다는 거냐? 싫어, 톰. 나는 부자라면 딱 질색이야. 그런 갑갑한 데서 살기는 죽기보다도 싫어. 난 숲과 강과 빈 통이 더 좋아. 일평생 이곳을 떠나지 않을 거야. 제기랄! 모처럼 총이 생기고 동굴을 발견해서 산적 노릇을 할 수 있는 이 순간에, 이런 귀찮은 방해물이 끼어들어서 모든 것이 다 엉망진창이 되어버린다니!"

이 순간을 놓치지 않고 톰이 말했다.

"이봐, 허클. 부자가 되었다고 해서 산적이 되는 걸 그만 두는 것은 아니야."

"뭐야? 그게 정말이야?"

"정말이구 말구. 그런데 좀 더 점잖지 않으면 우리 편에 넣어주지 않을 거야."

이 말이 조금 상기되었던 허클의 마음을 금방 긴장하게 만들었다.

"나를 끼워 주지 않는다고? 그런데 해적 때는 끼워 주지 않았어?"

"그랬지, 하지만 그때와는 달라. 산적은 해적보다는 훨씬 고상하거든. 일반적으로 말해서, 어느 나라든지 간에 산적이라고 하면 신분이 높은 귀족이야. 공작이니 뭐니와 마찬가지로."

"그런데 톰, 나하고는 지금까지 친하게 지내지 않았어? 그런데 날 끼워 주지 않겠다는 거야? 너무 하잖아, 톰. 정말로 그런 짓을 하는 건 아니겠지?"

"허클, 그야 난 그런 짓을 할 생각도 없고, 또 하지도 않을 거야. 그렇지만 다른 애들이 뭐라고 할 거냔 말이야? '흥, 톰 소여의 일당이 저게 뭐야! 저런 치사한 놈이 한 패에 끼어 있단 말이야!'라고 할 게 뻔하잖아. 너를 두고 하는 소리야, 허클. 너도 그런 소리를 듣고 싶지는 않겠지. 나는 물론 싫어."

허클은 아무 말도 없이 잠시 마음속으로 무엇을 생각하고 있었다. 허클은 마침내 입을 열었다.

“좋아, 그렇다면 아주머니네 집에 돌아가서 한 달쯤 참아
보지. 참을 수 있을지 어떨지 모르겠지만 한번 해 볼게. 네
가 나를 한 패에 끼워 준다면 말이다, 톰.”

“끼워 주구 말구. 좋아! 그럼 가자. 그리고 내가 아주머니
한테 널 좀 풀어 주라고 부탁해 볼게.”

“정말로, 톰. 부탁해 주겠어? 정말 고마워. 가장 힘든 일을
조금 풀어 준다면 욕을 한다거나 소리를 지르는 것은 몰래
숨어서 하기로 하고, 그게 통할지 어떨지 한 번 시험해 보겠
어. 그러면 언제 한 패를 모아서 산적을 할 거야?”

“곧 하지. 애들을 전부 모아서 오늘 밤이라도 당장 결단식
을 하기로 하자.”

“뭘 한다고?”

“결단식 말이야.”

“그게 뭔데?”

“서로 돕는다는 것, 비록 몸이 산산이 부서지더라도 단체
의 비밀을 누설하지 않는다는 것, 동료 하나를 괴롭히는 사
람은 그와 그 식구 모두를 몰살한다는 것, 그런 맹세를 하는
거야.”

“신나는 일인데. 참 재미있겠다, 톰. 정말로!”

“그래 정말 재미있을 거야. 이 맹세는 깊은 밤에, 가능하

다면 쓸쓸하고 으슥한 장소에서 하지 않으면 안 되는 거야. 도깨비집이라면 제일 좋겠지만 이제 모두 파괴되고 말았으니까."

"아무튼 한밤중이 좋겠다, 톰."

"그래. 그런데 맹세는 관 위에서가 아니면 안 돼. 그리고 피로 서명을 해야 하는 거야."

"좋아. 그거 근사하다. 톰. 해적보다도 훨씬 더 멋지다. 나는 죽을 때까지 아주머니네 집에 있을 거야, 톰. 그리고 만약 내가 유명한 산적이 되어 세상에 이름을 떨친다면 아주머니는 분명히 나를 받아들인 걸 자랑스럽게 생각하실 거야."

최종장

이렇게 해서 이 일대기는 끝을 맺는다. 엄밀하게 말하자면 어떤 한 소년의 일대기인 이상 여기서 끝을 내지 않으면 안 된다. 이 이상 계속하면 어른의 일대기가 되어버리는 까닭이다. 어른에 관한 소설을 쓴다면 작가는 어디서 끝을 내야 하는지 잘 알고 있다. 즉, 결혼에서 작품이 끝나게 하는 것이다. 하지만 소년들에 관한 이야기를 쓸 때에는 작가가 적당하다고 생각하는 곳 어디에서 끊지 않으면 안 된다.

이 책에 등장한 인물들은 대부분이 아직도 생존하고 있고 행복한 생활을 하고 있다. 언젠가 다시 이 인물들의 이야기를 다루어서 이들이 각각 어떠한 남녀로 성장해서 살고 있

는가를 보는 것도 의미 있는 일일 것이다. 그러므로 여기서
는 이들의 현재 살고 있는 모습에 대해서 밝히지 않는 것이
현명한 일이 아닐까 생각한다.

'미국 문학의 링컨'이 남긴 보물 같은 동화

김 외 곤(상명대학교)

1. 가장 미국적인 작가 마크 트웨인

사냥을 나갔다가 어린 곰을 살려 줌으로써 테디 베어를 탄생시킨 시어도어 루스벨트 대통령 시대부터 미국은 전 세계에 강력한 영향력을 행사하기 시작하였다. 그로부터 백년 이상이 흐른 오늘날 세계 사람들 중 상당수는 여전히 미국 정신 또는 미국식 삶의 방식을 모방하고 있다. 하지만 미국이 처음부터 별다른 장애 없이 순조롭게 발전한 것은 아니다. 1776년에 독립을 선언한 이후 나라를 지키기 위해 영국과 한바탕 전쟁을 치러야 했고, 원래 살던 인디언들과 처절한 투쟁도 벌여야 했다. 이후 영토가 급속도로 확장되고 산업이 부흥하는 시기를 맞게 되는데, 당시 북부에는 공업이 발달하였고 남부에는 담배나 목화를 재배하는 농업이 발달하였다. 남부의 농업은 기계 대신 사람의 손을 많이 요구했기 때문에 농장주들은 점차 아프리카로부터 흑인 노예들을 많이 수입하였다. 잘 아는 바와 같이 이 흑인 노예들의 해방 문제는 얼마 지나지 않아 남북전쟁이 발발하는 주요 원인이 된다. 이처럼 번영과 분열의 가능성을 동시에 품고 있던 19세기 전반기에 한 명의 작가가 미주리 주의 플로리다라는 작은 도시에서 태어나게 되니, 그가 바로 '미국 문학의 링컨' 또는 '미국 문학의 셰익스피어'로 높이 받들어지는 마크 트웨인(Mark Twain)이다. 역시 미시시피 강 근처에서 태어난 후배 소설가 윌리엄 포크너로부터 '미국 문학의 아버지'로 불린 그는 오늘날 가장 미국적인 작품을 창작한 작가로 평가받고 있다.

마크 트웨인의 미국적 성격은 유럽 여행 이후에 남긴 작품을 통해서도 쉽게 찾아볼 수 있다. 그는 1867년 한 지역 신문사의 재정적 지원을 받아 지중해 지역을 여행하게 된다. 이때 그는 여러 편의 기행문을 썼는데, 그 내용이 미국인의 입장에서 유럽인의 문화와 관습을 조롱하는 것이어서 대단한 인기를 끌었다. 자유와 평등의 정신이 몸에 밴 미국인의 입장에서 볼 때, 독일과 이탈리아의 통일 전쟁으로 인해 혼란을 겪고 있던 당시 유럽은 웃음거리가 될 수도 있었을 것이다. 그는 이 기행문들을 모아 1869년에 『철부지의 해외 여행기』라는 제목의 책으로 출판하였다.

1878년에 이루어진 유럽 여행에서는 하이델베르크에 한 달이 넘도록 머무르기도 하고 런던에 들르기도 하였는데, 이때의 경험을 살려 그는 중세 영국을 무대로 한 판타지 동화 『왕자와 거지』를 펴내었다. 또한 과거와 현재를 동시에 풍자한 『아서 왕 궁전의 코네티컷 양키』도 이어서 출판하였다. 두 작품은 모두 미국인의 입장에서 자신의 조상들이 살았던 영국을 다룬 것이었다. 비교적 덜 알려진 뒤의 작품은 미국 코네티컷 주에서 양키 중의 양키로 자처하던 사람이 갑자기 아서 왕 시대의 영국에 도착하여 겪게 되는 이야기가 중심 내용이 되고 있다. 주인공은 귀족과 기사 등 일부 상류층을 제외한 대부분의 사람들이 노예처럼 살고 있는 것을 보고 사회 개혁을 꿈꾸게 되는데, 이는 왕이 지배하던 유럽 국가와 달리 시민이 주인인 민주주의 국가 미국에서 나고 자란 작가의 진취적 입장이 반영된 것이라고 할 수 있다.

이와 같은 마크 트웨인의 미국적 성격은 대부분 어린 시절에 형성된 것이다. 1835년에 버지니아 주로부터 이주해 온 집안에서 새뮤얼 랭혼 클레멘스라는 이름으로 태어난 마크 트웨인은 젊은 시절 몇 년 동안 미시시피 강을 오르내리는 증기선의 항해사로 근무한 뒤에 신문에 재미있는 단편 소설을 쓰기 시작하였다. 이때부터 커다란 배도 강바닥에 닿지 않을 정도인 두 길, 곧 12피트 정도의 깊이를 의미하는 마크 트웨인이라는 용어를 필명으로 사용하였는데, 나중에는 이것이 원래 이름보다 더 널리 알려지게 된다. 그는 고향에서 약간 떨어진 한니발이라는 곳에서 자랐는데, 이곳은 미시시피 강 기슭에 자리 잡은 조그마한 도시이다. 톰 소여가 사는 세인트 피터스버그 마을이 이 도시를 바탕으로 하여 창조되었음은 두 말할 나위도 없다. 작가가 유년 시절에 미시시피 강을 오르내리며 겪었던 여러 가지 일들은 『톰 소여의 모험』과 『허클베리 핀의 모험』 속에서 그대로 찾아볼 수 있다.

2. 미시시피 강과 서부에서의 체험들

지방 법원의 판사로 일하던 아버지가 병으로 돌아가신 것은 마크 트웨인이 철도 채 들지 않은 11세 때였다. 그는 곧바로 인쇄 견습공이 되어 형 오리온이 소유한 <한니발 저널>이라는 신문사에서 일하면서 한편으로는 신문 기사와 익살스러운 스케치를 제공하였다. 18세에 고향을 떠나 뉴욕, 필라델피아, 세인트루이스, 신시내티 등에서 인쇄공으로 일하다가 22세에 다시 미주리 주로 돌아온 마크 트웨인은 앞서 밝힌 대로 한동안 미시시피 강을 오르내리면서 나중에 작품 창작의 밑거름이 된 수많은 체험을 하였다.

미시시피 강을 오르내리는 증기선을 타고 뉴올리언스로 내려가던 중 유명한 항해사인 호레이스 빅스비로부터 크게 감명을 받은 마크 트웨인은 어린 시절부터 꿈꾸던 항해사가 되기로 작정하였다. 미국 대륙을 횡단하는 철도가 개통된 것은 1869년인데, 그 이전은 증기선의 전성기였다. 마크 트웨인이 15세가 되던 1850년 무렵에는 무려 천 대 가까운 증기선이 미시시피 강을 오르내리고 있었다. 증기선은 점차 호화롭게 치장한 객실과 라운지까지 갖춘 호텔처럼 변신하여 상류층을 고객으로 많이 끌어들였지만, 경제적 사정이 어려워 객실을 갖지 못한 모험가·이민자·부랑자 등도 여전히 많이 이용하였다. 증기선들은 빠른 속도를 뽐내면서 경주를 하기도 하였는데, 밤에도 이루어진 이 경주에 사람들은 돈을 걸고 내기도 하였다. 증기선의 항해사들은 물의 흐름이 수시로 바뀌기 때문에 지도에 의존할 수 없었다. 그들은 아무런 표지나 불빛이 없이도 배를 운행할 수 있는 능력을 갖추어야 했다. 그래서 그들은 선장보다도 높은 임금을 받기도 하였고, 유명세나 자부심도 하늘을 찌를 정도였다.

마크 트웨인은 우상이었던 빅스비로부터 항해술을 배워 1850년대에 증기선 미주리호를 직접 운항하였다. 1859년에 항해사 자격증을 따기 전에 이미 3,200킬로미터에 달하는 미시시피 강을 탐구하였기에 강의 구석구석까지 알고 있었다. 당시 그는 매달 250달러 정도를 받았는데, 이는 요즘 시세로 환산하면 1년에 8천만 원이 넘는 높은 액수였다. 항구에 도착하면 승객들은 그에게 박수를 보내고 다른 사람들에게 그의 항해술을 소문내기도 하였다. 불행하게도 그는 항해 도중 배 위에서 동생 헨리의 죽음을 목격하기도 했지만, 남북전쟁으로 미시시피 강을 오르내리는 증기선의 교통량이 줄어들 때까지 항해사 생활을 계속하면서 알게 된 여러 가지 정보를 나중에 『톰 소여의 모험』와 『허클베리 핀의 모험』에서 유용하게 활용하였다.

미국의 24번째 주인 미주리 주는 출발부터 노예제 문제로 골치를 앓았다. 프랑스로부터 사들인 루이지애나 땅의 일부가 미주리라는 이름의 새로운 주로 연방 가입 신청을 하자, 연방 의회에서 노예제 폐지 문제를 둘러싸고 격렬한 논쟁을 벌였기 때문이다. 결국 노예제를 반대하는 주의 숫자가 늘어나는 것을 막으려는 남부의 주장이 우세하여 북부의 메인 주는 노예제를 반대하는 주로, 미주리 주는 노예제를 허용하는 주로 인정한다는 타협안이 통과되었다. 문제는 이 타협안에 새로 사들인 루이지애나 땅 중에서 북위 36도 30분 이북에서는 노예제를 금지하되, 미주리 주는 예외로 한다는 내용이 포함된 데 있었다. 우여곡절을 겪은 끝에 미주리 주는 1821년에 미국의 정식 주가 되었지만, 그 과정에서 노예제를 둘러싼 지역 갈등은 더욱 커져만 갔다. 이러한 지역 갈등은 오랫동안 계속되어 결국 남북전쟁이라는 비극적인 사건의 불씨가 되었다. 미주리 주가 남북 갈등의 중심에 서게 된 것은 이 주에서의 노예제 폐지 여부가 장차 새로 만들어질 서부의 여러 주에서 노예제를 폐지할 것인지 말지를 결정하는 데 결정적인 영향을 미칠 것으로 판단되었기 때문이다. 인종 차별 문제와 관련하여 마크 트웨인은 『톰 소여의 모험』에서 흑인 노예 짐을 제대로 다루지 않고 인디언 조를 악당으로 묘사하였지만, 『허클베리 핀의 모험』에서는 허클베리 핀과 함께 뗏목을 타고 미시시피 강을 여행하는 흑인 노예 짐을 매우 우호적으로 다룬 바 있다.

한편 미국의 서부 개척은 1803년에 나폴레옹으로부터 루이지애나 땅을 사들인 제퍼슨 대통령이 탐험대로 하여금 미주리 강을 탐사하도록 지시한 데서 시작되었다. 탐험대를 이끌었던 클라크와 루이스는 1804년에 미주리 강이 미시시피 강으로 흘러드는 세인트루이스를 출발하여 태평양에 이르는 험난한 길을 통과한 뒤 1806년에 다시 세인트루이스로 돌아왔다. 이러한 서부 개척을 기념하여 오늘날 세인트루이스에는 높이 192미터의 게이트웨이 아치가 세워져 있다. 서부로 가는 길목인 미주리 주에서 태어난 마크 트웨인 역시 서부에 관심이 많았다. 그리하여 남북전쟁이 발발하던 1861년에 그는 그때까지 정식으로 미국의 주가 되지 못한 네바다 준주의 주지사 비서인 형 오리온과 함께 서부로 향하게 된다. 형제는 2주 이상 역마차를 타고 대평원과 로키 산맥을 가로질러 솔트레이크 시티에 도착하였다. 이러한 마크 트웨인의 여행은 은을 캐는 광산이 있는 버지니아 시티라는 도시에서 끝났는데, 여기에서 그는 광부 생활을 하였다. 이때의 경험은 나중에 작품을 쓰는 데 적지 않은 영감을 던져 주었다. 광부 생활에 실패한 뒤에 이도시의 신문사에서 일하면서 처음으로 마크 트웨인이라는 필명도 쓰게 된다. 이후 계속 서부로 나아간 그는 마침내 샌프란시스코에 도착하여 언론인으로 활동하면서 몇 명의 문인들과 접촉하기도 하였다. 또 리포터로서 당시 샌드위치 제도로 불리던 하와이까지 여행하기도 하였다. 이와 같이 끊임없이 서부로 향하던 그의 굽힘 없는 개척 정신은 『톰 소여의 모험』에서 주인공 톰을 통해 고스란히 드러나게 된다.

3. 남북 전쟁 전후 미국 사회의 모습

널리 알려진 대로 마크 트웨인의 첫 번째 장편 소설 『톰 소여의 모험』에 나오는 톰과 『허클베리 핀의 모험』 가운데 대부분은 마크 트웨인의 어린 시절에 실제로 벌어졌던 일을 바탕으로 하고 있다. 그가 톰 소여처럼 뛰놀던 1840년대는 미국이 루이지애나에 이어 뉴멕시코, 애리조나, 캘리포니아, 오리건 등으로 영토를 확대해 가던 시기이다. 1846년부터 1848년까지 벌어진 멕시코와의 전쟁 직후에 미국은 별다른 피해를 입지 않고도 대서양으로 흘러드는 리오그란데 강 하구에서 태평양에 이르는 서부 영토를 차지하였다. 모르몬 교도들이 종교의 자유를 찾아 방황하다가 유타 주의 척박한 솔트 레이크 부근에 자신들의 도시를 건설한 것도 이 무렵이었다. 당시의 사건들 중에서 온 미국 사람들의 마음을 뒤흔든 것은 1848년 캘리포니아의 시에라네바다 산맥에서 이루어진 금의 발견이었다. 금이 쏟아져 나왔다는 소식은 순식간에 온 나라 안에 퍼졌고, 너도 나도 금을 캐기 위해 마차를 타고 새로운 땅으로 몰려가게 된다. 제퍼슨 대통령이 주장했던 개척 정신이 50년도 채 지나지 않아 우연한 기회에 온 미국 사람들의 마음을 사로잡았던 것이다.

『톰 소여의 모험』의 주인공 톰은 이와 같은 미국인의 개척 정신을 대표하는 인물이라고 할 수 있다. 그는 이모와 베키로부터 배척당한 뒤에 울적한 마음으로 들판을 지나 멀리까지 갔다가 영혼을 걸고 우정을 맹세한 조 하퍼를 만난다. 마침 조도 엄마에게서 꾸중을 듣고 집을 나온 터였다. 서로의 마음을 이해한 두 사람은 톰의 제안으로 무법자가 되기로 하고 미시시피 강 가운데 자리 잡은 잭슨 섬으로 향하게 된다. 빈둥대던 허클베리 핀까지 끼워 세 사람이 된 꼬마 무법자들은 해적 흉내를 내면서 뗏목을 타고 잭슨 섬에 도착하였고, 거기서 두려움에 떨면서도 신나게 해적 놀이를 하였다. 모진 비바람에 시달리면서도 해적 놀이와 인디언 놀이를 하던 세 소년은 자신들의 장례식을 치르기 위해 마을 사람들이 모였을 때 모습을 드러내는 짓궂은 행동을 감행한다. 이러한 세 소년의 모험은 어린이라면 누구나 한 번쯤 시도해 보고 싶은 호기심 어린 행동이지만, 용기가 없다면 결코 시도할 엄두도 낼 수 없는 것이기도 하다.

톰의 용기는 인디언 조를 미행하면서 여관에 들어가 보는 행동을 통해서도 드러나며, 소풍 중에 베키와 함께 동굴 속에서 길을 잃었을 때도 발휘된다. 이런 용기 덕분에 결국 톰은 허클베리 핀과 더불어 인디언 조가 숨겨 놓은, 만 이천 달러가 조금 넘는 큰돈을 차지하게 된다. 우리는 두 소년의 용기 어린 모험 장면을 읽으면서 마크 트웨인이 10대 소년이던 시절에 일부 개척자들이 거친 서부를 여행한 끝에 마침내 금을 발견했던 사실을 연상할 수 있다. 톰 소여와 허클베리 핀, 서부의 개척자들이 공통적으로 보여 준 것은 오늘날까지도 미국인들이 자랑스럽게 내세우는 개척 정신이었다.

어려움이 닥쳐도 굽히지 않는 개척 정신과 더불어 톰에게서 발견할 수 있는 또 하나의 요소는 뛰어난 흥정 솜씨이다. 톰은 어느 날 낯선 아이와 싸움을 벌인 죄로 아득하게 펼쳐진 울타리에 페인트칠을 해야 하는 벌을 받았지만, 꾀를 써서 페인트칠이 아주 재미있는 것처럼 가장하였다. 그의 잔꾀에 넘어간 친구들은 마침내 자기들이 아끼던 물건을 바치고 페인트칠을 하게 해 달라고 애원하게 된다. 결국 톰은 남다른 흥정 솜씨 덕분에 친구들이 준 보물 더미에 파묻힌 채 즐겁게 게으름을 피울 수 있었다. 이러한 그의 솜씨가 다시 한 번 발휘된 것은 주일 학교에서 성경책을 받는 장면에서이다. 톰은 울타리에 페인트칠을 하면서 받은 장난감을 친구들에게 주고, 그 대신에 성경 구절을 잘 외우는 학생에게 주는 달란트를 요구하였다. 그리하여 마침내 성경책을 받을 수 있을 만큼 달란트를 충분히 모은 톰은 높은 단에 올라가 판사 앞에서 당당하게 성경책을 받게 된다. 말썽꾸러기 톰이 성경책을 받는 것을 보고 친구들은 뒤늦게 발을 동동 굴렀지만 아무 소용이 없었다. 톰의 재치 있는 흥정 솜씨는 사업적 재능이라 부를 수 있는데, 이는 이익을 추구하는 자본주의 정신과 통하는 것이다. 널리 알려진 대로 미국은 세계에서 가장 자본주의가 발전한 나라이다. 미국 사람들은 이익을 추구하는 행위를 부끄러워하지 않고 자랑스럽게 생각한다. 비록 우스꽝스럽게 묘사되긴 했지만, 톰의 행동은 이러한 미국인의 생각을 대표하는 것이라고 보아도 크게 틀리지 않을 것이다.

장난꾸러기 톰에 비해 모범생인 사촌 동생 시드와 톰의 여자 친구 베키는 유럽의 귀족적 전통을 지키려 하는 동부 지방의 보수적이고 청교도적인 기질을 대표하는 인물이다. 마크 트웨인은 이러한 기질을 동부 출신의 여자와 결혼을 함으로써 획득할 수 있었다. 그는 지중해를 여행하던 중에 우연히 찰스 랭돈이라는 사람을 만났는데, 찰스는 여동생 올리비아의 사진을 보여 주었다. 마크 트웨인은 한눈에 그녀에게 반하여 1868

년에 처음 만난 뒤 1년 만에 약혼하였고, 그 다음해에 결혼하였다. 1871년 코네티컷 주 하트포드에 정착한 부부는 이후 무려 17년 동안이나 이 도시에서 살게 되거니와, 『톰 소여의 모험』을 비롯한 대표작은 거의 이 시기에 집필되었다. 서부 미주리 주 출신의 마크 트웨인은 처음에 사업가인 장인으로부터 약간의 멸시를 받기도 하였지만, 점차 동부 사회의 점잖은 전통을 접하면서 자신의 영역을 넓혀 나갔다. 시드와 베키는 이러한 전통을 바탕으로 하고 있기 때문에 톰과 달리 어른의 말씀에 순종하고 교회에도 열심히 다니는 소년 소녀로 창조되었던 것이다.

한편 이 작품에서 주인공 톰에 못지않게 독자의 눈길을 끄는 소년은 허클베리 핀이다. 그 역시 톰처럼 용기 있는 소년으로 위험을 무릅쓰고 모험을 즐기지만, 아버지가 돌봐 주지 않아 풀밭이나 나무통 안에서 밤을 보내면서 아무렇게나 지내는 처지에 놓여 있다. 허클베리 핀의 아버지는 이른바 '백인 쓰레기'라고 불리던 부랑자로, 미시시피 강가에 가난하게 살면서 배에 화물을 오르내리던 흑인이나 인디언들과 비해 경제적으로 별로 나을 게 없는 하류층이었다. 그는 일을 하지 않고 지독하게 술만 먹어대면서 아들인 허클베리 핀을 학교에 보내지도 않을 뿐더러, 때때로 못살게 굴기도 하였다. 이러한 허클베리 핀의 가족 상황은 남북 전쟁을 전후한 시기에 미국의 백인 사회에서도 경제적 격차 때문에 빈부 갈등이 생겨나기 시작했다는 것을 알려 준다.

『톰 소여의 모험』에 아주 잠깐 등장하는 인물 중에는 흑인 노예 짐이 있다. 그는 이 작품보다 뒤에 창작된 『허클베리 핀의 모험』에서는 상당히 중요한 역할을 맡게 되지만, 이 작품에서는 스쳐 지나가는 투로 그려졌을 뿐이다. 마크 트웨인은 다른 글에서 흑인의 해방을 강하게 주장했지만, 어쩐 일인지 여기서는 흑인 노예 짐에 대해 별다른 언급을 하지 않았던 것이다. 흑인 노예 짐보다 더 부정적으로 묘사된 인물은 인디언 조이다. 원래 인디언은 원래 미국 땅의 주인이었지만, 1830년에 미국의 앤드루 잭슨 대통령이 인디언 추방법을 시행하면서 고향에서 쫓겨나는 신세가 된다. 이 법에 따르면 인디언들은 외딴 지역에 마련된 인디언 보호 구역 안에서만 살아야 했다. 그들은 백인들에게 격렬하게 저항해 보았지만, 결국 정든 곳을 떠나 머나먼 보호 구역을 향해 길을 떠날 수밖에 없었다. 마크 트웨인은 이러한 역사적 배경을 무시한 채, 인디언 조를 백인 중심의 사회에서 자리를 잡지 못한 채 범죄나 저지르면서 살아가는 아웃사이더로 만들었다. 그는 성질이 거칠고 사나워 묘지에서 끔찍한 살인을 저지르기도 하고, 벙어리에다 귀머거리인 스페인 사람으로 위장하여 더글러스 부인에게 복수하려고 결심하기도 한다. 어떤 사람들은 마크 트웨인이 인디언 조를 이처럼 나쁜 인간으로 창조한 것은 원주민인 인디언에 대한 백인의 두려움 때문이라고 말하기도 한다. 그렇다고 해서 마크 트웨인이 인종 차별주의자였던 것은 아니다. 오히려 그는 아내 올리비아를 통해 노예 폐지론자를 만나고 여성의 권리와 사회적 평등에 관심을 가졌으며, 사회 비평가로서 미국 사회의 문제점을 맹렬하게 지적한 인물이었다.

이처럼 비록 흑인과 인디언에 대한 진보적인 생각을 드러내지 못했음에도 불구하고, 『톰 소여의 모험』은 남북 전쟁을 앞뒤로 한 시기의 미국 사회가 어떤 사회였는지를 다른 어떤 작품보다도 잘 보여 주는 작품이라고 할 수 있다. 마크 트웨인은 세인트 피터스버그라는 시골 마을에 사는 톰 소여, 허클베리 핀, 시드와 베키, 흑인 노예 조와 인디언 조 등을 통해 자신이 살던 시대의 미국 사회를 요약하듯이 압축적으로 표현했던 것이다. 그 사회는 서부를 향한 불굴의 개척 정신, 이윤을 추구하는 자본주의 정신, 서부와 대비되는 동부 사회의 점잖은 전통, 백인들 사이에서 나타난 경제적 빈부 격차, 흑인과 인디언에 대한 인종 차별 등의 요소가 뒤섞인 복잡하고 활기찬 사회였다.

4. 어린이와 어른들을 위한 고전의 향기

마크 트웨인은 이 책이 소년 소녀들을 대상으로 하고 있지만, 어른들도 어린 시절을 떠올리며 읽고 즐기기를 원하였다. 즉, 어른들도 어린 시절의 '감정과 모험, 비밀스런 계획들'을 다시 되찾을 수 있도록 희망하였다. 아마도 인생의 전 기간을 통틀어 어린 시절의 감정이 가장 순수하고, 그 감정이 계속 유지될 때 우리의 인생이 정말 아름다워질 수 있다는 것을 알았기 때문에 그렇게 바랐을 것이다. 또한 모험이나 비밀스런 계획들을 추진하고 있을 때 발전을 이룰 수 있다는 것을 말하고 싶었을 것이다. 모험이란 위험을 무릅쓰고 어떤 일을 하는 것을 뜻하며, 용기를 가지고 실패를 두려워하지 않을 때 시도할 수 있다는 것을 마크 트웨인은 누구보다도 잘 알고 있었기 때문이다.

물론 이와 같은 모험과 비밀스런 계획에 대한 강조도 개척 정신을 소중히 여기는 미국식 사고방식에서 나온 것이다. 그렇다고 해서 그가 미국적인 것을 무작정 옹호하는 것은 아니다. 장난꾸러기 톰과 그 친구들을 통해 당시 미국의 학교와 교회가 겉으로만 번지르르하고 실속이 없다는 것을 익살스럽게 비판하기도 하였기 때문이다. 또한 폴리 이모와 동네 어른들이 비과학적인 미신 같은 것에 터무니없이 빠져 있음을 꼬집기도 하였다. 다시 말해 마크 트웨인은 당시 미국의 문제점까지도 비판할 수 있는 객관적 시각을 어느 정도 갖추고 있었던 것이다.

『톰 소여의 모험』의 문제점이라 할 수 있는 백인 중심적 시각 역시 뒤이어 창작된 작품들을 통해 대폭 수정된다. 이 작품에서는 백인 부랑자인 허클베리 핀에 대한 동정은 드러나지만, 흑인 노예 짐과 인디언에 대한 연민은 전혀 드러나지 않았다. 하지만, 이 작품의 후속편이라 불리는 『허클베리 핀의 모험』에서는 이러한 편견이 많이 사라져 있다. 그 증거로는 멀리 두고 온 아내와 자식 때문에 눈물짓는 짐의 모습을 보고 허클베리 핀이 흑인도 백인과 똑같이 기쁨과 슬픔을 느끼는 존재임을 느끼는 장면을 들 수 있다. 이 밖에도 우리의 마음을 적시는 훌륭한 장면이 많이 들어 있으니, 『톰 소여의 모험』을 다 읽은 독자라면 반드시 이 작품도 마저 읽기 바란다. 위에서 이미 말한 대로 마크 트웨인은 나이가 들어가면서 남북 전쟁 이후 매우 심각한 문제로 떠오른 인종 차별뿐만 아니라 여성에 대한 차별과 다른 문화를 무시하는 태도 등을 매우 강하게 비판하였다. 그는 차이를 인정하는 다원주의적이고 열린 사고 방식의 소중함을 강조하였는데, 이는 같은 시대의 작가들에

비해 훨씬 앞선 생각이었다. 오늘날에도 어린이와 어른을 가리지 않고 그의 작품에 마음이 사로잡히는 것은 바로 이러한 넓은 마음이 작품 속에 녹아들어 있기 때문일 것이다.

작가 소개 - 마크 트웨인

새뮤얼 랭혼 클레멘스(Samuel Langhorne Clemens, 1835.11.30~1910.4.21)는 마크 트웨인(Mark Twain)이라는 필명으로 더욱 유명한 미국의 소설가이다. 1835년 미국 미주리(Missouri)주에서 태어났다. 4살 때 가족이 미시시피 강변의 소도시 한니발로 이사 갔다. 미시시피 강 주변의 자연은 그의 유년기에 깊은 인상을 남겨『톰 소여의 모험』등의 무대가 되었다. 11살에 아버지를 잃은 뒤 인쇄소에서 견습공으로 일하였다. 그 덕분에 브라질을 탐험하고 미시시피 강을 누비는 증기선의 키잡이 일을 체험했다. 1840년대 미국 서부에서 금이 발견되고 소위 서부개척이라는 붐이 일어나자, 약간의 토지를 매입해서 금을 찾았지만 별 소득을 얻지 못했다. 그로 인해 빚이 늘어 신문사에서 일을 했는데, 그 신문(캘리포니언 지)에다가 첫 단편「뜀뛰는 개구리」(1865)를 실어 작가로서 호평을 받았다. 생활의 체험을 소재로 한 많은 작품을 발표했고, 그 속에서 자연 존중의 정신과 물질문명 배격, 사회 풍자 등을 표현하고, 유머와 풍자에 넘치는 경향을 선보였다. 주요작품으로는 미시시피 강 유역을 배경으로 개구쟁이 톰 소여와 허클베리 핀의 모험을 그린『톰 소여의 모험』과 문명에 오염되지 않은 자연인의 정신과 그 주변인의 영혼을 노래한 미국적 서사시『허클베리 핀의 모험』(1884)이 있다. 또 사회풍자 소설로 남북전쟁 후의 사회상황을 풍자한 『도금시대 The Gilded Age』(1873)와 에드워드 6세 시대를 배경으로 한『왕자와 거지 The Prince and the Pauper』(1882) 등이 있다.

번역 - 조성윤

전문번역가. 영문과를 졸업하고 출판사에서 10여 년을 근무하였다. 한국어로 딱 맞는 표현을 찾기 위해 오늘도 고민하고 있으며 현재 영문으로 출판된 비서구 문학 작품을 번역 중에 있다.

작품 해설 - 김외곤

문학평론가. 상명대학교 영화영상전공 교수.
대표 저서로『임화 문학의 근대성 비판』,『한국 문학과 문화의 상상력』,『한국 근대 문학과 지역성』,『한국 현대 소설 탐구』,『문학과 문화의 경계선에서』,『한국 근대 리얼리즘 문학 비판』등이 있다.

국문학 교수들이 추천한 글누림세계명작선

톰 소여의 모험

초판 1쇄 발행 2011년 12월 7일

지 은 이 마크 트웨인
옮 긴 이 조성윤
펴 낸 이 최종숙
펴 낸 곳 글누림출판사

진　　행 이태곤
책임편집 임애정
편　　집 권분옥 이소희 박선주 전희성
디 자 인 이홍주 안혜진
마 케 팅 박태훈 안현진
관　　리 이덕성

주　　소 서울시 서초구 반포4동 577-25 문창빌딩 2층(137-807)
전　　화 02-3409-2055(대표), 2058(영업), 2060(편집)
팩　　스 02-3409-2059
전자메일 nurim3888@hanmail.net
홈페이지 www.geulnurim.co.kr
등록번호 제303-2005-000038호(2005.10.5)

정　　가 15,000원
ISBN 978-89-6327-168-2 04840
　　　 978-89-6327-167-5(세트)

출력 · 알래스카 인쇄 · 신화프린팅 제책 · 동신제책사 용지 · 화인페이퍼

＊잘못된 책은 바꿔드립니다.